周欣展 著

千帆诗学与中国哲学

南京大学出版社

图书在版编目（CIP）数据

千帆诗学与中国哲学 / 周欣展著. —南京：南京
大学出版社，2013.9
ISBN 978 - 7 - 305 - 11744 - 2

Ⅰ. ①千… Ⅱ. ①周… Ⅲ. ①古典诗歌—诗学—研究
—中国②哲学—研究—中国 Ⅳ. ①I207.22②B2

中国版本图书馆 CIP 数据核字(2013)第 154646 号

出版发行 南京大学出版社
社　　址 南京市汉口路 22 号　　　邮　编 210093
网　　址 http://www. NjupCo. com
出 版 人 左　健

书　　名 **千帆诗学与中国哲学**
著　　者 周欣展
责任编辑 李廷斌　马蓝婕

照　　排 南京紫藤制版印务中心
印　　刷 南京爱德印刷有限公司
开　　本 718×1000　1/16　印张 21.5　字数 346 千
版　　次 2013 年 9 月第 1 版　2013 年 9 月第 1 次印刷
ISBN 978 - 7 - 305 - 11744 - 2
定　　价 55.00 元

发行热线 025 - 83594756　83686452
电子邮箱 Press@NjupCo. com
　　　　　 Sales@NjupCo. com(市场部)

程千帆讲课照片

敬業

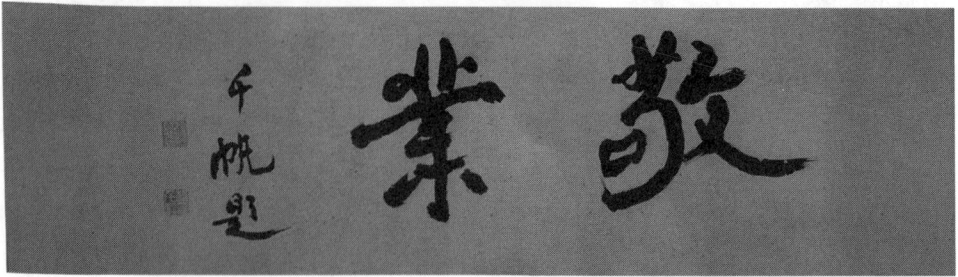

程千帆题词手迹

香醪肴馔溢东风　昔哭今歌少长同

此日勤渠追马队　他年蹒跚径

牛棚

赋陆评钟聚一堂　新知旧学共论

量鲽生亦有挥毫　真未觉萧刷向

发长　昆明谁谓我当年

文熹同志指正　千帆

文藝學目次　　　　　　　程千帆

程千帆编《文艺学》书影

武漢大學講義

中國近代文學史教程

程千帆編

景澤先生教正　千帆

一九五六年五月

程千帆編《中国近代文学史教程》书影

目　次

第一章 研究对象与研究方法

第一节 千帆诗学的主要成果

程千帆①(1913—2000)属于五四新文化运动之后成长起来的一代学者,他的一生经历了中华民国(以下简称民国)和中华人民共和国(以下简称共和国)两个时期。在民国时期,与众多成名的师友相比,程千帆的学术成就不是特别突出,知名度也不是很高;共和国成立后不久,他在"反右"运动中非罪遭谴,又销声匿迹了近20年,以至于"文化大革命"结束后昔日同门友人殷孟伦、洪诚和徐复共同向匡亚明推荐其人时,这位先后担任吉林大学校长、南京大学校长多年的著名教育家对程千帆还几乎一无所知。但程千帆以65岁的高龄重新开始工作以后,在人生最后的20余年里,他在人才培养、学术研究和学科建设等方面都取得了引人注目的成就,得到国际性的赞誉。在

---

① 为统一体例,简化表述,本书除对古代人物按惯例称呼以外,对近现代人物皆只称通行姓名,不加尊称(引述他人之说除外)。在此特作说明,以示非敢不敬之意,尚祈读者见谅。

人才培养上,程千帆倾力而为,精心指导了古代文学专业的 10 名博士和 9 名硕士。虽然在今天看来人数并不多,但其中莫砺锋、张宏生、张伯伟、曹虹、程章灿、巩本栋(以留校任教的博士为例)等人很快在学术界崭露头角,被海外学者统称为程门弟子,师生之间形成了很强的团队优势;在学术研究上,程千帆不断推出高质量的新成果,出版了涵盖文学、史学、校雠学 3 个学科领域的 15 卷文集,被誉为民国时期成长起来的老一代学者中奋发有为、撰述不止、再现学术雄风的两位代表人物之一;在学科建设上,程千帆与周勋初、卞孝萱等同仁一道同心协力,拨乱反正,弘扬了优良的学术传统,复兴了曾经会聚着王瀣、吴梅、黄侃、汪辟疆、胡小石、陈中凡、罗根泽等著名学者的南京大学古代文学学科,使之成为具有鲜明治学风格并在国内外享有较高声誉的学术重镇。这些成就使得程千帆从老一代学者中突显出来,成为中国现代学术史上的一个重要研究对象。

不仅如此,程千帆的学术成就不是得之于一个和平、安定的环境,而是在长期的内外战争、政治动乱的背景之下孕育成长起来的。但在艰难曲折的人生道路、学术道路之中,程千帆的学术与人格却能够互相促进、和谐发展;尤其是在"反右"运动之后,被长期剥夺了教学科研权利的程千帆不仅没有消沉绝望,没有迷失自我,反而在学术上实现了质变,达到了一个新的境界。其中所显现的知行合一、百折不挠的学术精神和人格力量充分显示了中国学术文化传统在现代化进程之中的巨大生命力。所以,已有学者指出,从时代与学术文化的关系上看,程千帆构成了 20 世纪中国学术文化思想史上一个非常值得注意的个案,关于程千帆的研究不仅具有学术史的意义,而且具有思想史、文化史的意义。[①]

本书所要研究的千帆诗学,[②]即程千帆以诗歌为主体的文学研究,它是程千帆最主要的学术成果,也是现代中国诗学的代表性成果,体现了中国文学研究现代化进程中一个阶段的发展水平,所以,它也就成为关于程千帆研究的一个主要方面。

---

① 参看张三夕在"程千帆先生学术思想研讨会"(2000)上的发言,《程千帆先生纪念文集》,江苏古籍出版社 2001 年版,第 347—349 页。为便于读者查核,本书所引书目在每章首次出现时皆标示出版单位和出版时间。

② 这一名称首见舒芜的《千帆诗学一斑》(《读书》1991 年第 6 期),在该文中专指程千帆的狭义的诗歌(未及其他种类的韵文以及其他非韵文文体)研究,本书借以指称程千帆的以诗歌为主要对象的全部文学研究。

　　千帆诗学的诗歌研究成果,在文体形式上主要包括论文和选本两种形式。代表性的诗歌论文先后收入《古典诗歌论丛》、①《古诗考索》、②《被开拓的诗世界》③和《程千帆诗论选集》④等四部论文集之中。

　　与沈祖棻合著的《古典诗歌论丛》是程千帆的第一部古典诗歌论文集,该书除沈祖棻撰写的后记之外,共收录 18 篇论文,其中程撰 16 篇,沈撰 2 篇;⑤程撰 16 篇论文中的 14 篇(其中《书吴梅村〈圆圆曲〉后》改名为《〈长恨歌〉与〈圆圆曲〉》)后来都收入《古诗考索》,另外 2 篇论文,其一《〈复堂词序〉试释》后收入《闲堂文薮》,其二《古代诗歌研究绪论》(该书中仅此文写于共和国初期)未再被收入程千帆的其他文集。由此可见,读者要了解程千帆民国时期的主要诗歌论文,可以《古诗考索》代替《古典诗歌论丛》。

　　《被开拓的诗世界》是程千帆与莫砺锋、张宏生师生 3 人合著的杜诗研究论文集,共收录 11 篇论文,其中程与莫、程与张各合撰 4 篇,师生 3 人各独撰 1 篇。⑥另收录程千帆的《杜诗镜铨批抄》并附录《闲堂诗存》。⑦

　　《程千帆诗论选集》由张伯伟遴选了具有方法论意义的 20 篇论文,其中包括《古诗考索》中的诗歌论文 12 篇,1980 年代写作的其他诗歌论文 3 篇,附录短论 5 篇;⑧另外

---

　　①　该书由上海文艺联合出版社 1954 年出版。

　　②　该书由上海古籍出版社 1984 年出版。

　　③　该书由上海古籍出版社 1990 年出版。

　　④　该书由山西人民出版社 1990 年出版。

　　⑤　沈文为:《阮嗣宗〈咏怀〉诗初论》、《白石词〈暗香〉、〈疏影〉说》,程文见以下《古诗考索》篇目注释。

　　⑥　程、莫合撰 4 篇为:《杜诗集大成说》、《忧患感和责任感——从屈原、贾谊到杜甫》、《他们并非站在同一高度上——读杜甫等同题共作的登慈恩寺塔诗札记》和《崎岖的道路与伟丽的山川——读杜甫纪行诗札记》;程、张合撰 4 篇为:《七言律诗中的政治内涵——从杜甫到李商隐、韩偓》、《火与雪:从体物到禁体物——论白战体及杜、韩对它的先导作用》、《英雄主义和人道主义——读杜甫咏物诗札记》和《晚年:回忆和反省——读杜甫在夔州的长篇排律和联章诗札记》;程撰《一个醒的和八个醉的——读杜甫〈饮中八仙歌〉札记》,莫撰《老去诗篇浑漫与——论杜甫晚期今体诗的特点及其对宋人的影响》,张撰《杜甫在夔州诗中所反映的生活悲剧》。

　　⑦　《被开拓的诗世界》收入《程千帆全集》(莫砺锋编,河北教育出版社 2000 年出版)第 9 卷,其中论文篇目和《杜诗镜铨批抄》仍旧,附录的《闲堂诗存》另收入《程千帆全集》第 14 卷(《闲堂诗文合抄》)。

　　⑧　这 3 篇诗歌论文为:《唐诗的历程——〈唐诗鉴赏辞典〉序言》、《一个醒的和八个醉的——读杜甫〈饮中八仙歌〉札记》和《读〈倾盖集〉所见》;5 篇短论为:《答人问治诗》、《善戏谑兮,不为虐兮》、《从小说本身抽象出理论来——在中国古代小说理论讨论会上的发言》、《〈复堂词序〉试释——清人词论小记之一》和《说"斜阳冉冉春无极"的旧评——清人词论小记之二》。

还附载了《闲堂序跋文抄》。①

《古诗考索》是程千帆的又一部古典诗歌论文集,该书有新旧两种版本。旧(初)版《古诗考索》共收录 32 篇论文,分为上下两辑,上辑收入共和国时期(1953—1982)论文 16 篇,下辑收入民国时期(1936—1949)论文 15 篇,并附录沈祖棻的论文 1 篇。② 下辑中的这 15 篇论文,除《杜诗伪书考》之外,其余 14 篇均见《古典诗歌论丛》。

新版《古诗考索》,首见莫砺锋编选的《程千帆选集》,③共收录 40 篇论文,仍分上下两辑,上辑 24 篇,除原有的 16 篇之外,增收《程千帆诗论选集》中的《唐诗的历程》、《读〈倾盖集〉所见》2 篇论文及 5 篇附录短论,另外还增收 1985 年程千帆与莫砺锋合撰的 1 篇论文《苏轼风格论》。下辑 16 篇,篇目未作变动,但在《从唐温如〈题龙阳县青草湖〉看诗人的独创性》和《韩诗〈李花赠张十一署〉篇发微》两文后各增加 1 篇附记。这样,除了《一个醒的和八个醉的——读〈杜甫饮中八仙歌〉札记》(此篇已见《被开拓的诗世界》)以及附载的《闲堂序跋文抄》之外,《程千帆诗论选集》的全部篇目皆已包含在新版《古诗考索》之内。故新版《古诗考索》可谓旧版《古诗考索》和《程千帆诗论选集》

---

① 《被开拓的诗世界》附录程千帆的诗作,《程千帆诗论选集》附录程千帆的文言序跋,皆以示知能并重之意。

② 共和国时期的 16 篇论文为:《古典诗歌描写与结构中的一与多》、《相同的题材与不相同的主题、形象、风格——四篇桃源诗的比较研究》、《读诗举例——在中国文学批评史师训班上的讲话》、《论唐人边塞诗中地名的方位、距离及其类似问题》、《张若虚〈春江花月夜〉的被理解与被误解》、《张若虚〈春江花月夜〉集评》、《李白〈丁都护歌〉"芒砀"解》、《关于李白和徐凝的庐山瀑布诗》、《李颀〈杂兴〉诗说》、《李颀〈听董大弹胡笳声兼语弄寄房给事〉诗题校释》、《读岑参〈走马川行奉送出师西征〉记疑》、《杜甫〈诸将〉诗"曾闪朱旗北斗殷"解》、《读冯至先生〈杜甫传〉》、《韩愈以文为诗说》、《李商隐〈锦瑟〉诗张〈笺〉补正》和《从唐温如〈题龙阳县青草湖〉看诗人的独创性》。

民国时期的 15 篇论文为:《诗辞代语缘起说》、《〈古诗〉"西北有高楼"篇"双飞"句义》、《曹孟德〈蒿里行〉"初期会盟津,乃心在咸阳"解》、《左太冲〈咏史〉诗三论》、《郭景纯、曹尧宾〈游仙〉诗辨异》、《陶诗"结庐在人境"篇异文释》、《陶诗"少无适俗韵""韵"字说》、《王摩诘〈送綦毋潜落第还乡〉诗跋》、《少陵先生文心论》、《杜诗伪书考》、《韩诗〈李花赠张十一署〉篇发微》、《与徐哲东先生论昌黎〈南山〉诗记》、《〈长恨歌〉与〈圆圆曲〉》、《玉溪诗〈离亭赋得折杨柳〉二首说》和《读〈宋诗精华录〉》。沈文为《阮嗣宗〈咏怀〉诗初论》。

③ 该书由辽宁古籍出版社 1996 年出版。

两书的合编本。① 由此也可见,程千帆的主要诗歌论文已收录于新版《古诗考索》和《被开拓的诗世界》两书之中了。

程千帆的诗歌选本主要有以下四种:《宋诗选》、②《古诗今选》(上、下)、③《日本汉诗选评》④和《读宋诗随笔》。⑤ 这些选本虽是普及性的著作,但其选目以及按语和品评反映了千帆诗学的显著特色及其发展变化的轨迹,也是重要的诗学成果。例如《读宋诗随笔》的品评抓住所选141篇宋诗的特色,皆有独到的见地。虽然作者在前言中谦称其品评是"就其所知,随手写下的一点读后感,既无统一的规范,也无内容上的限制,信笔所至,未免零乱",但这些数百字一篇的短小品评,因其所感甚切,所知甚深,又自觉地摆脱了种种限制,故而自由地表达了程千帆晚年的诗学观念,我们从中不难发现其思想和方法的统一性和独特性。1993年4月28日舒芜在致程千帆的信中说:"初步翻阅,觉宋诗秘蕴至此大宣,品评之语莫非金针之度,必如此方可谓之'诗学'。"⑥其中虽不免礼貌成分,但切合实际,洵非过誉之言。所以,这些选本与其论文一样也是考察千帆诗学的独特个性和发展脉络的主要依据。此外,程千帆还曾为《沈祖棻诗词集》⑦作笺,虽多为本事解说,但也反映了程千帆晚年的诗学观念,值得重视。

程千帆长期在大学执教,热爱并善于讲课,深受学生们的好评。晚年在南京大学还为本科生、研究生专门开设了古诗、杜诗的课程,他的诗歌讲义以及学生的听课笔记也是其诗学成果的重要资料。

除了上述诗歌方面的论文、选本以及讲义、笔记之外,程千帆还出版有《闲堂文

---

① 新版《古诗考索》现收入《程千帆全集》第8卷,除删去附录的沈祖棻的1篇论文之外,其他篇目未作变动。

② 该书与缪琨合撰,古典文学出版社1957年出版,未收入《程千帆全集》。

③ 该书与沈祖棻合撰,上海古籍出版社1983年出版,收入《程千帆全集》第10、11卷。

④ 该书与孙望等合撰,江苏古籍出版社1988年出版,未收入《程千帆全集》。

⑤ 该书原名《宋诗精选》,江苏古籍出版社1992年出版,后将其中品评部分辑录出来,改为今名收入《程千帆选集》,现《读宋诗随笔》(包括所选诗歌和品评)收入《程千帆全集》第11卷。

程千帆另有《杜诗会通》和《程千帆推荐古代辞赋》两种选本,前者是油印本教材,后者由程千帆选篇,并在卷首撰《辞赋的特点及其发展变迁》一文,由曹虹、程章灿注释,辽宁少年儿童出版社1992年出版。这两种选本皆未收入《程千帆全集》。

⑥ 《书屋》2001年第2期。

⑦ 该书由江苏古籍出版社1994年出版。

薮》、《唐代进士行卷与文学》、《两宋文学史》、《程氏汉语文学通史》以及《文论十笺》、《文学批评的任务》、《关于文艺批评的写作》和《治学小言》等8种关于其他文体以及文学史、文学理论批评的论著，①它们虽非专论诗歌，但皆属于本文所说的广义的诗学范畴。此外，程千帆在史学、校雠学等方面的论著与其诗学有着密切的联系，可为参照或佐证。

程千帆的演讲、谈话、书信、诗歌、序跋、日记、回忆录、读书批注以及对于弟子作业、论文的批改意见等形式的资料也包含丰富的诗学成分，值得高度重视。程千帆因年龄和身体的原因自1980年代中期以后不再撰写论文，但学术思想仍在不断发展变化，其轨迹主要体现在演讲、谈话、书信、诗文创作、弟子作业和论文的批改等形式的资料之中，所以，这些资料对于研究千帆诗学也具有特别重要的意义。

迄今为止，《程千帆全集》囊括了程千帆各类学术论著和现存文学作品的主要部分，其中的篇目经过程千帆的审定，故可视为程千帆学术论著和文学作品的代表之作。②《俭腹抄》则是对程千帆各类学术论著和文学作品的节录，其中包括部分未刊出

---

① 《闲堂文薮》，齐鲁书社1984年出版，收入《程千帆全集》第7卷。

《唐代进士行卷与文学》，上海古籍出版社1980年出版。该书有日译本，译者为松冈荣志、町田隆吉，书名由译者易为《唐代科举与文学》，东京凯风社1986年出版，收入《程千帆全集》第8卷。

《两宋文学史》，与吴新雷合撰，上海古籍出版社1991年出版，收入《程千帆全集》第13卷。

《程氏汉语文学通史》，与程章灿合撰，辽海出版社1999年出版，收入《程千帆全集》第12卷。

《文论十笺》初名《文学发凡》，金陵大学1943年刊印，后由叶圣陶易名为《文论要诠》，开明书店1948年出版；新时期又易名为《文论十笺》，黑龙江人民出版社1983年出版。每出新版，内容皆略有增改，《程千帆选集》所收为最后的定本。收入《程千帆全集》第6卷。

《文学批评的任务》，中南人民文学艺术出版社1953年出版，未收入全集；

《关于文艺批评的写作》，湖北人民出版社1955年出版，未收入全集。

《治学小言》，陶芸编，齐鲁书社1986年出版，其中大部分文章未收入全集。

② 在《程千帆全集》出版之后，又有《闲堂诗学》（编者未详，辽海出版社2002年版）、《大家国学·程千帆卷》（张春晓编，天津人民出版社2008年版）、《千帆诗学》（巩本栋编，凤凰出版传媒集团、江苏文艺出版社2010年版）3种程千帆诗学选集陆续问世。《闲堂诗学》上编诗论部分包括7篇《程千帆全集》未收录的文章，这7篇文章为：《诗的旧与新》、《七言诗的发展》、《王安石〈试院中作〉与〈详定试卷〉》、《说陈师道的诗》、《说叶绍翁〈游园不值〉》、《说岳飞〈池州翠微亭〉》和《人境庐诗的特色与诗界革命》。其他两书所选篇目皆见《程千帆全集》。进入新世纪以来，除上述3种选集之外，程千帆已往的单行本诗学著作也有重新出版问世者。例如武汉大学出版社2008年出版了《文论十笺》、《古诗考索 唐代进士行卷与文学》等书，凤凰出版社2010年出版了《古诗今选》。

的材料。① 不过,需要注意的是,程千帆的学术论著和文学作品在收入全集时既已有所取舍,同时也未搜罗齐全,所以,对于研究者而言,还有继续搜集、整理千帆诗学相关文献的必要。②

从内容上看,千帆诗学存在一个严密有序的逻辑结构,虽然它的研究时段从古至今,研究范围包含诗文、词曲、小说、戏剧等多种文体以及宏观的文学史和文学理论批评,但主要研究对象是唐宋诗歌,其中又有 3 个重点:杜诗、宋诗和主要围绕着唐宋诗歌进行的理论批评。它们贯穿于程千帆一生的学术生涯之中,从未中断。③ 从客观的历史和逻辑上讲,杜诗开启了宋诗的发展道路;但从主观的研究历程上讲,程千帆是受其家学的影响从宋诗出发而追溯到杜诗、唐诗,然后又从杜诗、唐诗回归到宋诗的。而程千帆少年时代所受家学属于以义理、辞章见长的晚清湘学系统,青年时代转益多师,

---

① 《俭腹抄》,巩本栋编,上海文艺出版社 1998 年出版。

② 需要研究者搜集整理的程千帆的学术资料主要包括以下 6 个方面:第一,民国时期和共和国初期的一些未收入全集的诗学论文和文学作品。例如刘彦邦、徐雁平、金程宇、张晖、童岭以及笔者等人皆查阅到一些此类文献。第二,未正式出版的教材或讲义。例如 1950 年代前期编写的《文艺学》油印本藏于北京大学图书馆、武汉大学图书馆等处(该教材承钟厚涛代为复印寄送),《中国近代文学史教程》铅印本藏于复旦大学图书馆(承周兴陆告知,又承刘娇、陈志向查询并拍照寄送)。再如《杜诗会通》是程千帆晚年为中文系研究生和青年教师讲授杜诗的教材,有南京大学中文系油印本;另外,张伯伟、曹虹存有程千帆讲授古诗的听课笔记,拟整理出版。第三,演讲、谈话记录。这一方面的资料大部分已收入全集,但尚有遗珠。如刘重喜记录整理的《程千帆先生谈人生与学问》(《古典文学知识》2002 年第 5 期)、曹虹录音整理的程千帆对刘师培《中国中古文学史》的导读谈话。第四,书信。程千帆的书信抗战前的毁于战乱,"文化大革命"前的绝大多数被抄没,其余书信大多收入《闲堂书简》(陶芸编,上海古籍出版社 2004 年出版,承徐雁平提供电子文本),但还有很多程千帆的书信有待收集整理(这项工作程章灿等人正在进行,并计划增补再版《闲堂书简》)。此外,程千帆保存下来的一部分别人的来信(1977—1995)收入其自编的《程千帆友朋诗札辑存》10 本 12 册,藏于南京大学档案馆(参看张伯伟《〈程千帆友朋诗札辑存〉题记》,《南京大学学报》1997 年第 1 期),其中一部分刊于《程千帆沈祖棻学记》(巩本栋编,贵州人民出版社 1997 年出版)。第五,日记。程千帆的日记现保存在其家属处,尚未问世。第六,程千帆的读书批注以及对弟子的作业、论文的批语和修改意见。此类材料或已捐赠有关学术机构,或保存在各位弟子处。例如程千帆捐赠给南京大学图书馆的《史通通释》、《杜诗镜诠》和《王荆文公诗笺注》等书中皆有批注。此类材料也有待汇集整理。

③ 就杜诗研究而言,程千帆在民国时期就撰写过数篇论文(详见《古诗考索》),在共和国时期,先后在武汉大学和南京大学长期开设"杜诗研究"课程,不仅编有《杜诗会通》的讲义,还撰有《杜诗镜铨批钞》,与弟子合著杜诗研究论文集《被开拓的诗世界》,从中可见他对杜诗的一贯重视。至于对宋诗和理论批评的重视详见后述。

又接受了章学诚为代表的重视义理研究的浙东学派的影响以及西方现代文学理论的影响,因此,这也就引发了程千帆在诗歌研究中追求理论批评的鲜明倾向。所以,杜诗研究、宋诗研究和主要围绕唐宋诗歌而进行的理论批评研究这 3 个方面是本书考察千帆诗学与中国哲学关系的主要依据。

第二节　诗学与哲学相结合的研究维度

19 世纪中期以来,伴随着西学东渐潮流的巨大冲击,中国学术与中国社会一道进入了历史性的现代化转型阶段,其突出标志之一就是形成了对方法论的高度自觉。无论是王国维、陈寅恪、胡适、傅斯年等人的治学方法对于转变近现代学风产生的巨大影响,还是 20 世纪 20—30 年代先后进行的科学与玄学之争、辩证法与形式逻辑之争(50 年代又进行过一次),还是 80 年代兴起的文学研究方法论热以及侧重于治学方法的学术史研究,乃至从 20 世纪末一直延续到现在的对学术规范和研究范式的不断强调,都反映了学术界对方法论的高度关注和积极追求。在这样的一个过程中,与程千帆同时代的很多学者注意到研究方法的层次性,并要求将不同层次的方法结合起来。例如钟敬文认为:

> 学术研究的方法论,大体可分为三个层次。第一个层次是世界观或文化观的层次,也可以称为哲学的层次,它属于学术活动的最高层,是指导研究者客观地审查所面对的事物的根本性质的,例如我们所运用的辩证唯物主义乃至于唯物辩证法(它是一种方法论,同时也是一种世界观),就是属于这高级层次的方法。其次,是一般的或大部分科学共同使用的方法,例如分析法、比较法、归纳法,以及调查和统计法等。这些方法,开始时可能限于某种学科,但后来就成为比较广泛使用的方法了。再次,是适用于某种学科的特殊的研究方法。一种学科,大都有它的共性和个性(特殊性),后来就要求一种特殊

的研究法。例如天文学要用望远镜去观察，考古学（特别是史前考古学）要靠地下发掘出的资料说话，物理学和化学要用实验室的方法来求证，等等。同样，人文学科的不同学科，也多有自己的特殊方法。以上三种方法，虽然各有其性质和范围，但实际上又大都是互相联系的。在使用上也往往彼此互相协力。它们并不一定是"楚河汉界"，截然分开的。①

钟敬文提出了应该相结合的三个层次的方法：哲学的方法，共同的学术方法和特殊的学术方法。如果将共同的学术方法与特殊的学术方法看作一个层次，那么也可以概括为哲学方法与学术方法两个层面。② 就诗学而言，本书将包括共同的学术方法与特殊的学术方法在内的学术方法层次称作一般诗学方法。

从这一角度考察千帆诗学，就可以发现它是一般诗学方法与哲学方法相结合的一个典型。具体而言，千帆诗学的方法论贯通着一种反映着辩证法思想的辩证思维模式，它作为主导性的思维方式统领着一般诗学方法，并渗透于整个诗学研究过程之中，在提出问题、分析问题和解决问题的各个环节都表现出来，从而使得千帆诗学的方法论成为一个以哲学方法为整体构架、以一般诗学方法为构造单元的自主而开放、丰富而统一的综合整体。而且，其哲学方法与一般诗学方法的互相作用、互相促进，对整个千帆诗学的发展方向、发展阶段和发展水平都产生了决定性的影响，构成了千帆诗学的本质属性和显著标志。

鲁迅曾在《诗歌之敌》一文中说："诗歌不能凭仗了哲学和智力来认识，所以感情已经冰结的思想家，即对于诗人往往有谬误的判断和隔膜的揶揄。"③精辟地指出了仅凭哲学和理智进行文学研究的弊端。程千帆本人也一再强调文学研究不能纯是理智活动，反对只依靠逻辑思维、理论思辨对作品艺术、作家心灵进行冰冷的判断。而且，众所周知的是，中华人民共和国成立以后泛滥一时的极"左"思潮、极"左"政治在一切领域都以革命领袖为始点和终点，使得哲学研究高度政治化，变成为主流意识形态的宣

---

① 《我与中国民俗学》，林祥主编《世纪老人的话·钟敬文卷》，辽宁教育出版社 1999 年版，第 70—72 页。

② 李泽厚将数学和逻辑视为操作层的方法，将辩证法视为存在层的方法（《人类学历史本体论》，天津社会科学院出版社 2008 年版），此说可参。

③ 《鲁迅全集》，人民文学出版社 1982 年版，第 7 卷，第 236 页。

传,哲学教育与学习则变成主流意识形态的灌输和思想改造,并导致了庸俗地使用哲学,将文学研究变成哲学教条的附庸或注脚的恶果。因此,自新时期实行改革开放以来,在思想解放潮流的冲击之下,将哲学凌驾于一切之上的观念和方法已名声扫地,失去了昔日神圣不可侵犯的霸权。但是,哲学作为人类追根究底的宏观思路,作为人类理性的最高价值尺度,对于人类的一切认识活动和实践活动都有着深刻的影响,对于文学研究也同样具有重要的意义。另一方面,时至近代,列强入侵,国门洞开,西学东渐之势不可阻挡,向西方学习已成为中国社会、文化变革交响乐的主旋律;特别是进入新时期以来,种种西学成果更加迅猛地涌入大陆,又一次掀起了向西方学习的新高潮。在这种历史背景之下,文学研究者的学术视野迅速扩展,思想观念不断更新,激发出突破固有思维模式,改革研究方法的巨大热情。不过,在向西方学习的方法热当中,以改革开放的态度积极吸收西学新知固然不可或缺,但以自主自信的态度,自觉传承中国学术的文史哲相结合的优秀传统也不可偏废。而在本文看来,千帆诗学恰恰是在中国文学研究历史性转型的过程中既积极吸收西方新知,又自觉传承中国学术传统,从而构建了一个一般诗学方法与哲学方法相交融的范式,充分发挥了哲学在诗学中的积极作用的一个范例。

　　不言而喻,研究先秦诸子必须研究他们的哲学,因为他们那里确实存在着丰富而宝贵的哲学思想。同样,如果千帆诗学坚持中国学术传统,在文学研究中贯通着哲学的观念和方法,渗透着中国文化的智慧,并因此规定着千帆诗学的个性,提升着其境界,决定着其意义,那么,尽管程千帆不是哲学家,尽管哲学方法不等于也不能代替一般诗学方法,但我们也不得不从诗学与哲学相结合的维度考察千帆诗学,探索千帆诗学之中一般诗学方法与哲学方法的互相联系和互相作用,从而揭示千帆诗学与哲学密切联系的奥秘。显然,如果只从一般诗学方法的层面上研究千帆诗学,就意味着遗漏了其中哲学方法的层面,也就难以全面而深刻地把握千帆诗学的特色和意义。

　　本书既从诗学与哲学相结合的维度研究千帆诗学,按照研究方法与研究对象相适应的原则,也同样需要依据中国学术传统,将文史哲结合起来进行综合的研究,同时还应通过与程千帆同时代学者的相关诗学成果的比较,从方法论的理论论述和诗学研究的具体实践两个方面全面考察千帆诗学的一般诗学方法与哲学方法相结合的特殊性及其意义。这种研究对于研究者的哲学素养、文学理论素养以及文学史的基础提出了巨大的挑战，本书希望千虑之一得能够接近研究对象的真实，当然，这都是建立在学习和吸收已有研究成果的基础之上的结果。

第三节　关于千帆诗学与哲学关系的研究现状

改革开放以后，不断问世的千帆诗学成果引起国内外学术界的高度重视，所以，关于千帆诗学的研究成果也处在不断问世的过程之中。程门弟子除了在千帆诗学成果本身的整理出版方面做了相当出色的工作之外，在关于千帆诗学的研究成果、研究资料的收集、刊布方面也做了全面、扎实的工作。例如《程千帆沈祖棻学记》①收录了1997年以前的主要研究成果，《程千帆先生纪念文集》收录了1997至2000年的若干研究成果。此外，《江苏文史研究》2000年第3期（纪念程千帆先生专号）收录了若干纪念性文章和研究论文。这些文献资料为今后的研究提供了很大的便利。当然，关于千帆诗学新的研究成果的不断问世也是可以预期的，故需要研究者随时关注。②

关于以哲学方法治学，程千帆有专门的论述，但对于自己如何运用哲学方法治学，程千帆很少论及。其晚年致万业馨信中曾说自己中岁喜唯物辩证法能说明形式逻辑

---

① 该书由巩本栋编，贵州人民出版社1997年出版。

② 本书写作期间发表的关于千帆诗学的文章有：巩本栋《文艺学与文献学的完美结合——程千帆先生的古代文学研究》（《文学遗产》2002年第2期），莫砺锋《密旨深衷皆肺腑，长书短简俱文章——读〈闲堂书简〉》（学术批评网 www. acriticism. com 2004年6月9日首发）、《重读〈古诗今选〉》（见《古诗今选》，凤凰出版社2010年版）和《程千帆先生学术生涯的晚年辉煌》（《中国文化研究》2011年第3期），孙良山《简论程千帆先生〈唐代进士行卷与文学〉》（《绥化学院学报》2008年第1期），周欣展《千帆诗学的两点论》（《古代文学理论研究》2009年第28辑）和《从神学思维模式到辩证法——千帆诗学发展历程的一个关键环节》（《南京大学学报》2010年第4期，该文是对《千帆诗学的两点论》中的一个相关部分所作的拓展研究），印兴波《家学渊源与学术传承——从程颂万到程千帆》（《南京大学学报》2010年第4期）。

之不能说明的问题，①可谓夫子自道，言简意赅，但也有语焉不详之感。而从现有的关于千帆诗学的研究成果来看，最早撰写关于千帆诗学的研究论文的周勋初指出千帆诗学与辩证法有着密切的联系，还指出辩证法在千帆诗学发展历程中具有重要的意义，其研究成果不仅具有开拓性而且富有启发性。

自 1978 年已被迫退休的程千帆受聘为母校南京大学中文系教授以来，周勋初一直与之共事，同时作为南京大学中文系古代文学学科的学科带头人之一，在该学科的人才培养和学术研究方面与程千帆团结协作，建立了十分亲密的关系，因此，周勋初对千帆诗学有着特别便利的研究条件并且有着全面深刻的认识。

在《程千帆先生的诗学历程》②一文中，周勋初将《古诗考索》上辑中的 16 篇论文分为三组，其中一组包含以下 5 篇论文：

1.《论唐人边塞诗中地名的方位、距离及其类似问题》(1963 年 5 月)

2.《韩愈以文为诗说》(1979 年 1 月)

3.《相同的题材与不相同的主题、形象、风格》(1980 年 10 月)

4.《张若虚〈春江花月夜〉的被理解和被误解》(1982 年 2 月)

5.《古典诗歌描写与结构中的一与多》(1981 年 10 月)

周勋初认为这一组文章更多地应用了现代文学理论上的知识，视野也更开阔了。得出的结论具有更广泛的参考价值，代表着程千帆最新的成就或研究的新方向。在分析其原因时，周勋初特别指出，程千帆"正是在他学习了辩证法之后才能取得这样的成果"，并举例作了具体说明。例如周勋初把《张若虚〈春江花月夜〉的被理解与被误解》与民国时期的《诗辞代语缘起说》进行对比，指出后者主要运用的是形式逻辑的归纳法，而前者"结合各个朝代文学思潮的变迁，说明此诗隐显的原因。尽管研究的对象只

---

① 《闲堂书简》，第 567 页。

② 《程千帆先生的诗学历程》一文是研究千帆诗学的第一篇论文，此文原名《读后记——兼述作者学诗历程》，附录于初版的《古诗考索》。后经修订、扩充改为今名，收入周著《当代学术研究思辨》(南京大学出版社 1993 年版)，现收入《周勋初文集》第 6 卷(江苏古籍出版社 2000 年版)，收入文集时又作了修订。该文从纵(诗学发展的历程)横(诗学的各个领域)两个方面整体性地考察程千帆诗歌研究的贡献、特点及其原因，既能高屋建瓴，又能切中要害。修订之后，关于千帆诗学发展历程的基本观点更加缜密，关于千帆诗学各个领域成果的介绍也更加全面。

是一首诗,但统古今而观之,涉猎很广,发掘很深,对其'孤篇横绝'而'被理解和被误解'的情况作了细致的分析,找出其客观的和主观的因素。识见圆通,逻辑严谨,文笔则挥洒自如。这样的研究,就只能是在辩证法的指导下才能完成的了"。再如周勋初认为《古典诗歌描写与结构中的一与多》"运用哲学上的对立统一规律","对诗歌表现手法中的许多复杂现象作了更广泛的考察,得出了具有哲理意味的结论"。由此周勋初对千帆诗学的发展历程得出一个总体性的结论,即:程千帆的诗学方法经历了一个发展提高的过程,其主要的标志之一就是从运用形式逻辑发展到运用辩证法。[①]

莫砺锋是程千帆在南京大学所指导的最早的 3 名研究生之一,后来又是程千帆指导的第一位博士研究生,毕业后留校任教,与程千帆长期相处,亲承音旨,还曾合作撰文,并编辑了《程千帆选集》和《程千帆全集》,对于其导师的言传身教自然知之甚深。其《程千帆古代文学研究述评》、《程千帆评传》、《莫信诗人竟平淡》以及《密旨深衷皆肺腑,长书短简俱文章——读〈闲堂书简〉》、《重读〈古诗今选〉》和《程千帆先生学术生涯的晚年辉煌》等文,对千帆诗学的学术个性、学术贡献以及方法论意义有全面而深入的论述,其中也论及千帆诗学与哲学的关系。例如他在评论《古典诗歌描写与结构中的一与多》一文时,认为这篇论文论述了一与多这组哲学范畴作为美学范畴和艺术手段而被诗人所认识、运用的情况,内容涉及诗歌表现中的数量、时间、空间、色彩,以及结构中的篇幅、声韵、组诗等各个方面,征引的作品遍及自汉迄清的整个五七言诗歌发展史,从而得出了五点具有普适性的结论,"堪称是一篇从哲学的高度审视文学现象的杰作","如果不具备打通哲学、美学与文学诸学科之藩篱的通识,如果思考的范围囿于某一段历史时期,那么连这种题目都不可能想到,更不用说把它论述得酣畅尽致了"。[②]这样的评论在强调千帆诗学具有通识的特点时,也明确指出了这一诗学成果与哲学不可分割的联系。此外,莫砺锋在《程千帆评传》一文中把程千帆人才培养模式的基本精神概括为:古代文学是传统文化的一个组成部分,由于古代的学术是一个整体,所以研究古代文学绝对不能与史学、哲学分离开来。同时,古代的作家都是在以儒家为代表的先秦学术思想的哺育下成长起来的,他们的人生观、文艺观都离不开孔孟老庄的影

---

① 《周勋初文集》第 6 卷,第 131—134 页。
② 《程千帆古代文学研究述评》,《程千帆全集》第 15 卷,第 256 页。

响,所以,为了真正理解古代作家及其作品,就必须对他们所接受的思想源头有所了解。① 这种强调文史哲不可分离的人才培养模式也可旁证千帆诗学与哲学的密切联系。

程千帆逝世后,在 2000 年 11 月 25—26 日南京大学举办的"程千帆先生学术思想研讨会"上,又有一些学者提出千帆诗学与辩证法有着密切联系的观点。

例如郁贤皓认为:程千帆写于 1980 年代以后的一些论文"不仅成功地体现、印证了他原来追求的方法,而且已发展到运用哲学辩证法、科学思想方法与古今文艺理论相结合来进行诗学研究,其学术思想又发生了升华,代表了他的诗学研究的最高水平"。②

再如陶文鹏认为:"程先生的诗歌艺术研究是充满了艺术辩证法的,是具体和一般、深入和浅出、宏观和微观的结合,新见迭出。"③

此外,台湾学者朱晓海认为,程千帆在中国古典文学方面"之所以有如此造诣和成就,不是单从他在古典文学方面的学养可以获得圆满解释"。④ 他对这一观点的阐述虽然是从程千帆继承中国学术传统的整合四部,知能并重、道德文章相统一等角度来谈的,没有单独说明千帆诗学与哲学的联系,但与哲学的联系包含于其中,也是富有启发性的。

以上就是 21 世纪到来之前学术界关于千帆诗学与哲学特别是辩证法之间有着密切联系的主要成果。它们为进一步研究千帆诗学提供了一个重要的视角,为深入、具体地剖析千帆诗学与哲学的关系奠定了重要的基础。但也应该看到,上述研究成果对于千帆诗学与哲学关系的考察或较零散,或为局部,尚不足以呈现千帆诗学与哲学关系的全貌;而程千帆的夫子自道和周勋初关于千帆诗学与辩证法关系的论述,统领全局,切中要害,但皆较简略,需要进一步分析说明。再者,现有成果中的一些观点也有值得商榷之处,关于千帆诗学与哲学关系的一些重要问题也尚处在付诸阙如的状态。

---

① 《程千帆先生纪念文集》,第 278 页。
② 《程千帆先生纪念文集》,第 339 页。
③ 《程千帆先生纪念文集》,第 346 页。
④ 《我对程先生的几点认识》,《程千帆先生纪念文集》,第 51 页。

例如相关学者没有直接探讨千帆诗学之中辩证法的基本特点与思想渊源,但大多认为千帆诗学运用的是马克思主义的唯物辩证法,而在当代中国大陆长期居于意识形态主导地位的马克思主义辩证法,是包含着马恩列斯的观点以及毛泽东的哲学思想的复合体,他们各自的辩证法,虽皆为马克思主义的辩证法,其实各有分别,如果说程千帆学习、运用的是马克思主义的辩证法,那又是哪一家的辩证法,抑或马克思主义辩证法的哪些方面呢? 研究者对此尚未作出明确的解说。因此,千帆诗学与哲学相联系的真实状态如何,千帆诗学辩证思维模式的辩证法依据如何,等等,这些问题都有待从诗学与哲学相结合的维度作进一步的探讨。

综上所述,千帆诗学是具有重要学术价值和思想文化价值的中国现代诗学成果,对千帆诗学的研究也已成为当代学术史研究中一个引人瞩目的部分,但迄今为止,从一般诗学方法的维度研究千帆诗学的成果很多,而从诗学与哲学相结合的维度研究千帆诗学的成果很少,更无关于千帆诗学与哲学关系的综合性、宏观性研究专著。这说明千帆诗学与哲学密切联系的复杂性和重要性尚未得到足够的重视和细致深入的了解。在这种情况下,如果满足于现状而放弃从诗学与哲学相结合的维度再作研究,就难以把握千帆诗学的完整性和独特性,就会限制对千帆诗学乃至现代中国诗学的认识广度和深度。同时,还会失去一个考察文学研究与哲学如何发生密切联系的宝贵机会,以致影响对文学研究方法论的深入思考。或者,虽然努力另辟蹊径,积极开拓千帆诗学研究的新角度新领域,但完全回避在已有的基础上的继承和发展也有失偏颇。因为这样做只会将学术创新限制在一个狭窄的区域之内,反而妨碍学术研究的开拓和创新。至于因为感到程千帆在哲学方法方面的独立思考有所谓的不合时宜之处而心有余悸,旁顾左右而言他,那就只能是学术的悲哀了。所以,从一般诗学方法与哲学方法相结合的维度来探讨千帆诗学与中国哲学的关系就成为本书的主题和方法。

第二章 千帆诗学两点论的二重性

第一节 一般诗学方法层面的狭义两点论

在千帆诗学的方法论中,最广为人知的是文艺学与文献学相结合的方法,但除此之外,还有很多由两个方面相结合而构成的同类型方法。在大陆学术界,这种形式的方法通常被称作两点论。1990 年程千帆准备退休之际撰写了一篇《闲堂自述》,全面而扼要地总结了自己的学术研究方法。这些方法或为共同的学术方法,或为特殊的学术方法,都属于一般诗学方法的层面;同时,它们有着一个共同的特征,即都是两个方面相结合的两点论。

程千帆首先提到的是源自学术传统的文史并重:

> 我的家学和师承使我在数十年的学术生涯中,一贯文史并重。发表的著
> 作虽以文学为多,但这些研究文学的著作都是建立在史学的实证精神和严密
> 的史料考证的基础之上的。当然,我也注意到了,不能用历史学的方法去解

决应当用文艺学的方法才能解决的问题。①

在谈到诗歌研究时,程千帆又提出了资料考证与艺术分析并重、背景探索与作品本身并重、个性与关系并重,以及从具体到抽象、从微观到宏观等方法:

> 大体说来,在诗歌研究方面,我希望能够做到资料考证与艺术分析并重,背景探索与作品本身并重,某一诗人或某篇作品的独特个性与他或它在某一时代或某一流派的总体中的位置,及其与其他诗人或作品的关系并重。我宁可从某些具体对象入手,然后从中概括出某项可能成立的规律来,而不愿从已有的概念出发,将研究对象套入现成的模式,宁可从具体到抽象,从微观到宏观,而不是反过来。在历史学和文艺学这些基本手段之外,我争取广泛使用其他学科的知识,假如它们有助于使我的结论更为完整和正确的话。②

其中从具体到抽象、从微观到宏观的方法尽管不是直接的彼此并重的形式,但也包含着微观与宏观、具体与抽象两个方面不可偏执、偏废的逻辑关系,故也可归入两点论的范畴。除此之外,程千帆又强调了知与能、感与知并重:

> 在过去,人们大都认为,文学事业,应当知能并重。所以,诗论家几乎毫无例外地是诗人,而诗人对于诗当然也都有其各自的见解。严羽是位有成就的诗论家,他的诗存下来的为数不多,却是很优秀的。伟大的李白和杜甫给后人留下辉煌的诗篇,而他们对于诗歌的精辟见解也是人所共知的,不可忽视的。诗来自感。作诗,必须对外物有其独特的感发,评诗,也要对作品有其独特的感受。单靠理性思维,不但无法作诗,也难以对诗有真知灼见。当然,如果只凭感情,也是无法从事诗歌创作和评论的。基于这种感与知在心灵活动中互相依存渗透的不可分性,以及文学史上诗论家无一不能创作(当然其成就大有高低)这一事实,我多年的认识和体验是:从研究的角度来说,创作实践愈丰富,愈知道其中的酸甜苦辣,理解别人的作品也就愈深刻。③

知能并重以及相应的感与知相结合,自然也是典型的两点论。

---

① 《程千帆沈祖棻学记》,巩本栋编,贵州人民出版社1997年版,第9页。
② 《程千帆沈祖棻学记》,第10页。
③ 《程千帆沈祖棻学记》,第10页。

1950 年代初,沈祖棻将千帆诗学的主要方法总结为考据与批评相结合,把批评建立在考据基础之上,以克服两者脱离而导致的考据陷入繁琐、批评流为空洞的弊端。在 1990 年代中期,程千帆进而提出了文艺学与文献学相结合的方法,其内涵更加丰富,表述也更加凝练,升华了以往考据与批评相结合的方法,但同样还是彼此并重的表现形式,所以程千帆自己就称之为两点论。①

新时期以来,程千帆一系列高水平的诗学成果不断问世,其治学方法、学术个性得到学术界的普遍重视,许多学者除了基本认同程千帆的自述之外,对于其诗学方法还有很多新的发现和说明,而这些方法也大都是一般诗学方法层面的彼此并重形式的两点论。以下从程门弟子的研究和其他学者的研究两个方面,按照时间顺序分别述之。

就程门弟子的研究而言,张伯伟在《程千帆先生的诗学研究》②一文中认为,以作品为中心是程千帆文学研究方法的原则,其中包含着丰富的内容:文学批评不完全是纯粹的理智性认识,无论是作诗还是论诗,都应感字当头;文学理论研究要与作品相结合,以作品来印证理论,从作品中抽象理论;历史学、文献学、语言学、社会学乃至某些自然科学等多方面的知识只能有助于文学研究,而绝不能代替尊重文学特性的文学研究;等等。此外,张伯伟还提到程千帆的通识意识,其中包括不同文体的相通,不同时代的相通等内容。所谓相通,是指不同方面的渗透、互补,与两点论的彼此并重是相一致的。这些具体内容虽然没有直接呈现为彼此并重的形式,但可以相应地归结为考据与批评、理性与感性、作品与理论、具体与抽象相结合以及诗与文相通、古与今相通等两点论的方法。

1991 年张三夕在评论《被开拓的诗世界》一书时,认为该书的特色之一是整体性的文学史通识:其中包括着既强调杜甫与整个中国诗歌史的关系,又强调杜甫与他个人诗歌创作史的关系;在强调杜甫与整个中国诗歌史的关系时,既重视杜诗的承前关系,又重视杜诗的启后关系;而在启后关系的研究中,既看到文学发展的正面影响,又

---

① 《程千帆全集》第 15 卷,河北教育出版社 2000 年版,第 44 页。

② 《程千帆先生的诗学研究》一文是在《〈程千帆诗论选集〉编后记》的基础上增订而成的,其中关于千帆诗学方法的基本观点仍旧,主要是增加了家学和师承、影响和地位两部分内容。该文收入《桑榆忆往》(张伯伟,上海古籍出版社 2000 年出版),又收入陈平原主编的《中国文学研究现代化进程二编》(北京大学出版社 2002 年出版)。

看到文学发展中的负面影响；在强调杜甫与他个人诗歌创作史的关系时，既在整体中突出重点，又在重点中显现整体。该书的特色之二是内在性的比较：在比较中，时而在相同性中发现差异性，时而又在个性中归纳出共性（也可概括为既异中求同，又同中求异）；既有历时态的比较，又有共时态的比较，等等。张三夕所分析、概括的这些通识和比较的具体内容虽然没有直接表现为两点论，但从中可见贯穿着一个统一的彼此并重式的思维模式。张三夕还指出，书中还有理论性与实践性并重，批评与考证相结合，以诗证史与以史证诗相结合，创作体验与理性思辨互相补充等重要内容，它们"都是程先生在长期教学科研中不断探索、逐步形成的富有开拓精神的学术风格的组成部分"。① 张三夕所在这里所说的学术风格即学术方法，并已归纳为若干组典型的两点论。

2000 年莫砺锋在《程千帆评传》一文中也指出程千帆认为从事古代文史的研究一定要有通识，其中除了不同文体的相通、不同时代的相通之外，还包括古代文学批评与古代文学相通、文史哲相通、文学与艺术相通、古代与现代相通、东方与西方相通，等等。② 这些方法也同样可以归纳为两点论。

程章灿在 2000 年"程千帆先生学术思想研讨会"上的发言中认为程千帆的学术历程有一个从专家之学达到通人之学的转变，还提到程千帆晚年谈专与通的关系，主张治学应眼界宽阔，关心自己的专业领域之外的相关领域，而不应固守在一个狭小的领域里面。从中可见这种通人之学与两点论的方法也是相一致的。③

巩本栋在 2000 年"程千帆先生学术思想研讨会"上的发言中则提出，程千帆的学术思想的核心是把文艺学与文献学完美地结合起来的两点论。④ 两年后他又发表了长篇论文《文艺学与文献学的完美结合——程千帆先生的古代文学研究》⑤，在上述发言的基础上对这一两点论的渊源、背景、内涵、演变和意义作了周密深入的阐述，丰富并完善了以前的认识，再次确认了这一方法的核心地位。文艺学与文献学相结合的方

---

① 参看《评程千帆等著〈被开拓的诗世界〉》，《程千帆沈祖棻学记》，第 317—326 页。

② 《程千帆先生纪念文集》，江苏古籍出版社 2001 年版，第 288—289 页。

③ 《程千帆先生纪念文集》，第 360 页。

④ 《程千帆先生纪念文集》，第 361 页。

⑤ 该文原刊《文学遗产》2002 年第 2 期，后收入巩本栋编著《中国现代学术演进——从章太炎到程千帆》，北京大学出版社 2009 年版。

法固然是彼此并重形式的两点论,而其中所包括的主要内容也多是两点论。如巩本栋所言,把文艺学与文献学完美地结合起来的两点论至少有三层涵义:一是意味着应当把版本校勘、文字训诂以及名物考订等一般属于考据学方法的研究,与批评即与对文学作品的理解、对文学家心灵的感知结合起来,二是意味着应当把对作者生平和思想的探索,对作品写作时间、地点,作者所生活的时代背景等史实和材料的考辨,与文学的批评结合起来,三是意味着应当把考据学之外的其他不同学科的知识和方法的运用与文学的批评结合起来。① 显然,它们都是两点论的方法。

就其他学者的研究而言,1994 年傅璇琮在张宏生的博士学位论文《江湖诗派研究序》中说:

> 程先生在 30 年代曾受到南京几位国学大师的教益,"厚德载物",他的学问基础的深厚即来自源远流长的传统。而程先生在此后又逐步接受了科学的世界观,并且恰切地运用了中外关于研治人文学科的新理论,这样他就在传统的治学路数上融入现代科学的成果。特别是他在 70 年代后半期直至现在,他的传统与现代科学成果结合的治学思路已较原来的考证与批评结合更富时代性,在学术层次上更有所发展。这不但体现在程先生近十余年来问世的几部专著上,也表现在他与周勋初先生一起,陆续培养出已斐然有成的好几位博士、硕士研究生身上,因而形成南大古典文学研究那种沟通古今、融合中西、于严谨中创新的极有生气的学风。②

这段话所指出的考证与批评相结合,沟通古今、融合中西等治学方法他人前已论及,但强调了通过在中国传统治学路数上融会现代科学成果所体现出来的融合中西的特点在程千帆学术发展历程中的重要意义。

不过,对此需要说明的是,程千帆少年时代首先接受的是传统的家庭教育,1930年代前后就读于美国基督教团体创办的金陵中学和金陵大学,开始学习英语和其他西学科目。大学毕业时他曾申请哈佛燕京学社,对方要求补习一年英语再予录取(后因日寇入侵等原因而未能如愿赴美留学),可见其英语水平并不出色。共和国成立不久,

---

① 《程千帆先生纪念文集》,第 361—362 页。
② 《程千帆沈祖棻学记》,第 190—191 页。

程千帆曾参加慰问团赴朝鲜慰问志愿军,这是他一生中唯一的出国经历,但不是进行学术交流,而是从事政治活动。自从 1957 年被扣上"右派"的帽子之后,程千帆的教学和科研的正当权利被剥夺近 20 年,对外语的学习和对西学的了解不能不受到严重的限制。因此,在融合中西上,程千帆没有那些有着留学经历的海归学者的外语优势,更没有那些长期生活在发达国家的华人学者自由而方便的条件。此外,近现代以来,一个有机会接受现代教育的中国人,几乎没有不受西学影响的。一个学者的研究工作都或多或少、或深或浅地包含着西学的成分,但要进行建设性的中西融合,并从中体现出自己的独创性并非一件轻而易举的事情。这是因为,第一,如果自觉或不自觉地持奉西方中心主义,将西学当作神圣不可侵犯的最高标准,又缺乏对中国问题之同情的理解,就会用西学割裂、歪曲中学,乃至全盘否定中学,丧失学术研究的独立性和规范性,这也就谈不上中西融合。第二,尽管精通外语,了解西学最新动向,但如果对西学的内容和方法只有零散和肤浅的了解而缺乏系统、深入的研究,在这样的前提下利用西学研究中国问题,虽然体现了博闻多识的优点,但很容易转述有余,创见不足,不仅不能达到中西融合之境,反而易于流入卖弄西学之弊。第三,中西融合是一把双刃剑,任何文化都含有优劣两种成分,如果不是不同文化之间的优优融合,而是不同文化之间的劣劣融合,就可能产生难以想象的恶果。在"文化大革命"期间,极"左"政治将以斯大林为代表的极权专政与以秦始皇为代表的君主专制高度融合,导致了灾难深重的十年浩劫,这是不能不让人们时时警惕的惨重教训。

尽管存在着上述主客观方面的限制和困难,程千帆对融合中西一直保持着自觉而积极的态度,以既不能抛掉传统又不能排斥新东西的辩证态度追求着既是中国的,又是现代的更切合实际或更合理的方法。[①] 所以,他在继承传统方法的同时,积极地、不断地吸收各类西学成果,又能够有效地把它们运用到学术研究之中,在研究方法和研究水平上不断获得新的进展,并且形成了鲜明的学术个性。例如在民国时期程千帆写作的《韩诗〈李花赠张十一署〉篇发微》利用物理学的光学知识以及心理学的光觉和色觉知识解答了在无月之夜"花不见桃(红色)唯见李(白色)"的原因。当然,在与程千帆同时代的学者中,利用自然科学知识解决文学研究问题的人并不罕见,例如金克木的

———————————

① 《程千帆全集》第 15 卷,第 141 页。

《古诗"玉衡指孟冬"试解》一文运用天文学知识解读出《古诗十九首》中"玉衡指孟冬"的确切涵义;①浦江清的《屈原生年月日的推算问题》一文以《离骚》诗句"摄提贞于孟陬兮,维庚寅吾以降"为据,也利用天文学知识推算出屈原出生于公元前339年2月23日的精确日期。② 这两篇论文在利用自然科学知识的复杂性和高难度上都超过了程千帆的《韩诗〈李花赠张十一署〉篇发微》。但浦江清、金克木要解决的是描述性的问题,追求的目标是了解事物存在的真实情形;而程千帆要解决的却是解释性的问题,追求的目标是了解事物存在的内在原因,从中体现了千帆诗学的与众不同之处。再如在共和国时期,程千帆曾将《世界文学》(原名《译文》)杂志中的外国学者的作家作品论与相关的作品仔细对照阅读,通过这种方式在文学作品的艺术分析方法上获益良多。而在遭受了极"左"政治的严重迫害之后,他一方面否定了斗争哲学,另一方面对于马克思主义辩证法的理解和借鉴却多有胜人一筹之处(详见第六章)。自新时期以来,从程千帆对学术结论不稳定性的认识、对偶然性在事物发展变化中的重要作用的重视和肯定等方面,还可以看到千帆诗学与波普尔的证伪理论、普里高津的新科学理论等不断发展着的世界学术保持着一致性。由此可见,虽然外语不是程千帆的特长,融合中西的方法也非千帆诗学所独创独有,但在融合中西方面千帆诗学确有独到之处,故视之为千帆诗学的一个特点不是浮泛之论,而是得实之言。③

1994年金克木在《珞珈山下四人行》一文中回忆抗战胜利后在武汉大学他与程千帆、唐长孺、周煦良的交往和友谊,提出"雅俗共参,古今并重,中外通行,是珞珈四友的共同点"。④"古今并重,中外通行"是同于他人的共识,而"雅俗共参"则是对程千帆治学特点的一个新见解。巩本栋在《文艺学与文献学的完美结合》一文中对程千帆兼重雅俗的特点做过简要的说明,在此不再赘述。

2000年陈平原在《古典学者的当代意识——追忆程千帆先生》一文中认为,程千

---

① 金文原刊《国文月刊》1948年第63期,见《旧学新知集》,三联书店1991年版。

② 浦文原刊《历史研究》1954年第1期,见《浦江清文录》,人民文学出版社1989年版。

③ 傅璇琮这段话提到的于严谨中创新属于学术风格,程门弟子在这方面也有所论述,例如蒋寅指出的谦虚与自信的统一,张宏生指出的严谨和开放的统一(分别见《程千帆先生纪念文集》第199、358页),等等。它们也具有两点论的特征,但本书限于诗学方法的范围,对这些学术风格不另作讨论。

④ 《程千帆沈祖棻学记》,第18页。

帆的"'关注当代',不只是古今贯通,还兼及了'雅俗'与'南北'"。① 在补充说明金克
木提出的"雅俗共参"的特点之外,又指出了程千帆沟通和融合"南北学术"的祈向。由
于篇幅的限制和文体的性质,陈文未能充分展示其论证,但其结论是符合程千帆的学
术思想实际的。我们看到,早在 1940 年代程千帆就已有南北文学逐渐融合的认识。
在《文论要诠·南北文学不同论》的按语中,程千帆根据班固《汉书·地理志》和应劭
《风俗通义自序》关于风俗的看法,并根据《诗经》十五国风各有不同的实例,将风俗一
分为二,分析了先天和后天两个方面的不同之处:

> 文学中方舆色彩,细析之,犹有先天和后天之异。所谓先天者,即班氏之
> 所谓风,而原乎自然地理者也。所谓后天者,即班氏之谓俗,而原乎人文地理
> 者也。前者为其根本,后者尤多蕃变。盖虽山川风气为大齐,而政教习俗时
> 有熏染。山川终古若是,而政教与日俱新也。②

据此,程千帆认为,自然地理上的区别,对文学发展固然是重要因素,但并非决定条件,
随着社会文明的进步、交通和交流的便利,学术文艺的南北之分将逐渐消泯。中国学
术文艺的发展正是按这一轨迹前进的,自晋代以来特别是五代以后南北学术文艺的区
别已逐渐减弱,到后来已是同多异少,同中见异。所以,刘师培的南北学派不同论只适
合上古,对于中国南北文学的差别且有强调过甚之嫌,好像只能用地理差别解释周秦
以来的文学变迁,希望研究者注意。③ 1980 年代程千帆所出的一份博士生入学考试
(唐宋文学专业)试卷中,有一试题为:"南北文风、学风不同,前人多有论述,就你所知
加以说明。"④可见他对融合南北学术问题的一贯重视。1990 年代程千帆在《中华大
典·文学典》的序中又说:"从秦汉以来基本上作为一个大一统的中央集权的帝国,也

---

① 《程千帆先生纪念文集》,第 133 页。

② 《程千帆全集》第 6 卷,第 121 页。

③ 原文为:"我国学术文艺,虽以山川形势、民情风俗,自古有南北之分,然文明日启,交通日繁,则
区别亦渐泯。东晋以来,南服已非荒徼,五代以后,中华更无割据。故学术文艺虽或有南北之分,然其细
已甚,与先唐大殊。刘君此论,重在阐明南北之始即有异,而未暇陈说其终则渐同。古则异多同少,异中
见同;今则同多异少,同中见异。此今古之殊,亦论吾华文学发展之地理因素所不可忽视者也。且地理区
分,于文学之发展,固不失为重要之因素,然实非决定性之条件。刘君此论,于我国文学南北之殊,强调过
甚,遂若舍此一端,既无以解释周、秦以次文运之变迁,此亦一往之见。今诵此篇,于斯种种,固不可不分
别观之也。"(《程千帆全集》第 6 卷,第 121 页)

④ 引自蒋寅《我的老师程千帆先生》,《学术的年轮》,中国文联出版社 2000 年版,第 207 页。

就相应地使人们产生了大一统的政治观念，由此而使得中国文学呈现出强烈的统一性。南北文学一方面有差异，另一方面也有交融。尤其是当国家政权处于统一而不是分裂的状况下，文学的地域性特征常常只呈现在整个文学长河中的某些支流之中。"① 由此可见，关于融合南北学术的倾向在程千帆那里有着理论上和历史上的坚实依据，并贯穿于其一生的学术生涯之中。还值得说明的是，程千帆指出政权统一影响文学的统一性的观点与钱穆的观点有相似之处。钱穆在《中国散文》中指出："中国文学发达，与西方不同。主要缘于中国古代就有一个统一政府。各地地方性文学，要传播到全国，不得不先经过政府之淘洗与雅化。因此我们说，中国文学主要不是地方性的。"② 不过，程千帆主要是从南北文学互相交融的角度来谈统一性的，与钱穆从地方性文学渗透到全国的角度来谈统一性并不一致，而这一点恰恰体现了两点论的方法特色。

可作参照的是，与程千帆年龄相近的同时代文史学者，很多人在学术上方法上也持两点论。例如缪钺晚年在自传中说：

> 我窃不自揆，提出一个治学的祈向，主要有三点：一、论与史结合。就是在掌握广博而又经过考核的史料的基础上，运用马克思主义的理论进行分析、论断；二、古与今结合。就是要通古今之变，研究历史，联系今天的实际，阐述数千年中我们国家民族兴衰治乱之迹，学术文化的变迁，以供借鉴；三、文与史结合。用文学作品与历史资料互相印证，互相补充，有利于发掘问题，树立新义。这三点又是互相联系的，一是指导思想，二是纵的关系，三是横的关系。总的要求是在广博的基础上求专精。③

---

① 该文为莫砺锋代笔，但体现了程千帆的观点。《中华大典·文学典·宋辽金元文学分典》，江苏古籍出版社 1999 年版。

② 《中国文学论丛》，三联书店 2002 年版，第 68 页。

③ 缪钺，1904 年 12 月 6 日生，比程千帆年长 9 岁。《缪钺自传》撰于 1980 年 9 月，刊于《中国现代社会科学家传略》（第五辑）（山西人民出版社 1985 年版，第 482—484 页）。此后不久，缪钺在 1981 年 2 月写作的《自传及著作简述》对其治学方法又精简述之："我窃不自揆，提出一个治学的蕲向，主要有三点：一、论史结合。就是要在掌握广博而又经过考核的资料的基础上，运用马克思主义的理论进行分析论断。二、古今结合。就是要'通古今之变'，研究古代历史，联系今天的实际，阐释数千年中吾国家民族兴衰治乱之迹以及学术文化之发展变迁，彰往察来，以供借鉴。三、文史结合。用文学作品与历史资料互相印证，互相补充，发掘问题，树立新义。"参看《中国当代社会科学家》（第三辑），书目文献出版社 1983 年版，第 339—340 页。

这段话中提出的论与史结合、古与今结合、文与史结合以及广博与专精相结合都是典型的两点论。再如钟敬文在祝贺《文学评论》创刊 40 周年时用诗句表达了关于文学评论、文学研究的基本主张：

> 艺术重欣赏，其次乃评论。

> 倘若两兼之，品格自高峻。①

这首诗强调对文学的理性考察应与对作品的涵泳、鉴赏结合起来，把评论、研究建立在欣赏的基础之上，以达到更高的层次。这与程千帆强调的知与能相结合、逻辑思维与形象思维相结合的两点论主张是相一致的。所以，对于与程千帆年龄相近的同时代学者而言，一贯而自觉地运用学术方法层面的两点论不是孤立的现象，而是具有普遍性的时代特征。但这些学术方法层面的两点论在程千帆那里既有继承，又有创新，既丰富多彩，又高度统一，形成了千帆诗学的鲜明特色。显然，这种情形并非偶然或巧合；而其中透露出来的种种矛盾范畴之间交融互补、不可偏执偏废的辩证态度，提示我们不应局限于一般诗学方法的层面，而应进入哲学方法的层面作进一步的研究，以全面深入地探索千帆诗学方法论的奥秘。

第二节　哲学方法层面的广义两点论

同其他学者一样，程千帆也高度重视研究方法，同时，对于研究方法的层次性也有自觉的认识，明确提出既要运用一般诗学层面的方法，还要运用哲学层面的方法。

莫砺锋在《程千帆评传》一文中指出，程千帆人才培养模式的基本精神首先就是基于古代学术是一个整体的客观事实，要求研究古代文学绝对不能与史学、哲学分离开来。②

---

① 《钟敬文诗学与文艺论》，安徽教育出版社 2010 年版，第 220—221 页。
② 《程千帆先生纪念文集》，第 278 页。

这确实是程千帆对弟子的一贯而共同的要求。我们看到，1950 年代程千帆在武汉大学开始招收研究生时，对弟子提出的要求之一就是要注意文学与历史、哲学的关系。①"文化大革命"后程千帆在南京大学重新招收研究生，也一再要求弟子的学术视野不要仅限于文学，而要将历史、哲学包括在内。例如程千帆在南京大学第一批招收的 3 个研究生之一张三夕毕业后讲授唐代文学，程千帆对他指出，除了在文学方面要注意各种文体之外，对历史、哲学也要付与足够的重视；而在哲学方面，要特别注意儒学，还有佛道对当时现实生活的影响。② 再如与几位博士生谈话时，程千帆又说："作为文学研究者，对哲学史、思想史是必须了解的，比如曹虹要搞六朝文学，必须熟悉三玄，把这搞通后可以从哲学和文学的关系作深刻研究。"③再如指导巩本栋写作博士论文时，程千帆也提示北宋党争有哲学基础，表现为"学"争。④ 上述事例皆可见程千帆对于哲学的一贯重视。

在课程设置上也可见程千帆对哲学的重视。程千帆晚年为研究生开设了两门课程，一门是"校雠学"，讲授如何搜集整理材料，属于文献学的范畴；一门是"杜诗研究"，讲授如何解读和分析材料，属于文艺学的范畴（当然，其中也包含着文献学的运用），体现了文献学与文艺学相结合的辩证思想；而在为博士生安排的其他必修课程（经典研读）中，一直包括经史子集四部典籍，用现代术语讲就是文史哲三个方面。起初博士课程学习一年半，程千帆为第一个博士生莫砺锋规定了 8 种经典：《论语》（包括《孟子》）、《老子》（包括庄子）、《诗经》、《楚辞》、《左传》、《史记》、《文选》和《文心雕龙》。后来博士生课程学习缩减为一年，程千帆为博士生规定了 5—6 种经典，书目尽管有所缩减，且因人而异，但仍然包括了文史哲三个方面。例如为蒋寅规定的 6 种经典是：《庄子》、《左传》、《史记》、《诗经》、《楚辞》和《文心雕龙》；为巩本栋规定的 5 门经典（课程）是：《楚辞》、《庄子》、《文选》与《文心雕龙》、《后汉书》或《南史》，以及"古典文献整理与研究"。这种包括文史哲三个方面的课程安排（经典研读）既反映了程千帆对先秦学术源

---

① 参看吴志达《终生受用的一席话》，《程千帆沈祖棻学记》，第 242 页。

② 《闲堂书简》，上海古籍出版社 2004 年版，第 310 页。

③ 《程千帆全集》第 15 卷，第 112 页。

④ 《程千帆全集》第 15 卷，第 122 页。

头的高度重视,也可证明程千帆对于哲学的高度重视。①

但应予说明的是,程千帆不仅要求把哲学作为一种基本知识,而且要求把哲学作为一种基本方法。1995 年 5 月程千帆与南京大学中文系本科学生座谈,在回答文史结合的研究方法的问题时,他主动提出为什么在古代只有"文史结合"而没有"文史哲结合"的问题,认为这是因为中国古代有哲学,但没有"哲学"这个词。像"道"、"天命"、"天性"等词也不能完全相当于"哲学"这个词。但中国哲学也相当发达,特别是关于人事方面的哲学,如伦理哲学、道德哲学、人生哲学、政治哲学等等。② 由此可见程千帆对于冠以文史结合之名的综合方法并没有忽视其中实际包含着的哲学方法的维度。而程千帆所说的哲学方法,最主要的就是表现为辩证思维模式的辩证法。

辩证法在中外早已有之,古希腊的辩证法主要是指论辩的一种思维方法,侧重于概念的矛盾运动,而中国先秦的辩证法则侧重于认识对象自身的矛盾运动。目前在大陆学术界辩证法一般是指关于外部世界(自然、社会)和人类思维的一般规律的学说,主要内容包括对于事物之矛盾(或称对立面、对立物、对立双方,等等)及其关系的认识以及由矛盾之间的互相联系互相作用而引发的事物之发展变化的认识。辩证法既是世界观,又是方法论,因为这种对事物矛盾及其关系以及事物发展变化的认识可以作为一种思维模式运用到具体的研究工作之中,影响着研究的问题、研究的方法以及最后的结论等各个方面、各个环节,形成鲜明的辩证思维特色。在这一意义上,大陆学术界常常将它和片面地、孤立地、静止地看待事物的所谓"形而上学"的思维方式相对应。

所谓辩证思维模式,是指自觉或不自觉地按照某种辩证法思想,遵循其基本规律,以之去认识一切事物的思维方式。它在运用概念,进行判断、推理、论证的过程中体现出特殊的性质,即注重研究对象之矛盾及其对立统一关系的考察,并运用归纳与演绎、分析与综合、抽象与具体、逻辑与历史相统一等方法以推进思考、深化认识。同时,它也体现在运用各种矛盾的对立统一关系去创造文学艺术作品的形象思维过程之中。

1984 年初程千帆发表的《治学要重视解决矛盾》一文探讨了共同的学术方法,它

---

①　国内另外一所大学古代文学学科博士生的必修课程(经典研读)是《诗经》、《楚辞》、《史记》、《文选》、《文心雕龙》和《杜诗》,只有文史两个方面,可作参照。

②　参看刘重喜记录整理《程千帆先生谈人生与学问》,《古典文学知识》2002 年第 5 期。

虽然是一篇很短的文章,但从其标题上就可见对于运用辩证法(辩证思维模式)的自觉性,因为对分析矛盾、解决矛盾的高度重视正是辩证思维模式的典型表现。再从其内容上看,该文首先把治学方法一分为二:一方面,特定的研究对象有特定的研究方法,同一对象研究的重点不同,研究方法也有所不同;另一方面,无论是研究自然科学,还是研究哲学、社会科学、人文科学,又都有它们共同的方法,换言之,就是有它们都需要解决的共同矛盾。然后,该文就共同的方法进行了探讨,而这一探讨又是围绕着"专精与博通的矛盾"、"材料与论点的矛盾"和"局部与整体或宏观与微观的矛盾"等多种矛盾范畴进行的,其矛盾分析从头至尾贯穿全篇。就专精与博通的矛盾而言,程千帆认为在广泛的知识基础上,深入钻研某一领域,乃是古今学者取得成就的通途。就材料与论点的矛盾而言,程千帆认为对材料与理论两者,虽然不妨有所偏重,却决不可偏废。就局部与整体或宏观与微观的矛盾,程千帆认为当一个人从事局部工作时,想到整体和想不到整体在效果上是大有差别的;从事微观时,是否想到宏观也是一样。最后,程千帆又指出,古与今、外与中、红与专等矛盾之所以在实际生活和工作中有时并没有解决,是因为这在根本上涉及世界观的改造问题。①

该文尽管没有直接提出要运用辩证法或辩证思维模式,但它把没有解决好种种矛盾的关系归结为世界观的问题与其重视解决矛盾的标题一样也反映了对于辩证法或辩证思维模式的自觉意识。同时,关于"专精与博通的矛盾"、"材料与论点的矛盾"和"局部与整体或宏观与微观的矛盾"等多种矛盾范畴的分析和主张也只能是娴熟地运用辩证思维模式的结果。程千帆在口述回忆录中说,《治学小言》里每一个题目往往只有千把字、几百字,但都可以写成大文章。② 从中可见这篇文章所强调的重视解决矛盾的辩证思维模式在千帆诗学方法中的原则性和重要性。

1996 年 10 月由南京大学中文系古代文学学科创建的学术沙龙性质的素心会请程千帆作学术演讲,程千帆确定的主题是古代文学研究方法,题目是"两点论——古代

---

① 《治学小言》,齐鲁书社 1986 年版,第 28—30 页。

② 《程千帆全集》第 15 卷,第 45 页。《治学小言》虽篇幅短小,但比较集中地反映了程千帆对于学术研究和人才培养等方面的重要思想,程千帆自己也很看重这本书,故具有很高的学术价值和研究价值。其中的多篇文章未收入《程千帆全集》,似应在今后修订全集时增补进去。

文学研究方法漫谈"①。在演讲中，程千帆首先从哲学的观念谈起，提出任何东西作为客观的存在都有与之相对应的另外的一面的观点，以此作为两点论的理论前提，并否定了与之对立的一点论。然后，程千帆主要从形象思维与逻辑思维，文艺学与文献学两个方面来阐述研究古代文学的两点论，认为文学研究应形象思维和逻辑思维并重，对古代文学的作品理解要用心灵的火花去撞击古人，而不是纯粹地运用逻辑思维；还应将文艺学和文献学精密结合，一方面要有比较深刻的美学艺术修养，其中包括创作经验在内，一方面要有深厚的文献学知识，要懂得版本、目录，要懂得音韵、训诂，还要懂得风俗、制度。此外，程千帆还谈到文与史、高与大的关系，要求既知文也知史，既能高又能大；最后还提出既可以坚持自己独特的审美趣味，又要能够宽容欣赏异量之美，并将它们都列入两点论的范围。程千帆如此谈论两点论，显然是将两点论上升到了辩证法的高度，同时又将辩证法高度的两点论贯彻于形象思维与逻辑思维并重、文艺学与文献学相结合等一般诗学方法层面的两点论之中，从而使得两点论具有了二重性：一方面是指文艺学与文献学相结合等多种一般诗学方法层面的两点论，另一方面也是指哲学方法层面的两点论——辩证法（辩证思维模式），程千帆在演讲中也称之为辩证的方法。

　　这次演讲伊始，程千帆讲述了八仙故事中有人不要吕洞宾给的金子而要其点石成金的手指头的故事，以说明研究方法的重要性。他还讲述了《西游记》中孙悟空众多仙法都不学而只学长生不老七十二变的故事，以说明要学就要学到最高等的东西。程千帆将这两个故事结合起来，把最重要的治学方法比作人类十个手指中的大拇指。根据上述对其演讲内容的分析可知，程千帆不仅是把一般诗学方法层面的种种两点论而且还把哲学方法层面的两点论当作大拇指——最重要的治学方法赠送给同学们的。正因为没有将两点论局限于一般诗学方法的层面，而是将之上升到哲学方法的层面，所以程千帆明确地说，两点论不只是研究古代文学的方法，做学问最重要的方法就是在任何时间、条件下都需要记住两点论。

　　鉴于千帆诗学的两点论兼具一般诗学方法层面和哲学方法层面的二重性，同时也由于哲学方法更具有根本性和普遍性，所以，为便于区分，我们把一般诗学方法层面的

---

① 《程千帆沈祖棻学记》，第79—86页。

种种两点论称作狭义的两点论,把哲学方法层面的两点论称作广义的两点论。而当我们侧重于讨论广义的两点论时,则据视角的不同赋予不同的名称,从哲学理论的角度我们称之为辩证法,从思维方式的角度我们称之为辩证思维模式或辩证思维,从具体运用这种方法的角度我们称之为辩证分析或矛盾分析。

第三节　狭义两点论与广义两点论的关系

在千帆诗学那里,一般诗学方法层面的狭义两点论与哲学方法层面的广义两点论之间不是分离隔绝、对立排斥的关系,而是交融互补、和谐统一的关系,起到了相反相成的积极作用。

就广义两点论对狭义两点论的作用而言,前者对后者首先起到了统领的作用。

当我们认识到千帆诗学两点论的二重性,区分了一般诗学方法层面的种种狭义的两点论和哲学方法层面的广义两点论之后,也就能够发现,千帆诗学之中由两个矛盾范畴相结合而构成的种种一般诗学方法层面的狭义两点论,如文史并重、知能并重、逻辑思维与形象思维相结合、文艺学与文献学相结合,以及沟通古今、融合中西、雅俗共参,还有通识意识中的不同时代、不同文体、不同学科、不同领域等等矛盾范畴的相通,皆可统一于哲学方法层面的广义两点论,后者对于千帆诗学方法的丰富而统一的特性可以给予有力的解释。这是因为只有通过辩证思维才能把文与史、知与能、感性与理性、考据与批评、文献学与文艺学以及中与西、南与北、古与今、大与小、雅与俗、诗与文等等矛盾范畴紧密地联系起来并构成交融互补的对立统一关系。就文艺学与文献学相结合的方法而言,如前所述,在"两点论——古代文学研究方法漫谈"的演讲中,程千帆把文艺学与文献学相结合和形象思维与逻辑思维相结合以及文与史相结合、高与大相结合等命题一道作为广义两点论的具体表现形式加以论述,这几个命题虽然在论述上有主次之分,但在逻辑结构上处于同一层次,明确地显示了辩证思维模式高于文艺学与文献学相结合方法的地位以及前者对后者的统领意义。再从文艺学与文献学相结合方法的内容上来看,它包含着知与能并重、感与知并重、资料考证与艺术分析并重、背景探索与作品本身并重、历时性研究与共时性研究并重、宏观研究与个案研究并重等丰富的内容,并体现了传统与现代相结合、微观与宏观相结合、具体与抽象相结合、严谨与开放相结合等学术风格,这些方面也同样渗透着辩证思维,统一于辩证思维。由此不难推知,如果失去一以贯之的辩证思维模式,文艺学与文献学相结合的方法即使提了出来也可能只是一个孤立、浮泛、空洞的口号,难以产生理想的实际效果。所以,在千帆诗学那里,对于文艺学与文献学相结合的方法来说,辩证思维模式既是其基石,也是其灵魂,无论是形式还是内容它都难以脱离辩证思维模式而独立存在。所以,作为宏观的思维模式或战略思想的广义两点论,它虽然不能直接体现文学研究方法的特殊性,也不能代替一般诗学方法层面的种种狭义的两点论,但它贯通于这些狭义两点论之中,对它们起着包容、统领的作用,成为它们的纲领和灵魂。

其次,广义两点论对于种种狭义两点论的丰富和发展也起着关键的推动作用。这一点在程千帆提出从理论的角度研究古代文学应当既要研究"古代的文学理论"又要研究"古代文学的理论"的"两条腿走路"方针以及提出文艺学与文献学相结合方法的过程中都有很突出的表现。

1970 年代后期,随着对"文化大革命"的彻底否定,许多学者对中国文学理论批评史研究长期以来只重视研究已有的文学理论批评而忽视作品研读,不与文学实践相结合的不良倾向提出了批评。程千帆也是其中的一位积极分子。不过,虽然在反对这种不良倾向的态度上与他人一致,但其思路和主张却有独到之处。我们看到,程千帆在《古典诗歌描写与结构中的一与多》一文中把古代文学理论区分为两个方面——"古代的文学理论"和"古代文学的理论",进而提出"两条腿走路"的研究方针:既要研究"古代的文学理论",又要研究"古代文学的理论"。在要求紧密联系作品研究古代理论家的已有理论成果之外,倡导继承和发展主要研究作品,直接从作品中抽象出文学规律和艺术方法的传统,在古代理论家已经发掘出来的材料之外,再开采新矿,从中作出新的发现。[1] 在《从小说本身抽象出理论来》一文中,程千帆又就小说研究具体说明了这

---

[1]　《程千帆全集》第 8 卷,第 116 页。

一方针,指出古代小说理论应当分为"古代的小说理论"和"古代小说的理论",即古代小说中所蕴含的可以抽象出来的理论;提出在研究从班固到严复的小说理论之外,还要继承传统,像袁中郎、李卓吾、金圣叹等人那样反复阅读、研究小说作品,从中找出蕴藏在那些作品中的艺术规律、思想实质等等,然后将其抽象出来,继续发掘蕴含在古代小说中的理论来丰富古人已经总结出来的小说理论,这样,才有继承,有发展;并认为这两种方法,合之则双美,离之则两伤。①

巩本栋在谈到文艺学与文献学相结合方法的发展演变时认为,"两条腿走路"的研究方针是文艺学与文献学相结合的方法推衍到中国文学批评史研究领域的结果。②不过在笔者看来,文艺学与文献学相结合的方法虽然与"两条腿走路"的研究方针相融通,但并不具备将古代文学理论分析成为"古代的文学理论"与"古代文学的理论"两个方面的能力,而具有这种一分为二能力的恰恰是辩证思维。同时,这一方针所包含的将古代文学理论批评研究与古代文学联系起来,③要两条腿走路而不要一条腿走路,在继承的基础上创新发展等意见,也鲜明地体现了多元并重、反对偏执一端的辩证态度。所以,程千帆提出"两条腿走路"的研究方针与其说是文艺学与文献学相结合方法的逻辑推衍,倒不如说是辩证思维的积极效应。

程千帆提出的文艺学与文献学相结合的方法是其一般诗学方法论上的代表性成果,在其种种狭义的两点论中居于特别突出的地位,并已成为南京大学古代文学学科的一个标志性的学术特色,在国内外学术界产生了重要的影响。众所周知,这一方法是从考据与批评相结合的方法发展而来的;但需要说明的是,考据与批评相结合的方法并非程千帆的独创而是民国时期众多学者的共同追求。

考察中国近现代的文学史研究,可以看到 20 世纪 30—40 年代有一些中国学者主

---

① 《治学小言》,第 131—132 页。

② 《程千帆先生纪念文集》,第 362 页。

③ 如同主张文学批评史研究应把理论研究与古代文学联系起来一样,程千帆主张文学史研究也应与文学理论联系起来,要求古代文学研究者懂得古代文学理论批评,提倡创作与批评交叉研究的方法。例如他在探讨韩愈以文为诗的历史背景时,就是将不同时期的对于以文为诗这种艺术表现手段的不同看法与当时的文学创作实践结合在一起交叉考察,从而获得由唐到宋诗歌发展史上的新发现。再如他指导陈书录运用创作与批评交叉研究的方法探讨明代诗文创作与理论批评的交叉演进,在研究内容和研究方法上也都有所突破。

要接受了英美新批评派的影响,在不废传统的考据之外,追求依据文学的特殊性而进行解释性分析的批评。

1920 年代肇端于英国,后来在美国兴盛一时的新批评派,强调文学批评关注的对象不是一部作品的种种外在条件而是作为一个独立实体的作品本身,以弥补当时英美学界通行的偏重于作家传记、历史背景以及文学史研究而忽视文学本体和文学理论批评的不足。作为新批评前辈的英国学者瑞恰兹(Ivor Armstrong Richards)、燕卜荪(William Empson,中文名字为安浦生)师生二人皆曾在中国长期执教,他们的著作,如《文学批评原理》《实用批评》《复义七型》等也随之传入中国,尽管他们将作品与作家、环境、读者脱离开来的孤立倾向没有得到中国学者的认同,但他们以作品为中心的观念、对于文学语言特殊性的强调、对于作品本身进行详尽的语义学分析(细读)的重视,却对中国学者产生了明显的影响。例如朱自清与瑞恰兹、燕卜荪皆曾同校共事,也读过他们的著作,对于他们的语义学分析方法十分重视。在《语文学常谈》一文中,朱自清特别介绍了瑞恰兹的关于语言有文义、情感、口气、用意等四层意义的观点,并对此作了解说和评论,认为"他们这一派并没有建立意义学(即语义学)的名目,所依据的心理学也未必是定论,意义学独立成为一科大概还早,但单刀直入地从现代生活下手研究语言文字,确是值得我们重视的"。① 在《诗多义举例》一文中朱自清说:"单说一首诗'好'是不够的,人家要问怎么个好法,便非先做分析的工夫不成。"那么,如何进行分析呢? 他认为中国传统的比兴派和评点派都运用了分析的方法,但这两派似乎都将诗分析得没有了,而燕卜荪《复义七型》中的分析词语意义的方法很好,可以试用于中国旧诗。因此,朱自清专门借鉴这种方法对四首古诗词句的多义性进行了详细的分析。②

在新批评等西方文学理论的影响之下,一些学者已在程千帆之前提出考据与批评相结合的方法。如 1943 年陆侃如在为傅庚生的《中国文学欣赏举隅》所写的序中提出,"文学批评上分析的和综合的两种工作应该并重",要"用分析的功夫而达综合的目的"。并以王国维为例,认为王国维在撰写《宋元戏曲史》以前,已有《曲录》、《戏曲考

---

① 《朱自清全集》第 3 卷,江苏教育出版社 1988 年版,第 172—173 页。
② 《朱自清全集》第 8 卷,江苏教育出版社 1993 年版,第 206—209 页。

源》、《唐宋大曲考》、《优语录》、《古剧角色考》、《曲调源流考》6 种著作,它们属于分析的工作,而《宋元戏曲史》则是综合的工作。"分析为综合的准备,综合为分析的目的。不仅文学批评必须兼备两种工作,任何科学莫不皆然,任何成功的学者决不会忽视其中的一方面。"该序又征引郭沫若在《屈原研究》一文中的说法:"讲屈原的诗,首先须要考证屈原的诗。现在世间流行的屈原的作品,有好多成了问题。我们要把这些成问题的加以考证,然后才能更进一步作艺术的研究。"① 由此可见,在陆侃如那里,所谓分析,就是指考据;所谓综合,就是指批评。所谓分析与综合并重,由分析而达综合,也就是文学研究不能仅仅停留在考据的阶段,并将批评建立在考据的基础之上。

陆侃如在抗日战争胜利后完成初稿的《中古文学系年》的序例中又说,文学史的工作有三个步骤:第一是朴学的工作,即对作者的生平、作品时间的考订和对作品的校勘、训诂等;第二是史学的工作,即对作者的环境,作品的背景,尤其是对当时社会经济状况的考察;第三是美学的工作,即对作品内容与形式进行分析,探究作者的写作技巧及其在文学史的影响等。所以他计划以中古文学为对象,写成三部书:一是《中古文学系年》,考订作家事迹;二是《中古文学论丛》,探讨文学与当时社会经济的关系;三是《中古文学史》,在以上两书的基础上,进行美学的工作。② 这同样体现了考据与批评并重,将批评建立在考据基础上的主张。

尽管考据与批评相结合的方法不是程千帆的独创,但从考据与批评相结合的命题发展成为文艺学与文献学相结合的命题是由程千帆创造性地完成的。③ 其基本过程大致经历了三个环节。

第一,延续把批评建立在考据基础上的旧命题。如前所述,在 1954 年出版的《古典诗歌论丛》后记中,沈祖棻指出程千帆在诗歌研究中运用的是考据与批评相结合、将

---

① 《中国文学欣赏举隅》,北京出版社 2003 年版。

② 《中古文学系年》,人民文学出版社 1985 年版。

③ 1997 年钟敬文在《文学评论》创刊 40 周年纪念会上的讲话中说,在日本的文学界,文学理论的研究有不同的方面,一个方面是文艺学的研究,一个方面是文献学的研究,属于应该适当地吸收,实事求是地予以借鉴的范围(《钟敬文诗学与文艺论》,第 222 页)。这样的意见已同时论及文艺学和文献学,但其论述重点在于引出增加民俗学研究的新视角的主张,在时间上也迟于程千帆提出文艺学与文献学相结合的方法。

批评建立在考据基础上的方法。此后不久,程千帆非罪遭谴,被迫劳动改造,沉默了 20 年,直至"文化大革命"结束在 1970 年代末回母校南京大学重新任教后才恢复了发言权。为在古代文学研究领域拨乱反正,挽救极"左"政治所导致的学术凋敝,程千帆当时一再谈到考据与批评相结合,强调考据与批评不可割裂、不可对立、不可代替,而应当两者并重,互济互补。例如 1981 年在《詹詹录》中说:

> 考证与批评是两码事,不能互相代替。但如果将它们完全割裂开来,也会使无论是考证还是批评的工作受到限制和损害。从事文学研究的人,同时掌握考证与批评两种手段,是必要的;虽然对具体的人来说,不妨有所侧重。[①]

1982 年与硕士研究生谈话时又说:

> 要注意作品,不能够把文学批评、研究作品和资料考据对立起来,你可以有所偏重,专门搞考据,但不是说只有自己这才算学问,别人的都不算。

同时还说:

> 认为只有考据才是学问,那是偏见;说可以抛弃语言文字,直接去进入作家的心灵,那完全是神秘主义。所以,你们一定要掌握两套本事,至于将来做什么,可以有所偏重。你可以专门搞考据,但不能菲薄文学批评;你搞批评,也要学会利用别人的成果。

并以自己为例说:

> 我更偏重于搞批评,但我绝对不反对搞考据,因为要是反对它,你就连基础也没有了。我一辈子就是两套本事,既搞考据,又搞批评。[②]

这些意见与沈祖棻所述基本一致,故可视为以往命题的延续或恢复。

第二,发现把批评建立在考据基础上的表述有不周密之处,并作了修正。在延续这一命题的同时,程千帆也指出了其中的不足之处。如 1982 年与硕士研究生谈话时,有学生提出程千帆曾说要把批评建立在考据的基础上。程千帆回复道:

---

① 《治学小言》,第 43 页。
② 张宏生整理《打好基础,拓宽视野——与硕士生的一次谈话》,《程千帆沈祖棻学记》第 68—69 页。

　　　　我那时的提法有点毛病，因为考据只是一种方法，如果说成把批评建立在通过考据而得出的坚实的材料的基础上，就更准确了。①

　　所以，1990 年他在退休之际撰写的总结自己学术经历的《闲堂自述》中没有直接提到把批评建立在考据基础上的方法，也没有提到考据与批评相结合的方法，而是较为具体地表述为"资料考证与艺术分析并重，背景探索与作品本身并重"等方法。

　　第三，提出文艺学与文献学相结合的命题，并把它作为最理想的方法。

　　发现把批评建立在考据基础上的表述有不周密之处固然是提出文艺学与文献学相结合命题的起点，但从起点到达目的地还有一段距离，这段距离是如何完成的呢？

　　1980 年 6 月，程千帆在山东大学为中文系研究生作了一次题为"关于学术方法"的演讲。在演讲中，程千帆提出学术研究第一步要提出问题，第二步要解决问题，第三步要证明问题解决得正确。对于第三步，程千帆说：

　　　　而最重要的第三步，就是要在理论上和实际上证明你所解决的问题是不错的。当你论文写成以后，你那个结论是经得起敲打的，要通过理论同实践，一个是理论，一个是你所使用的材料，得出结论，被证明是不错的。如果错了，怎么办，错了重来，再做。这就是科学的态度。不可能每一篇文章的结论都很正确，特别是牵扯到古典文学，尤其牵扯到古典文学的所谓"风格学"这样一类的问题，更是这样。考据，也有这种危险。你提了很多证据，结果别人提一个反证，把你这个结论推倒了，也完全可能。②

这段话的一个重要性就在于它所说的通过"一个是理论，一个是你所使用的材料，得出的结论，被证明是不错的"显示了文艺学与文献学相结合命题的萌芽提法。同时，程千帆把这种方法视为既要在理论上也要在实践上共同证明问题解决得不错，还指出单独用理论解决问题或单独用考据解决问题都有可能出错被推倒的危险，体现了强调执两用中的辩证思维的特色。这说明在文艺学与文献学相结合命题的萌芽提法中，辩证思维模式已在起着不可或缺的作用。

　　程千帆第一次明确地提出文艺学与文献相结合的命题是在 1994 年 7 月与弟子所

---

　　① 《程千帆沈祖棻学记》，第 69 页。
　　② 《治学小言》，第 15 页。

作的一次访谈之中，从中也可见这一命题的提出与辩证思维模式有着直接的联系。

在这次访谈中，程千帆谈到恩格斯在《路德维希·费尔巴哈和德国古典哲学的终结》一文中关于18世纪与19世纪自然科学发展趋势相区别的看法。他指出：

> 恩格斯说，一直到上一世纪也就是18世纪末期，自然科学主要是搜集材料的科学，关于既成事物的科学；但是，在本世纪，那就是19世纪，自然科学本质上是整理材料的科学，关于过程，关于这些事物的发生和发展，以及关于自然过程结合为一个伟大整体的联合的科学。

针对恩格斯的观点，程千帆认为：

> 我们当然不能把自然科学同社会科学、人文科学绝对地等量齐观，但是，肯定某些基本方面有它们相同的地方。我想到，他说的搜集材料的科学，约略相当于我们的文献学或者考据学，而他讲的整理材料的科学，探讨事物的内涵，从大量的材料中抽象出它的内部结构，阐明它的本质，如果拿文学来说，相当于文学史科学、文艺学或文艺美学。恩格斯好像是把这两者看作是两个层次，我们呢，也看成是两个层次，但是，第二个较高的层次永远不能代替第一个较低的层次。文献学、考据学，材料整理永远是需要的。①

由此可见，文艺学与文献学相结合方法的提出受到了恩格斯关于搜集材料与整理材料之分的启发。但同时，程千帆并没有僵化、教条地照搬恩格斯关于搜集材料与整理材料之间层次高低、抑扬不同的意见，而是认为文艺学永远不能代替文献学，在肯定文艺学的价值的同时，也肯定了文献学的不可替代的价值，从中体现了鲜明的辩证态度。

还在延续把批评建立在考据基础上命题的1980年代初期，程千帆在《相同的题材与不相同的主题、形象、风格》一文中就前人关于王维的《桃源行》诗与陶渊明《桃花源》诗之关系的误解曾评议道：

> 企图用考证学或历史学的方法去解决属于文艺学的问题，所以议论虽多，不免牛头不对马嘴。②

这段话也反映了从考据与批评相结合方法发展到文艺学与文献学相结合方法的思想

---

① 程章灿整理《老学者的心声——程千帆先生访谈录》，《程千帆全集》第15卷，第156页。

② 《程千帆全集》第8卷，第131页。

轨迹,而程千帆在此又反对用考证学或历史学的方法代替文艺学的方法,这种既认识到考证学或历史学的长处,又认识到其短处的一分为二的意见,也同样体现了鲜明的辩证态度。

值得注意的是,文艺学与文献学相结合的方法在表述上还经历了一个从文献学在前到文艺学在前的位置调换过程。这种位置调换过程也显示了辩证思维模式的重要作用。

1995年程千帆在与巩本栋所作的《关于学术研究的目的、方法及其他》的谈话中说:

> 我总是在考虑,文学研究,应该是文献学与文艺学最完美的结合,文学研究首先要有文献学作基础,有什么材料说什么话,这才是唯物主义的态度。

接着他即以辛弃疾研究为例分析了这一研究应有的具体过程,然后总结说:

> 总之,首先是应该充分占有材料,把握材料,不搞空无所倚、不关痛痒的泛论,我们不能设想,只读一两本作品选集,看一点文学史上征引的什么材料,就可以写出论述深刻、见解独特的文章来。当然,反过来,如果你搜集了许多材料,也注明了作品中所用典故,却不能真正理解作品,不能从材料中挖掘出其历史内核,参不透作品的艺术本质,捕捉不到作品中作家的心灵跃动,那你的研究仍难以进入较高的学术层次。所以,我们提倡文献学与文艺学的结合,完美的有机的结合。①

此时,文艺学与文献学相结合的方法在表述上还是将文献学放在文艺学之前的,这种表述形式上的尚未确定的情况意味着程千帆的思路还在发展过程之中。而程千帆从唯物主义哲学的高度看待文献学与文艺学相结合的问题,并从正反两个方面说明二者不可或缺、相反相成的关系,这自然意味着这一方法本身具有辩证思维的特点。

此后不久,程千帆在1996年10月的两点论演讲中开始将这一方法称作"文艺学与文献学的精密结合",把文艺学放在了文献学的前面,以后没再作更动,使得这一方法的表述确定了下来。

程千帆起初把文献学放在文艺学的前面,后来则把文艺学放在文献学的前面,为

---

① 《程千帆沈祖棻学记》,第119—120页。

什么在表述上会有这样的一个变动呢？在本书看来，把文献学放在前面的主要原因有以下两个方面：第一，文献学与文艺学相结合的方法由考据与批评相结合的方法发展而来，把文献学放在文艺学前面和考据与批评相结合方法的表述顺序正相对应，从中可见这一方法的发展脉络。第二，程千帆把运用文献学方法收集有关信息和文献作为文学研究的第一个阶段，即收集材料的阶段，而把运用文艺学方法对作品本身进行艺术分析，深入作家的内心世界，阐述作家、作品在文学历史发展上的作用作为第二个阶段，即整理材料的阶段。在程千帆看来，任何学术研究都必须经过这两个阶段。虽然第一个阶段是低级的阶段，不是学术研究的终极目的，而第二个阶段是高级的阶段，体现了学术研究的终极目的；但第一个阶段是不可缺少的基础。所以，把文献学放在文艺学的前面可以体现文学研究两个必经阶段的由低到高的逻辑顺序。由此可见，文献学与文艺学相结合方法的初始表述顺序主要是从一般学术方法的层面来考虑的。

后来把文艺学放在文献学前面的主要原因也有两个方面：

第一，把文献学放在文艺学的前面，虽然能够体现这一方法从考据与批评相结合方法发展而来的历史脉络，也能够体现文学研究两个必经阶段的逻辑顺序，同时也体现了强调文学研究最终要尊重文学特点、要把文学当作文学的意义，但未能凸显文学创作和文学研究的特殊性。

在程千帆看来，方法论与本体论互相联系，互相影响，故而要根据选题本身的特殊性质采取适当的方法。而文学是心学、情学、人学，最终要归结于情感的表现，故文学研究归根结底是面对人的感情。古代的文学家们因接触外界事物而有感，然后发为文章；后人研究他的感发，反省其感发，成为理论。因此，文学活动，无论是创作还是批评研究，其最原始的和最基本的思维活动应当是感性的，而不是理性的；是感字当头，而不是知字当头。故由感动而理解，由理解而判断是研究文学的一个完整的过程。由此也就可知，文学研究不能纯是理智活动，不能仅靠逻辑思维、理论思辨。如果研究者对文学家心灵的火花、灵魂的悸动缺少同情，缺乏爱赏，只是非常理智地去判断和品评它，这虽不能说不对，但总隔着一层。故更高层次的达到必须依靠形象思维，感性亲和。只有由此致力，才可能进入新的思维境界。所以，在文学研究的起因、过程和终点所起的作用方面，在决定文学研究的层次、水平方面，文艺学与文献学相比更有优势，更能够凸显文学研究的特性。这也就意味着，对于把文学当作文学来研究的文学研究者而言,把文艺学放在文献学的前面可以反映出文艺学在这一对矛盾中的相对主导地位。

第二,考据与批评相结合的表述顺序含有考据要与批评相结合的涵义,体现了程千帆接受黄侃所强调的发明重于发现的学术思想以及借鉴英美新批评派的文学理论,在文学研究中相对强调批评、以克服当时偏执考据的时弊的真正用意。① 因此,文献学与文艺学相结合的表述顺序更多地体现了它和考据与批评相结合的表述之间的历史继承性,而没有充分体现文艺学与文献学相结合方法在新的历史条件下反对偏执文艺学一端而相对强调文献学、以克服忽视文献学的时弊的真实用意。换言之,文艺学与文献学相结合的表述顺序既可反映在文学研究中文艺学对于文献学的相对主导地位,又可反映努力破除极"左"思潮、极"左"政治所导致的"以论带史"乃至"以论代史"的假大空学风的时代要求。所以,改动表述顺序不仅意味着思想表述的日益精确,而且也意味着既不偏执一端又能时中有权的辩证态度。

由此也就可知,从文献学在前改为文艺学在前,使得文艺学与文献学相结合的方法在表述上最后确定下来,辩证思维模式也起到了重要的作用。

当然,我们在肯定辩证思维模式对于提出文艺学与文献学相结合的方法以及改动表述顺序的重要作用的同时,也不能否认其他因素的积极作用。在提出文献学与文艺学相结合的方法以后,1996 年 1 月 4 日程千帆在致唐翼明的信中说:

> 我常感到,最理想的著述应当是文献学与文艺学的高度结合,互相渗透,融为一体,亦即考据、义理均详且精,再加以文辞优美,即清儒所标举之高境。②

程千帆在这里把文献学与文艺学相结合的方法类比于清儒的考据和义理相结合,可见他在这一方法的追求中受到了大力主张义理考据辞章综合论的桐城派的重要启发。在 1999 的口述回忆录中,程千帆在谈到文艺学与文献学相结合的方法时又说:

> 以前的前辈学者的文艺学论文,如我很佩服的朱自清、陈寅恪、浦江清、

---

① 参看[日]吉川幸次郎著《我的留学记·留学期间》(钱婉约译),《光明日报》出版社 1999 年版;张晖《量守庐学记续编·编后记》,三联书店 2006 年版。

② 《闲堂书简》,第 576 页。

　　朱光潜等先生的文章,都能在不同程度上体现这一点。①
由此可见,程千帆提出文艺学与文献学相结合的方法还得益于对其同时代的前辈学者
的研究成果的借鉴。不难推测,程千帆的注重理论追求、勇于超越自我、严谨而开放的
治学风格等因素对于丰富和发展文艺学与文献学相结合的方法也起到了积极的作用。

　　虽然如此,根据上述从考据与批评相结合的命题发展到文艺学与文献学相结合的
命题的基本过程以及后者的丰富内容可知,程千帆在诗学方法论的思考上贯彻着执两
用中的辩证思维原则,这一原则为从考据与批评相结合发展到文艺学与文献学相结合
提供了内在的逻辑依据。因此,虽然考据与批评相结合的方法曾是众多学者自觉追求
的共同倾向,虽然一些前辈学者已在实践着文艺学与文献学相结合的方法,但后来是
程千帆而不是其他学者提出文艺学与文献学相结合的著名命题,将长期的诗学实践经
验提升到一个新的理论高度,实现了方法论上的一个新飞跃并非纯属偶然,而是具有
必然性的结果。

　　另一方面,就狭义两点论对广义两点论的作用而言,前者对后者起到了充实、辅助
的作用,从而使得广义两点论的效力得以充分发挥出来。

　　这是因为虽然哲学方法层面的广义两点论在促进一般诗学方法层面的种种狭义
两点论的形成、发展、丰富和统一等方面起着不可或缺的重要作用,但广义两点论的高
度抽象性、高度概括性也不可避免地带来了它的局限性。在哲学家那里,辩证法可以
是实在、生动的内容,因为辩证法本身就是其深入思考的对象。而在一个其他学科的
研究者那里,辩证法却可能只是空洞、僵化的教条,因为它作为方法只能直接反映矛盾
的普遍性,而不能直接反映矛盾的特殊性,即它并没有直接揭示具体的矛盾及其内在
的联系。所以,要敏锐地发现并深入地揭示具体矛盾的特殊性,必须从实际出发,对具
体的矛盾进行具体的分析。而要做到这一点,必须依靠针对各种特殊矛盾而形成的各
种学术方法,而不能仅仅依靠辩证法。换言之,只有将辩证法与学术方法紧密结合起
来,通过学术方法的具体运用才能充分发挥辩证法的效力。

　　在千帆诗学方法论那里,广义两点论与狭义两点论正是紧密结合在一起的。例如
程千帆在《治学要重视解决矛盾》一文中,一方面站在辩证法的高度抓住种种矛盾环

----

① 《程千帆全集》第 15 卷,第 44 页。

节,另一方面通过"专精与博通的矛盾"、"材料与论点的矛盾"和"局部与整体或宏观与微观的矛盾"等共同性的学术方法进行具体阐述,没有抽象地谈矛盾。再如程千帆在"两点论——古代文学研究方法漫谈"的演讲中,也是一方面把两点论上升到辩证法的高度,另一方面通过形象思维与逻辑思维并重、文艺学与文献学相结合等特殊的学术方法进行具体阐述,也没有空谈哲学层面的广义两点论。这意味着,在千帆诗学那里,在广义两点论推动着种种狭义两点论的发展创新、赋予其高度的丰富性和统一性的同时,种种狭义的两点论充实、辅助着广义的两点论,从而使得两点论的二重性统一了起来。显然,如果没有广义两点论的统领,狭义两点论的发展创新就会缺乏推动力,相互之间就难以融合统一,构成有机完整的方法体系;而如果没有狭义两点论的充实、辅助,广义两点论就会空洞、僵化,乃至扭曲研究对象,颠倒主客关系,掉进教条主义的陷阱。因此,在千帆诗学那里,作为宏观思维模式的广义两点论与作为具体研究方法的狭义两点论紧密联系,互相渗透,相辅相成,充分体现了千帆诗学方法论的丰富性、统一性和特殊性。这也就是千帆诗学方法论的复杂性之中的单纯性,研究者所面对的种种经验事实背后的朴素的真相吧。

综上所述,千帆诗学的两点论是具有二重性的两点论,它包含着一般诗学方法层面的狭义两点论和哲学方法层面的广义两点论两个层次;同时,这两个层次不是互相隔离、互相排斥,而是互相联系、相得益彰,使得千帆诗学方法论成为一般诗学方法与哲学方法相通相融的统一整体。① 从学术史的角度来看,如果说文史哲相结合原是中国传统的学术方法的话,那么,一般诗学方法与哲学方法相结合的二重性的两点论就是对传统学术方法的继承和发展,反映着中国诗学现代化转型过程的一个重要实绩。所以,对于千帆诗学的研究,既应认识到一般诗学方法的作用,还应认识到哲学方法的作用,忽视任何一方或过分强调任何一方,都会妨碍对千帆诗学独特性的全面而深入地把握。

---

① 余英时将不同专业之间的相通称作旁通,将部分与整体的相通,即通于文化整体、艺进于道称作上通,认为上通才是通儒的最高境界(《钱穆与新儒家》,《钱穆与中国文化》,上海远东出版社 1994 年版),此说可参。

第三章　千帆诗学辩证思维模式的运用及其效力

在程千帆提出既要研究"古代的文学理论"又要研究"古代文学的理论"的"两条腿走路"的主张，以及把考据与批评相结合的方法发展成为文艺学与文献学相结合的方法的过程中，我们已可看到辩证思维模式的关键作用。不过，包括一般诗学方法（狭义两点论）与哲学方法（广义两点论）两个层面的千帆诗学两点论不仅是在抽象的理论思考之中建构起来的，而且还是在具体的诗学实践之中发展起来的。换言之，千帆诗学两点论的形成和发展既是不断进行理论思考的产物，也是长期从事诗学实践的结晶。这是程千帆与当下学科体制中专门从事文学史研究而不进行文学理论研究，或专门从事文学理论研究而不进行文学史研究的学者的一个显著的不同之处。所以，如果说作为广义两点论的辩证思维模式是千帆诗学方法论的宏观模式、战略思想，赋予种种狭义两点论以深刻性和统一性，那么，它就不仅应该贯穿于其方法论的理论阐述之中，还应该贯穿于其诗学实践的具体运用之中，成为对文学作品进行具体分析的锐利思想武器。换言之，千帆诗学辩证思维模式在诗学实践上的具体运用应该不是自发的而是自觉的，不是零散的而是系统的，不是生疏的而是娴熟的，不是稀少的而是丰富的，不是短暂的而是长期的；其效用也应该不是简单的而是复杂的，不是肤浅的而是深刻的，不是低下的而是高妙的。这样才能充分体现这一思维模式的效力。因此，要全面认识千帆诗学两点论的特点和价值，不能局限于两点论本身的理论阐述，还必须考察这一方法在诗学实践中的具体运用。

第一节　辩证分析的焦点

辩证思维模式的具体运用可称作辩证分析或矛盾分析,这是因为在千帆诗学那里,这种辩证分析所关注和思考的焦点集中于具有对立统一关系的各种矛盾,由此形成了千帆诗学的一个鲜明特色。

从诗学论文标题上我们就可以感受到程千帆对于矛盾的"偏爱"。

	《古诗考索》前5篇论文	《程千帆先生的诗学历程》所列的第3组论文	《程千帆诗论选集》前7篇论文	《评程千帆、吴新雷先生的〈两宋文学史〉》推荐的4篇论文
1	古典诗歌描写与结构中的一与多	论唐人边塞诗中的方位、距离及其类似问题	读诗举例	读诗举例
2	相同的题材与不相同的主题、形象、风格	韩愈以文为诗说	古典诗歌描写与结构中的一与多	古典诗歌描写与结构中的一与多
3	读诗举例	相同的题材与不相同的主题、形象、风格	唐诗的历程	相同的题材与不相同的主题、形象、风格
4	论唐人边塞诗中的方位、距离及其类似问题	张若虚《春江花月夜》的被理解和被误解	郭景纯、曹尧宾《游仙》诗辨异	张若虚《春江花月夜》的被理解和被误解
5	张若虚《春江花月夜》的被理解和被误解	古典诗歌描写与结构中的一与多	相同的题材与不相同的主题、形象、风格	
6			论唐人边塞诗中的方位、距离及其类似问题	
7			张若虚《春江花月夜》的被理解和被误解	

如上表所示,周勋初的《程千帆先生的诗学历程》一文认为《古诗考索》中代表着程千帆最新成就和研究新方向的5篇论文与程书的前5篇论文排序不同,但篇目上有

4 篇相同（只是以《韩愈以文为诗说》替换了《读诗举例》①）。张伯伟编选的《程千帆诗论选集》一书的前 7 篇论文，除了《唐诗的历程》和《郭景纯、曹尧宾〈游仙〉诗辨异》2 篇外，其余 5 篇与程书的前 5 篇完全相同；同时，该书也收入了《韩愈以文为诗说》。1992 年赵昌平在评论程千帆与吴新雷合著的《两宋文学史》时，特别建议读者读一读《程千帆诗论选集》中的 4 篇论文，这 4 篇论文都在张书的前 7 篇当中，也都在程书的前 5 篇当中。② 程千帆本人和其他几位研究者在论文篇目的选择、排列上的大同小异，表明这五六篇论文充分反映了千帆诗学的水平和特色，是千帆诗学代表性的成果，因而得到了共同的重视。③ 那么，千帆诗学这些代表性成果的特色究竟是什么呢？这些论文的标题是寻找答案的一个重要线索。因为在这五六篇论文中，有 3 篇论文（《古典诗歌描写与结构中的一与多》,《相同的题材与不相同的主题、形象、风格》,《张若虚〈春江花月夜〉的被理解和被误解》）的标题都包含着一对矛盾：一与多，相同与不相同，被理解与被误解。因此，我们称之为对立并举式的标题。《读诗举例》这一标题虽然没有包含矛盾范畴，但其中的 5 个子标题“形与神”、“曲与直”、“物与我”、“同与异”、“小与大”也全是对立并举式的。在程千帆的另一部诗歌论文集《被开拓的诗世界》中，程千帆独撰的一篇《一个醒的和八个醉的——读杜甫〈饮中八仙歌〉札记》，其标题也是对立并举式的，与张宏生合撰的《火与雪：从体物到禁体物》，标题也属同类，而这一标题也恰好是程千帆确定的。④

众所周知，在学术研究上言有容易言无难，但在现当代的中国文学和文学理论批评研究者中间，迄今为止，笔者尚未发现第二个人有如此之多的论文采用了这种对立并举式的标题。尽管其他学者也有类似的论文标题，也敏锐地发现了各种潜在的矛盾，但如此密集于代表作之中确为千帆诗学所独有。

---

① 可能因为该文原是演讲稿而未列入。

② 参看《评程千帆、吴新雷先生的〈两宋文学史〉——兼谈文学史编写的若干问题》,《程千帆全集》第 15 卷，河北教育出版社 2000 年版，第 227 页。

③ 赵敏俐编著《文学研究方法讲义》(学苑出版社 2005 年版)所附录的《二十世纪文学研究经典》篇目中，除列入《唐代进士行卷与文学》一书之外，也列入了《张若虚〈春江花月夜〉的被理解与被误解》、《古典诗歌描写与结构中的一与多》。

④ 此事承该文的合作者张宏生告知。

　　吴功正认为程千帆的这类对立并举式的论文标题灵心独运,有点化之功,充满了智慧和机智,一下子就能吸引人。① 在笔者看来,其原因就在于程千帆敏锐地把隐藏于事物之中的矛盾双方揭示了出来,发前人之未发,故给人耳目一新的启迪。

　　需要说明的是,程千帆《读诗举例》一文中的对立并举式标题及其所揭示的矛盾,原是古人的总结,并非他的独创;很多关于古代文艺理论批评的现代论著在探讨古人的艺术辩证法思想时,也使用了同类型的标题。例如张少康《中国古代文学创作论》一书,其第四章《论艺术表现的辩证法》的 12 个小标题分别是"形与神"、"假与真"、"一与万"、"虚与实"、"情与理"、"理与趣"、"情与景"、"意与势"、"文与质"、"通与变"、"风度和辞采"、"法度与自然",这些题目也都是对立并举式的,"形与神"一节还与程文中的标题完全相同。但是,如从正文内容上看,尽管张书与程文的标题类似或相同,他们关注的实际对象却有很大的差异。张书主要是探讨古人关于这些矛盾的认识,而程文则主要是通过对古代作品的研读,直接探讨这些矛盾本身。所以,他们虽然有着相近的出发点,但出发后的路径和目的地却有着很大的分歧。

　　例如在"形与神"一节中,张书的论述可分两个部分,在第一部分,张书针对古人提出的传神为主、形神兼备的美学原则,首先探讨了形神关系论的哲学与美学的来源;其次探讨了六朝时期传神思想在品评人物和品评文艺中的表现;再次利用有关画论、诗文评方面的材料探讨了关于形似与神似两个概念的认识;最后探讨了苏轼和王夫之对传神特点的分析和小说评点家对传神关键的分析。在第二部分,张书转入对形神关系的已有理论的探讨,首先探讨了顾恺之最早提出的比较完整的形神结合、以传神为主的创作理论;其次探讨了后来的许多诗文评家对此所作的进一步发挥以及反对片面理解两者关系的观念;最后探讨了苏轼、金圣叹等人的关于以形写神方法的理论主张。这一节长达 17 页,引用了大量的画论、诗文评、小说评点以及哲学、历史等方面的材料,内容十分丰富;但另一方面,印证美学思想的诗句和小说实例很少,且皆为古人说明自己的观点时所采用的材料。②

　　程文相同标题的一节则没有局限于古人的理论之中,而是引用了丰富的诗歌作品

---

① 《程千帆先生纪念文集》,江苏古籍出版社 2001 年版,第 341 页。
② 参看《中国古代文学创作论》,北京大学出版社 1983 年出版。

对多种矛盾进行了翔实而独到的分析。首先,程文在指出古人要求形神兼备,反对徒具形似的理论主张之后,以白居易《长恨歌》中的有关诗句为例,具体分析遗貌取神的问题;其次,又以白诗中的其他诗句为例,具体分析以人物动态传神的问题;最后,又以张仲素的《春闺怨》以及曹植和刘禹锡的有关诗作和诗句为例,具体分析以人物静态传神的问题。通过这种研读作品,以作品印证理论的方式,对形神关系的理论以及相关作品的理解都得到了深化。

由此可见,虽然都是在考察古代文学理论批评的成果,但张书、程文的着眼点是有明显区别的。张书集中于古人关于形神矛盾的认识,侧重于研究古人关于形似、神似以及形神关系的种种理论主张,而程文集中于形神矛盾本身,通过作品的研读直接揭示形与神这一对矛盾在创作实践中相互联系的种种情形,故张书详于对古人理论批评材料的汇集和解说,而程文详于对作品本身的细读和提炼。张书与程文的这种差别显示了程千帆为纠正长期以来古代文学理论批评研究忽视理论联系实际的偏向所作的努力,而这种努力正是通过对于创作实践中种种矛盾的敏锐感受和切实体会而进行的。所以,如同上述聚焦于前人没有揭示的种种矛盾的其他论文一样,这篇聚焦于前人已揭示出来的矛盾的论文也体现了千帆诗学辩证分析的独特性。

在没有运用对立并举式标题的代表性论文中,发现矛盾、分析矛盾仍是其主要的内容或关键的环节。例如《论唐人边塞诗中地名的方位、距离及其类似问题》是运用文学理论解释文学创作现象的一篇论文。该文所考察并要解决的问题就是一对矛盾——古代诗歌中的地理方位和距离与实际情况不相符合。该文详细考察了这一矛盾在文学作品中的多种表现,并运用关于艺术真实和生活真实这一对矛盾的现代文学理论说明了这种表现手段的艺术合理性及其艺术价值。

再如程千帆与莫砺锋合撰的《苏轼的风格论》是一篇研究作家文学思想和创作特色的论文,它揭示了苏轼在风格论上的突出贡献——“从古往今来的艺术创作中发现了许多成对的、互相矛盾的风格之间的关系,而且明确地指出,矛盾着的双方可以互相吸收,互相融合,从而形成一种新的风格”。[1] 同时,该文还发现在种种由矛盾双方互相融合而成的风格中苏轼最爱清雄的风格,而清雄的风格实际上就是对于阴柔之美和

---

① 《程千帆全集》第 8 卷,第 355 页。

阳刚之美这两个互相矛盾的风格范畴之间既对立又统一的辩证关系的形象化说明。其中还含有以清矫正过雄、以雄矫正过清的意思,推而广之,也就是要以阴柔的因素来防止阳刚过甚或以阳刚的因素来防止阴柔过甚,从而达到矛盾双方的高度统一与和谐。在此基础之上,该文又对苏轼的诗词作品作了具体的分析,认为苏轼的风格论与其创作中体现的风格倾向相符合,创造出了阴柔之美和阳刚之美高度统一和谐的清雄的风格。古代文学理论批评的研究一般着重于对已有而常见的理论批评观念的阐释,朱自清的《诗言志辨》就是这方面的一篇名作。程千帆也做过这样的工作,例如《读诗举例》对"形与神"、"曲与直"、"物与我"、"同与异"、"小与大"等问题的考察,《韩愈以文为诗说》对"以文为诗"的研究,都是针对久已有之而广为流传的概念、命题而言的,而这篇论文通过理论批评与具体作品相结合的方式,又进一步在古人的文学理论批评和创作实践中发掘出尚未引起重视甚或有所误解的富有辩证性的范畴和命题,对于贯彻两条腿走路的方针,开辟古代文学理论批评研究的新途径具有很大的启发性。而千帆诗学做到这一点正是得益于对文学理论批评和创作实践中的种种矛盾及其辩证关系的敏锐感受和深入分析。这样的成果可谓善于辩证思维的研究者发现了善于辩证思维的研究对象在理论上和创作中运用辩证思维的秘密,在诗学世界中发射出一道奇异的光彩。

通过以上对代表性论文标题和内容的考察,可以强烈感受到千帆诗学特别注重通过揭示矛盾、分析矛盾而不断深化认识的特点。可谓矛盾所在,就是目光所及;目光所及,就是矛盾所在。换言之,对于矛盾的发现和剖析构成了千帆诗学发现问题、分析问题和解决问题的关键环节。

第二节　辩证分析的形式

由于千帆诗学贯穿着以作品为中心的原则,其各种研究方法的效力都要归结到对作品的理解上,所以对作品的具体分析在千帆诗学那里,就不仅是一个必要的出发点而且还是一个根本的着力点,因此,辩证分析的方法也就在作品的具体分析中得到充分的运用,我们从中可以概括出以下三种主要的形式:

一、通过一分为二的方式揭示矛盾

在文学创作中揭示社会矛盾和运用对比技巧常常是显然的,例如"朱门酒肉臭,路有冻死骨"、"春色满园关不住,一枝红杏出墙来"、"坞媚群花发,溪幽一鸟鸣"①,等等。研究者在诗人勇敢而深刻地揭示了尖锐的社会矛盾或运用了明显的对比手段去塑造鲜活的艺术形象之后再去关注和研究这些矛盾,并不能因此就说明他善于发现矛盾,只有还能敏锐地一分为二,即在浑然一体的对象中捕捉到那些微妙的、潜在的矛盾,进而对作品思想上、艺术上的对立统一生发独到的体会,才能说明他有一双明察秋毫的眼睛,有一个善于辩证思维的头脑。在这方面,程千帆为读者作了精彩的演示。

在《读宋诗随笔》中,程千帆对王禹偁《村行》②一诗中的名联"万壑有声含晚籁,数峰无语立斜阳"作了如下分析:

> 壑本无声,风过则闻之有声,这是真;峰不能语,静立却反似能语而不语,这是幻。闻之真与见之幻交织,从明丽宁静中显示出凄清,同时也显示出诗人的孤独。③

这段分析文字虽短,但揭示了潜在的闻之真与见之幻这一对矛盾的对立统一,从而发掘了作者内心世界的奥秘。

钱锺书的《宋诗选注》对"数峰无语立斜阳"一句曾有详细的注解④:

> 按逻辑说来,"反"包含先有"正",否定命题总预先假设着肯定命题。王夫之《思问录·内篇》所谓:"言'无'者,激于言'有'而破除之也。"诗人常常运

---

① 此联是日本诗僧虎关师炼《游山》诗中的一联,《日本汉诗选评》,江苏古籍出版社1988年版,第29页。

② 《村行》全文:"马穿山径菊初黄,信马悠悠野兴长。万壑有声含晚籁,数峰无语立斜阳。棠梨叶落胭脂色,荞麦花开白雪香。何事吟馀忽惆怅? 村桥原树似吾乡。"

③ 《程千帆全集》第11卷,第387页。

④ 在1958年初版的《宋诗选注》中无此条注解,1979年重印时增入,后又有所增订,以下所录为增订后的文字,体现了钱锺书的最新认识。

用这个道理。山峰本来是不能语而"无语"的，王禹偁说它们"无语"，或如龚自珍《己亥杂诗》说"送我摇鞭竟东去，此山不语看中原"，并不违反事实；但是同时也仿佛表示它们原先能语、有语、欲语而此刻忽然"无语"。这样，"数峰无语"、"此山不语"才不是一句不消说得的废话。（参看司空图《诗品》"落花无言"，或徐夤《再幸华清赋》"落花流水无言而但送年"，都是采用李白《溧阳濑水贞孝女碑铭》"春风三十，花落无言"。）改用正面的说法，例如"数峰毕静"，就减削了意味，除非那种正面字眼强烈暗示山峰也有生命或心灵，像李商隐《楚宫》："暮雨自归山悄悄。"有人说，秦观《满庭芳》词"凭阑久，疏烟淡日，寂寞下芜城"比不上张昪《离亭燕》词"怅望依层楼，寒日无言西下"（《历代词人考略》卷八），也许正是这个缘故。①

在这段注解中，钱锺书以逻辑推理为依据，将此刻"无语"与原先"能语"、"有语"、"欲语"联系起来，并引用相类似的诗句、词句以为旁证，通过对比分析，指明了"无语"、"无言"并非废话并胜过正面说法的原因。其注解既体现了博闻强记，也体现了思维的缜密和辩证。王水照在《关于〈宋诗选注〉的对话》中特举此例，以说明钱锺书鉴赏的最大特点是"使传统的直觉体验和主观感悟式的鉴赏，上升到理性的艺术规律的认识"，并认为这段鉴赏是"把逻辑、心理、语言融会贯通、充满艺术辩证法的分析"。②

相比之下，程千帆的品评没有像钱锺书的注解那样旁征博引，但在指出静立无语反似能语而不语的意味之后，又将此句与上句联系起来，指出其潜在的真与幻相交织的奥妙，其一分为二的辩证分析比钱锺书的注解又进了一层。有人也许会说，钱锺书虽然没有提出真与幻的对立统一，但不等于他没有认识到这一点，而之所以没有提及，很可能是因为他在这里要解决的问题只是"无语"的意味，而无须旁顾其他。所以，其注解只须针对这一句，而不须针对这一联。这种看法自然包含合理因素，但"数峰无语立斜阳"是一联中的下句，与上句有着紧密的联系，其中真与幻的对立统一巧妙而隐蔽，似应为读者揭破为宜。因此，作为读者，既应感谢钱锺书针对后一句所作的旁征博引的注解，也应感谢程千帆针对这一联的完整、细密的辩证分析。

---

① 《钱锺书集·宋诗选注》，三联书店 2002 年版，第 12—13 页。

② 王水照著《半肖居笔记》，东方出版中心 1998 年出版，第 13 页。

可作补充说明的是，作为古代诗歌创作中的一种艺术手段的真与幻的对立统一，可能并非程千帆的独到发明。沈祖棻在《宋词赏析》中解说张先的《醉垂鞭》①一词时，已提到人物塑造上的真与幻相结合的问题。她以宋玉的《高唐赋》为例，做了如下的分析：

> 赋中神女，是宋玉以人间美女为模型而塑造的，就这一点来说，是真的；而她同时又是"无处所"的云，或随身环绕着云的神，则是幻的。因此，她是一个既有人的情欲，又有神的变化，又真又幻的形象，当然比一般人间的美女更吸引人。

沈祖棻还征引曹植《洛神赋》中描写洛神渡水形态的句子"体迅飞凫，飘忽若神，凌波微步，罗袜生尘"，对此分析道：

> 在水波上走路，是幻；走路而起灰尘，则是真。而说凌波可以微步，微步可使罗袜生尘，又使真与幻统一了起来，同样显示出她同时具有人和神的特点，可为旁证。

并认为"文学中这种真与幻，或人间的与非人间的情景的联系，往往能够使人物形象和景色描写更为丰满和美妙"。②

上述程千帆对王禹偁诗句真幻交织的品评与沈祖棻的观点十分相似。另外，我们还看到，《从唐温如〈题龙阳县青草湖〉看诗人的独创性》一文曾引用过沈祖棻对曹植《洛神赋》的这段分析；③程沈合编的《古诗今选》对黄庭坚《咏水仙》诗中源自曹植的首联"凌波仙子生尘袜，水上轻盈步微月"进行分析时也指出了真幻交织的手段："上句虚构，下句实有；上句幻，下句真。真幻交织，使人读后觉同时兼具超现实感和现实感。"④程千帆和沈祖棻是40年的患难夫妻、文章知己，两人又都共同从事古代文学的教学和研究工作，因此，在真与幻的对立统一方面的认识上，他们之间互相启发、互相影响是完全有可能的。不过，《宋词赏析》一书是在沈祖棻不幸逝世后由程千帆根据她

---

① 《醉垂鞭》全文："双蝶绣罗裙，东池宴，初相见。朱粉不深匀，闲花淡淡春。细看诸好处，人人道，柳腰身。昨日乱山昏，来时衣上云。"

② 《宋词赏析》，上海古籍出版社1980年版，第17—18页。

③ 《程千帆全集》第8卷，第345页。

④ 《程千帆全集》第11卷，第270页。

的遗稿整理编定的,因此,我们在没有看到沈祖棻原稿的情况下,很难判定其中具体的
情况。但即使是程千帆受到沈祖棻的启发,程千帆的认识也并非简单的因袭。这是因
为程千帆的论文除了引用沈祖棻的分析之外,还引用了李贺《浩歌》、《官街鼓》二诗描
写神仙的诗句来说明真与幻的统一,对"万壑有声含晚籁,数峰无语立斜阳"的分析也
为沈祖棻关于真幻统一的艺术手段并非仅仅局限于神仙人物塑造的看法提供了证明。
同时,这一名联中的真与幻相交织比较微妙曲折,非细心也难以发现。这说明程千帆
对真幻对立统一的问题有着敏锐的感受,也有着独立的思考和理解。

二、 通过合二为一的方式构建矛盾

在程千帆的作品解读中,我们还能看到这样的情形,就是将作品之内的因素(实际
存在于作品之内)与作品之外的因素(不实际存在于作品之内)联系起来构成一对矛
盾,然后进行比较分析。这与其说是在对象中发现矛盾,不如说是为对象"创造"矛盾。
所以,如果说在作品本身当中发现实际存在的矛盾是一分为二的话,那么,将作品之内
的因素与作品之外的因素联系起来构成一对矛盾就是合二为一。前述两点论之中的
文艺学与文献学相结合、形象思维与逻辑思维相结合等等两结合的方法,也具有合二
为一的属性,同样体现了这种建构矛盾的辩证思维模式。

在千帆诗学中,这种建构矛盾的具体方式主要有两种。

第一种方式是把作品之内实际存在的一方与作品之外实际存在的另一方联系起
来进行比较分析,以突出研究对象的独特性。因此,如果说作品之内实际存在的一方
是"有"的话,那么,作品之外实际存在的另一方就是另一种"有",故可谓"有"中生
"有"。这是程千帆进行比较时常用的方式,具体的例子在千帆诗学中比比皆是。

例如《古诗今选》选录了李端的两首五绝,一首是《拜新月》:"开帘见新月,即便下
阶拜。细语人不闻,北风吹裙带。"一首是《听筝》:"鸣筝金粟柱,素手玉房前。欲得周
郎顾,时时误拂弦。"这两首诗不是连章的组诗,但程千帆将它们联系起来构成一对矛
盾进行分析:"这两篇小诗都是写少女情态的。前者写有心事却怕人知道,后者则相
反,生怕人不知道。寥寥二十个字,情景交融,神形兼备,真是绝妙的写生手。"①这样

---

① 《程千帆全集》第 11 卷,第 8 页。

的选择或组合以及辩证的分析巧妙地凸显了这两首诗相反相成的艺术效果。

再如《读宋诗随笔》选录了寇准的《追思柳恽汀洲之咏，尚有遗妍，因书一绝》："杳杳烟波隔千里，白蘋香散东风起。日落汀洲一望时，愁情不断如春水。"诗中虽言及远隔千里的丈夫，但他是否是喜新厌旧不愿归家的负心汉，并不确定。而据此前柳恽的《江南曲》："汀洲采白蘋，日暖江南春。洞庭有归客，潇湘逢故人。故人何不返？春花复应晚。不道新知乐，只言行路远。"可知寇准诗中的这个远隔千里的丈夫确有可能就是柳诗中的那个喜新厌旧不愿归家的负心汉。因此，程千帆将痴心的思妇与负心汉联系起来构成一对尖锐的矛盾，然后进行对比分析，从而深刻揭示了思妇形象的思想意义：丈夫已有新欢，而忠诚于丈夫的妻子丝毫未怀疑丈夫的忠诚，只是满怀愁绪，像春水长流一样永远痛苦地盼望着。如此对比之下，也就更加突出了这位思妇美好的心灵，加深了对其命运和忧愁的理解和同情。①

第二种方式是把作品之内实际存在的一方与作品之外虚拟的、并不实际存在的另一方联系起来进行比较分析，以突出研究对象的独特性。因此，如果说作品之内实际存在的一方是"有"的话，那么，作品之外虚拟的、并不实际存在的另一方就是"无"，故可谓"有"中生"无"。这种方法不仅需要广博的见闻和牢固的记忆，还需要丰富的想象力和敏锐的推理能力，更可见出千帆诗学辩证分析的高难程度。

例如在《古诗今选》中，程千帆对金昌绪的《春怨》（"打起黄莺儿，莫教枝上啼。啼时惊妾梦，不得到辽西"）作了如下的分析：

> 如果这位闺中少妇做的梦是像岑参《春梦》和张泌《寄人》所写的那样，在梦中会到了所思念的人，那么，这个"惊妾梦"的黄莺儿就实在该打。但如果她做的梦是像张仲素《秋闺怨》所写的："梦里分明见关塞，不知何路向金微。"那么，就以不打为是。②

"能够梦到思念的人"是作品原有的一方（有），而"梦不到思念的人"是虚拟的另一方（无）。两相对照之下，也就必然得出这样的推论：能够梦到，当然要打；如果梦不到，当然还是不打的好。这样的分析不仅加深了对主人公的理解和同情，同时也显示出作

① 《程千帆全集》第 11 卷，第 388 页。
② 《程千帆全集》第 11 卷，第 180 页。

者构思上的不严密之处。

再如《读宋诗随笔》选录了汪藻的《即事》二首,其一是:"燕子将雏语夏深,绿槐庭院不多阴。西窗一雨无人见,展尽芭蕉数寸心。"程千帆的品评是:

> 第一首写夏日已深,不从温度升高方面形容,却从母燕已经孵出雏燕,而且还能告诉雏燕夏日已深;虽有绿槐,但并未能布满中庭使其感到阴凉种种涉想着笔,则物候自见。接下来,又是一转,不写夏日,却写夏雨;不写雨后之凉,却写无人察觉的芭蕉之长。这一在动中见静的写法,也在读者意料之外。①

这段品评把诗中已写的东西(有)与可写而不写的东西(无)联系起来对比分析,从而把它在创作方法上的独特之处鲜明地揭示了出来。如果读者没有想到这些可写而不写的东西,可能就难以理解作者的细微用心。

三、 通过同中见异与异中见同相结合的方式进行比较

把不同的事物联系起来,进而揭示相互之间的异同或影响的比较方法是一般思维的基本方法,也是文学研究的基本方法。所以,千帆诗学运用异同比较的方法也属平常之事,但同时,其异同比较也有着突出的特点。舒芜在《千帆诗学一斑》中已指出千帆诗学善于联系比较,其比较具有细如毫发、小中见大,在积极吸收古代诗论的成果的基础上达到新的高度等等长处,皆为得实之言。而如果从哲学方法的维度进行考察,那么可以看出,千帆诗学的比较具有同中求异与异中求同相结合的辩证思维特色。所谓同中求异,即从共性中发现个性;所谓异中求同,即从个性中发现共性。在千帆诗学那里,共性有时仅限于被比较的两者,但更多时候超越被比较者,体现为宏观的文学史规律或普遍性的文学理论,这样的异中求同也就是从个别见出一般。所以千帆诗学同中求异与异中求同相结合的比较方法也是其辩证分析的一种形式。

异同比较与前述以合二为一的方式构建矛盾有一致之处,即都要把作品内外的因素联系起来。但合二为一主要用于对照,其中或有虚拟;而异同比较主要用于分析,异同皆为实有。所以本书把二者区分开来,视同中有异与异中有同相结合的比较为辩证

---

① 《程千帆全集》第 11 卷,第 446 页。

分析的另一种形式。

　　舒芜论述千帆诗学的善于比较以程千帆的诗歌论文集为据，故其所举之例，皆为篇幅较长、内容丰富的论文，其内容或为不同诗人的相关作品之间的比较，或为同一作品的不同评价之间的比较。而在千帆诗学简短的作品品评中，就同一诗人的不同作品之间所作的比较，也同样具有共性中见个性，个性中见共性的特色。

　　《读宋诗随笔》中关于王安石《送和甫寄女子》①中的一句"除却春风沙际绿"的品评就是一个例证，此例与钱锺书《宋诗选注》中的相应注解有关，两相参照，可见千帆诗学的这一辩证分析形式的特色。

　　《宋诗选注》注解王安石《泊船瓜洲》的名句"春风又绿江南岸"时，将这两句诗联系起来，认为"除却春风沙际绿""也许是得意话再说一遍"：

　　　　这句也是王安石讲究修辞的有名例子。据说他在草稿上改了十几次，才选定这个"绿"字；最初是"到"字，改为"过"字，又改为"入"字，又改为"满"字等等（洪迈《容斋续笔》卷八）。王安石《送和甫寄女子》诗里又说："除却春风沙际绿，一如看汝过江时"，也许是得意话再说一遍。（在1958年初版的《宋诗选注》中此条注释只有以上部分，以下部分为1979年重印时所增）但是"绿"字这种用法在唐诗中早见而亦屡见：丘为《题农父庐舍》"东风何时至？已绿湖上山"；李白《侍从宜春苑赋柳色听新莺百啭歌》"东风已绿瀛洲草"；常建《闲斋卧雨行药至山馆稍次湖亭》"行药至石壁，东风变萌芽，主人山门绿，小隐湖中花"。于是发生了一连串的问题：王安石的反复修改是忘记了唐人的诗句而白费心力呢，还是明知道这些诗句而有心立异呢？他的选定"绿"字是跟唐人暗合呢？是最后想起了唐人诗句而欣然沿用呢？还是自觉不能出奇制胜，终于向唐人认输呢？②

　　《读宋诗随笔》在品评《送和甫寄女子》时也将"除却春风沙际绿"与"春风又绿江南岸"联系起来做了比较分析。在程千帆看来，"春风又绿江南岸"中的"绿"字，很形象地

　　① 《送和甫寄女子》全文："荒烟凉雨助人悲，泪染衣襟不自持。除却春风沙际绿，一如看汝过江时。"

　　② 《钱锺书集·宋诗选注》，第77页。

写出了春风对于植物变绿的催化作用,但不如本篇"除却春风沙际绿"的"绿"字:

> 作者别有《泊船瓜洲》云:"京口瓜洲一水间,钟山只隔数重山。春风又绿
> 江南岸,明月何时照我还。"据洪迈《容斋续笔》,第三句原为"春风又到江南
> 岸",后来他将到字改为过、入、满等字,都觉不妥,改了十多次,才定为绿字。
> 这是王安石做诗讲究修辞的一个著名例子。这一绿字,的确很形象地写出了
> 春风对于植物变绿的催化作用。但细加比较,却还不如本篇'除却春风沙际
> 绿'的绿字。因为在那句中,春风与绿色究竟是两样东西。诗写由于春风,江
> 南岸变绿了。与前引贺知章"二月春风似剪刀"、王安石"春风吹柳万黄金"思
> 路相同。而这句则写出并非春风能使草木呈现绿色,而是春风本是绿色。因
> 此它吹到之处,就无往而非绿色了。以为春风是有色的,这是诗人工参造化
> 处。本诗写在《泊船瓜洲》之后约十余年,虽是将得意话再说一遍,但却非简
> 单的重复。杰出的诗人不希望重复别人,伟大的诗人则是进一步力求不重复
> 自己。①

这段品评显然是有针对性的。两相比较,钱锺书的注解与程千帆的品评同中有异,各
胜擅场。就两者之异而言,钱锺书的注解注重前后两个"绿"字之同,而程千帆的品评
注重前后两个"绿"字之异。

王水照认为:"王安石'春风又绿江南岸'的'绿'字,钱先生指出在唐诗中早见亦屡
见,由此提出一连串的五个问题。钱先生不予回答却妙在不言中。这里提示我们在作
影响比较研究时,应注意作者种种复杂的创作心理状态,切忌简单化。"②这段评论切
中肯綮,指出了钱注旁征博引和注重理论思考两个方面的特色。而程评首先同中见
异,发现诗人前后之作所用"绿"字虽同,但前一个"绿"与春风是两样不同的东西,而后
一个"绿"却与春风合二为一了,故两个"绿"字涵义不同,思路有异,由此发掘出此处很
容易被忽略的艺术创新之处。其次,程千帆又异中求同,通过两个"绿"字的不同意蕴
进而揭示了杰出诗人与伟大诗人在追求创新上的普遍性创作心理。

也许有人会指出,钱锺书要解决的问题只在于提示读者注意文学创作中作者重复

---

① 《程千帆全集》第11卷,第412页。
② 《半肖居笔记》,第13页。

使用自己得意的词语、句子、构思这种现象背后潜藏着一定的创作心理，至于是何种心理，就不必再通过对例句的分析做进一步的考察了。如果这样做了，不仅是画蛇添足，而且还可能成为狗尾续貂。这种看法，从一般的意义上讲，当然是对的。但是，就王安石的这一具体的例子而言，分析他是如何"将得意话再说一遍"的，显然是必需的。因为这种同中见异的分析能够使我们发现作者的创新之处，从而更加精确地考察其中潜藏着的特定创作心理，而不是仅仅停留于可能是建立在曲解作者创作用心之上的多种假设上。可以设想，如果只有钱注，而没有程评通过比较前后两个"绿"字的不同意蕴从而揭示出王安石在创作"除却春风沙际绿"这一诗句的艺术创新和"力求不重复自己"的创作心理，那么，我们对于普遍性的创作心理的探讨会不会失去坚实的基础？其次，对于读者来说，不作这种深入的同中求异的分析，而使读者误以为王安石只是简单的重复，这是不是一种艺术鉴赏上的损失？而作为作者的王安石若九泉有知，恐怕也会感到某种程度的遗憾吧？当然，王安石当时可能并没有程千帆所说的那么明确的创新意识；但即使如此，我们并不能否认程千帆的分析是言之有理，持之有故的，不能否认它们丰富了这句诗的意蕴，给予读者新的启迪。因此，即使读者不同意程千帆的结论，但恐怕也会承认对于同一个"绿"字的同中见异的辨析并非可有可无的事情。

由此可见，只有在深刻理解作品的基础上才能深刻理解诗人的创作心理，只有深刻理解诗人的创作心理才能使更高层次的理论探索有的放矢，经得起检验。否则就难免会有差之毫厘，谬以千里之虞。而要达到深刻理解作品、深刻理解诗人创作心理的效果，这种同中求异与异中求同相结合的辩证分析在千帆诗学那里确实是一个行之有效的方法。

在《读宋诗随笔》中，程千帆对苏轼的《庐山二胜》两首诗的品评，也运用了这种同中求异与异中求同相结合的比较方法，并再次指出伟大作家敢于突破自我的普遍性创作心理。苏轼二诗全文如下：

开先漱玉亭

高岩下赤日，深谷来悲风。

攀开青玉峡，飞出两白龙。

乱沫散霜雪，古潭摇清空。

余流滑无声，快泻双石谼。

我来不忍去,月出飞桥东。

荡荡白银阙,沉沉水精宫。

愿随琴高生,脚踏赤鲔公。

手持白芙蕖,跳下清泠中。

栖贤三峡桥

吾闻太山石,积日穿线溜。

况此百雷霆,万世与石斗。

深行九地底,险出三峡右。

长输不尽溪,欲满无底窦。

跳波翻潜鱼,震响落飞狖。

清寒入山骨,草木尽坚瘦。

空濛烟霭间,澒洞金石奏。

弯弯飞桥出,激激半月彀。

玉渊神龙近,雨雹乱晴昼。

垂瓶得清甘,可咽不可漱。

程千帆在品评中说:

> 庐山,古往今来的诗人画师不知道为它消耗了多少心灵和彩笔。苏轼来
> 游,一方面认为它"奇胜殆不可胜纪",一方面又"独择其尤佳者作二首",这就
> 显示了他在选择题材和主题时,注意到了避免和前人相犯,这也就是在考虑
> 如何推陈出新的问题。可是在落笔的时候,他写的恰是开先瀑布与栖贤激
> 流,都是水,而且都是庐山之水。这,又是故意和自己相犯了。①

所谓相犯,就是相同,而这两首诗各自的独创性就是相异。程千帆继而指出了二诗相
异之处:

> 前篇前半虚处落笔,对瀑布没有作过多的正面刻画,后半由虚转幻,化人
> 间为仙境。在自己久谪黄州,至此环境略有改善,而前途仍然未卜的时候,诗
> 人产生这种出尘之想,是完全可以理解的。后篇主要是从正面刻画了激流之

---

① 《程千帆全集》第 11 卷,第 416 页。

险以及自己与之相适应的广阔胸襟。观物既工,造语尤妙。其中如"清寒入
山骨,草木尽坚瘦"之写高山植物,真可谓体物浏亮,前无古人。这两篇是互
相衔接的,可又别开生面。

然后,他又异中求同,从个别上升到一般,再次揭示了伟大作家不重复别人也不重复自
己的创作心理和创新技能:

> 我们知道,在艺术创作中,不重复别人固然难,不重复自己则更难。作为
> 一位伟大的作家,苏轼既考虑到避免和前人相犯,却又敢于故意和自己相犯,
> 这正是一件事的两面,给人的启发可大了。①

这一品评与对王安石诗的品评,二者方式虽同,但也不是简单的重复,因为它依据苏轼
的创作实践,进一步揭示了伟大作家避免与前人相犯又故意与自己相犯,而在和自己
相犯之中寻求创新的具体方式。这种常用常新的效果,可见程千帆运用这一方法的娴
熟程度。相犯是中国古代文学批评中的常用术语,古人运用这一术语时已体现出对创
作上的辩证思维的自觉认知,程千帆沿用这一术语分析诗歌的同中有异的创新,说明
他的辩证分析既是学习哲学理论的结果,也有继承诗文评传统的因素,这两个方面在
千帆诗学中得到了融合和统一。

可作补充说明的是,在许多作品的解读中,程千帆视作品的具体情况不限于运用
一种辩证分析的形式,而是综合运用多种辩证分析的形式,以达到对作品的多维度理
解。例如《读宋诗随笔》在品评王禹偁《村行》的名联"万壑有声含晚籁,数峰无语立斜
阳"时,除了运用一分为二的方式发现其中的真与幻的对立统一之外,还运用异同比较
的方式,将这一联与姜夔的《点绛唇》上阕"燕雁无心,太湖西畔随云去。数峰清苦,商
略黄昏雨"联系在一起进行对比分析,指出它们所写天候有晴雨之异,峰峦有语默之
殊,而各尽其妙。② 这种不同辩证分析形式的综合运用虽然不能算是一种新的方式,
但由此可见程千帆运用辩证分析形式的多样性和灵活性。

---

① 《程千帆全集》第 11 卷,第 416 页。
② 《程千帆全集》第 11 卷,第 387 页。

第三节　辩证分析的普遍性和深刻性

在千帆诗学中,前述辩证分析的多种形式不限于诗歌的解读,还用于诗歌研究的其他方面,以及文学史、理论批评等研究领域。其晚年代表性诗学成果,无论是探索作品的独特风格,还是发掘诗人的思想感情;无论是探讨文学内部的创新手段,还是考察文学与社会的外部联系;无论是研究一个作家的创作发展历程,还是考察一部作品的读者接受历史;无论是解读前人的批评,还是构建自己的理论,研究的对象和目的虽然各有不同,但在研究方法上都把发现矛盾分析矛盾作为深化认识的主要环节,使得这种辩证分析成为发现问题、分析问题、解决问题的锐利思想武器。

在诗歌论文中,《一个醒的和八个醉的——读杜甫〈饮中八仙歌〉札记》对于杜甫的这首诗无论是内容上还是形式上的深入解读以及建立在此基础上的诸多创见都依据着辩证的分析,充分体现了这一方法的重要作用。

在作品内容的研究中,程千帆首先运用文史结合的方法,以丰富的史料为依据,对杜甫笔下的八个醉酒者的精神状态一一作了异中求同的详细考察,揭示出诗中这八个醉酒者不是前人所说的无忧无虑、心情欢畅,而是浪迹纵酒,以自昏秽的不正常心态。其次,在重新认识这八个醉酒者的共同心态之后,又把他们与杜甫联系起来进行对比:一方是被迫无所作为、乐其非所当乐的醉酒者,另一方则是错愕、怅惋地看着他们的一个开始清醒过来的人,由此推断出该诗是杜甫在以一双醒眼看八个醉人的情况下创作的。最后,程千帆又小中见大,将这首诗置于杜甫的整个创作历程之中,根据杜甫当时的精神状态以及诗中出现的一般抒情诗所罕见的以客观描写为主的人物群像,推断出该诗是杜甫从盛唐的浪漫主义转向清醒的现实主义的起点。此外,程千帆还用批评为考据服务,根据诗中反映出来的杜甫的精神状态推断出这首诗不可能写于杜甫初到长安不久充满雄心壮志的年代,而应当迟一些,写于杜甫生活困顿,前途无望,观察到越来越多的社会黑暗而开始清醒之时,虽然无法断定究竟迟多久。在作品形式的研究中,程千帆也运用了辩证分析的方法,他把《饮中八仙歌》将一首诗分为八个相对独立的组成部分,而又众流归一服务于共同主题的结构特点与杜甫后来的《八哀》、《诸将》、《秋兴》等组诗将多首诗联成一个统一体的联章方式相对照,揭示了杜甫在这首诗中主要采用了空间艺术形式而不是时间艺术形式的独特构思。

这篇论文中的多种富有创造性、启迪性的结论在其他的学者那里也许可以通过其他的方法获得,但在提出问题的角度和解决问题的方法上,这篇论文与《古典诗歌描写与结构中的一与多》、《相同的题材与不相同的主题、形象、风格》、《论唐人边塞诗中的方位、距离及其类似问题》、《火与雪:从体物到禁体物》等其他诗歌论文所体现的紧紧抓住研究对象中的矛盾,深入揭示矛盾之间的内在联系,以及由小见大,由具体到抽象的辩证思维方式却显示了千帆诗学鲜明的独特性。

《唐代进士行卷与文学》是文学史研究的专著,这一著作体现了文史结合的治学传统,也受到陈寅恪"以诗证史,以史证诗"方法的影响,但它对于唐代进士行卷与文学关系的许多独到发现是通过多方面的辩证分析而获得的。

林继中在《还没结束的答辩》一文中已指出:在这部著作中程千帆"先将'唐以诗取士'的诗歌分解为两部分,即省试诗与行卷诗。省试诗确是糟粕,而行卷诗又当分两类论之:一是向有司投献的'省卷',一是向显人投献的行卷。对这两种情况,程先生分别作了极细微的分析"。① 不仅如此,程千帆对于向显人投献的行卷的质量和效用,也根据举子对待行卷的态度作了一分为二的分析:当举子意在获得经济上的施舍,或"不能站在正确或比较正确的立场上去关心和注意社会生活、自然现象,而一味为新与异而去追求新与异,结果就必然要丧失掉好作品所同样不可或缺的艺术性",对于文学的发展就不会产生任何积极的促进作用,而当举子"以严肃的态度从事写作,企图在作品中表达自己进步的政治、社会观点,体现较高的艺术水平",他们的行卷便"成为一种使读者感到喜悦的收获",从而对文学的发展产生积极的促进作用。② 对于显人如何对待举子行卷的态度及其后果,程千帆也作了一分为二的分析:"是热情地通过种种方式帮

---

① 《程千帆先生纪念文集》,第123—124页。
② 《程千帆全集》第8卷,第33—37页。

助那些后进呢,还是对他们采取种种傲慢的鄙视和轻薄的态度","如果能够认真地提携后进,选拔真才,那么,就会给文学的发展带来好处,反之,自然也无从产生有益的后果"。① 这一著作的最后结论也是一分为二式的:以文辞优劣来决定举子的去取,对文学发展所产生的作用应当一分为二,如果就正式考试的内容来看,那基本上是促退的;而如果就行卷来看,则起到了促进的作用。② 总之,在这部著作中,程千帆通过两分法的层层剖析,从文学创作和考试制度的种种复杂的交混现象中理出了清晰的线索,对于唐代行卷与文学的关系获得了许多创见。尽管有人可能并不赞同只从优秀的行卷才对唐代文学有促进作用的角度看待以诗取士的制度对文学发展所起的作用,但程千帆这种独特的一分为二式的思维模式在其著作中自始至终都表现得十分鲜明和突出,并对研究结果起到关键的作用,这一点却是难以否认的。

在这部著作中,我们还看到,程千帆在郭绍虞、黄云眉等学者指出古文与时文互相对立、斗争的基础上,进而指出两者之间还有一致的一面。他发现,古文与时文虽然对立,但古文运动与进士词科并不对立,古文运动的领袖与多数中坚并不排斥进士科举,他们在进士登第之前,经常用古文行卷,及第从政并成为显人之后,又广泛地借着后进向他们行卷的机会宣传和推行古文。富于策略地利用了这种考试制度和行卷的风尚,形成学文与觅举统一而非矛盾的局势,从而减少了反对派的阻力,获得了巨大的成功。由于古文运动与制度科举并不矛盾,所以古文家对于时文的对立态度是相对的,而不是绝对的。而其根本原因在于古文家们不是职业作家,而是以官为业的士人,在文学上成为古文家重要,在政治上成为政要显人更为重要。就这一点而言,以古文行卷与以时文应试,无非都是为了取得功名,古文与时文两者就没有本质的差别了。③ 由上述分析可知,程千帆既注意到古文与时文对立的一面,又注意到两者一致的一面,并通过发现一致的一面进而发现科举行卷对古文运动的促进作用。这种对矛盾双方复杂关系的全面考察和深入认识也充分体现了辩证分析的效力。

在文学理论批评研究方面,周勋初在《程千帆先生的诗学历程》一文中曾指出程千

---

① 《程千帆全集》第 8 卷,第 39—45 页。

② 《程千帆全集》第 8 卷,第 85 页。

③ 《程千帆全集》第 8 卷,第 74—76 页。

帆"以前所说的'将批评建立在考据的基础上'的'批评'一词,实际上等于'文学批评史'之'批评',寓有文学批评和文学理论的双重涵义"。① 此后蒋寅在《我的老师程千帆先生》一文中又指出,强烈的理论意识是程千帆的一个基本的学术品格,它体现为研究活动中理论的运用和方法的自觉,更体现为在研究结果上超越具体认识追求理论升华。② 上述观点都准确揭示了千帆诗学重视理论并长于理论的突出特点。我们看到,在民国时期,程千帆的大学毕业论文《少陵先生文心论》就是以理论批评为主题的;在大学执教期间出版的第一部文学研究专著《文论要诠》也是关于文学理论的著作,该书就文学总略、诗教等10个文学理论上的专题选择了10篇名作加以诠释和阐发;最长的一篇论文《诗辞代语缘起说》从丰富的作品中归纳了代语的9种使用方法,也就是从作品中抽象出理论。共和国初期,程千帆特别积极地学习现代文学理论,自己讲授文学理论课程并编写了《文艺学》讲义,在其晚年又为复兴从文学作品中直接抽象出理论的研究方法,以消除将古代文学理论批评研究与古代文学割裂开来的弊端提出了前述著名的"两条腿走路"的主张:从理论的角度研究古代文学,既要研究"古代的文学理论",还要研究"古代文学的理论",即主要是研究作品,从作品中抽象出理论来,从而丰富文学理论的宝库,对当代作家的创作提供借鉴。③ 这一主张意味着在文学理论研究领域的"知能并重":文学理论研究者不仅要根据文学实践研究已有的文学理论,还要根据文学实践创造新的文学理论;既要研究其他的文学理论家,还要把自己培养成为理论家,从而推动理论的发展和创新。由此可见,理论的追求是贯穿于千帆诗学的整个发展历程之中的重要目标和任务。

对于两条腿走路的主张,程千帆既是富有创造性的倡导者,又是卓有成效的实践者,而在实践这一主张时,无论是研究"古代的文学理论",还是研究"古代文学的理论",他都特别注意发现矛盾分析矛盾,详细考察互相对立的不同变量之间的内在联系,从而获得发前人之未发的创见。

《张若虚〈春江花月夜〉的被理解与被误解》是根据一篇作品在读者接受历史中的

---

① 《周勋初文集》第6卷,江苏古籍出版社2000年版,第132页。
② 《学术的年轮》,中国文联出版社2000年版,第198—204页。
③ 参看《古典诗歌描写与结构中的一与多》和《从小说本身抽象出理论来》。《程千帆全集》第8卷。

地位演变来考察文学思想变迁的论文,可以归属为对古代的文学理论的研究。如前所述,周勋初把这篇论文视为运用辩证法的典型例证,认为其研究的对象虽然只是一首诗,但统古今而观之,涉猎很广,发掘很深,对其被理解和被误解的情况做了细致的分析,找出其客观和主观的因素,这样的研究只能是在辩证法的指导下才能完成了的。而从这篇论文的分析过程来看,程千帆从唐代以来的诗歌总集,选本和诗话等繁富的材料中敏锐地抓住了历代批评家对这篇作品"选与未选"、"谈与未谈"的矛盾线索,全面考察了该诗的被理解与被误解这一对矛盾的发展变化,并以此为突破口以小见大,揭示了作为这首诗沉浮显晦之原因的文学思想的变迁历史。由此可见这种发现矛盾、分析矛盾的着眼点正是促进其认识不断深化的途径。此外,在程千帆看来,"这首诗体现了永恒的世界与短促的生命的对立,真纯的爱情与惆怅的离别的对立,无情和有情的对立"。① 对作品中这些矛盾的敏锐感受,也许就是激发程千帆对这首诗的接受历史作深入研究的一个契机吧。

《说"斜阳冉冉春无极"的旧评》一文是解读清人词论的一篇札记,也属于对古代的文学理论的研究,但其主体却是对周邦彦《兰陵王·柳》这首词②的具体分析,体现着以作品为中心的原则。而在这篇作品的具体分析中,程千帆不限于只运用某一种辩证分析的形式,而是把多种辩证分析的形式结合在一起加以综合运用,既有一分为二、合二为一,也有同中求异、异中求同,获得了对作品的深刻理解。

这篇文章首先在借鉴俞平伯的研究成果的基础之上,指出"斜阳冉冉春无极"一句本身就是一对矛盾,进而通过一分为二的辩证分析揭示了词中包含的多种潜在的矛盾:

> 隋堤之柳,一方面,已被"折柔条过千尺",而另一方面,却依然"烟里丝丝弄碧"。(顺便指出,这一抒写,极其明显地是受到了李商隐的启发。那位晚唐诗人在《离亭赋得折杨柳》二首之一中写道:"含烟惹雾每依依,万绪千条拂

① 《程千帆全集》第 12 卷,第 169 页。
② 周邦彦《兰陵王·柳》全文:"柳阴直,烟里丝丝弄碧。隋堤上,曾见几番,拂水飘绵送行色。登临望故国,谁识,京华倦客?长亭路,年去岁来,应折柔条过千尺。 闲寻旧踪迹。又酒趁哀弦,灯照离席。梨花榆火催寒食。愁一箭风快,半篙波暖,回头迢递便数驿,望人在天北。 凄恻,恨堆积!渐别浦萦回,津堠岑寂,斜阳冉冉春无极。念月榭携手,露桥闻笛。沉思前事,似梦里,泪暗滴。"

落晖。为报行人休尽折,半留相送半迎归。")作者,一方面,已是"京华倦客",而另一方面,又是有家归未得,只好"登临望故国"。至于这次送行,则一方面,是"月榭携手,露桥闻笛"等许多"旧踪迹"老是萦绕心头,无法排遣,而另一方面,又是当前的"酒趁哀弦,灯照离席",以及无可避免的、正在出现"别浦萦回,津堠尘寂"的难堪的前景。凡此种种,物与人,情与景,本以错综交织,将若干矛盾统一起来,形成一个较为丰富的境界。①

通过对上述种种潜在矛盾的敏锐感受,程千帆发现,"斜阳冉冉春无极"这一对矛盾原来是全词中许多对矛盾的象征,它将前述许多对矛盾的细致描绘与抒写统一在一个能够表现空间不断开拓与时间不断流失的过程的浑然景象中,从而显示出作品完整而深刻的意义。程千帆还发现,"斜阳冉冉春无极"这一对矛盾本身还蕴含着深邃的人生启示。这是因为,"斜阳冉冉"是形容时间即将消逝,"春无极"则是形容空间杳无边际,而没有比时间与空间所具有的两种形态更能包罗人生的了。所以,它们象征地体现了在时间和空间中的一切物与人的存在与活动,包括了人类生活舞台上出现的千变万化的离与合、悲与欢、生命的消逝与永恒、有限与无际等种种对立。

除了运用上述一分为二的分析方式之外,程千帆还将"斜阳冉冉春无极"与李商隐的《乐游原》诗句"夕阳无限好,只是近黄昏"联系起来进行比较,分析了它们的异同。它们的共同之处,在于都一语道破了大自然与人类生活中消逝与永恒、有限与无际的对立统一,而且不约而同地使用了与生命发生发展密切相关的太阳作为象征。而它们的不同之处,在于李诗先出"夕阳无限好",后出"只是近黄昏",意在反映心情之由敞而敛,由乐而哀,而周词先出"斜阳冉冉",后出"春无极",则象征着由离而合的希求。

通过运用多种辩证分析的方法,深入细致地剖析作品中的种种矛盾因素,以及其中蕴含的微妙情思,程千帆就对谭献所下简短、神秘的评语"斜阳七字,微吟千百遍,当入三昧,出三昧"以及其他虽精到,但语焉不详的评论作了透彻的解释。葛晓音在《大师的气度——怀念程千帆先生》一文中说,程千帆"谈周邦彦的'斜阳冉冉春无极'一文,使我很受震动,知道了词还可以讲到如此深入透彻、如此富有哲理和诗情的境

---

① 《程千帆全集》第8卷,第257页。

界"。① 显然,如果不反复涵润作品,并综合地运用辩证分析的方法,就难以发现作品中这些潜在的矛盾及其丰富的意蕴,也就难以达到对古人理论批评的深刻理解。

在千帆诗学中,《古典诗歌描写与结构中的一与多》一文是花费了较长时间才完成的精心之作,②也是实践"两条腿走路"的主张,研究古代文学的理论,从作品中抽象出理论的代表作("两条腿走路"的主张就是在这篇论文中首先提出来的)。这篇论文依据中国哲学对于对立统一规律的认识,以之作为作品解读的前理解,从辩证思维的维度在一个巨大的时空范围内考察了丰富的诗歌作品,从中提炼出一与多这一对古代作家在诗歌创作中(主要是描写和结构两个方面)普遍运用的矛盾范畴,并深入细致地分析了它们的种种丰富而复杂的表现形式:在描写上,既有人与人、物与物、时间与时间、空间与空间之间的一与多,又有人与物(物与人)之间、时间与空间(空间与时间)之间的一与多;既有客观存在的一与多,又有主观安排的一与多;既有只限于显示数量差异的一与多,又有同时显示质量对立(包含其他矛盾)的一与多。在结构上,既有内容分配上的一与多,也有声偶形式上的一与多;既有单篇之中的一与多,又有组诗各篇之间的一与多,等等。并在此基础上揭示了这些一与多矛盾范畴相互衬托,有主有次,更好地表现了生活,也充分表达了诗人丰富的想象,给人以艺术的满足的审美价值。这样,程千帆就为从作品中抽象出理论作出了一个很好的示范。

对于诗歌创作乃至整个文学创作中的辩证思维,古人已有自觉的认识,并最为集中地体现在对于诗歌、骈文运用对偶修辞而建构的对联(对子、对句)的理解、要求和评价上。

对偶或对仗原是古已有之的表现手法,在先秦诗文中经常见到它的踪影,而在盛行形式之美的南朝时期,更是形成了高度发达的以对偶词句为主体的骈体文。文学理论批评家自然也高度重视这种文学实际,并对之进行了深入细致的研究。刘勰《文心雕龙·丽辞》篇专谈对偶,他首先指出:"造化赋形,支体必双;神理为用,事不孤立。夫心生文辞,运载百虑,高下相须,自然成对。"认为文辞的对偶,乃是造化神理在人心中的自然体现,这也就是用阴阳之道为对偶提供了理论依据。同时,刘勰将对偶分为言

---

① 《程千帆先生纪念文集》,第 119 页。

② 参看贾文昭《难忘的教诲——悼念恩师程千帆先生》,《程千帆先生纪念文集》,第 66 页。

对、事对、正对、反对四种形式，言对、事对又各有反正之分；并认为理殊而趣合的反对为优，事异而义同的正对为劣。这种审美价值观的主要依据也就在于反对最能体现矛盾双方相反相成的作用。当古诗发展为格律严整的近体诗之后，面对李白、杜甫为代表的伟大诗人所创作出来那些名垂千古的对偶诗句，文学理论批评家们也对一联之内以及颔颈两联之间提出了更加严格的既对立又统一的要求。例如宋代葛立方在《韵语阳秋》卷一中说："律诗中间对联，两句意甚远而中实潜贯者，最为高作。"①再如清代朱庭珍在《筱园诗话》卷四中说："一联皆写情，则两句须有变幻，不可一律，致犯合掌之病。一联皆写景亦然，或上句写远，下句写近；或上句写所闻，下句写所见。总写一句自有一句之意境，两句迥然不同，却又呼吸相应，此为至要。"②可见这种要求对偶或对联既对立又统一的辩证态度已成为中国诗文评的一个普遍而稳固的传统。

现代中外学者运用新式哲学术语来理解对联更明确地说明了中国文学之中的辩证思维。例如 1930 年代初陈寅恪在《与刘雅叔论国文试题书》中运用辩证法的正反合之说谈论上中下三等对子，认为词类声调皆不适当的，以及思想重复的合掌对都为下等，不能及格，其理由是有正而无反；若既有正又有反的，属于中等，可以及格；"若正及反前后二阶段之词类声调不但能相当对，而且所表现之意义复能互相贯通，因得综合组织，别产生一新意义——此新意义虽不似前之正及反二阶段之意义显著于字句之上，但确可以想象而得之，所谓言外之意是也。此类对子，既能备具第三阶段之合，即对子中最上等者"。

在此信中，陈寅恪指出其用正反合三阶段来说明上中下三等对子与黑格尔的辩证法之说暗合，由此可见他已认识到对子体现了辩证思维的模式，他又说："岂但诗歌，即六朝文之佳者，其篇中警策之俪句，亦莫不如是。"并认为"对偶确为中国语文特性之所在"。由此可见他同时也认识到辩证思维在中国文学中的普遍性。③

日本学者斯波六郎对中国文学的辩证思维也有切实的认识，把它称作对比思维的

---

① 何文焕辑《历代诗话》，中华书局 1981 年版，第 489 页。

② 郭绍虞编选《清诗话续编》，上海古籍出版社 1983 年版，第 2400 页。

③ 该信原刊 1932 年 9 月 5 日天津《大公报》文学副刊，见《陈寅恪集·书信集》，三联书店 2001 年版，第 158—166 页。

方式。在《中国文学里的融合性》一文中,他分析了中国文学在表现方法上的四个特点:贵意在言外、对句、比喻和用典,认为都运用了对比的思维方式。就对句而言,斯波六郎认为在形式上、内容上完全均齐的对句是对比的思维方式最地道的表现。他将日本《平家物语》中的对句"祇园精舍之钟声,有诸行无常之响;娑罗双树之花色,现盛者必衰之理"与"天地者万物之逆旅,光阴者百代之过客"进行对比,认为两句都表达了人生无常的意思,但日本的对句虽然对偶,却只是重复了同样的人生无常的意思,二者的对比没有由此产生某个新的意思的机能。而中国的对句相反地只用了两个不同的空间和时间相对,表面上并没有说人生的虚无,但将这两句放在一起考虑时,就产生人生无常的意思了。在他看来,对句的发达既因语言的性质,更可归结于思维的方式。中国人的代表性的思维方式不是直线式的思考,而是一面变换前后左右、一面回顾古今上下而进行思考,虽在变换,但将事物摆在一起看,即通过对比进行思考。其结果就不是将单独的东西孤立地作为单独的东西来看,而是作为整体的一部分来把握。在文学的表现上,就形成对句的结构。

通过对句、用典、比喻等表现形式的分析,斯波六郎得出这样的结论:"对比着考虑两个事物,感知两个事物,不外乎就是让两者在各自的立场上发挥其特色,并认清它们。而通过这种对比产生别一个世界,不就是造成一个融合的世界吗?如果我们认为在中国,至少在过去的中国文学里,有着上述表现上的特点的话,那么我们或许可以推断这个民族具有追求融合的境界这一性格吧。"①

斯波六郎虽然没有像陈寅恪那样运用辩证法的正反合之说来阐释中国文学中普遍运用的对比思维,但把对比思维理解为通过对比而产生另一个世界,体现着追求融合的境界是与辩证法的正反合之说相一致的。

此外,美国学者浦安迪通过广泛地比较发现,在恒河以西各大古代文明的古典文本中,无论是希腊语、拉丁语文本,还是梵语、希伯来语文本,其中都多多少少地有着平行结构的对仗修辞,而以希伯来语《圣经》的诗文部分最为显著。但与唐代诗歌中的对仗相比,《圣经》赞美诗中的对仗只能偶尔可以与之相媲美,而从未达到中国古代文学所特有的一以贯之、精雕细琢的程度。他还指出,在《圣经》诗歌的平行结构中,阐释者

① 蒋寅编译《日本学者中国诗学论集》,凤凰出版社 2008 年版,第 1—16 页。

必须找出暗含的主从逻辑次序或主从关系(增附关系),这样一来,平行结构的一半就被读作另一半的图解或引申。而在中国文学的对仗中,最普遍的看法,则是一个自足自全的整体内部各个要素的相辅相成。所以,他把中国对仗的这种特点一方面归因于汉语词汇单音节语法灵活等特征,认为属于汉语话语的自然模式;另一方面归因于在中国哲学话语中占主导地位的互补思维(引自李约瑟之说),即源自按照阴阳模式构想出来的两两对立的概念,认为属于辩证法之下的对仗。① 由此可见,辩证思维模式的普遍运用作为中国古代文学的显著特征已为敏锐的中外学者把握到了。

相对于前人就对偶、用典等形式而作的关于中国文学的辩证思维的研究,程千帆的这篇论文通过对诗歌描写与结构中种种一与多矛盾范畴之间的对立统一关系的全面考察和深入分析,富有创造性地揭示了中国古人在诗歌创作中运用辩证思维的丰富性和高度的艺术性,从而使得以往关于中国文学的辩证思维的认识得到扩展和深化,为丰富中国文学的创作理论作出了独特的贡献。陈寅恪曾说,他在探讨对子时所运用的正反合之说,当时只有冯友兰一人能通解,因为他熟研西洋哲学,又了解苏联哲学界的情况。同理,程千帆这篇论文之所以能够揭示出中国古代诗歌描写与结构中种种一与多矛盾范畴之间的对立统一关系,发掘出以往研究者没有发现的中国古代文学的理论宝藏,也是因为程千帆对于东西方的辩证法已有较广泛而深入的理解。所以,周勋初认为这篇论文运用哲学上的对立统一规律,对诗歌表现手法中的许多复杂现象作了广泛的考察,得出了具有哲理意味的结论;莫砺锋也认为这篇论文堪称一篇从哲学的高度审视文学现象的杰作,都是切中肯綮之言。

如果把治学方法的探讨也归属于理论批评研究的范畴,那么千帆诗学的这一方面的成果同样体现了通过发现矛盾分析矛盾而深化认识的特点。如前所述,研究古代文学理论要两条腿走路的主张建立在将古代文学理论分为古代的文学理论与古代文学的理论的基础之上,此即一分为二的辩证思维的结果。应当两条腿走路而不要一条腿走路,合之则双美,离之将两伤的观点也同样体现了辩证思维的态度。《治学要重视解决矛盾》和《两点论——古代文学研究方法漫谈》两篇文章的主题本身就与辩证思维模

---

① 参看《平行线交汇何方:中西文学中的对仗》《文心雕龙中的对仗修辞之骨》,《浦安迪自选集》,三联书店 2011 年版。

式密切相关,其中关于"专精与博通"、"材料与论点"、"局部与整体或宏观与微观",以及"文艺学与文献学"、"形象思维与逻辑思维"等各种狭义两点论的论述自然离不开对于矛盾双方及其关系的辩证分析。在千帆诗学中,辩证分析方法运用的普遍性由此可见一斑。

众所周知,方法并非万能,即使是优秀的、先进的方法,要充分发挥出效力,既要依赖方法本身的优势属性,也要依赖使用方法之人的高超技能;同时,一个人即使拥有高超的技能,在运用优秀的、先进的方法之时也可能出现一定程度的误差,这就好像一个世界超一流的体育选手在比赛时也会有发挥不好的时候。所以,在千帆诗学运用辩证分析的方法解读作品时,笔者偶尔也会感到其阐释略有过度或者好诗固然深知其好,对一些稍有新意但尚有瑕疵的诗,其评价却似偏高的问题。但即使在这些地方,仍可见出千帆诗学辩证分析的深刻性。

例如《古典诗歌描写与结构中的一与多》在分析光觉、听觉描写上的一与多对比时,以杜甫《春夜喜雨》的"野径云俱黑,江船火独明"为例指出:"应当注意到,云是俱黑,火是独明,黑多而白一,所以显得特别分明。"同时又以张继《枫桥夜泊》为例指出:"'月落乌啼霜满天,江枫渔火对愁眠。'这两句以茫茫长夜与一灯渔火对比;'姑苏城外寒山寺,夜半钟声到客船。'这两句以万籁俱寂中的数声乌啼与一杵钟声对比。"[1]程千帆关于杜诗的一与多对比的分析言简意赅,但关于张继诗的分析却似求之过深之嫌。首先,"月落乌啼霜满天"描述的夜晚,无论是午夜(上弦月),还是下半夜(圆月),夜空中都有光亮,否则不会有白霜满天之感,这样,茫茫长夜与一灯渔火的对比就难以成立。其次,寺庙的钟声无论古今都不是一声而是数声,即使强调了是一杵钟声,但乌啼可能是数乌所啼也可能是一乌所啼,故两者之间也难以形成明确的一与多的对比。尽管笔者在此处不敢苟同程千帆对张继诗前后两联中的一与多对比的分析,但从这首诗的整体上看,将茫茫长夜之黑(面)与一灯渔火之白(点)联系起来相对比,将近处响亮的乌啼与远方低沉的钟声联系起来相对比,这种视觉上和听觉上的对立统一关系的建构有助于理解该诗精心刻画的旅愁意境。所以,程千帆对于张继诗的一与多的辩证分析虽有阐释过度之嫌,但无论是其独特的对比联系还是其遣词造句的表达方式都是

---

[1] 《程千帆全集》第 8 卷,第 98—99 页。

富有审美想象力和辩证思维深度的。

再如在《从唐温如〈题龙阳县青草湖〉①看诗人的独创性》一文中，程千帆认为这首不被人注意的诗作具有很独特的艺术构思，是古代诗歌中长久湮埋在沙砾之中的一颗明珠。在分析其构思的独特性时，程千帆揭示了其中多种对立统一的手段。首先是结构上的写景与写人的对立统一，以及情调上的景之衰飒与人之豪迈的对立统一：

> 前半写景，形容秋气之衰飒；后半写人，描绘自己之豪迈。衰飒之景与豪迈之情，不仅对比强烈，而且转接无痕。

其次是梦境描写上的真与幻、虚与实的对立统一：

> 诗人在梦境的描写上也下了功夫。说"满"船，则梦之广阔可见。说"压"星河，则梦之沉重可知。梦境在此，可见可触。这是化虚为实。可是这满船的压星河之梦，却又是"清"梦。清之与虚，清之与轻，义皆相近，所以清虚、清轻可以构成复词。点明清梦，则此梦虚而不盈，轻而不重，又于实中见虚了。这样写梦，就显得它的境界飘渺而分明。亦真亦幻，亦实亦虚。②

通过揭示该诗结构上、情调上、描写上的种种矛盾的相反相成，程千帆深入浅出地说明了该诗在艺术构思上的独特性。不过，就这首诗是一颗被湮没的明珠的评价而言，笔者有不敢苟同之处。其原因有三：

首先，在叙事方式上，这首诗首句写景色，次句写湘君③，后两句写诗人的醉与梦，景色是诗人之所感，湘君是诗人之所忆，由此引发了诗人的醉与梦，其叙事结构可谓思路清晰，次序井然，但其中关于湘君的"追思却用实写"（回忆中的往事与眼前的现实在同一层面上叙述）的叙事方式，适宜于词，而不适宜于诗。这是因为，词的分片形式、长短参差的句式等因素便于区分回忆与现实，故作者可以含而不露，而让读者疑而后悟

---

①　《题龙阳县青草湖》全文："西风吹老洞庭波，一夜湘君白发多。醉后不知天在水，满船清梦压星河。"

②　《程千帆全集》第8卷，第347—350页。

③　国内学术界普遍认同唐代司马贞的观点，认为屈原《九歌》中的湘君与湘夫人为湘水中的配偶神，湘夫人是尧女，湘君是帝舜。但据周勋初的考证，湘君与湘夫人原是湘水中的两个女神，后来逐渐与舜之二妃叠合起来；在屈原那里，湘君、湘夫人即是作为湘水二女神来写的（参看《九歌新考·楚神杂论》，上海古籍出版社1986年版）。程千帆也把湘君视为舜妻，可能是借鉴了这一研究成果。当然，也可能是直接依据了《史记·秦始皇本纪》的记载。但唐温如是把湘君作为男子还是作为女子仅据其诗似难确定。

（如周邦彦的《夜飞鹊》、《拜星月慢》）。而在诗中，特别是近体诗，整齐的句式、单纯的形式等因素不便于区分回忆与现实，故需要作者简明地标示出来，而让读者便捷地了解（如崔护的《题都城南庄》）。同时，即使是词，其追思而用实写的叙事方式也主要是用于相同人物的今昔生活，否则不相连属，也难以统一成文。所以，在把这首简短的绝句作为诗来阅读的读者那里，当读到前两句时，很自然地就把景色视为湘君彼时彼刻所处的环境，并把湘君视为诗中的主要人物，而湘君一夜白发的突变状态，更引发了究竟为何如此或以后又会如何的悬念。而后两句没有任何时间转换的标示，就直赋诗人自己此时此刻的醉与梦，这自然让读者感到主题发生了偏离，湘君的人物塑造没有完成就被中断了，尽管在读完全篇一番反思之后能够理解对湘君的描述原来只是诗人之所忆。所以，这首诗形式是诗，叙事方式却是词，故而有破体之嫌。换言之，追思中的往事与眼前的现实之间在诗中本应转接有痕，但在这首诗中却转接无痕，这不是优点反而成了缺点。

其次，从风格上看，这首诗的前半首近于长吉诗体，后半首近于梦窗词风，分开来看，皆不愧为佳构；但合在一起来看，则难以和谐统一。这是因为前半首关于洞庭风吹波老的衰飒、湘君一夜白发的悲愁及其与帝舜失权而死、二妃也溺水而亡的沉痛暗中关联的描述，却只引发了后半首中的一个虚轻的船上清梦和奇丽的醉后幻景，这样的结果，虽然还延续着浪漫的意味，但转折无由，前重而后轻，实有虎头蛇尾之嫌。换言之，前者与后者本不应转接，却转接在一起了。

最后，在词语的运用上，诗中既用具有虚轻之感的"清"字来形容梦，那么其前用具有充实之感的"满"字，其后又用具有沉重之感的"压"字来描述梦的作用，就有自相矛盾之嫌。

所以，这首诗虽在构思和描写上多有巧妙、独创之处，但其中的多种矛盾尚有难以统一之处，没有达到相得益彰的效果，故只能认为各写了两个半首好诗。

也许是因为从诗中发现了构思曲折、境界神奇、富有对比等优点，才产生了在笔者看来偏高的评价吧。从中自也可见程千帆对艺术辩证法的高度重视以及对诗人创作苦心的高度敏感和高度尊重。需要说明的是，笔者不敢苟同的是认为这首诗在艺术上达到了对立统一的评价，而不是对种种潜在矛盾的深入细致的揭示。所以，在不敢苟同其评价的同时，也不能不承认千帆诗学辩证分析的细致和深刻以及方法上的启迪意义。

　　综上所述,通过以上对千帆诗学主要成果的分析,可见程千帆在诗歌、文学史以及文学理论批评等领域的研究中,都普遍地聚焦于矛盾,借助于辩证分析去发现问题、分析问题和解决问题,而对于研究对象之中各种矛盾的敏锐发现和深入分析,其范围之广,数量之多,质量之高,充分体现了他对辩证思维模式的高度自觉和娴熟运用,这使得千帆诗学的成功之处总是闪耀着辩证思维的光彩,其种种诗学成果不仅是丰硕的,而且是独特的,从中体现出一种非千帆诗学莫属的独特魅力。

　　现代心理学和认识论告诉我们,人类没有绝对客观的认识活动,认识主体已有的知识结构和思维模式对其认识对象的选择和认识过程都会产生影响,有着制约的作用。程千帆自己通过文学研究也认识到这一点,所以他赞同这样的说法:"只有作家的创作意图,才能决定题材的取舍,而不是反过来。不论是从一个事件的发生、发展或结局中,或者从一个事物的某一方面取材,其区别都由于不同作者的关心与重点的不同。"①因此,千帆诗学在理论上对于一般诗学方法与哲学方法相结合的二重性的两点论的自觉提倡以及在实践中善于发现矛盾、分析矛盾、解决矛盾的显著特点,一方面有着中国文学与辩证思维不可分割的客观美学依据,另一方面也可证在程千帆的一双善于体会诗心的眼睛背后有着一个善于辩证思维的头脑。换言之,千帆诗学的两点论并非追逐时尚的标签、口号,而是一以贯之的原则和运用自如的特长,已构成千帆诗学大厦坚实的基础和高大的支柱。这也就是决定着千帆诗学的个性和价值的一个基本的主体性因素吧。

---

①　《程千帆全集》第 8 卷,第 131 页。

第四章　千帆诗学辩证思维模式的基本特点
——以宋诗研究为样本

当具有一般诗学方法与哲学方法相结合的二重性的两点论在千帆诗学中的实际运用和重要价值得到确认之后,我们面临的一个新问题就是:作为千帆诗学广义两点论的辩证思维模式究竟有着什么样的性质和特点? 只有回答了这个问题,我们才能进而确认千帆诗学两点论与各家辩证法的复杂关系及其思想渊源和文化归属等相关问题,从而深刻理解千帆诗学与哲学的内在联系。

辩证法在程千帆那里不是理论形态的哲学表述,而是诗学实践的具体运用,所以千帆诗学辩证思维模式的特点既体现在关于文学研究者主观方法的一般论述上,也体现在关于文学研究客观对象的具体认识上,而这两个方面在程千帆的宋诗研究中都有突出的表现。同时,宋诗研究不仅是千帆诗学的一个中心环节,而且具有鲜明的针对性和辩论性(详见后述),这使得千帆诗学辩证思维模式的特点在其中得到了充分的展示。因此,本章把程千帆的宋诗研究作为代表性的样本进行个案分析,通过其中两点论的理论阐述和具体运用以考察千帆诗学辩证思维模式的基本特点。

需要说明的是,本书探讨千帆诗学辩证思维模式基本特点的主要目的在于发现其哲学依据之所在,故不拟面面俱到地罗列千帆诗学辩证思维模式的全部特点,而是集中于最能够体现千帆诗学辩证思维模式的独特性及其与各家辩证法异同显明的方面。我们知道,辩证法是人类古已有之的哲学思想,在中外哲学史上都占有重要的地位并有源远流长的发展历史,因此,它包含着丰富而深刻的内容,并非某些教科书所规定的几则僵化、空洞的教条。而在当代中国大陆学术界,最受关注、最有影响的内容是关于对立统一规律的认识。这一方面是因为对立统一规律自身具有重要的意义，另一方面也是因为长期以来既是最高政治领袖又是最高意识形态领袖的毛泽东继承了列宁关于对立统一规律是辩证法的核心的观点，①并把对立统一规律视为辩证法的最根本的法则。例如在民主革命时期，毛泽东在 1937 年的抗大演讲原稿（即《矛盾论》初稿）中就已提到列宁的这一观点，并认为："事物的矛盾法则，即对立统一的法则，是唯物辩证法的最根本的法则。"②在社会主义革命时期，毛泽东又重申了这一观点。例如 1965 年他对李达主编的《马克思主义哲学大纲》上册（唯物辩证法）（内部讨论稿）第一篇第三章第一节作了如下批注："辩证法的核心是对立统一规律，其他范畴如质量互变、否定之否定、联系、发展等等，都可以在核心规律中予以说明。盖所谓联系就是诸对立物间在时间和空间中互相联系，所谓发展就是诸对立物斗争的结果。至于质量互变、否定之否定，应与现象本质、形式内容等等，在核心规律的指导下予以说明。旧哲学传下来的几个规律并列的方法不妥，这在列宁已基本上解决了，我们的任务是加以解释和发挥。至于各种范畴（可以有十几种），都要以事物的矛盾对立统一去说明。例如什么叫本质，只能说本质是事物的主要矛盾和主要矛盾方面。如此类推。"③1965 年 12 月 21 日毛泽东《在杭州会议上的讲话》又进一步明确地把对立统一规律视为辩证法的唯一的根本规律："辩证法的规律过去说三大规律，斯大林说四个规律。三大规律，一直讲到现在。我的意见是，辩证法只有一个根本规律，就是矛盾的规律。质和量、肯定和否定……现象和本质、内容和形式、偶然和必然、必然和自由、可能和现实，等等，都是对立的统一。哪里有平列的三个基本规律？"④由于毛泽东拥有至高无上、独一无二的权威，就使得这种观点在大陆学术界一直居于主导的地位，以至于有人认为马克思主义的辩证法规律只有一个，即对立统一规律。⑤ 同时，一种辩证法与其他各种辩证法之间的本质性区别不在于注重矛盾而在于如何认识各种矛盾之间的关系以及由此而

---

①　列宁在《哲学笔记》中说："可以把辩证法简要地确定为关于对立统一的学说。这样就会抓住辩证法的核心。"《列宁全集》第 38 卷，人民出版社 1959 年版，第 240 页。

②　《毛泽东选集》第 1 卷，人民出版社 1991 年版，第 299 页。

③　《毛泽东著作选读》（下册），人民出版社 1986 年版，第 847 页。

④　引自尚庆飞、林荫《毛泽东读书批注中的重要哲学思想》，《湖南科技大学学报》2007 年第 1 期。

⑤　参看庞长富《唯物辩证法的规律只有一个》，1979 年 4 月 19 日《光明日报》。

来的关于发展变化的观念,而关于对立统一规律内部的矛盾双方的同一性(或统一性)与斗争性、一分为二与合二为一等问题一直是大陆学术界争论的焦点,对这些问题的认识最能反映各种辩证法的差别和对立。就程千帆而言,他虽然没有把对立统一规律当作辩证法的核心或唯一的规律,对于对立统一规律的认识也与列宁、毛泽东有不同之处,但也认为:"对立统一规律是人类在反复探索自然界和社会生活的发展规律中所逐步发现和总结出来的。可说是诸规律之中最基本的和最重要的。"①在其两点论的理论论述和具体运用之中关于各种矛盾对立统一关系的分析研究也最为集中并体现了鲜明的独特性。因此,本书主要从对立统一规律的维度考察千帆诗学辩证思维模式的特点以及相关的辩证法依据。

第一节　宋诗研究:千帆诗学的一个典型个案

一、贯穿千帆诗学历程的研究重点

在千帆诗学的成果中,关于唐诗的论文最多,与弟子合著的杜诗论文集《被开拓的诗世界》以及从文化史的角度研究唐代文学(包括唐诗)的专著《唐代进士行卷与文学》都是千帆诗学的代表作,同时也是改革开放以来中国唐诗研究领域中具有国际影响的成果。所以,唐诗研究是千帆诗学的重点确然无疑。不过,在千帆诗学中,唐诗研究固然是一个重点,但其中还有一个同样贯穿于程千帆整个学术生涯之中、并不亚于唐诗研究的重点,那就是宋诗研究。

如果只从数量上看,程千帆直接关于宋诗的论文是远远比不上唐诗的。他的全部诗歌论文中只有《苏轼的风格论》一篇文章直接、集中地研究宋诗,而这一篇论文还是与莫砺锋合撰的,因为写作时间较晚,也没有收入单行本的《古诗考索》(莫砺锋编辑

---

① 《程千帆全集》第8卷,河北教育出版社2000年版,第93页。

《程千帆选集》时才将它收入新版《古诗考索》）。但这一统计数字让我们看到的只是表层内容，隐含在众多论文之中的对于宋诗的高度重视和深刻认识等深层内容是难以通过简单的统计得出的。周勋初在《程千帆先生的诗学历程》一文中已经揭示出程千帆高度重视宋诗的特点。他在评价《相同的题材与不相同的主题、形象、风格》中的一个结论——"就主题而言，王维诗是陶渊明诗的异化，韩愈诗是王维诗的异化，而王安石诗则是陶渊明诗的复归和深化"时指出："这样的评价着眼于各家艺术上的创新，摆脱了崇盛唐轻中唐或重唐轻宋的门户之见，是一种通达的持平之论。"①这一评论敏锐地将程千帆的结论与唐宋诗歌的比较和评价联系起来。至于《韩愈以文为诗说》、《火与雪：从体物到禁体物》等论文与宋诗的密切联系就更广为人知了，无须赘述。

　　千帆诗学的另一主要形式——选本也体现了对宋诗的高度重视。在程千帆看来，八代（从汉至隋）、唐、宋是五七言诗发展史上 3 个最主要的、最富有创造性和代表性的历史阶段，所以其《古诗今选》限定在从汉到宋的范围之内，从中遴选了五七言诗（包括少数六言诗和杂言诗）599 首，其中八代诗 113 首，唐诗 296 首，宋诗 190 首；宋诗约占总数的三分之一，在数量上仅次于唐诗。另据莫砺锋的统计，《古诗今选》入选作品最多的前 10 名诗人依次是杜甫（33 首）、李白（27 首）、苏轼（22 首）、王安石（17 首）、王维（15 首）、白居易（15 首）、黄庭坚（15 首）、陆游（15 首）、陶渊明（12 首）、韩愈（11 首），其中唐代 5 人，宋代 4 人；前 5 名诗人中，唐代 3 人，宋代 2 人，苏轼、王安石位列王维之前。而其专选宋诗的选本就有两种——《宋诗选》和《宋诗精选》，其中《宋诗精选》还是程千帆生前独立完成的最后一部诗学新著。虽然这两种选本的篇幅都较小，但在宋诗研究史中一人出版两种宋诗选本却是前所未有的事情。周勋初在评论这 3 种诗歌选本时指出，程千帆与新中国成立以来重视唐诗而贬抑宋诗的普遍倾向不同，他当然推崇唐诗，但同样也重视宋诗。还进一步指出，程千帆受家学熏陶，从年轻时就对宋诗进行过深入的研究，中年曾与缪琨合撰《宋诗选》一书，又与沈祖棻合撰《古诗今选》，对宋诗的选注，驾轻就熟，更具特色，这一部分，正可弥补新中国成立以来对宋诗重视不够的不足；而晚年独撰的《宋诗精选》中的品评比《古诗今选》分析更为细致，见解也更为

---

① 《周勋初文集》第 6 卷，江苏古籍出版社 2000 年版，第 132 页。

深入。① 这些述评颇为精当,足以显示宋诗研究在千帆诗学中的特别重要的地位。

程千帆的文学史研究著作也同样体现了对宋诗的特别重视。例如在吴新雷的协助下合撰的《两宋文学史》是程千帆生前出版的唯一一部断代文学史,全书共有 13 章45 节,其中专论或包含诗歌研究的与专论或包含宋词研究的各有 15 节,诗歌研究是全书两大重点之一。在程章灿的协助下合撰的《程氏汉语文学通史》,其中宋诗部分共有 23 页,所占篇幅仅次于唐诗、宋词,在全书中居于第 3 位。同时,这两部文学史也都对宋诗不同于唐诗的独特风格给予了高度的评价。

程千帆在研究生的培养上也体现了特别重视宋诗研究的一贯性。1955 年和 1956年,当时在武汉大学中文系执教的程千帆招收了 4 名硕士研究生。其中 56 级 2 名研究生的研究方向是宋元明清文学,他们的毕业论文都是关于宋诗的研究。[详见程门弟子研究生学位论文一览表(1)]

程门弟子学位论文一览表(1)

类别	学校	年级	研究方向	姓名	学位论文
硕士	武汉大学	1955	魏晋南北朝隋唐五代文学	吴代芳	论杜甫诗
硕士	武汉大学	1955	魏晋南北朝隋唐五代文学	苏德荣	未详
硕士	武汉大学	1956	宋元明清文学	吴志达	王安石诗初探
硕士	武汉大学	1956	宋元明清文学	郝延霖	论苏轼诗

1978 年已被迫退休的程千帆被聘为南京大学教授,重新登上讲坛,他招收研究生时初拟的研究方向就是宋诗,后来才扩展为唐宋诗歌。② 他晚年培养的 10 名博士和 9名硕士所撰写的学位论文中,与宋诗直接相关的有 9 篇,将近总数的 50%,是其中最多的部分。程千帆最初指导的 3 名硕士的学位论文关于宋诗的就有 2 篇,他培养的第一名博士莫砺锋的学位论文也是关于宋诗的。[详见程门弟子学位论文一览表(2)]这些宋诗研究选题的确定,也都与程千帆有着密切的关系。例如张宏生的博士论文最初打算以僧诗为题,后来在程千帆的指导下改为了江湖诗派的研究。

---

① 《周勋初文集》第 6 卷,第 137—139 页。

② 此事承徐有富告知。

程门弟子学位论文一览表(2)

类别	学校	年级	研究方向	姓名	学位论文
硕士	南京大学	1979	唐宋诗歌	莫砺锋	黄庭坚诗初探
硕士	南京大学	1979	唐宋诗歌	张三夕	宋诗宋注纂例
硕士	南京大学	1979	唐宋诗歌	徐有富	唐诗中的妇女形象
硕士	南京大学	1981①	唐宋诗歌	张宏生	感情的多元选择
硕士	南京大学	1983	唐宋诗歌	严杰	欧阳修年谱
硕士	南京大学	1983	唐宋诗歌	程章灿	刘克庄年谱
硕士	南京大学	1983	唐宋诗歌	张辉	宋代笔记研究
硕士	南京大学	1983	唐宋诗歌	景凯旋	论贾姚诗派
硕士	南京大学	1983	唐宋诗歌	李立朴	许浑研究
博士	南京大学	1983	唐宋诗歌	莫砺锋	江西诗派研究
博士	南京大学	1984	唐宋诗歌	张宏生	江湖诗派研究
博士	南京大学	1984	唐宋诗歌	蒋寅	大历诗风
博士	南京大学	1984	唐宋诗歌	曹虹	赋论
博士	南京大学	1986	唐宋诗歌	张伯伟	中国古代文学批评方法论
博士	南京大学	1986	唐宋诗歌	程章灿	魏晋南北朝赋史
博士	南京大学	1987	唐宋诗歌	巩本栋	北宋党争与文学
博士	南京大学	1988	唐宋诗歌	陈书录	明代诗文创作与理论批评的交叉演进
博士	南京大学	1988	唐宋诗歌	姚继舜	韩门弟子文本研究
博士	南京大学	1988	唐宋诗歌	曾广开	元和诗风

可作补充说明的是,在程门弟子完成学业之后的文学研究中,宋诗也是一个重要的对象,体现了师生之间在学术上的薪火传承,可以旁证程千帆对宋诗研究的特别重视。例如莫砺锋自研究生毕业以后一直以唐宋诗歌为主要研究方向,一方面,他对唐诗固然熟知并深有研究,如担任《唐诗大词典》副主编,在较短的时间内编写了《唐诗大事年表》,体现了对唐诗的全面深入的了解;同时,他还继承了程千帆杜诗研究的传统,长期为研究生开设杜诗研究课程,撰写了多篇杜诗研究的论文,并出版了《杜甫评传》和《杜甫诗歌讲演录》等相关著作,可谓唐诗和杜诗研究的新一代专家。另一方面,在

① 1981级硕士研究生有一人(李安刚)退学。

其研究领域中,宋诗研究也一直占据着重要的地位。在其主要的学术著作中,除硕士学位论文《黄庭坚诗初探》和博士学位论文《江西诗派研究》皆为宋诗研究之外,另一部专著《朱熹文学研究》属于宋代文学史范畴,其中包含着诗歌创作和诗歌批评方面的内容。其两部诗学论文集之一《唐宋诗论稿》收录了 28 篇诗学论文,其中关于唐诗的论文 10 篇,关于宋诗的论文 18 篇,宋诗论文几乎是唐诗论文的 2 倍。① 另一论文集《古典诗学的文化观照》收录论文 14 篇,关于宋诗的论文有 8 篇,也居全书论文的多数。就其中的研究对象而言,莫砺锋强调对大家的研究,他的研究重点,如其所述,除杜甫之外,另外 3 人就是代表着北宋和南宋诗歌的特点和最高水平的苏轼、黄庭坚和陆游。莫砺锋还与人合编了《宋诗精华》的选本,并撰写了前言,对宋诗的历史文化背景、宋诗对唐诗的继承和革新及其发展历程做了全面而扼要的介绍。此外,莫砺锋还担任了一种大型文学史教材《中国文学史·宋代卷》的主编,宋诗是其中的一个主要部分。其他程门弟子的主要研究方向虽然不是唐宋诗歌研究,但也多有宋诗研究的成果,例如张宏生的硕士学位论文《感情的多元选择》的研究主题是宋元之际的文学,自然也包含宋末诗歌在内,其博士学位论文《江湖诗派研究》则专门研究宋诗的一个流派。近年来他的主要研究方向已转向清代文学,目前正在主持《全清词》的编纂,并出版了词学专著《清代词学的建构》等著作,但在此期间也出版了一本从文化学的角度研究宋诗的专著《宋诗——融通与开拓》。再如张伯伟长期从事中国文学理论批评史的研究,目前着力于域外汉籍的搜集、整理与研究。由于宋代诗话发达,多种诗话传播于海外,所以在其整理出版的域外汉籍中,《稀见本宋人诗话四种》也与宋诗研究有密切的关系。再如巩本栋的博士学位论文《北宋党争与文学》研究北宋文学与政治的关系,自然包括宋诗在内,近年来他也发表过多篇关于宋诗的论文,新近出版的专著《宋集传播考论》,属于文献学的研究,也与宋诗相关。程门弟子的与宋诗相关的众多研究成果,既体现了与程千帆一致的高度评价宋诗的基本态度,又在宋诗的独特风貌、代表性诗人、主要诗歌流派以及宋诗与社会文化的联系等方面进行了深入的探讨,反映了改革开放以来宋诗研究的重要进展。由此可见,在程千帆和程门弟子那里,文学研究领域是一个不断拓展

---

① 该书由辽海出版社 2001 年出版,后改名为《唐宋诗歌论集》由凤凰出版社 2007 年出版,其中增删各 4 篇论文,篇目总数不变,其中关于宋诗的论文仍为 18 篇,所占比例也未变。

的开放范畴,并不限于某一时代、某一文体、某一作家或某一流派的研究,但宋诗是他们的一个共同性的重要研究对象,充分反映着他们的学术水平和学术风格。

二、 鲜明的针对性和辩论性

宋诗研究不仅是贯穿千帆诗学整个历程的一个重点,而且与其唐诗研究相比,程千帆晚年的宋诗研究更富有鲜明的针对性和辩论性。

"文化大革命"结束之后,唐诗研究方面的拨乱反正工作是从对郭沫若的《李白与杜甫》的批评开始的。郭著在"文化大革命"中一度风行天下,但它带有比较明显的趋时阿世、牵强附会的痕迹,其中在庸俗化的阶级斗争理论观照下对杜甫所作的种种离奇过分的批判恐怕在喜爱李白而不喜爱杜甫的毛泽东那里也难以得到认同。故"文化大革命"结束之后学术界对郭著多有激烈的批驳,即使着意回护郭沫若的人也难以抵敌。也许郭沫若本人也会自悔其当年的逢场作戏吧。所以,这一曾经风靡一时的著作既难以损害杜甫的诗圣形象,也不足以对杜诗以及整个唐诗领域研究工作的发展造成严重的障碍。因此,程千帆在杜诗研究上,虽然在"文化大革命"结束以前就曾写作《论诗九绝句》,[①]对郭著痛加嘲讽,但"文化大革命"结束以后是将重心放在从正面立论,全力以赴地开拓新角度、新方法、新认识,对于郭著只在几次学术演讲中举以为鉴,告诫大家吸取教训,此外并没有再作过多的涉及。而宋诗研究的情况就与此迥然不同了。众所周知,对待宋诗的成就,从南宋开始就一直存在截然对立的评价。这种截然对立的评价一直延续到共和国成立之后。毛泽东在 1965 年 7 月 21 日写给陈毅的一封信中说宋人多数不懂诗是要用形象思维的,一反唐人规律,所以宋诗味同嚼蜡。[②]这一意见对宋诗给予了几乎是历史上的最低评价,可看作明代刘崧、陈子龙等人认为宋代无诗观点的现代翻版。这封信原是私信,而毛泽东的评价虽然引据了形象思维的新概念,但主要还是沿袭了前人以唐诗为标准来衡量宋诗的思路,并非建立在严密的学术论证基础之上。但由于毛泽东在党和国家中至高无上的独尊地位,他的片言只语

---

① 程千帆 1975 年 3 月 11 日致王淡芳信回答了王对其中第五首诗用事的询问(《程千帆与王淡芳书二十通》,《学林漫录》十四集,中华书局 1999 年版),可证这九首绝句写于"文化大革命"结束之前。

② 《毛泽东书信选集》,人民出版社 1983 年版,第 608 页。

在当时都是必须尊奉无违的"最高指示",所以,这封信虽然在 1977 年年底才公开发表,但他对待宋诗的厌恶态度与对待李白、李贺等其他诗人诗篇的喜爱态度一样,实早为人知,并成为最高的准则,左右了大陆学术界对宋诗的研究和评价。而在"文化大革命"结束后以纪念毛泽东诞辰的方式公开发表《给陈毅同志谈诗的一封信》[①],似乎意味着毛泽东对宋诗的评价与应该彻底否定的"文化大革命"并无关系,因此,它在"文化大革命"之后必然还会拥有巨大的权威。

以学贯中西而闻名海内外的钱锺书是宋诗研究的一位大家,其民国时期出版的专著《谈艺录》即以宋诗为主要的研究对象,并取得了显著的成就;《宋诗选注》则是共和国时期最著名的宋诗选本,被大陆学者誉为代表着当时宋诗研究的最高水平,并得到海外学者的高度评价。近年出版的《〈宋诗纪事〉补正》,其补订工作开始于民国时期,数十年间积累 12 巨册,煌煌 300 多万文字,可见其功力之深厚。引人注目的是,钱锺书在《宋诗选注序》中除了引用严羽、王若虚等古人的意见之外,还两次引用了毛泽东的意见,对宋诗进行了尖锐的批评,体现了与毛泽东的意见相类似的倾向。第一次是在 1957 年 6 月撰写的序中,钱锺书引用了《在延安文艺座谈会上的讲话》认为人民生活是一切文学艺术的取之不尽、用之不竭的唯一的源泉,过去的文艺作品不是源而是流,不能以继承和借鉴替代自己的创造的观点,借以批评宋诗创作中把"流"错认为"源"的普遍倾向。第二次是在 1978 年 4 月作了修订的序中,钱锺书在保留引用《在延安文艺座谈会上的讲话》的同时,又引用了《给陈毅同志谈诗的一封信》中认为宋人多数不懂诗是要用形象思维的,一反唐人规律,宋诗味同嚼蜡的意见,借以批评宋诗爱讲道理、爱发议论的缺陷。

对此或有质疑,钱锺书在《宋诗选注》中对宋诗的总体评价是"宋诗的成就在元诗、明诗之上,也超过了清诗",这不是要远远高于毛泽东的彻底否定吗?但在民国时期,钱锺书曾将唐宋诗联系在一起进行比较、评价,并认为唐诗、宋诗的差异"非仅朝代之别,乃体格性分之殊,天下有两种人,斯分两种诗。唐诗多以丰神情韵擅长,宋诗多以筋骨思理见胜","五七言分唐宋,譬之太极之有两仪,本乎人质之判'玄虑'、'明白',非

---

① 该信刊于 1977 年 12 月 31 日《人民日报》。

徒朝代时期之谓矣"。① 两相对照之下，不难看出，认为宋诗高于元明清诗的这一评价虽然高于毛泽东的彻底否定，但实际上降低了宋诗的地位。这是因为评价宋诗只讲高于元诗、明诗和清诗，而不再和唐诗放在一起比较双方的优点，这就好比评价一个世界冠军，不是拿他和其他世界冠军相比，而是和洲际冠军、国内冠军相比一样，其实是较明显的贬低。钱锺书在《宋诗选注序》中还说："用宋代文学批评的术语来说，凭借了唐诗，宋代作者在诗歌的'小结裹'方面有了很多发明和成功的尝试，譬如某一个意思写得比唐人透澈，某一个字眼或句法从唐人那里来而比他们工稳，然而在'大判断'或者艺术的整个方向上没有什么特著的转变，风格和意境虽不寄生在杜甫、韩愈、白居易或贾岛、姚合等人的身上，总多多少少落在他们的势力圈里。"② 这是对宋诗创新性的整体评价，也是对宋诗艺术水平的整体评价。显然，在钱锺书那里，宋诗艺术的整个方向上没有特著的转变、其风格和意境总多多少少落在唐人的势力范围内的判断同样使得宋诗难以与唐诗相提并论。所以，我们不能不说，与民国时期相比，钱锺书对宋诗的评价有了明显的不同和较大程度的降低。

　　钱锺书在民国时期就已关注马克思主义，③"文化大革命"期间曾无书可读，就大量阅读马恩列斯的著作，还做了很多读书笔记，可见其阅读之认真。④ 而在共和国成立之后，钱锺书长期参加了《毛泽东选集》的英译工作，对毛泽东的著作自然也相当熟悉。但无论是在民国时期还是在共和国时期，钱锺书在学术论著中很少引用马恩列斯（严格地讲只有马恩，没有列斯），⑤ 而且他对毛泽东的引用更是极少，《宋诗选注序》中

---

　　①　《谈艺录》，中华书局 1984 年版，第 2—3 页。

　　②　《钱锺书集·宋诗选注序》，三联书店 2002 年版，第 11 页。

　　③　例如钱锺书曾写过一篇关于英文著作 *Karl Marx*，*A Study in Fanaticism* 的书评《马克斯传》（《人间世》1935 年第 19 期），认为此书好在不拍马，内容真实、生动、新颖，值得推荐给好朋友看。

　　④　参看郭红《读书，钱锺书的日常生活——与杨绛先生谈钱锺书手稿集》，2003 年 12 月 19 日《文汇读书周报》。

　　⑤　钱锺书学术论著对马恩的引用共计 7 次：其中《管锥编》（中华书局 1979 年版）引马克思《神圣家族》1 次（第 1 册第 21 页），引马恩《共产党宣言》1 次（第 1 册第 225 页），引马恩《德意志意识形态》2 次（第 1 册第 265 页；第 2 册第 775 页），引恩格斯书信 1 次（第 4 册第 1541 页）；《谈艺录》引恩格斯《反杜林论》1 次（第 439 页，此处引用未见陆文虎《〈管锥编〉〈谈艺录〉索引》）；《宋诗选注》（三联书店 2002 年版）转述 1 次恩格斯、歌德等人提出的相类似的一个艺术心理学观点，与前述《谈艺录》所引相同（第 99 页）。

的两次引用也是钱锺书所有学术论著中的仅有的两次引用,这是迥异于众人的地方。但是,钱锺书两次引用毛泽东的方式与引用马恩的方式还是有所不同的。他对马恩的几次引用都只是作为己见或共识的例证,而两次引用毛泽东的观点,都是作为立论的前提、取舍的标准,这一点又无异于众人;尤其是"文化大革命"后仍然引用毛泽东对宋诗的彻底否定意见明显地缺乏分寸,更有甚于众人。所以,钱锺书对毛泽东意见的两次引用特别是"文化大革命"之后的第二次的引用引起了学术界的特别关注。

有一种观点强调了引用的被动性。例如谢泳认为,钱锺书的第二次引用是因为十年浩劫结束不久仍然心有余悸,出于自我保护的动机。① 而另一种观点对谢泳的意见提出了质疑,强调了引用的主动性。例如贺越明认为毛泽东否定宋诗的意见虽然简短,却是以诗词大家的造诣衡量唐宋诗作高下的真知灼见,恰好与钱锺书的看法不谋而合;②而闵良臣认为还是钱锺书自己在1988年香港版《宋诗选注·前言》中的两句坦诚的话较符合逻辑:"我个人常识上的缺陷和偏狭也产生了许多过错,都不能归咎于那时候意识形态的严峻戒律。"③把第二次引用归结为钱锺书自身的认识局限所致。虽然这两位学者对于钱锺书关于宋诗的评价(包括引用在内)有肯定和否定之分,但都认为出自钱锺书本人的见解,故是具有主动性的。在本书看来,钱锺书的这两次引用,主动和被动两个方面的因素同时存在,折中地看待似更符合实际。

众所周知,钱锺书选注宋诗本是奉上级领导之命而为的工作任务,选目不能完全自主决定,诗人简评和作品注释也要经过组织审定,以毛泽东思想作为文学创作和文学研究的最高指导原则更是必需的时尚。而且对胡适的激烈批判以及对胡风集团的严酷处罚才过去不久,1957年春夏之交的"反右"运动又已成风起云涌之势,钱锺书此时在序中引用《在延安文艺座谈会上的讲话》中的一大段文字,并一再予以强调,不能说是完全主动的行为。1979年春天钱锺书访美期间,余英时曾向钱锺书询问,《宋诗选注序》引用了毛泽东的讲话,为何当年还是受到了批判? 钱锺书没有直接回答这一问题,但解释说,他引用的部分其实只是常识,关于各家的小传和注释是很用心写出来

---

① 谢泳《〈宋诗选注序〉修改之谜》,2008年7月25日《文汇读书周报》。

② 贺越明《〈宋诗选注序〉"修改之谜"别解》,2009年10月27日香港《文汇报》。

③ 闵良臣《钱锺书"超然物外"了吗?》,《云梦学刊》2009年第5期。

的。这一回答已透露出此次引用包含着不得已而为之的因素。^① 在香港版的《宋诗选注·前言》中，钱锺书对在"文化大革命"后的修订本仍然保留第一次的引用做了解释："我不想学摇身一变的魔术或自我整容的手术，所以这本书的序和选目一仍其旧，作为当时气候的原来物证——更确切地说，作为当时我自己尽可能适应气候的原来物证。"^②由此也可见其中的被动性。

与第一次引用相似，第二次引用也是具有一定的被动性的。这是因为第二次引用并非钱锺书自己主动的修订，而是《宋诗选注》的责任编辑向钱锺书提议后才增补的。^③ 但另一方面，钱锺书的两次引用也都是具有主动性的。

如前所述，1979 年春钱锺书访美期间，余英时曾询问第一次引用的情况，钱锺书回答所引用的这段话是常识，可见他对毛泽东这段话的基本认同。余英时当时可能还没有看到修订后的序，所以没有问及第二次引用的情况，而钱锺书也没有提及此事及其原因。但联系第二次引用时的历史背景以及钱锺书的学术历程，可知其被动性中也含有主动性。

1978 年 4 月钱锺书修订《宋诗选注序》之时已非 1957 年"反右"运动或"文化大革命"可比，并无征引"最高指示"来做护身避难的挡箭牌的必要。虽然当时以真理标准的大讨论为标志的突破"两个凡是"观念的思想解放潮流还未开始（《实践是检验真理的唯一标准》一文在钱锺书完成序修订约一个月后发表），但从邓小平、胡耀邦等具有崇高权威的党和国家的政治领袖到《实践是检验真理的唯一标准》一文的最初作者胡福明这样的普通大学教师都已形成鲜明的否定"两个凡是"的思想，这说明反对极"左"政治、否定"文化大革命"的思想倾向已遍及上下，遍布全国，形成了不可阻挡之势。这也就是一个月之后关于真理标准的大讨论能够在全国各地轰轰烈烈地开展起来，形成波澜壮阔的思想解放潮流的心理基础吧。当然，对于学者们而言，十年浩劫记忆犹新，政治气候乍暖还寒，高层权力斗争的发展趋势一时难料，因而心有余悸的人也大有人在。但这一点可能符合很多人的心态，但对钱锺书而言却是难以成立的。钱锺书固然人情练达，世事洞明，在政治上做事出言十分谨慎，善于自我保护，但他在参加《毛泽东

---

① 余英时《我所认识的钱锺书先生》，《文化昆仑——钱锺书其人其文》，人民文学出版社 2000 年版。

② 《钱锺书集·宋诗选注》，第 479 页。

③ 弥松颐《"指画"昆仑》，《北京观察》2004 年第 1 期。

选集》的翻译工作而身受荣宠之时,却写诗表达了不合时宜的心态。① 编撰《宋诗选注》时还拒选公认为爱国主义典范之作的《正气歌》,更在"文化大革命"期间一再回绝江青邀赴国宴和游园的美意,②并致力于用已被五四新文化运动批倒批臭且在"文化大革命"中属于必须破除的"四旧"之列的文言撰写巨著《管锥编》,"文化大革命"之后则在外宾面前直率地批评丁玲是"毛泽东主义者"。③ 这些事例都说明钱锺书的胆与识皆有过人之处,故他虽然一直有着自我保护的谨慎意识,但并无在"四人帮"粉碎之后反倒担惊受怕、不敢不引用最高指示的理由。既然如此,钱锺书在修订本序中出人意料地再次引用毛泽东的意见,虽出于人民文学出版社责任编辑的提议,但更有可能是他在一定程度上认同毛泽东对宋诗的评价。之所以如此,一方面有诗学上的原因:钱锺书的诗论特别突出地反对他在《管锥编》中所概括的偏重用事的"钟嵘症",而宋诗在钱锺书眼中正是"钟嵘症"的典型样本。④ 另一方面还有思想上的原因:作为五四新文化运动之后成长起来的现代学者,钱锺书受到激进的反传统、反儒学观念的深刻影响,对于复兴儒学的宋代道学颇为反感,对于宋代渗透着儒家精神的诗人和诗歌似缺同情的理解甚至产生明显的误读。例如晚宋诗人乐雷发的《乌乌歌》本是自励发愤之作,在外敌入侵、国家危急的关键时刻呼吁文学家和道学家投笔从戎,抗战杀敌,表达了一个兼具道学家和文学家身份的儒者不怕牺牲、救国救民的壮烈情怀,而钱锺书的注释认为其主题是要廓清义理词章,对道学家和文学家百无一用的谴责,与作品的本意相距甚远。尽管这种误读的例子只是极少数,但能够真实地反映钱锺书学术背后的

---

① 钱锺书 1954 年《重九日雨二首》有云:"我自登临无意绪,不妨风雨了重阳。"又云:"筋力新来楼懒上,漫言高处不胜寒。" 1959 和龙榆生诗亦云:"高歌青眼休相戏,随分斋盐意已平。"《槐聚诗存》,三联书店 1995 年版,第 107—108、113 页)都隐喻出其不愿攀附高升的心迹。参看前引余时《我所认识的钱锺书先生》。

② 朱寨《走在人生边上的钱锺书先生》,见何晖、方天星编《一寸千思——忆钱锺书先生》,辽海出版社 1999 年版,第 430 页。

③ 参看刘再复《钱锺书先生纪事》:有一次作者与钱锺书一起会见外宾时,钱锺书批评丁玲是"毛泽东主义者",被打成右派,吃了那么多苦头之后还是依然故我。(2009 年 11 月 15 日《东方早报》)

④ 如《管锥编》第二一九则"钟嵘诗品"条有云:"钟嵘三品,扬扢作者,未见别裁,而其《中品序》痛言'吟咏情性,何贵用事',则于六朝下至明清词章所患间歇热、隔日疟,断定病候,前人之所未道,后人之所不易。盖西昆体之'捃撦',江西派之'无字无来处',固皆'语无虚字''殆同书抄',疾发而几不可为;即杜甫、李商隐、苏轼、陆游辈大家,亦每'竞用新事'、'且表学问',不啻三年病疟,一鬼难驱。"《管锥编》第 4 册,第 1446—1447 页)矛头所向,不仅宋代诗人难逃,杜甫、李商隐也未能幸免。

思想态度。① 所以,在民国时期的《谈艺录》中,就是王安石、黄庭坚、陆游这样的大诗人也受到很尖锐的揭露和批评,江西诗派的其他诗人就更少好评了。后来的《管锥编》依然保持着基本相同的看法。因此,《宋诗选注》赞同方回对宋诗的批评,降低对宋诗的评价,乃至只选黄庭坚的并不太具有代表性的 5 首近体诗,虽然包含被动的因素,但又都体现了钱锺书自己的独立见解。② 所以,其两次引用毛泽东的意见都带有一定的自主性,并不是完全出于外在因素的压力而导致的屈己从人的违心之举。

　　还应说明的是,钱锺书 1978 年在修订《宋诗选注序》时引用毛泽东否定宋诗的意见,如同第一次引用一样,也包含着非学术的政治原因。这一方面固然是因为毛泽东仍然有着最为尊贵的政治地位,但另一方面还因为钱锺书与负责意识形态工作并兼任中国社会科学院院长的胡乔木有着特别亲密的关系。当时曾长期担任毛泽东政治秘书的胡乔木已经复出,重新担任了中央要职,③他对钱锺书的特别器重发生了重要的作用。钱锺书 1978 年 2 月当选全国政协委员,从 1978 开始多次参加中国社会科学院代表团进行国际学术交流,④后来又担任中国社会科学院副院长,家庭迁居高干楼,以及《围城》的再版、《管锥编》的繁体排印,杨绛译作《堂吉诃德》的加序出版,等等,这一切都与胡乔木的亲自关照相关。⑤ 胡乔木在政治、学术和生活等各方面如此特别关照

---

　　①　参看周欣展《钱锺书先生对一首宋诗的误解》,《文学评论丛刊》2005 年第 8 卷第 1 期,南京大学出版社 2005 年版。此外,还有学者根据钱锺书否定道学家的态度,推测不选文天祥的《正气歌》的原因也许就是因为这首诗反映了道学家的思想境界(参看李裕民《钱锺书〈宋诗选注〉发微》,《社会科学评论》,2008 年第 3 期)。

　　②　参看夏承焘《如何评价〈宋诗选注〉》,《文化昆仑——钱锺书其人其文》,第 258 页。王水照在《关于〈宋诗选注〉的对话》一文中认为:"钱先生对宋诗的见解自成体系、前后一贯,他的著作实互为经纬,可以彼此发明的。"(《半肖居笔记》,第 15 页)此说也可参。

　　③　胡乔木 1978 年补选为中共第十一届中央委员,任中共中央副秘书长,1980 年当选为中共中央书记处书记,1982 年当选为中共第十二届中央政治局委员。1977 年 5 月中国社会科学院成立,胡乔木自1977—1982 年担任首任院长,成为钱锺书的直接领导,1985 年又任名誉院长。

　　④　钱锺书 1978 年 9 月出访意大利,1979 年 4—5 月间出访美国(此次出访本由胡乔木任团长,后因医生劝阻未能成行,改由他人率团出访),1980 年 11 月出访日本。钱锺书是那一段时间内以官方代表身份出访最早、最频繁的学者。

　　⑤　这种特别亲密的关系得到有关方面的高度评价,如中共中央政治局委员、中国社会科学院院长李铁映在《深切缅怀学术文化大师钱锺书》一文中说:"乔木同志与钱锺书之间的友谊,不仅是两个人之间的私人友谊,更重要的,是体现了我们共产党人与知识分子良好关系的典范,这是非常可贵的,值得我们永远作为榜样学习的。"(《光明日报》1999 年 12 月 27 日)

钱锺书的原因当然很多,如同是清华校友,赏识钱锺书的学问、才华,等等,但共同为毛泽东服务的特别机缘也是一个重要的原因。胡乔木当年既是毛泽东的政治秘书,又是毛选翻译工作的上层领导,钱锺书参与翻译的《在延安文艺座谈会上的讲话》就是胡乔木根据速记员的记录整理成稿的。"文化大革命"后胡乔木虽然指出讲话中提出的文艺从属于政治,服从于政治的观点是有局限性的,讲不通的,但同时指出,这些提法是次要的,讲话的根本精神有两个要点:一是认为文学艺术是人类社会生活的反映,生活是文学艺术的唯一的源泉;一是认为生活可以从不同的立场反映,无产阶级和人民的作家必须从无产阶级和人民的立场反映,必须在实际上而不是口头上解决立场问题。他强调,这种关于文艺与生活的关系以及文艺与人民的关系的观点是不可动摇的,是任何时候都必须坚持的。[①] 在提出上述意见时,胡乔木特别以钱锺书《宋诗选注序》中对《在延安文艺座谈会上的讲话》的引用作为其论据。在他看来,钱锺书的引用"强调的就是这两点,可见是大家公认的"。[②] 显然,胡乔木认为钱锺书的引用是对毛泽东和他的观点的有力支持。胡乔木与钱锺书的亲密关系一直保持到胡乔木的逝世,这种关系在钱锺书那里可能并非出于主动,但也不是完全不能接受和完全被动的。[③] 也许就是由于这种特殊的人际关系,胡乔木无论"文化大革命"前还是"文化大革命"后着意维护毛泽东文艺思想权威性的态度可能对钱锺书再次引用毛泽东的意见产生了微妙的作用。

---

① 《胡乔木回忆毛泽东》(增订本),人民出版社 2003 年版,第 58、668 页。

② 《胡乔木回忆毛泽东》(增订本),第 58 页。

③ 据胡乔木 1989 年 11 月 7 日致钱锺书和杨绛的书信,可知钱锺书、杨绛曾请胡乔木手写《乐山大佛歌》见赠;(《胡乔木书信集》,人民出版社 2002 年版,第 771 页)另据胡乔木 1992 年 1 月 15 日致钱锺书的书信,可知钱锺书于当年 1 月 9 日赠送胡乔木《管锥编》第 5 册及西洋参一盒(《胡乔木书信集》第 825 页)。如果说赠书赠参可能只是一般礼仪性的活动的话,那么请胡乔木手书其诗作见赠就有主动示好的意味了。邓绍基《斯世当以同怀视之——忆文学所前辈学者之间的情谊》一文记载,他曾奉胡乔木之命到钱锺书家转达胡乔木对杨绛《干校六记》的好评,如怨而不怒、不必介意有关议论之类,意即此书没有问题,让钱家放心。钱锺书听后立即向杨绛高声转述胡乔木的意见,并请邓绍基喝茶,兴致很高。(2003 年 10 月 15 日《光明日报》)又前引刘再复《钱锺书先生纪事》一文记载:"有一天他(钱锺书)让我立即到三里河(钱家),说有事相告。我一到那里,他就说,刚才乔木到这里,认真地说刘再复的《性格组合论》是符合辩证法的,肯定站得住脚。文学主体性也值得探索,他支持你的探索。钱先生显得很高兴。"这两例亦可证钱锺书与胡乔木的亲密关系以及钱锺书对于这种关系的高度重视。

　　由此可见,《宋诗选注》之所以与毛泽东产生密切的联系,其中既有思想和学术观点相近的因素,也包含着时代环境的压力,以及特殊经历、特殊身份、特殊人际关系的影响。但无论其中主动与被动、学术与非学术、直接与间接等方面的情况如何复杂、微妙,这种密切联系的客观存在意味着钱锺书在共和国时期的宋诗研究在"文化大革命"前后都与政治权力紧密地结合在一起,在很大程度上带有主流意识形态的色彩,因此也就拥有了更加强大的话语权力。

　　毛泽东的至高无上的政治地位以及钱锺书的显赫学术名声,这两者的"强强联合"必然强化贬低宋诗的倾向,并使这种贬低产生广泛、持久的影响。① 在这一点上,过于趋时阿世、牵强附会而遭众人鄙弃的《李白与杜甫》是难以与《宋诗选注》同日而语的,尽管两者都带有类似的时代烙印。我们看到,《李白与杜甫》早已绝版,难得一见,而《宋诗选注》却一再印刷,印数惊人。这种鲜明的对照可证诋毁杜甫之难,贬低宋诗之易;诋毁杜甫难则平反易,贬低宋诗易则平反难。因此,十年浩劫结束之后,宋诗研究成为古代文学研究领域拨乱反正的重点和难点。换言之,要解放思想,更新观念,扭转贬低宋诗的倾向,使宋诗研究走上正常发展的道路,不能仅靠政治上、感情上的简单否定,还必须通过富有针对性和论辩性的出色研究成果才能克服跨越既来自传统又来自现实的非同一般的障碍,才能实现宋诗研究的突破和发展。这也就意味着,新时期的宋诗研究客观上需要特别强劲的学术战斗力。

　　再从主观条件上来看,程千帆也恰好是具有强劲的学术战斗力而能够胜任这一重担的合适人选。

　　首先,如前所述,宋诗研究是贯穿千帆诗学全部历程的一个重点,程千帆在宋诗研究上也有精深的造诣。在宋诗的评价上,程千帆虽然高度尊重钱锺书的宋诗研究成果,但认为宋诗开拓了唐诗未及开拓的新世界,形成在诗史上足以与唐诗相抗衡的另一个诗歌典范,并将它们比作双峰并峙。② 这样的观点与毛泽东彻底否定宋诗的意见有天壤之别,也明显高于钱锺书后来只认为宋诗高于元明清诗的评价。

　　其次,程千帆对于宋诗的高度评价不仅出自冷静的理性认知,同时出自深厚的审

------

　　① 例如当下学术界仍有一些学者从贬低宋诗的立场认为宋诗的特点就是以文字为诗,以才学为诗,以议论为诗,并认为这就为那些没有诗情和诗兴的人指示了一条成为诗人的道路。从中可见传统观念以及毛泽东、钱锺书意见的牢固影响。

　　② 《程千帆全集》第 11 卷,第 381 页;第 12 卷,第 232 页。

美体验。这是因为程千帆自己既是诗歌的研究者也是一个诗歌的创作者,他从小即学作诗,一生从未停辍,有白话新诗集和文言旧体诗集问世。[①] 其旧体诗的创作历程始自其家学渊源,他的曾祖父、伯祖父、叔祖父、父亲三代皆有诗集,其叔祖父程颂万(字子大)是清代光宣年间湖湘诗坛的名家,[②]其《鹿川诗集》自认已入宋诗之格,陈衍《近代诗钞》谓其"惊才绝艳,初刻《楚望阁诗集》,专为古乐府、六朝,以造温、李、昌谷,不越湖外体格,乱后续出《鹿川田父集》,则生新雅健,识非凡手所能貌袭矣"。[③] 汪辟疆在《近代诗派与地域》一文中也认为他与另一湖湘诗人陈伯弢初为选体,中岁以后乃不为王闿运为领袖的湖湘诗派所囿,而以苍秀密栗出之,体益坚苍,味益绵远。[④] 所谓"生新雅健"、"体益坚苍,味益绵远"的特点显然属于宋诗的风貌。钱锺书也认为程颂万本学唐人,转而学宋。[⑤] 程千帆的父亲程康(字穆庵)也有诗名,[⑥]著有《顾庐诗钞》,程千帆称其创作专攻宋诗,尤精后山。[⑦] 程千帆自己的旧体诗创作虽然转益多师,风格多样,又最尊杜甫,但宋诗也是重要的学习对象。其代表性的五言诗如《醉后与人辩斗长街,戏记以诗》、《破角诗一首,效梅宛陵体》、《伤黑鸡》,七言诗如《八里湖作》、《重到金陵,赋呈诸老》、《独携》,等等,多是平淡质朴,以意取胜,朱自清、钱仲联等学者以及程门弟子皆指出其旧体诗的风格有着近于宋诗的特点。[⑧]

　　例如程千帆在 1940 年代创作的《醉后与人辩斗长街,戏记以诗》:

---

　　① 程千帆的白话新诗和文言旧体诗收入《程千帆全集》第 14 卷。

　　② 程颂万与易顺鼎、曾广钧有"湖南三诗人"之称(陈子展著《中国近代文学之变迁·最近三十年中国文学史》,上海古籍出版社 2000 年版,第 148 页);汪辟疆《光宣诗坛点将录》将程颂万拟为天哭星双尾蝎解宝(《汪辟疆文集》,上海古籍出版社 1988 年版,第 372 页);毛泽东在湖南省立第一师范学校读书时的同学,新中国成立后曾任该校校长、湖南省教育厅副厅长、湖南省副省长的周世钊曾于 1955 年向毛泽东录示程颂万的诗作(《毛泽东书信选集》第 500 页),从中可见程颂万在湖南诗坛的较高地位。

　　③ 《近代诗钞》第 12 册,商务印书馆 1923 年版。

　　④ 《汪辟疆文集》,第 295 页。

　　⑤ 《谈艺录》,第 4 页。

　　⑥ 程康也有诗选入陈衍的《近代诗钞》。汪辟疆《光宣诗坛点将录》将他拟为地辟星摩云金翅欧鹏(《汪辟疆文集》,第 358 页)。

　　⑦ 《闲堂自述》,《程千帆沈祖棻学记》,贵州人民出版社 1997 年版,第 9 页。

　　⑧ 参看莫砺锋《莫信诗人竟平淡》、程章灿《峥嵘岁月征诗史》,见《程千帆先生纪念文集》,江苏古籍出版社 2001 年版。

长醒不能狂,大醉乃有我。街东穿街西,蓝衫飘婀娜。

螳臂竟挡车,决眦忽冒火。老拳挥一怒,群儿噪幺麽。

景伊何媚妩,子耕尤磊砢。探怀出残刺,舞杖发强笴。

终息蜗角争,幸免马革裹。举步犹循墙,归车任扬簸。

唯量不及乱,中圣也贾祸。且共食黄柑,谁教倾白堕?

朱自清认为"朴实有味,以俗为雅,其得江西法"。①

  再如其非罪遭谴期间创作的《破角诗一首,效梅宛陵体》和《伤黑鸡》二诗出语朴实而内蕴深情,不仅塑造了一牛一鸡两个传神形象,还精确传达出作者在特定的时代氛围中的高尚人格,达到了物我合一的境界,也都鲜明地体现了与宋诗相近的风格。二诗全文如下:

破角诗一首,效梅宛陵体

自我来沙洋,牧牛几五年。所牧六十余,驯劣互争妍。

中有老黄牯,特出居群先。技巧颇精能,德性尤纯全。

耕驾夙娴习,勤劬不须鞭。进退合指挥,妇孺从驱牵。

素不践蔬圃,亦不犯稻田。虽纵鼻绳头,罔或肆腾骞。

慈爱逮儿孙,牴戏任流连。骎骎岁月驶,角裂垂衰颜。

因得破角号,服劳尚怡然。似怀尽瘁心,未遑卸仔肩。

今年雪降早,北风掀寒天。一病莫能兴,泪下如流泉。

斤斧何曾赦,卒葬人腹焉。贡献罄其有,身后继生前。

所与者何厚,所取者何谦。爵赏所不及,书史所弗传。

迅翁咏甘牛,名言著遗篇。破角诚可师,吾曹当勉旃。

伤黑鸡

养雏成黑凤,曾伴病闲身。有让不争食,闻呼解应人。

足伤犹产卵,雨猛竟离群。敝盖堪埋狗,嗟余忍鼎烹。

不难看出,这两首诗对牛、鸡优秀品德的由衷赞颂以及对其不幸命运的深切同情是与杜甫、元结咏叹时世的篇章一脉相承的,而另一方面,其体格正如程千帆自己所揭明

---

① 《程千帆全集》第14卷,第5页。

的,是学习了为宋诗的独特风格开创先河的梅尧臣的结果。从题材上看,梅尧臣注重从日常生活中选材,好以飞禽走兽为题,曾作咏牛诗《十九日出曹门见水牛拽车》,还曾作《伤白鸡》诗,程千帆的取材与之十分相近。从表现形式上看,程千帆运用了梅尧臣最为擅长的五言,在形象塑造上着重遗貌取神,像写牛的"耕驾夙娴习,勤劬不须鞭。进退合指挥,妇孺从驱牵。素不践蔬圃,亦不犯稻田。虽纵鼻绳头,罔或肆腾骞。慈爱逮儿孙,牴戏任流连"等句,以及写鸡的"有让不争食,闻呼解应人。足伤犹产卵,雨猛竟离群"等句,皆自然真切,细致生动,不以状貌而以思理取胜。在《破角诗》的最后一部分,程千帆还通过散文化的句式进行大段议论:"贡献罄其有,身后继生前。所与者何厚,所取者何谦。爵赏所不及,书史所弗传。迅翁咏甘牛,名言著遗篇。破角诚可师,吾曹当勉旃。"这与梅尧臣在《猛虎行》《伤白鸡》等诗中表现出来的创作手法也是相一致的。而从总体风格上看,程千帆的这两首诗语言朴实而感情深挚,已臻梅尧臣把强烈的感情敛藏于简朴冷峻的言辞之中的平淡境界。① 如无强烈感情以及宋人的榜样,可能就难以写出这样语淡而意永的诗句。这种家学渊源和创作经历也就难免强化了千帆诗学与否定宋诗的意见之间的对立性。②

再次,程千帆的家学与师承都尊崇孔子创建的独立自由的民间私学传统而反对官学的独尊、垄断,程千帆认同这种立场,强调学术的相对独立性。在晚清教育改革中,程千帆的叔祖父程颂万认为张之洞将书院改为学堂是"狃于三代以官为师之制,阴遂其唯我独尊之怀",将导致"师尽为官,众师皆以日中为肆"的恶果。③ 程千帆自认章黄学派传人,而章太炎也认为张之洞兴办官学将导致"惰游之士遍于都邑,为禄利是务,恶衣恶食是耻"等恶果,故主张政学分途,学以求是而非急切干禄或横与政事。④ 在家学和师承的影响下,程千帆在民国时期即高度肯定民间私学对于学术发展的重要意

---

① 参看莫砺锋《论梅尧臣诗的平淡风格》,《唐宋诗歌论集》。

② 此外,程千帆大学阶段的几位老师如胡翔冬、汪辟疆等对待宋诗的公允态度对程千帆也有重要的影响。例如程千帆在《全宋诗序》中即引述了胡翔冬的评论:"唐诗近风,主情,正也;宋诗,近雅,主意,变也。非正,何由见变,非变,何由知正? 正之与变,相反相成,道若循环,昭昭然明矣。"(《程千帆全集》第14卷第103页)以之作为批评明人偏执一端、尊唐黜宋的依据。

③ 刘成禺著《世载堂杂忆》,辽宁教育出版社1997年版,第41—42页。

④ 《救学弊论》,《章太炎全集》第5卷,上海人民出版社1985年版,第100页。另参看陈平原著《中国现代学术之建立——以章太炎、胡适之为中心》,北京大学出版社1998年版。

义,例如《文论要诠》在章学诚《文史通义·诗教上》的按语中说:"孔子以前,学在官守,孔子以后,学在私门,所谓功贤尧舜者,殆谓此也。吾国文学与时代之关系,扬榷根极,惟此事为最著最要,学者不可不究心也。"①由此可见程千帆对孔子开创的民间私学传统的高度肯定。同时,程千帆也认识到把学术当作政治工具的危害,否定急功近利地以学术为政治服务。例如其《论今日大学中文系教学之蔽》一文明确指出了晚清以来的公羊学派"本依附政治而光昌,亦以政局之变更,不旋踵而消灭"的必然结局。② 由此可见程千帆认同程颂万、章太炎继承民间私学传统、维护学术独立、反对把学术作为政治附庸品的立场。

最后,自从 1957 年被划为"右派"之后,程千帆的教学和科研权利被剥夺了近 20 年,但他从未屈服、绝望,反而在沉重的磨难中获得思想与学术的飞跃(详见第八章)。因此,在 1978 年程千帆经昔日同门的推荐,被匡亚明校长聘请到母校南京大学重新执教,终于获得了一个良好的学术环境之后,长期的压制也就转化为巨大的反抗动力,再次发出了沉默已久的声音。

由于以上的主客观原因,程千帆在重新执教之后,迅速而积极地承担了在宋诗研究领域拨乱反正的重任,并在关于宋诗的多种论著和多次演讲中都表现出了鲜明的针对性和辩论性。于是,如同体育界超一流的选手总要以其他超一流的选手作为最主要的竞争对象一样,作为否定宋诗的官学代表人物的毛泽东以及在一定程度上认同其评价的钱锺书也就成了程千帆在宋诗研究领域的主要论辩对手。一个典型的例证就是,几乎与钱锺书在《宋诗选注》修订本中引用毛泽东否定宋诗的意见的同时(可能稍晚数月),程千帆在《韩愈以文为诗说》一文中对毛泽东的意见进行了直率、尖锐的批评,为宋诗的艺术价值作了有力的辩护。

根据有关研究成果可知,青少年时期的毛泽东秉承师训,熟读韩文,但自从信仰马列主义,投身革命之后,如同从尊崇曾国藩转变为否定曾国藩一样,对于韩愈的态度也发生了根本性的转变。所以,他在《别了,司徒雷登》一文中说韩愈《伯夷颂》所歌颂的伯夷对国家人民不负责任、开小差逃跑,又反对周武王革命是歌颂错了,借此批判那些

---

①　《文论要诠》,开明书店 1948 年版,第 42 页。
②　《斯文》1943 年第 3 卷第 3 期。

反对"人民解放战争"的"民主个人主义"的知识精英。在"文化大革命"期间的批孔反儒运动中,韩愈又成了复古倒退的道学家受到大规模的批判。不过,在 1976 年 2 月回复文学史学者刘大杰的信中,毛泽东又表示对待韩愈宜一分为二,使得对韩愈的批判明显降温。① 这种相距不远的历史背景也就为程千帆从韩愈以文为诗的角度出发为宋诗辩护提供了一个很好的突破口。

《韩愈以文为诗说》完成于 1979 年 1 月,是"文化大革命"后最早直接批评毛泽东否定宋诗的一篇文章。该文从唐宋诗文的发展历史以及具体的创作实践出发,通过剖析以文为诗的历史背景、文体范围、具体内容及其实际运用的不同艺术效果,从文学史的高度肯定了以文为诗的先驱韩愈以古文章法句法入诗、以古文中常见的议论入诗等艺术手段突破了诗的旧界限、开拓了诗的新天地的重要意义,否定了毛泽东将诗歌与散文之分、形象思维与抽象思维之分绝对化、将两者截然对立的意见,从而对宋代诗人学习韩愈七言古诗中的以文为诗的艺术手段,并加以发展变化,终于创造出宋诗的不同于唐诗的独特面貌和风格给予了高度的评价。② 这种研究意味着关于宋诗的两种相反的评价以及其中贯穿着的不同理论观念和学术风尚在比较宽松的环境中产生了本该发生的碰撞和交锋;当然,这也是程千帆与包括钱锺书在内的其他宋诗研究者有所不同、自成一家之言而应有的题中之义。③

千帆诗学中的这种富有鲜明的针对性、辩论性的研究成果使得程千帆成为新时期以来在宋诗研究领域勇于解放思想、奋力破除极"左"思潮和极"左"政治束缚的一个重要代表,同时也最能体现出程千帆对待矛盾的真实态度,凸显出其辩证思维模式的特点。显然,如果辩证法是程千帆的主要思想武器,那么它的威力就会在完成为宋诗平反这一艰巨任务的过程中得到充分的利用和发挥。因此,程千帆的宋诗研究特别是其中富有针对性和辩论性的研究成果也就成为本书考察其辩证思维模式特点的主要依据。

---

① 参看朱维铮《百年来的韩愈》,《走出中世纪二集》,复旦大学出版社 2008 年版。

② 《程千帆全集》第 8 卷,第 303—327 页。

③ 钱锺书于 1979 年夏天读过《韩愈以文为诗说》一文,在同年收到程千帆托周振甫赠送的《沈祖棻词集》之后的复信(9 月 10 日)中,钱锺书特别提到此事,称赞此文"发蒙抉微,得未曾有"(《程千帆沈祖棻学记》,第 200 页)。其中虽然难免客套的成分,但此文显然引起了他的重视。其原因也许就在于在宋诗研究的相关问题上两人之间存在着辩论对手的关系吧。

第二节　宋诗研究中的辩证命题之一：形象思维 与抽象思维互相联系、互相支持

　　千帆诗学在宋诗研究中所体现的辩证思维模式的特点是通过主观研究（创作）方法和客观研究对象这两个方面的多种辩证命题体现出来的，其中属于主观研究方法方面的形象（感性）思维与抽象（逻辑、理性）思维互相联系、互相支持，欣赏异量之美以及属于客观研究对象方面的诗与画交融互补是三个具有针对性和代表性的命题，以下即以这三个命题为例分别加以分析说明。

一、从文学创作与文学研究两个方面探讨形象思维与抽象思维的辩证关系

　　1977 年底毛泽东致陈毅的论诗信发表之后，形象思维与抽象思维的关系成为当时文学理论界一个热点问题，并且已有人谈到在文学创作中二者之间的辩证关系，例如著名作家、批评家茅盾认为："逻辑思维与形象思维在作家头脑中交错进行，使创作过程中既有能够反映时代精神的主题思想，又能够塑造典型环境中的典型人物。这一构思整体的两面，它们的关系是辩证的，是相辅相成而不是对立的。"①如前所述，程千帆是一位有着自觉而强烈的理论意识的文学研究者，一向积极学习理论、运用理论并努力追求理论创新，此时又适逢"文化大革命"结束，程千帆得以重返母校任教，恢复了研究和发言的权利，所以他也积极参与其中，从辩证法的高度反复强调形象思维和抽象思维的互相联系互相支持，例如 1978 年程千帆就其一位以前的学生吕永的论文《"神思"浅释》复信，称赞其文"好处在指出形象思维与抽象思维的不可分割性"。②1981 年发表的《詹詹录》第 13 条说："逻辑思维与形象思维之间，并不曾隔着铜墙铁

----

① 《关于技巧问题》，《红旗》1978 年第 5 期。

② 《闲堂书简》，上海古籍出版社 2004 年版，第 128 页。

壁。长于形象思维,必然对逻辑思维有帮助,反之亦然。"①1986 年在《答人问治诗》中也说:"感与知、形象思维与抽象思维当中不曾隔着一堵墙。"②1996 年在南京大学中文系进行的学术演讲("两点论——古代文学研究方法漫谈")中又说,形象思维与逻辑思维"二者不是互相排斥,而是互相支撑"。③ 1998 年,《文学评论丛刊》改由南京大学中文系和中国社会科学院文学研究所合作编辑出版,程千帆在《祝辞》的最后一部分特别提出:"目前我们对培养学者和作家,似乎是在选择不同的场合和不同的方法。这也就是说,将以形象思维为主的创作和以逻辑思维为主的研究分开了,感性活动和理性活动、能与知分开了。这种作法利弊如何,一时尚难确定。如果我们能逐步在大学中既培养了学者又产生了作家,是不是对文学的发展更有利?"④对此问题程千帆没有直接给出答案,但提问中体现的倾向是十分明显的。同年年底程千帆在为《南京大学中文系本科生论文选集》和《南京大学中文系本科生作品选集》两书撰写的序中则明确提出:"搞研究写论文需要抽象思维,搞创作则需要形象思维,两种思维不同,但并不是水火不相容,而是相得益彰。况且,文学研究并不全是理性的活动,也需要情思,需要全身心地投入。"⑤

在为宋诗的独特风貌和风格进行辩护的过程中,程千帆更为突出地强调了形象思维与抽象思维之间的互相联系互相支持的辩证关系。例如在《韩愈以文为诗说》一文中,程千帆不仅依据作品的具体分析证明了以文为诗、以议论为诗所达到的高度成就,而且还运用形象思维与抽象思维的辩证关系给予了理论上的支持。我们看到,通过分析韩愈诗中以议论为诗的不同艺术效果,程千帆指出,以议论为诗的问题所在,不在于是否能以议论入诗,而在于是否善于以议论为诗。而以议论为诗之所以能够取得出色的艺术效果,从理论上讲,就是形象思维和逻辑思维之间的区别是相对的,不是绝对的,两者之间并不存在不可逾越的界限,而是可以互相渗透,互相支持。这样,就使得

---

① 《治学小言》,齐鲁书社 1986 年版,第 43—44 页。

② 《程千帆全集》第 8 卷,第 162 页。

③ 《程千帆全集》第 15 卷,第 178 页。

④ 《文学评论丛刊》第 1 卷第 2 期,江苏文艺出版社 1998 年出版。

⑤ 《南京大学中文系本科生论文选集》、《南京大学中文系本科生作品选集》,南京大学出版社 1999 年版。

形象思维与抽象思维相结合的方法成为千帆诗学狭义两点论中的一个特别突出的重点。

　　形象思维与抽象思维互相联系互相支持的观点是程千帆关于这两者之间辩证关系的基本认识。同时，对于这两者之间的互相联系、互相支持，程千帆并没有只作抽象的概括，而是就这两者在文学创作以及文学研究中如何互相联系、互相支持的具体情况作了深入细致的分析。

二、 形象思维与抽象思维在文学创作中的互相联系、互相支持

　　就形象思维和抽象思维在文学创作中的互相联系、互相支持而言，程千帆主要分析了以下两个方面：以形象的方式表达议论和以议论的方式加强形象。例如《韩愈以文为诗说》一文指出：

　　　　在我们看来，议论或说理，其思维方式虽然是抽象的，但其表达方式却可以是形象的，……在抒情诗中出现的议论，如果运用恰当，则不仅不会削弱，反之，还能加强抒情诗主人公（其中包括诗人自己）的形象。[1]

《读宋诗随笔·前言》也认为：

　　　　诗的散文化及往往包含在这个外壳中的议论，并不排斥文学艺术的最本质的特征——形象性。富有思辨性的散文，当它被移植到诗歌中之后，我们往往可以看到两种往往为人们所忽略的情况，一是散文化的议论本身有助于突出抒情诗的主人公——作者自己的形象。宋人大量的政治诗、咏史诗（特别是这两类诗中的翻案诗）最能证明这一点。其次，许多议论，特别是当它们被以比喻来表达时，也充满了生动活泼的形象，而非枯燥无味的说教。[2]

以形象的方式表达议论以及以议论的方式加强形象并非程千帆的独到之见，但这两段话都将两者同时并提，以之证明形象思维与抽象思维的互相联系、互相支持，具有鲜明的辩证思维色彩，并凸显了注重矛盾双方交融互补而反对偏执一端的特点。

　　对于以形象的方式表达议论和以议论的方式加强形象，程千帆也都通过具体的作

---

[1]　《程千帆全集》第 8 卷，第 322 页。

[2]　《程千帆全集》第 11 卷，第 382 页。

品分析做了切实的论证。

就以形象的方式表达议论而言,《读宋诗随笔》在品评朱熹的《观书有感二首》时指出:"有人以为诗是形象思维的产物,所以只宜于写景抒情而不宜于说理。这有几分道理,但不能绝对化。因为理可以用形象化的手段表现出来,从而使得它与景与情同样富有吸引力。同时,理本身所具有的思辨性往往就是非常引人入胜的。(枚乘的《七发》正证明了这一点)因此,古今诗作中并不缺乏成功的哲理诗。"而朱熹这两首哲理诗的成功之处就在于"以鲜明的形象表达自己在学习中悟出的道理,既具有启发性,也并不缺乏诗味"。① 该书对于苏轼的《饮湖上,初晴后雨》等诗的品评也为此提供了简要的证明。程千帆指出,苏轼将西湖比作西子的著名比喻"与《和子由渑池怀旧》中的'人生到处知何似,应似飞鸿踏雪泥。泥上偶然留指爪,鸿飞那复计东西',还有《题西林壁》中的'不识庐山真面目,只缘身在此山中'一样,对读者不只是诉之于感受,同时诉之于思考。这种由于思考而产生的奇妙比喻,乃是感情与智慧的结合,也是形象思维与抽象思维的统一。看来,这并无损而有益于诗中所写人生和物态之美。"②

就以议论的方式加强形象而言,程千帆在肯定形象性是文学的基本特征的同时,提出了一种无形象的形象论,即文学作品中的抽象议论,其语言和意义虽然是抽象的,但可以突出形象(既包括作品中的人物,也包括抒情诗的作者自己),所以以之为手段的作品也就具有了形象性。如程千帆在《韩愈以文为诗说》中认为:"诗中的议论,即使语言并不怎么富于形象性,只要能够巧妙地和抒情、叙事等其他部分结合在一起,也是可以加强诗篇整体(包括诗人自己)的形象的。"③除了以韩愈的诗作证明这一观点之外,程千帆还用宋诗做了有力的证明。在《相同的题材与不相同的主题、形象、风格》中,程千帆说:"我们多少年来,在理论上,脱离了民族的传统、文学样式等特征,机械地将形象思维与抽象思维,描写与叙述、议论,含蓄与刻露的区分绝对化了,割裂了,结果许多文学现象解释不通,甚至于整个宋诗都被斥为'味同嚼蜡'。王安石这篇单刀直入,几乎全无景物铺陈(即方东树的所谓'写')但以议论见长的宋诗(指《桃源行》),不

---

① 《程千帆全集》第 11 卷,第 471—472 页。

② 《程千帆全集》第 11 卷,第 423 页。

③ 《程千帆全集》第 8 卷,第 322 页。

正是以其'虽有父子无君臣'、'天下纷纷经几秦'这样一些名论杰句,反映了自己先进的历史观点和政治思想,显示了诗人自己崇高的形象,从而赢得广大读者的喜爱吗? 它以其主观色彩特别浓厚,重议论不重铺陈的特点,不仅将自己和其以前出现的杰作区分开来了,而且还能和它们分庭抗礼。"①

《读宋诗随笔》品评陈师道的《怀远》诗时还指出,古人写诗论诗,情景并重,但自来论者似更为偏重以写景作为抒情的手段,所谓融情于景。而陈诗"却反其道而行之,只是直抒所感,无暇旁及。而这种真诚的爱心所发出的炽热却和许多古今胜语一样很感人。像这种诗,我们能不能够由于其中没有出现景物而就说它缺乏形象性呢? 不能。因为在作者笔下,受到不公正待遇而深受同情的苏轼,以及对于这种不公正深表愤慨的陈师道,这两个形象都是很鲜明的。形象性并不完全靠自然物色的陪衬才能表达。"②

需要说明的是,程千帆在作了上述品评之后,还以陈师道的《怀远》和《示三子》二诗为例指出:"由此可见,文无定法,诗并不一定要兼备情景。"③人们对此不禁要问,兼备情景或融情于景不正是对立统一的要求吗? 不一定要兼备情景或融情于景的看法不是与对立统一正相矛盾吗? 程千帆的观点看似如此,其实不然。首先,程千帆只是把没有兼备情景的诗当作一种表现形式,同时并不反对兼备情景的诗。其次,程千帆在这里赞成的是创作手段的多样性,既可以兼备情景,也可以全用景语或全用情语,而反对绝对化(单一,不变),并在多样性的要求中包含着抽象与非抽象相反相成的观点。这恰好是其辩证思维模式的真实体现。程千帆在品评中还说:"六朝迄唐,一篇之中景语为多,乃至全篇都用景语写成的抒情诗也不少,由唐转宋,又有些诗人写出全篇用情语的诗。这似乎也是一种值得注意的变化。"④这种将景语、情语一分为二的分析以及将微观与宏观相联系的历史视野也同样体现了注重矛盾分析并强调矛盾双方互相联系互相支持的辩证态度。

除了以诗歌为例之外,程千帆还用散文、小说等其他体裁对以议论的方式加强形

---

① 《程千帆全集》第 8 卷,第 139—140 页。
② 《程千帆全集》第 11 卷,第 436—437 页。
③ 《程千帆全集》第 11 卷,第 437 页。
④ 《程千帆全集》第 11 卷,第 437 页。

象作了简明的论证。例如程千帆在《韩愈以文为诗说》中说:"以形象思维为基础的文学作品,在塑造人物时,从来不排斥来自抽象思维的某些议论,反之,有时还倚仗一些议论来加强人物形象,使之塑造得更为完美和突出。试想,如果《三国志·诸葛亮传》和《三国演义》中没有诸葛亮的隆中对,《红楼梦》中没有贾宝玉鄙视功名利禄的谈话,这两个人物岂不是要大为减色了吗?"①后来程千帆在与博士生的一次谈话中又说:"王安石的《答司马谏议书》,其本身未必具有多少形象性,但整篇文章却完整和生动地塑造出了王安石本人的形象。《三国演义》中的诸葛亮的形象是塑造得很好的,但最能表现诸葛亮形象的,恐怕还是他本人的《草庐对》。"②由此可见,程千帆把以抽象的议论加强形象视为各种文学体裁都可以使用的普遍性手段,充分肯定了它不仅不妨碍形象的塑造,反而可以强化形象的独特性和鲜明性的审美价值。

与形象思维和抽象思维在创作中互相联系、互相支持的命题紧密相关的是,程千帆还提出了形象思维并不限于曲说,也可以直说的命题,再次体现了相同的辩证思维方式。

在《韩愈以文为诗说》一文中,程千帆针对毛泽东所说的"诗要用形象思维,不能如散文那样直说"一段话,分析了其中的预设:诗要用形象思维,所以要曲说;散文要用抽象思维,所以要直说。进而指出:"形象思维并不限于曲说,它也可以直说,用传统的文学术语来说,则是既可以用比兴来表现,也可以用赋体来表现。"所以决不能把"直说"("直言")和"敷陈"排斥在形象思维、形象性之外。并认为:"在赋、比、兴中,比兴当然是诗人们所经常使用的,但赋却是更其基本,更其普遍使用的手法,而且三者往往是结合在一起的。""作诗,赋是不能不用的,比兴则可以用,也可以不用。"因此,在探讨了以文为诗作为一种艺术表现手段的理论依据及其艺术效果和历史意义之后,程千帆总结说:"不懂诗要用形象思维的,在宋代作者中只占极少数。多数人以文为诗,并没有放弃形象思维,其作品并不缺少形象性。由此可见,他们并非不懂形象思维。"③

在《韩愈以文为诗说》之后不久完成的《读诗举例》的"曲与直"一节中,程千帆又提

---

① 《程千帆全集》第 8 卷,第 324 页。
② 《程千帆全集》第 15 卷,第 122 页。
③ 《程千帆全集》第 8 卷,第 323—327 页。

出："写诗应当注意含蓄，不能像散文那样直说，这是传统的说法，也就是贵曲忌直。这话对不对呢？在一定的条件之下和范围之内，是可以这样说的，但如果将它绝对化，就会走向反面了。事实是，诗每以含蓄、曲折取胜，而有些直抒胸臆、一空依傍的作品，也同样富有诗意，具有极大的艺术魅力，能够表达人类生活中最美好的感情，列入诗林杰作之中而毫无愧色。总之，是不能一概而论，否则，蒙受损失的将不是诗人而是读者。"①在提出这样的观点之后，程千帆一方面以柳中庸的《征人怨》、王昌龄的《长信秋词》以及韩翃的《寒食》等唐诗为例，分析了它们的以曲取胜；另一方面，他又以梅尧臣的《殇小女称称》和陈师道的《示三子》二诗为例，证明诗歌也可以以直取胜。通过分析上述两首宋诗的艺术成就，程千帆再次针对性地说："谁能说宋人由于直说，就是不懂形象思维呢？谁能说江西派诗人就是反现实主义者、形式主义者呢？"②

由此可见，在以形象思维为主的文学创作中，程千帆强调了诗歌与散文、形象与议论、曲说与直说之间互相区分的相对性及其相得益彰的互补性，反对将形象思维与抽象思维相脱离而忽视抽象思维的作用。

三、形象思维与抽象思维在文学研究中的互相联系、互相支持

与此同时，程千帆还要求在文学研究中也不能将形象思维和抽象思维绝对区分、割裂开来，仅仅依靠抽象思维放弃形象思维，而是应当将形象思维和抽象思维相结合，以形象思维帮助抽象思维。

1980 年代程千帆即强调文学理论批评研究应将理论和作品结合起来，将对作品的理解、判断与欣赏、感动结合起来，例如，1980 年程千帆在中国文学批评史师训班上的讲话中说："文学理论批评只能是文学创作经验的总结与抽象，文学批评史只能是文学理论批评的历史发展的如实反映，而绝不是某些古人头脑中先验的产物。我们今天研究文学批评史，研究前人文学理论发生发展的情况及其规律，也就不能把他们那些理论批评的依据，即其所阅读的作品置之度外。这也就是我强调在研究工作中，虽然不妨有所偏重，但决不能将理论和作品横加割裂的理由，以及研究理论批评也决不能

---

① 《程千帆全集》第 8 卷，第 150 页。
② 《程千帆全集》第 8 卷，第 151 页。

放弃欣赏和理解作品的理由。"①再如 1986 年程千帆在《答人问治诗》一文中总结自己的诗学经验时又指出："文学活动,无论是创作还是批评研究,其最原始的和最基本的思维活动应当是感性的,而不是理性的,是'感'字当头,而不是'知'字当头。"并强调说:"由感动而理解,由理解而判断,是研究文学的一个完整的过程,恐怕不能把感动这个环节取消掉。"②

进入 1990 年代以来程千帆则明确提出在文学研究中应将抽象思维与形象思维相结合的辩证观点,例如 1990 年程千帆与巩本栋谈话时说:"学术研究,一方面要运用逻辑、推理、考证,进行理论思维;另一方面又要深入到作品实际中,去体味、把握作者的内在感情和内心世界,进行形象思维。二者应当结合起来,并注意考察二者所得结论是否一致,仅仅据一方面的思考所得的结论未必一定靠得住。对具体作品有了深刻的把握,理论思维所得的结论是否正确,一对照便可知了。"③1994 年程千帆与几位弟子访谈时也说,文学研究"一是求精,一是求通,要能通解,又能深入,而其关键在于既有理性思维,又有感性思维,即使不能合二而一,也决不能将两者对立起来"。④ 1995 年程千帆致钱南秀信也指出:"文学研究工作不能光靠逻辑思维、理论思维,更高的层次的达到也靠形象思维、感性亲和。"⑤1996 年在关于两点论的演讲中又一次强调:"我希望头一点告诉你们的,就是形象思维和逻辑思维并重,对古代文学的作品理解要用心灵的火花去撞击古人,而不是纯粹地运用逻辑思维。"⑥

由于主要运用着形象思维的艺术创作经验对于理解诗人的心灵、理解作品的艺术特点以及探索文学规律具有重要的意义,所以程千帆还反复强调研究者应该具备一定的艺术创作经验。这一主张首先是有着丰富的文学史依据的。例如程千帆在《答人问治诗》中指出:"从事文学批评研究的人不能自己没有一点创作经验。在我国文学批评史上,没有一个理论批评家是不能创作的。正由于他们有创作经验,才能够从自己的

---

① 《程千帆全集》第 8 卷,第 159 页。
② 《程千帆全集》第 8 卷,第 161 页。
③ 《程千帆全集》第 15 卷,第 125 页。
④ 《程千帆全集》第 15 卷,第 168 页。
⑤ 《闲堂书简》,第 448 页。
⑥ 《程千帆全集》第 15 卷,第 179 页。

和别人(包括古人)的创作中,抽象出、概括出理论来。任何理论都是从当代和前代创作中抽象出来的,而批评(如果不是棍子)也必须对其批评对象的艺术经验有较深刻的理解。一位从来没有作过诗或没有其他艺术创作经验的人侈谈诗歌艺术,不说外行话,很难。"①其次,这也是作为诗人的程千帆的现身说法:"在我多年来研究诗也为学生讲诗的同时,一直没有停止我的创作。……写诗寄托了我的悲欢,也深化了我对古代诗人的理解。……我希望有人知道,如果我的那些诗论还有一二可取之处,是和我会作几句诗分不开的。"②同时,程千帆也将这一主张上升到辩证法的高度来认识。例如他在《闲堂自述》中指出:

> 作诗,必须对外物有其独特的感发,评诗,也要对作品有其独特的感受。单靠理性思维,不但无法作诗,也难以对诗有真知灼见。当然,如果只凭感情,也是无法从事诗歌创作和评论的。基于这种感与知在心灵活动中互相依存渗透的不可分性,以及文学史上诗论家无一不能创作(当然其成就大有高低)这一事实,我多年的认识和体验是:从研究角度来说,创作经验愈丰富,愈知道其中的酸甜苦辣,理解他人的作品也就愈加深刻。③

由此可见,在程千帆那里,文学研究者应具备创作经验的主张,既是以文学史的事实和自己的亲身体验为依据的,同时也是以感(形象思维)与知(抽象思维)不可隔离、相得益彰的辩证关系作为其理论基础的。

　　通过以上分析可知,在以形象思维为主的文学创作中,程千帆一再强调抽象思维不可或缺的作用;而在以抽象思维为主的文学研究中,程千帆则一再强调形象思维不可或缺的作用。这是形象思维与抽象思维互相联系互相支持的命题在文学创作中与在文学研究中的具体体现有所不同之处;但同时,对于这两个不同领域,这一命题在强调形象思维和抽象思维互相区分的相对性以及两者之间的交融互补、相得益彰而不可隔离、不可偏废、不可对立方面又是完全相同的。千帆诗学的辩证思维模式的高度统一性由此可见一斑。

---

① 《程千帆全集》第 8 卷,第 161 页。
② 《程千帆沈祖棻学记》,第 11 页。
③ 《程千帆沈祖棻学记》,第 10—11 页。

第三节　宋诗研究中的辩证命题之二：欣赏异量之美

程千帆晚年反复强调文学研究者要能够欣赏异量之美，这一命题虽然不单是针对宋诗而言，但主要是以宋诗为主要例证加以论述的。所谓能够欣赏异量之美，简而言之，它既是一种赏析的能力，也是一种宽容的态度，而程千帆又将之视为不能偏执一端的两点论，从中也体现了独特的辩证眼光。

一、以宋诗为主要例证

1982 年程千帆与硕士生谈话时说："搞科学研究，要能够欣赏异量之美。不然的话，就太狭窄了。"①1999 年在口述回忆录中也说："如何能够宽容，不仅是自己思想上、政治上的宽容，在文学艺术上，不同的风格、不同的做法的宽容，也非常重要。否则的话，结果吃亏的是自己。特别是搞文学理论的人，应该允许、欣赏异量之美，能够体会别人。"②

在其诗学论著中，程千帆也多次表示了赞成能够欣赏异量之美的态度。例如《日本汉诗选评》选评了坂井华的《次韵诗僧东林作》，这是一首论诗诗，③其中表达了多种风貌的诗歌并存符合自然之理，宋诗、明诗等各代诗歌互有长短，论诗不应拘泥于一世

---

① 《程千帆全集》第 15 卷，第 144 页。

② 《程千帆全集》第 15 卷，第 46 页。

③ 坂井华诗全文："诗不必主虚，亦不必主实。一虚且一实，方免缚格律。请看天地间，群类谁同质。山岳万古峙，云烟变朝夕。君言宋诗新，岂无腐可斥；又言明诗丑，或有美如璧。区区论世代，不若论巧拙。本来雕虫技，巧拙亦何择！我且欲把杯，万事都忘却。其间有真诗，情味不可说。君若欲吃茶，请掬溪头雪。"

一代的观点。程千帆称赞其"论诗能欣赏异量之美"。① 再如川田刚的《偶作》："性癖恶矫揉，同心谁好友？窗前地数弓，栽竹不栽柳。"表达了扬竹抑柳的态度。程千帆的品评是以独特而有趣的和诗一首的方式进行的，程诗云："竹固有劲节，柳亦多柔情。寄语竹次郎，何妨共地生。"肯定了竹柳各自的长处，委婉地批评了这位日本诗人的偏颇态度。②

在具体的诗歌研究中，程千帆经常赞扬那些能够欣赏相对于唐诗的异量之美——宋诗的作家、批评家，而对那些以唐诗为标准衡量宋诗、贬低宋诗的人表示了不同意见和惋惜之情。例如《读宋诗随笔》对欧阳修的《水谷夜行，寄子美、圣俞》品评说："欧阳修在宋初诗人跳不出晚唐圈子的时候，首先发现并大力肯定了与他自己作风并不相同却体现了诗中新貌的苏、梅，而感叹时人对他们还不理解，以致'举世徒惊骇'，'古货今难卖'，这就表现出这位大作家对异量之美的赏析能力和宽容态度。这一点是特别值得我们今天重视和学习的。"③再如《读宋诗随笔》品评秦观《春日》组诗（选二首）时，对元好问肯定阳刚之美而否定阴柔之美的态度作了批评。元好问将《春日》中的"有情芍药含春泪，无力蔷薇卧晓枝"与韩愈《山石》中的"升堂望阶新雨足，芭蕉叶大栀子肥"、"山红涧碧纷烂漫，时见松枥皆十围"等句相比较，讽刺秦诗是"女郎诗"。程千帆则认为，元好问"在壮美与优美、阳刚之美与阴柔之美或男性美与女性美之间有所轩轾。我们虽然尊敬元好问在诗歌创作和理论方面所取得的成就，但就这一点而论，却不能不为了他之不知欣赏异量之美感到惋惜。"④

由于异量之美往往是在学习前人的基础上通过开拓创新而形成的，因此，欣赏异量之美也就意味着反对一成不变而赞成创造异量之美的推陈出新，所以程千帆不仅对公认的宋代大诗人苏轼、王安石、黄庭坚等开创出宋诗不同于唐诗的崭新风貌给予了高度评价，对于宋代一些不太知名的诗人，也着眼于其作品的不同于唐诗的创造性，给予了热情的肯定。如在品评陈造的《望夫山》时，程千帆将这首诗与刘禹锡、王建的同

---

① 《日本汉诗选评》，江苏古籍出版社 1988 年出版，第 246 页。

② 《日本汉诗选评》，第 357 页。

③ 《程千帆全集》第 11 卷，第 401 页。

④ 《程千帆全集》第 11 卷，第 432 页。

题诗作联系起来比较,指出唐人的两首诗都只就女子一方立言,而陈诗还考虑到男方一面。并指出,其篇末句"君心为石那可得""暗示妻子不能不考虑到痴心女子负心汉也不是什么希罕的事",与李白在《长干行》中用其事云"岂上望夫台",写妻子坚信丈夫之必然守约,无须登台苦望相比,另出新意,"两两对照,好看煞人"。① 再如品评罗与之《寄衣曲二首》时,程千帆也将它们与同样题材的唐人代表作——李白的《子夜吴歌·秋歌》和杜甫的《捣衣》联系起来进行比较,认为唐人诗中只说妻子寄衣,很少说征夫回信,而罗诗前一首中则暗示虽然丈夫数年未归,可是人还活着,因为每年收到寒衣之后都有回信。后一首则写出了在南宋末年,大敌当前,国亡无日的时候,一位普通士兵妻子的爱国御侮之情。她不像一般妻子那样,只是希望丈夫快些回家。因而肯定了罗诗中的"这些新意,都是以前这类诗所希见的","将(寄衣)这个习见的题材挖掘得更深了一层"。② 对于这些品评,我们在注意到它们体现了善于联系、比较的特点的同时,还应注意到它们为宋诗辩护的潜在用心。而为宋诗辩护,是因为程千帆肯定宋人创造的异量之美,反对以唐诗为绝对标准而否定异于唐诗的宋诗,这正是多元并重反对偏执一端的辩证态度的体现。

在创造异量之美的方法中,程千帆对将已有的不同风格重加组合融为一体的方式给予了特别的重视,这一点也很能体现其辩证思维模式的鲜明特点。《苏轼的风格论》一文指出,在理论上,苏轼时时注意到各种艺术形式中对立而又统一的风格范畴,例如书法中的精能与疏淡、险劲与新丽,绘画中的疏淡与精匀、真放与精微,诗歌中的纤秾与简古、清深与温丽,等等,并把能够将互相对立的风格和谐地有机地结合在一起视为艺术的最高境界。在创作上,苏轼也成功地将其最为重视的两种互相对立的风格——清与雄融合为一种新的艺术风格。因此,该文对苏轼这种在理论上和创作上不拘一格的辩证创新给予了高度评价。可作参照的是,钱锺书在《中国诗与中国画》一文中引用了纪昀对苏轼关于王维的壁画如其诗一样具有清且敦的风格之意见的批评:"'敦'字义非不通,而终有嵌押之痕。"其言下之意是认为清与敦不能联系在一起,也即否认两种具有对立性的风格能够互相融合。钱锺书对此表示认同:"纪昀指摘得很对,'敦'字

---

① 《程千帆全集》第 11 卷,第 472—473 页。
② 《程千帆全集》第 11 卷,第 488 页。

义大约是深厚之义,可参看张彦远《历代名画记》卷一《论画山水树石》所谓'又若王右丞之深重',但和'清'连用(collocation),就很牵强,凑韵的窘态毕露了。"①将纪昀的批评以及钱锺书的认同与程千帆对苏轼理论上创作上的辩证创新的高度评价两相对照,正可见出程千帆关于创造的辩证认识有着与苏轼美学观相一致的注重矛盾双方两相结合交融互补的特点。

二、 欣赏异量之美命题的辩证性

程千帆在提倡能够欣赏异量之美时多次以苏轼的观点为依据,可见这一主张与苏轼的审美观有着密切的联系。例如《苏轼的风格论》一文以及《读宋诗随笔》中对秦观《春日》诗的品评都引述了苏轼的《孙莘老求墨妙亭诗》和《次韵子由论书》二诗,分别说明苏轼能够欣赏异量之美的辩证态度及其对融合对立性的风格从而达到刚柔并济境界的审美追求。在品评秦观的《春日》诗时,程千帆指出,在古代作家中最鲜明地提出人们应当能够欣赏异量之美的是苏轼。"他评书法云:'杜陵评书贵瘦硬,此论未公吾不凭。短长肥瘦各有态,玉环飞燕谁敢憎?'(句出《孙莘老求墨妙亭诗》)又云:'貌妍容有颦,璧美何妨椭?端庄杂流丽,刚健含婀娜。'(句出《次韵子由论书》)前一条指出异量之美是客观存在,后一条更进一步指出异量之美不但并非完全对立而且可以互相渗透交融。"②这种解说说明程千帆已认识到苏轼审美观中所蕴含的辩证性,因此,程千帆称赞苏轼比只赞成韩愈诗的阳刚之美而否定秦观诗的阴柔之美的元好问圆通多了。再如在《日本汉诗选评》中,程千帆在品评中岛大赍的《梦李长吉》诗时,针对诗中"如今骚人喜宋诗,黑风谁分雄与雌"等句表现出来的贬低宋诗的态度说:"论长吉诗,即作长吉语,知此翁寝馈昌谷有得也。然扬唐不必抑宋。东坡论书云:'短长肥瘦各有态,玉环飞燕谁敢憎。'此言得之。"③再次援引苏轼的观点以证扬唐抑宋不能欣赏异量之美的缺失。在"两点论——古代文学研究方法漫谈"的演讲中,程千帆也以"环肥燕瘦"为例说明了要能够欣赏异量之美。对苏轼观点的多次援引以及辩证性的理解,可证程千

---

① 《钱锺书集·七缀集》,三联书店 2002 年版,第 18 页。
② 《程千帆全集》第 11 卷,第 433 页。
③ 《日本汉诗选评》,第 265 页。

帆的欣赏异量之美的命题不仅是一般诗学方法层面的命题而且还是其辩证思维模式的具体体现。

当然,我们还应该看到,程千帆提倡欣赏异量之美与其亲身的审美体验也有密切的关系。程千帆在"两点论——古代文学研究方法漫谈"的演讲中谈到如何获得欣赏异量之美的能力时说:"任何事情都有一个训练欣赏的过程,有很多东西最初不觉得它好,等过了一段时间,到了深层次才会觉得它好。例如宋诗与唐诗不一样,有许多深刻的东西一时不能够体会。如陈师道《丞相温公挽词三首》'时方随日化,身已教人扶',一个对国家非常尽忠的老政治家形象就凭着'身已要人扶'全都衬托出来。人家还没觉得政治已有所改变,越来越好,他已是鞠躬尽瘁,走都走不动了,写得多深刻啊。随着时间的推移,这些深刻的地方就会渐渐领悟。所以,有好多文学欣赏见解的变化同你自己的生活经历是有着很大的关系的。"①据此段话中所举赏析陈师道诗句的例子,可知程千帆的提倡欣赏异量之美的命题以及其中包含着的辩证思维模式既出自对前人辩证观点的深入理解,也出自鉴赏诗歌的独特体验,并非人云亦云的简单承袭。

第四节 宋诗研究中的辩证命题之三:诗与画交融互补

一、 诗与画交融互补命题的提出

诗与画的关系,是古今中外美学和文学理论的一个重要专题,并形成两种不同的研究倾向,一是强调两者的共同性,一是强调两者的差异性,这两种倾向的研究历来不乏其人。18世纪德国启蒙运动的精神领袖莱辛专论诗画关系的著作《拉奥孔》否定古希腊罗马以来占据主导地位的诗画一律说,从理论上深刻揭示了诗与画在时空表现方

---

① 《程千帆全集》第15卷,第183页。

面的差异：

第一，绘画与诗歌用来模仿的媒介符号完全不同，绘画运用空间中的形体和颜色，诗歌运用在时间中发出的声音。

第二，既然符号无可争辩地应该和符号所代表的事物相协调，那么，在空间中并列存在的符号就只能表现那些全体或部分也是在空间中并列存在的物体，而在时间中先后承续的符号也就只能表现那些全体或部分也是在时间中先后承续的动作。

第三，因此，物体及其眼见的属性是绘画所特有的题材，动作是诗歌所特有的题材；绘画只能通过物体去模仿动作，只能运用动作的某一顷刻，所以必须选择最富于孕育力的那一顷刻；诗歌只能通过动作来描绘物体，只能运用物体的某个属性，所以必须选择能够产生物体最生动的感性形象的那个属性。[①]

《拉奥孔》一书在欧洲产生了深远的影响，在现代中国学术界也有着积极的响应，钱锺书的《论中国诗与中国画》和《读〈拉奥孔〉》即是主要借鉴莱辛的观点进一步探讨诗画差异性的两篇重要论文。《论中国诗与中国画》敏锐而深刻地揭示了中国人在文学与绘画上的不同审美标准，《读〈拉奥孔〉》则从艺术表现上进一步分析了诗与画之差异。在《读〈拉奥孔〉》一文中，钱锺书虽然没有完全否定诗画之间的相同相通，但强调并详细论证了诗中有画而又非画所能表达以及选择最富于孕育力的顷刻的画格不过是文学的常用叙事手法这两个方面。换言之，即诗能够同于画通于画，画却难以同于诗通于诗。因此，在钱锺书看来，"诗歌的表现面比莱辛所想的可能更广阔几分"，所以不免要"偏袒、偏向着它"。[②]

莱辛、钱锺书关于绘画在艺术表现上的种种局限性的观点在现当代中国大陆学术界产生了较大的影响，特别是在当下图像时代的背景下，一些文学研究者面对图像的日益增长的强势地位，继承了莱辛、钱锺书的观点，特别强调绘画相对于诗歌的劣势以及诗歌相对于绘画的优势。例如蒋寅在《诗中有画——一个被夸大的批评术语》一文中一方面富有新意地指出诗中有画虽是诗家一境，但中国古人并不视之为诗中的最高境界，而王维诗的艺术特征或艺术价值并非在于诗中有画而在于不可画之处。但另一

[①] 《拉奥孔》，朱光潜译，人民文学出版社 1979 年版，第 82—83 页。

[②] 《钱锺书集·七缀集》，三联书店 2000 年版，第 33—57 页。

方面,他又认为绘画除了在历时性面前的无能之外,对于视觉以外其他诸觉表达的无能,也并不是什么深奥的道理;而诗歌所传达的诗性内容,不只在信息传达手段的意义上为绘画所难以再现,其无比丰富的包蕴性也是绘画难以企及的。①

钱锺书在审美标准上认为中国诗与画有着不同的传统洵为真知灼见,但在艺术表现上认为诗能够同于画通于画,画却难以同于诗通于诗的观点却值得商榷。程千帆即是对这一观点较早提出了不同意见的学者。

在千帆诗学的成果中虽然没有专论诗画关系的著述,但程千帆了解钱锺书关于诗画关系的研究,②并在其诗学论著中论及诗与画的关系,透露了他认识这一问题的辩证性。

例如程千帆在《读宋诗随笔》中品评道潜的《临平道中》诗("风蒲猎猎弄轻柔,欲立蜻蜓不自由。五月临平山下路,藕花无数满汀洲。")时说:

> 人所共知,莱辛在《拉奥孔》中曾指出:雕刻、绘画之类的造型艺术用线条、颜色去描绘各部分在空间中[并列存在]的物体,不宜于叙述动作;诗歌用语言去叙述各部分在时间上先后承续的动作,不宜于描绘静物[物体]。但我们古典作家的追求则在于诗与画的相同、相通、相融合、相渗透,而非两者的差异、隔绝或对立,所以苏轼《书摩诘蓝田烟雨图》说:"味摩诘之诗,诗中有画;观摩诘之画,画中有诗。"又《韩干马》云:"少陵翰墨无形画,韩干丹青不语诗。"苏轼之所以激赏道潜此诗,主要是因为它所表现的恰是绝妙的画境,这也就是曹夫人见此诗而欲以画表现其中情景的原因。诗画的交融或互补,是要诗具画景,画见诗情。道潜此诗为我们提供的五月临平道中的景物,不但有风和日丽的天气,蒲草受风的猎猎之声,蜻蜓在蒲叶上站立不稳的款款之态,还有山下路旁满眼的藕花莲叶,都十分明晰地可以感知。可是它又以诗人所表现在时间中永恒的动替代了画家所表现的在空间中刹那的静,因而使两种艺术在这首诗中合二为一。③

上述分析指出道潜的诗中有着十分清晰可感的画景,说明了在艺术表现上诗能够与画

---

① 蒋寅著《古典诗学的现代诠释》,中华书局 2003 年版,第 142—156 页。
② 参看《治学小言》,第 14 页。
③ 《程千帆全集》第 11 卷,第 431 页。

相同相通,这与钱锺书修正莱辛没有充分认识到诗歌的空间表现力的观点有一致之处,但程千帆所说的诗与画的相同相通不是单方面的,而是相互的。一方面诗中可有画,另一方面画中也可有诗,强调了诗画之间的相互融合、渗透,合二为一。所以,程千帆虽然并不否认诗画之间的差异性,但并无诗可同于画通于画,而画难同于诗通于诗,故而诗高于画之意,这又是他不同于钱锺书的地方。而这种不同之处也同样体现了其辩证思维模式强调矛盾双方交融互补而不是隔绝对立的鲜明特点。

二、 绘画表现在时间上先后承续的动作的理论依据

在对道潜诗的品评中,程千帆侧重谈的是诗中有画,诗具画景,即诗同于画、通于画、融合画的一面,而对于画同于诗、通于诗、融合诗的一面,只是延续前人之说,将之归结为画见诗情,似略显简单;对于绘画中画与诗如何合二为一也未作论证,因而有必要稍费笔墨,验之以中外绘画作品,考察一下在文学所擅长的叙述先后承续的动作、描述听觉等方面,绘画是否不仅能够表现,而且还能够表现得很好,达到高超的艺术水平,这样才能使得画同于诗、通于诗、融合诗的观点具有说服力。

在《论唐人边塞诗中地名的方位、距离及其类似问题》一文中,程千帆列举了唐代王维画物多不问四时,如画花,往往以桃、杏、芙蓉、莲花同画一景,其描绘东汉袁安故事的《卧雪图》中有雪中芭蕉的著名例子(沈括《梦溪笔谈》卷十七)。对于王维将不同时间的景物同画一图的现象,前人多以是否符合生活真实的标准来衡量其对错,如明代谢肇淛认为这是画家“少不检点便有纰缪”的结果,属于白璧之瑕。钱锺书认为最是持平之论。[①] 而程千帆认为用考据学、历史学的方法来解释这一艺术现象是徒劳的,并借鉴苏联文学理论家季摩菲耶夫的理论,用文艺学的方法给予了解释:

> 正是为了要突出大自然的生机蓬勃,各种花卉生命力的旺盛,画家才有意识地在艺术境界里突破了客观规律的限制,将不可能在同一季节开放的花儿绘制在统一的画面中,形成一个百花齐放的局面,从而更其充分地表现了画家的理想,也满足了人们对于美丽的大自然的爱好。同样,为了要突出地表现袁安宁愿僵卧雪中挨饿,也不肯在大家都困难的时候去乞求帮助,增加

---

① 《谈艺录》,296—297 页。

别人的负担这一主题,画家实写了雪景,也写了当地雪中所不可能有的翠绿色的芭蕉,以象征主人公高洁的性格,显示出他在饥寒交迫的环境中,也没有被困难所压倒的精神。这样,就比只一般地去写出雪中萧索寒冷的景象,更其有效地塑造了袁安的形象和表现了作品的主题。①

这种解释主要是从艺术的表现效果的角度来谈的,如果借鉴语言学、符号学的理论,还可以从艺术本质以及艺术真实与生活真实的关系的角度给予解释,并由此进一步了解产生这种艺术效果的根源。

艺术不是生活真实的复制品,而是针对生活真实的创造性表意符号。根据索绪尔的语言学理论可知,符号由能指和所指两部分组成。能指即意义的载体,所指即载体的意义;故能指的价值不在于其自身的完美,而在于能否恰当地有效地表现出特定的能指。而那些通过艺术家的想象力创造出来的种种非生活真实的虚构内容皆属于艺术符号的能指部分,故其价值不在其自身是否与生活的真实相符合,而在于是否能够表现出针对生活真实的丰富而深刻的意义,从而为生活真实之中的人们所理解和接受。

在本书看来,艺术符号中那些虚构的、超越生活真实的能指部分要表现出丰富而深刻的意义不能单凭想象力的自由驰骋,还需特定的条件。而其中最为根本的条件恰恰就是必须以生活的真实为基础,即只有通过生活真实的中介,才能将艺术符号中的所指与能指联系起来达到对立的统一,从而成功地完成艺术符号的创造。以文学为例,当作家运用比喻说"某人像头狮子"时,这首先是对生活真实的超越。而这一比喻如果有意义而为读者所理解和接受,那么,这一定是因为某人具有生活真实中的狮子的某些属性。换言之,只有某人具有生活真实中的狮子的某些属性,作家才能说他像头狮子,这一比喻才能达到艺术的真实。而如果某人不具有生活真实中的狮子的某些属性,而作家却说他像头狮子,这一比喻就违反了或失去了艺术的真实(除非是故意的反话)。所以,非艺术的一般语言符号的能指与所指之间的联系可以具有很大的任意性,例如狮子在汉语中称作"shizi",在英语中则称作"lion[laiən]",所指一样,但能指完全不同;而文学语言的能指与所指之间必须建立在生活真实的基础上才能联系起来构成对立的统一。这就是文学语言与非文学语言的一个根本性的差别吧。因此,艺术一

---

① 《程千帆全集》第8卷,第177页。

方面可以超越生活的真实,另一方面又必须以生活的真实为基础,只有通过生活真实的桥梁才能让艺术家超越生活真实的创造力达到艺术的真实的目的地。

既然如此,如果艺术家将其想象力建立在生活真实的基础之上,将生活的真实作为必要的中介,那么,他就可能运用其超越生活真实的想象力、创造力而达到艺术的真实,即中国古人所说的不拘形似而神似。这就是艺术家拥有虚构权利的内在依据,它对于文学以及其他艺术形式都同样适用。所以,尽管王维画物不问四时,在《卧雪图》中画上雪中芭蕉违反了自然界的生活真实,但不同品种的花儿竞相怒放,争奇斗艳,耐寒的植物不减苍翠之色又是符合自然界的生活真实的。正因为以此种生活真实为基础,王维才能够将不同时间的景物共绘一图,并达到程千帆所说的艺术效果。

由于时间上先后承续的动作在实质上是与不同时间的景物相一致的,所以,程千帆关于王维将不同时间的景物同画一图的解说,虽然其用意在于说明文学艺术作品能否改变生活真实,而不在于绘画与诗歌的比较,但却能够为绘画也能够表现时间上先后承续的动作提供理论上的依据。

三、绘画表现时间上先后承续的动作的两种形式

虽然艺术的规律为把时间上先后承续的动作共绘一图提供了合法性,但是,这一规律要成功地体现在具体的绘画当中,还需要艺术家高超的创造力。幸运的是,我们在中外艺术史中看到,杰出的艺术家们已为在绘画中表现在时间上先后承续的动作创造了两种大胆而巧妙的形式。

第一种形式是以不同人物(动物)的多种形态组合来体现先后承续的动作。其最为著名的一个例证就是18世纪初期法国罗可可艺术风格的先驱华托(Antoine Watteau,1684—1721)的名作《舟发西苔岛》(或称作《朝圣西苔岛》,见图一——图四)。

对于这幅画中人物动作的巧妙安排,历代多有评论,其中法国雕塑家罗丹的分析说明最为简明扼要,已成为这幅画的经典评论。[1]

---

[1]　此画共有两幅,第二幅是华托应朋友的请求对第一幅的仿作,但画面有所改动,并非简单的复制。罗丹是据其回忆进行作品分析的,远景部分的分析包含了第二幅的一些内容,可能将两幅画混合为一了。

图一　《舟发西苔岛》(第一幅)，画布油画，高 1. 29 米，长 1. 94 米，藏于
巴黎卢浮宫博物馆。

图二　《舟发西苔岛》(第一幅)局部。

图三　《舟发西苔岛》(第二幅)，画布油画，高 1.29 米，长 1.94 米，藏于柏林夏洛特官(又译为夏洛滕堡官)。

图四　《舟发西苔岛》(第二幅)局部。

罗丹在与友人葛赛尔的对话中谈论到在时间的表现上，艺术与文学，——尤其是戏剧，能够媲美到何种程度的问题。葛赛尔认为："老实说，我想这个比较是不一定能成立，在表现时间的境界内，执着画笔与捏着泥团的先生们一定要让运用动词的先生们一步。"但罗丹认为："我们的劣势并不如你所说的那么厉害。如果绘画与雕刻能使它们的人物有动作，那你也不能禁止它们作进一步的试探。且有时竟可与戏剧的艺术争庭抗衡。例如在一幅画上或一组人物中表现几幕先后发生的事实。"然后，罗丹就以华托的《舟发西苔岛》和法国雕塑家吕德的巴黎凯旋门浮雕《马赛曲》为例做了透彻的分析说明。现将关于《舟发西苔岛》的分析（其中包括葛赛尔的插话）抄录如下：

在这杰作中，只要你稍为留神，便可看到它的动作自右端的前景一直到左端的远景。

在画的前景，我们先看到在树荫下，一座簇拥着玫瑰的雕像旁边的一对情侣。男子披着一件斗篷，上面绣着一个破碎的心（见图二），象征他的远行的情绪。他长跪着在求她，她却淡然的终自不理——也许是故意装得这样子——神气似乎专属在她的扇子的图案上。"在他们旁边，一个小爱神裸着臀部坐在箭筒上。他觉得那少妇太作难了，故拉着她的裙角，叫她不要再这般执拗下去。"（引号内是葛赛尔的插话）正是这样。但此刻，旅行的杖和爱情的经典还丢在地下。

这是第一幕。

第二幕看来像在这一对的左面，又是另外的一对。情妇握着男子的手在地下站起。"是的。我们只看到她的背影，她的玉色的颈窝，是华托用了极富肉感的色彩所描画的。"（引号内是葛赛尔的插话）

稍远处是第三幕：男子搂着他的情人的腰，她回首望着女伴们还在延宕的情景，不禁怅惘起来。但她却任着男子扶着向前。现在大家都同意下滩了，他们你搂我扶地走向小船，男子们也不用祈求了，此刻反而被女人们牵掣着。

末了，征人扶着他们的女伴，踏上在水中漂荡的小舟，桅上的花球与纱幕在风中飞舞（见图四）。舟子靠在桨上预备出发了，微风中已有爱神在盘旋着，引领征人们向着天涯一角的蔚蓝的仙岛上去（视为离开仙岛也有可能）。

"我看你真爱这幅画，最细微的地方也记得那么清楚。"（引号内是葛赛尔的插话)这是令人不能遗忘的喜悦。但你有没有注意到这幕哑剧的演进的程序？真的,这是戏剧呢还是画？竟有些难说了。只要他喜欢,一个艺术家不特能表现瞬间的举动,且能表现——照戏剧的术语说来——一个长时间的动作。他只要把他的人物配置得令人先从动作的开场看起,接着,动作的延续,末了是它的完成。①

根据罗丹的上述分析,可知华托的这幅画以几组人物的不同动作的巧妙组合恰好体现了从坐到站再到行走最后到登船这样一个在时间上先后承续的动作过程,可谓是第一种形式的典型表现。

第二种形式是以同一人物(动物)的多种形态组合表示时间上先后承续的动作。

《舟发西苔岛》画中所描绘的动作的承续性是通过不同的人物表现的,因此严格地说来,虽然不同的人物动作相互之间有承续性,但它们仍然处在同一时刻而没有表现时间上的承续。而在19世纪法国浪漫主义绘画先驱热里科(Theodore Gericault,1791—1824)的《埃普松的赛马》(见图五)中,不同时间中的承续性动作确实在同一个物体上表现出来了。罗丹在与葛赛尔的谈话中对此也做了透彻的分析说明。

图五　《埃普松赛马》,画布油画,高0.92米,长1.23米,藏于巴黎卢浮宫博物馆。

---

① 《罗丹艺术论》(修订插图本),[法]罗丹述,葛赛尔著,傅雷译,傅敏编,北京:中国社会科学出版社2001年版,第79—83页。

罗丹认为,照相把时间突然割断,使得一个人在走路时好像突然风瘫了,而绘画和雕刻却能够在同一物体上表现一段时间内的动作的渐进程序;并认为艺术在此是真确的,而照相是错误的。然后即以热里科的《埃普松赛马》为例做了如下的分析:

> 人们批评热里科,因为他在罗浮的《埃普松赛马》画上,把马画成后脚朝后,前脚向前,人们说照相上永没有这种奔马的姿势。实际上,快镜所摄的奔马,当前脚投向前去之时,后脚在给予全身一种推进力之后,已有充分的时间重新提回到腹下,再作第二个推进的准备,故四条腿在空中是保持着同一个方向。因此,在照相上看来,这动物好像从平地跳起,而就在这姿势中僵死了一般。

> 然而,我想的确是热里科有理。观客眼中的奔马,先看到它的后脚才完成了推进的动作,再看到全身的向前投射,最后是前脚的往前飞奔。这全体的形象在瞬间内,即同一时间内,是谬误的,在时间的先后上却是真确的,而也就是这唯一的真确,我看得重要。因为我们不能在同一刹那间看到各种先后不同的动作,而只能依了在先后不同的时间,看到各种演进的姿态。

> 更要知道画家或雕刻家在每个形象中表现着一个动作的先后的次序之时,他们并不是用了理智,意识地做的。他们全然天真地表白他们的感觉。他们的心灵与手也是跟了这姿势的自然趋向而活动,故他们是本能地再现动作之发展。

> 在此,如在整个艺术的领域一样,忠诚是唯一的规律。①

根据罗丹的上述分析,可知热里科依据着视觉感受的实际过程,大胆而巧妙将不同时间的动作结合在一起,在同一个物体上成功地描绘出时间上先后承续的动作。这就为造型艺术表现时间的延续和动作的发展的又一种形式提供了一个宝贵的例证。

罗丹关于《舟发西苔岛》、《埃普松赛马》等作品巧妙地表现了在时间上先后承续的动作的分析说明,令人信服地揭示了绘画、雕塑这样的造型艺术也可以通过多种方式表现时间的延续和动作的发展,并非只能限于表现莱辛所说的最富于孕育力的那一顷刻。这种情形在中国艺术史中也不乏其例,例如敦煌 249 窟的西魏壁画《狩猎》(见图六)中的猎马与奔鹿也是后腿后伸,前腿前伸,与热里科的《埃普松赛马》极其相似。可

---

① 《罗丹艺术论》,第 76—79 页。

与参照的是正在飞腾的赛马照片（见图七），这是最为接近绘画中的赛马动作的一张，其两条后腿腾空并列向后之际，其两条前腿已明显弯曲下垂了，与绘画中赛马、猎马、奔鹿的动作相比有明显的差异，由此可见画家的大胆和创造力。

图六　敦煌 249 窟的西魏壁画《狩猎》。

图七　正在飞腾的赛马照片。

四、绘画对于听觉的审美表现

还可补充说明的是,中外杰出的画家除了能够依据视觉经验巧妙地表现历时性的动作之外,也同样能够巧妙地表现视觉以外的听觉,并非前述蒋寅所说的那么无能。例如法国画家米勒(Jean-Francois Millet,1814—1875)的《晚钟》就是一个典型的例证(见图八)。米勒曾说,画此画是因为想起我的祖母听到教堂的钟声总是让正在农田里干活的我们停止工作,为先人祈祷。还说:"这是晚祷的钟声,你可以听到这钟声。"①验之以实际,众多的观画者确实"听"到了画家所要表现的钟声。之所以如此,是因为画家通过画面中视觉形象的内在联系将钟声凸现了出来。我们看到,暮色苍茫之中,一对农家夫妇伫立在远离村庄的田野中低头合手,默默祈祷,劳动用的铁叉、篮子、小推车就在他们的身边。显然,他们刚才还在田野中辛苦着,忽然听到了画面远景中的

图八 《晚钟》,画布油画,高 55.5 厘米,长 66 厘米,藏于巴黎奥赛美术馆。

---

① 引自巴黎奥赛博物馆网站关于此画的说明。

教堂钟楼传来的钟声,于是放下工具,直起身来,开始晚祷。他们身上俭朴的衣着,地上几件简陋的工具,以及劳作之所得——小推车上的两袋土豆,都显示着这对农家夫妇物质生活的艰辛。但他们却是那么温顺、虔诚:随着钟声的响起,夫妇二人一个脱帽,一个合手,一起低头凝思,进入了沉静的精神生活。逆照的落日余晖突出了他们的垂直身形,在远方地平线的映衬下,显示出纪念碑式的庄严,同时也使得他们身上放射着纯洁、高贵的精神之光。画面上劳作与歇息的对比,物质生活与精神生活的对比,以及空旷的田野与充实的日光的对比,都加重了钟声的力量,强化了米勒着力凸显农民生活的严肃性、重要性的写实主义艺术革命。所以,虽然画家不能直接画出钟声,但各种视觉形象与钟声的内在逻辑关系却让人感受到巨大的钟声震响在耳旁。笔者最初观看此画时并没有注意到该画的标题,但正是通过这种画面中视觉形象的内在逻辑关系强烈地感受到了钟声。

再如中国画家齐白石(1864—1957)的《蛙声十里出山泉》也是借助视觉形象的内在联系以视觉表现听觉的成功之作(见图九)。作家老舍以清代诗人查慎行的诗句"蛙声十里出山泉"为题请齐白石作画,齐白石没有直接描绘鼓囊而鸣的青蛙,而是在错落有致的山石中引出一道充满动感的 S 形溪流,以浅淡而细密的水纹线衬托出六只小蝌蚪的浓黑的圆点,它们顺流而下,摇曳着小尾巴在溪水中活泼地游动,犹如娃娃鱼一般,展现出充满活力的自然界之一角。而岸上的青蛙虽未现身,但作为生养蝌蚪的父母显然就在同一个世界之中,关爱着它们,呼唤着它们;兼之隐现于溪流岸边山石中的画题文字的提示,响亮、有力的蛙鸣也就在观画者心中自然响起,连绵一片,和着水声演奏出动人的乐章。与米勒的《晚钟》相比,齐白石的《蛙声十里出山泉》虽然对声音的表现更加间接、隐蔽,但可谓已臻异曲同工之妙。

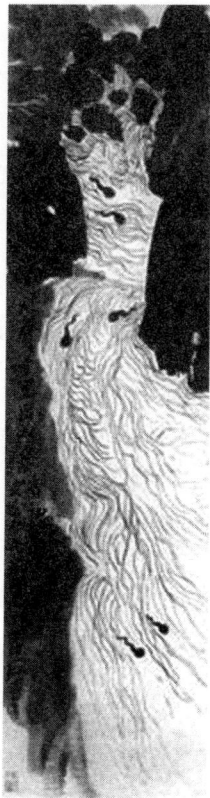

图九　《蛙声十里出山泉》,纸本水墨,高129厘米,长34厘米。

上述中外画家的创作实践足以证明,尽管描述时间上先后承续的动作,描述多种心理感觉是文学的特长,但绘画也能够通过巧妙的构思表现时间的延续和动作的发展以及视觉以外的听觉。这对程千帆既肯定诗中有画,又肯定画中有诗,反对将诗画的差异绝对化、对立化,而追求诗画之间的渗透融合提供了有力的支持。莱辛对于绘画的属性与功能的狭隘理解,对诗画差异的过分强调,以及由此而来的要求画家完全抛开时间不能以连续的动作为题材的限令以及要求文学家只能通过动作来描绘物体,只能运用物体的某个属性的限令早已受到后人的批评。我们也不难推测,如果钱锺书、蒋寅等中国学者看到罗丹的这些分析说明,看到中外画家对于表现历时性,表现视觉之外的听觉、嗅觉等方面的大胆探索和成功经验,也会对在一定程度上看轻绘画的艺术表现力,夸大绘画的局限性的观点有所修正吧。

综上所述,在新时期以来的宋诗研究领域,程千帆率先为重新确立具有重要美学意义的宋诗的崇高地位作出了积极的努力,对于宋诗研究的拨乱反正和开拓创新都起到了重要的作用(这种双重作用在对宋诗独创性贡献的认知,对宋诗研究热情的激发,对宋诗研究重点的转移以及研究内容的拓展等方面都鲜明地表现出来),可谓新时期以来在宋诗研究领域转变风气的一位先导性人物。由于其研究的针对性,也就成为同时代其他学者相关学术工作的无法回避的参照;由于其研究的卓越性,也就成为今后宋诗研究的一个重要基础。另一方面,就其宋诗研究的方法及其研究的具体对象而言,上述形象思维与抽象思维互相联系互相支持、欣赏异量之美、诗与画交融互补等三个命题都贯穿着鲜明而统一的辩证思维模式,即对于主客观各种矛盾及其关系的揭示,虽然并不忽视互不相容的双方及其互相排斥冲突的关系,但更侧重于相对区分的双方及其交融互补的关系。从肯定的方面来说,就是要求相对区分的矛盾双方互相结合,互补互济,相得益彰;从否定的方面来说,就是反对将相对的区分绝对化,反对人为的隔离、人为的对立。简而言之,就是多元并重、和谐统一。如果我们回顾一下前述千帆诗学两点论之中其他多种由矛盾范畴构成的研究方法,如考据与批评相结合、文艺学与文献学相结合,既要研究古代的文学理论又要研究古代文学的理论的两条腿走路的研究方针,等等,无论是继承前人还是自我创造,也都具有多元并重、和谐统一的鲜明特点。这也就为我们进一步探讨千帆诗学辩证思维模式的辩证法依据提供了重要的线索。

第五章　千帆诗学与儒家辩证法

第一节　千帆诗学的思想史背景

司马迁《史记·孔子世家》说:"天下君王至于贤人众矣,当时则荣,没则已焉。孔子布衣,传十余世,学者宗之。自天子王侯,中国言六艺者折中于夫子。可谓至圣矣。"这段话不仅是汉代思想史的实际情况,也是汉代以后直至晚清的思想史的实际情况。这是因为自此以后的近两千年当中,虽然其间有着魏晋玄学的兴盛、印度佛教的传入和禅宗的发展,但孔子的尊贵地位没有发生根本性的变动,孔子开创的儒学一直是中国学术文化传统的主流,对于塑造中华民族的独特个性起到了至关重要的作用。但在近代以来,随着西学东渐的日趋迅猛之势,以西方为尺度为方法的西方中心主义和否定中国学术文化传统的激进主义思潮逐渐占据了主导的地位,以儒学为主要代表的中国学术文化传统被视为陈旧、落后、有害、与现代化截然对立而应被西方文化或反西方的苏化所取代的东西。于是,由众多基督教传教士对于儒学的尖锐批判所引发,中国人自己也接连不断地发起了前所未有、愈来愈强烈的反孔反儒运动。其中以 19 世纪

50—60年代的太平天国、20世纪第一个10年前后的辛亥革命、20年代前后的五四新文化运动和60—70年代的"无产阶级文化大革命"以及80年代的文化热最为显著。太平天国不仅要推翻满清王朝,而且依据基督教教义激烈地批判儒释道等传统思想,凡暴动所及之处,儒释道的典籍、设施皆遭严重破坏,开创了近代以来中国人以西方文化反对中国文化的先河。但政教合一的太平天国政权很快覆灭,这次反孔反儒运动并没有从根本上撼动儒学的主导地位。辛亥革命前后,很多排满革命党人也受到基督教传教士的影响,在推翻清王朝创建共和国的同时,在思想上激烈地批判被视为与共和体制不相容的儒学。这一反孔反儒思潮在辛亥革命之后被北洋政府的尊孔读经所遏制,但五四新文化运动接踵而至,激进的新派接受了排满革命党人的观点,把中国文化传统视为帝王专制恶果之恶因,以民主科学为旗帜,又一次掀起了反孔反儒的新高潮,并在社会文化的各个层面都产生了巨大的影响。所以,虽然当时的北洋政府仍然坚持尊孔读经,1930年代以后特别是在抗日战争期间,民国政府也根据孙中山通过恢复旧道德而恢复民族自由平等地位的思想提倡尊孔,并在学术界形成具有文化保守主义特色的现代新儒学,但在知识阶层尊孔的主导地位已为反孔所取代。同时,随着第一次世界大战的爆发以及俄国十月革命的胜利,马克思主义在中国得到广泛的传播并促成了中国化的马克思主义——毛泽东思想的产生。中华人民共和国建立之后,确立了马克思主义特别是毛泽东思想在意识形态上的绝对领导地位,在思想改造运动的浩大声势之中,尊孔读经成为相隔久远的历史陈迹。1950年代中期以来,由于强调以阶级斗争为纲、坚持无产阶级专政下继续革命的极"左"政治路线逐渐占据主导地位,与之密切联系、为之服务的理论基础——大陆学术界一般称之为斗争哲学——也就成为占据主导地位的意识形态。随着极"左"政治达到顶点的"无产阶级文化大革命"的开展,毛泽东再次发动批孔反儒运动,以大批判的形式用马克思主义毛泽东思想"批倒批臭"孔子和儒学。其广泛、激烈的程度比太平天国与五四新文化运动有过之而无不及,达到了近代以来反孔反儒运动的最高峰。直至1990年代,虽然越来越多的人随着思想解放、改革开放的不断拓展、深化,破除了斗争哲学的束缚,并逐渐认识到中国学术文化传统的独特价值,对于坚持中国文化主体性地位的文化保守主义有了同情的理解,但西方中心主义和激进的反传统思潮根深蒂固,仍然有着难以消除的广泛影响。

在上述近现代思想史的进程之中,自五四新文化运动以来,马克思主义的唯物辩证法继唯物史观之后也在中国得到广泛传播。1920 年代初期自苏联回国的瞿秋白最早在中国宣传唯物辩证法,1930 年代中国的马克思主义者进一步翻译、介绍唯物辩证法;特别重要的是,由此而产生了毛泽东的辩证法思想,并在中国共产党领导的新民主主义革命中产生了巨大的作用。共和国建立之后,由于马克思主义、毛泽东思想已成为居于绝对主导地位的意识形态,对于唯物辩证法的学习与运用在人文社会学科的研究工作中留下了难以磨灭的痕迹。与唯物辩证法的传播相伴随,西方辩证法思想,特别是黑格尔的辩证法也传入中国,并激发了关于唯物辩证法的较大规模的论战,在学术界产生了广泛的影响。而中国古代的辩证法也因此得到重新认识和评价,特别是改革开放以来,随着西方中心主义的盛极而衰和民族文化主体性原则的逐渐恢复,对于中国古代辩证法的研究不断深入,达到了一个新的高度,对于促进中国辩证法思想的现代化起到了积极的作用。①

　　起步于 1930 年代的千帆诗学正是在上述思想背景之下走过了近 70 年的发展历程,所以它的一般诗学方法与哲学方法相结合的二重性的两点论在主动和被动之间与中国以儒家为主导的学术文化传统以及来自西方的各种思想学说,特别是 1949 年以后居于意识形态主导地位的马克思主义、毛泽东思想都有着密切的联系。那么,千帆诗学辩证思维模式所依据的究竟是哪家的辩证法呢? 从 20 世纪末之前的研究成果来看,指出千帆诗学与辩证法有着重要关系的多位学者都未直接回答这一问题,但根据其文本语境应是指马克思主义的唯物辩证法。我们还看到,毛泽东说:"学习马克思主义,是要我们用辩证唯物论(辩证唯物主义)和历史唯物论(历史唯物主义)的观点去观察世界,观察社会,观察文学艺术。"②而程千帆也有相应之说:治学除了基本功之外,"辩证唯物主义和历史唯物主义的修养和思维方法也是必须具备的",③"我们所运用的基本理论,还是辩证唯物主义和历史唯物主义"。④ 这样的话显然与毛泽东的意见一致。但在 1997 年 4 月 20 日致周勃的信中,程千帆又说:"我始终是个儒家,也信马

---

① 参看田文君、吴根友著《中国辩证法史》,河南人民出版社 2005 年版。
② 《毛泽东选集》第 3 卷,人民出版社 1991 年版,第 874 页。
③ 《关于知识爆炸与基本功的对话》,《程千帆沈祖棻学记》,贵州人民出版社 1997 年版,第 62 页。
④ 《程千帆全集》第 15 卷,河北教育出版社 2000 年版,第 120 页。

克思主义,但儒家是本体。"①其中似有抵牾之处,这不能不令人生疑。如果说程千帆学习、运用的主要是马克思主义的唯物辩证法,那如何解释程千帆"始终是个儒家"、"儒家是本体"呢? 而如果运用的主要是儒家辩证法,那又如何解释"也信马克思主义"呢? 显然,要解决这种疑惑,应将千帆诗学辩证思维模式的基本特点与儒家辩证法和马克思主义辩证法联系起来相互参照,辨析其异同,这样才能切实求得千帆诗学辩证思维模式的辩证法依据。

第二节　崇尚中和的中庸之道

一、 中庸之道的核心概念: 中和

中国大陆自进入改革开放的新时期以来,随着思想解放潮流的迅速兴起,深受极"左"思潮、极"左"政治之害的重灾区——中国哲学史研究领域的学者们痛定思痛,开始努力恢复独立的理性,使得这一领域又重新萌发了生机。就中国古代辩证法的研究而言,很多学者突破了西方中心主义和教条主义的束缚,不再用朴素的、朦胧的等词语贬低中国古代的辩证法,而是肯定其成熟性、系统性和独特性,从而确立了中国古代辩证法在世界哲学史中的重要地位。② 而在得到重新认识的中国古代辩证法之中,主要源自《周易》,创建于孔子之手,确立于思孟学派的儒家辩证法——中庸之道也得到越

---

① 《闲堂书简》,上海古籍出版社 2004 年版,第 159 页。

② 例如 1980 年代中期张岱年认为:"中国先秦时代,辩证思维也比较发达,足以与希腊的辩证思维媲美。"(参看《中国文化与辩证思维》,《张岱年自选集》,重庆出版社 1999 年版,第 170 页)1990 年代吕绍纲认为,《周易》辩证法至少比希腊早 500 年,《周易》辩证法水平具有超前的性质,它实际上已意识到乾坤对立统一的规律是宇宙的根本规律。其特色是强调乾坤和谐,刚柔互补;也有斗争的思想,但是不强调。这一点成为中国三千年传统思想文化的哲学脊梁,它的影响几乎无处不在。在一个更高的层次上肯定了中国辩证法的水平和特点。(参看《〈周易〉——辩证法的源头》、《〈周易〉辩证法的突出特点及其对中国传统的影响》,《〈周易〉的哲学精神——吕绍纲易学文选》,上海古籍出版社 2005 年版)

来越多的学者的高度评价。

庞朴关于儒家辩证法的研究是这一时期的显著成果之一。他在《中庸平议》《儒家辩证法研究》《一分为三》等著述中，一方面对儒家学说中由仁义、礼乐、忠恕、圣智等诸对范畴所构建的政治伦理基本原则进行了深入细致的分析，揭示了其中蕴藏的辩证法思想及其特点；另一方面又直接探讨了儒家思想中比仁义、礼乐、忠恕、圣智等诸对政治伦理范畴更为一般的方法或原则：中庸之道。庞朴认为，中庸之道是儒家倡导的世界观和方法论，它以执两用中的方式，将对立面统一起来以寻求两全其美的前景。整个儒家学说的体系，正是按中庸原则架设起来的，许多重要的儒学范畴，都是中庸大网上的纽结。所以，仁与礼都只是儒家的中心思想，而中庸才是思想中心。①

庞朴对儒家辩证法基本内涵的深入揭示，使我们对儒家辩证法的认识耳目一新。不过，庞朴主要通过对儒家、道家、法家三派的不同政治伦理思想的比较以区分各家辩证法的差别，这种比较方法虽然可行，但也有值得商榷的地方。例如，庞朴对于儒道法三家关于对立的认识作了如下的比较：

> 道家也承认对立，但他们向往的是"天地与我并生而万物与我为一"（《庄子·齐物论》），即在主观上消融对立为一体。法家也承认对立，但他们强调的是"知臣主之异利者王，以为同者劫，与共事者杀"（《韩非子·八经》），即要求确保这种不两立的对立。这也就是说，道家向往一，法家保持二，而儒家则提倡三，有所谓圣人"与天地参"，"德配天地"（《礼记·经解》）。这是先秦三大学派的一个很有趣的也是很有实际价值和理论意义的差别。从辩证法的角度来比较，向往一的道家，更多地注意于对立间的直接同一；保持二的法家，着眼于对立的绝对对立；而提倡三的儒家，倒似乎兼顾及对立和同一，虽仍不能忘情于调和统一。②

中国学者认为"中国圣贤之学，不可谓之哲学，只可谓之道学。哲学则偏于知识，

①　参看《中庸平议》（《中国社会科学》1980 年第 1 期）、《论孔子的思想中心》（《沉思集》，上海人民出版社 1982 年版）、《儒家辩证法研究》（中华书局 1984 年出版）以及《一分为三》（上海古籍出版社 2003 年版）。

②　《儒家辩证法研究》，第 101 页。

道学则注重实行",①西方汉学家则将西方哲学家称作求真者,而将中国哲学家称作求道者。② 这种相对区分虽然不完全适用于每一位中西方思想家,但东西方学者的不约而同的近似看法有着确实的依据。因为从整体上看,中国哲学家很少以脱离特定时空的非历史的方法、以高度抽象的描述性语言讨论哲学,他们的哲学思想主要通过对于种种社会人生问题的直接关注和解决方式体现出来。所以,要考察和比较大多数先秦哲学家的辩证法,必须通过他们的政治伦理思想而进行。因而庞朴的上述比较方式是必需的,也是可行的。但需要注意的是,上述比较只是间接的比较,而不是直接的比较,即其比较所依据的政治伦理思想只是关于不同问题的不同意见,而不是关于相同问题的不同意见。因此,与依据相同问题的不同意见的直接比较相比,间接比较的准确性、可靠性都可能出现误差,其结论的可信度也就降低,尽管其结论仍然可能是正确的。不仅如此,如果脱离了具体语境,即使依据关于相同政治伦理问题的不同意见进行直接比较,也还是不完善的。这是因为同一派别中的不同人物或同一人物的不同时期的政治伦理思想可能有所不同甚至前后矛盾。例如孔子对管仲的评价一褒一贬,很难统一。又因为先秦哲学家的意见许多都是对不同提问者的具体回答,而不是普遍性的说理,所以常会对同一问题给出不同的甚至完全相反的回答。例如孔子对冉有与子路同一问题的回答就因为二人的个性相反而相反。甚至由于具体语境的不同,对于同一个人的同一问题的几次回答也会有所差异。例如孔子对于樊迟三次问仁的回答就各不相同。所以,要保证所选择出来的某一学派或某一人物的政治伦理言论能够具有代表性,并不是一件容易的事情,而要大家共同接受其选择和理解有时更是难上加难。因此,要通过比较确切地把握儒家辩证法的特色,在通过政治伦理思想进行直接和间接比较的同时,如果我们还依据具体的语境将他们的政治伦理思想与其反映着辩证法思想的基本概念结合起来进行交叉的、直接的考察和比较,那么从中得出的结论之可信度就会明显增强。

有西方学者认为,一个社会的价值体系中有着最基本最核心的观念,这些观念对

---

① 柳诒徵《评陆懋德〈周秦哲学史〉》,《学衡》1924 年第 29 期。

② [美]郝大维、安乐哲著《汉哲学思维的文化探源》,施忠连译,江苏人民出版社 1999 年版,第105—114 页。

于了解我们自己、我们的社会，以及我们居住的世界必不可少，其他许多观念都围绕着它们运转，故被称之为大观念。如据以判断的真、善、美，据以指导行动的自由、平等、正义，等等。① 借鉴这样的观点考察中国的思想，那么我们就不难发现，作为中国哲学的基本概念，体现着世界观和方法论的阴阳、中和即是中国人为人类精神贡献的两对大观念。

阴阳这对范畴并非为道家或阴阳家所独有，而是为诸子百家所共用。因为先秦儒道墨法等诸子百家的主要典籍，多有引用《周易》的例子。古今出土文献也发现数种《周易》，如战国汲冢简书《周易》、上海博物馆所藏战国简书《周易》、西汉早期的马王堆帛书《周易》和阜阳双古堆简书《周易》。其中后两种《周易》虽为汉人抄本，但《周易》未遭秦火之灾，且两抄本距先秦不远，应未失先秦古籍大貌。由此可见，《周易》在先秦受到诸子百家的普遍重视，是一种广为流传的典籍。不仅如此，儒道墨法等诸子百家的主要典籍，普遍认同《周易》体现出来的阴阳概念，并用阴阳解释世界，把阴阳作为世界万事万物构成和运动变化的基础，体现了一种阴阳合一的世界观。

儒家辩证法在《礼记·中庸》中得到最为集中、直接的论述，而后人关于中庸之道的注疏中，对庸的理解虽各有不同，但都将中理解为中和。例如唐代陆德明《经典释文》和孔颖达《礼记正义》所引东汉郑玄注说："名曰中庸者，以其记中和之为用也。庸，用也。"三国何晏《论语集解》说："庸，常也，中和，可常行之德也。"南朝皇侃《论语义疏》也说："中，中和也，庸，常也。"宋代朱熹《中庸章句》针对《中庸》第二章以下不谈中和而只谈中庸的情况特别做了解释："变和言庸者，游氏（游酢）曰'以性情言之，则曰中和，以德行言之，则曰中庸'是也。然中庸之中，实兼中和之义。"清代刘宝楠《论语正义》也说："夫子言中庸之旨，多著《易传》。所谓中行，行即庸也。所谓时，即时中也。时中则能和，和乃为人所可常行。"②当代学者庞朴则认为，庸有三义，动态的中即是和。③ 由此可见中和是古今公认的儒家中庸之道的核心概念。同时，从先秦各家典籍中可以看到，中与和也是墨家、道家、法家等主要学派普遍论及的基本概念。因此，如果抓住阴

---

① 参看［美］艾德勒著《六大观念》，郗庆华译，三联书店1998年版。

② 《论语正义》，中华书局1990年版，第248页。

③ 《沉思集》，第93页。

阳、中和这样的关键词并结合具体的语境比较各家的辩证法,就更能凸显儒家辩证法的本质和特点。

二、 阴阳合一与诸子尚和

根据现有的原始文字材料,阳字见甲骨文,阴字见金文,都是至古的文字。据已有的研究成果,其本义分别表示向阳之地和背阴之地,后来引申为两种普遍存在、相互对应的基本性质,也可指具备这两种对应性质的事物,从而成为中国哲学的基本概念。如柳诒徵所说:"伏羲作八卦,专明阴阳消息,为老子、孔子之学之大根本,亦即尧、舜、禹、汤、文王、周公之学之大根本。盖世间万事万物,以时间空间之关系,变化无穷,汇集此种种变化之现象,归纳于一说,则谓之为阴阳消息,或阴消阳息,不外一彼一此。"[1]建立在阴阳范畴基础之上的世界观,包括四层基本含义:第一,宇宙之间万事万物皆归阴阳,无逃于阴阳之外。第二,阴阳的区别是相对的,而不是绝对的,即阴阳不是绝对独立的本质性的存在,而是相互依赖的关系性的存在。所以,它们相互依存,互为前提,不可分离,离开对方的单独的阴、单独的阳都是不可能的、无意义的。第三,由于阴阳主要由相互关系决定,关系不同阴阳也就不同,所以阴阳在一定条件下可以互相转化,在某种关系中的阳又可以是另一种关系中的阴,反之亦然。第四,由于阴阳的相对性、依赖性,所以它们任何一方对另一方都不具有固定的、绝对的决定性和超越性,两者之间谁起主导作用根据特定的条件的变化而变化。以上四层含义是目前中国哲学界关于阴阳范畴的基本共识。因此,以阴阳范畴为基础的世界既是一个一分为二的世界,又是一个合二为一的世界。根据这种情况,本书将这种世界观称作阴阳合一的世界观。

由于先秦诸子百家将世界看作一个阴阳合一的整体,一切存在和运动变化都以阴阳双方的互相联系、互相作用为基础。所以,要使世界保持理想的存在和运动变化的状态,就要使阴阳双方的互相联系、互相作用处于最理想的状态。从这个立场出发,中国古人创建了尚和的基本价值观念,和成为当时社会普遍认同的普世价值尺度。

先秦时期原有三个与和相关的同音字:"龢"、"和"与"盉"。第一个"龢"字已见于

---

① 柳诒徵《评陆懋德〈周秦哲学史〉》,《学衡》1924 年第 29 期。

甲骨文,是一个形声字,从龠(象编管乐器之形),禾声。本义是指一种编管乐器,后从中引申出不同音质、音高、音强的声音互相调和达到和谐统一的意思。① 如《左传·襄公十一年》有云:"如乐之龢,无所不谐。"《吕氏春秋·孝行》有云:"正六律,龢五声,杂八音,养耳之道也。"皆为此义,且《吕氏春秋》用的还是本字。第二个"和"字见于金文,也是形声字,本义是指声音上的应和。② 第三个"盉"字也见于金文,本义是指一种和水于酒的器皿,后从中引申出调和之义。③ 有学者认为,在文字运用上,后来借和为龢,表示调和之意也借用了和字。④

根据《国语·郑语》和《左传·昭公二十年》记载的史伯与郑桓公的对话、晏子与齐景公的对话之中关于和的两段著名的解说,⑤可知和的基本涵义是调和不同的事物而达到和谐统一。具体而言,又可分作三层涵义。第一,多元。这是和的前提。按照史伯所说,和是以他平他,而晏子以做羹需要水、火、醯、醢、盐、梅、鱼肉、薪等多种不同的物品互相配合作为和的例证,可见多元是和的必要前提,没有相互区别的多元就不可

---

① 参看李圃主编《古文字诂林》第 2 册,上海教育出版社 1999 年版,第 626—630 页。

② 《古文字诂林》第 2 册,第 50 页。

③ 《古文字诂林》第 5 册,第 203 页。

④ 《古文字诂林》第 2 册,第 630 页。

⑤ 《国语·郑语》:"公曰:'周其弊乎?'对曰:'殆于必弊者也。《泰誓》曰:'民之所欲,天必从之。'今王弃高明昭显而好谗慝暗昧;恶角犀丰盈而近顽童穷固。去和而取同。夫和实生物,同则不继。以他平他谓之和,故能丰长而物生之;若以同裨同,尽乃弃矣。故先王以土与金木水火杂,以成百物。是以和五味以调口,刚四支以卫体,和六律以聪耳,正七体以役心,平八索以成人,建九纪以立纯德,合十数以训百体。出千品,具万方,计亿事,材兆物,收经入,行姟极。故王者居九畡之田,收经入以食兆民,周训而能用之,和乐如一。夫如是,和之至也。于是乎先王聘后于异姓,求财于有方,择臣取谏工而讲以多物,务和同也。声一无听,物一无文,味一无果,物一不讲。王将弃是类也而与剸同。天夺之明,欲无弊,得乎?'"

《左传·昭公二十年》:"齐侯至自田,晏子侍于遄台,子犹(梁丘据)驰而造焉。公曰:'唯据与我和夫!'晏子对曰:'据亦同也,焉得为和?'公曰:'和与同异乎?'对曰:'异。和如羹焉,水、火、醯、醢、盐、梅,以烹鱼肉,燀之以薪,宰夫和之,齐之以味,济其不及,以泄其过。君子食之,以平其心。君臣亦然。君所谓可而有否焉,臣献其否以成其可;君所谓否而有可焉,臣献其可以去其否。是以政平而不干,民无争心。故《诗》曰:'亦有和羹,既戒既平。鬷嘏无言,时靡有争。'先王之济五味、和五声也,以平其心,成其政也。声亦如味,一气、二体、三类、四物、五声、六律、七音、八风、九歌,以相成也;清浊、小大、短长、疾徐、哀乐、刚柔、迟速、高下、出入、周疏,以相济也。君子听之,以平其心,心平德和。故《诗》曰:'德音不瑕。'今据不然。君所谓可,据亦曰可;君所谓否,据亦曰否。若以水济水,谁能食之? 若琴瑟之专一,谁能听之? 同之不可也如是。'"

能产生和的结果。第二,相济。也可称作相成或互补,这是和的本质属性。晏子在解释和时还说:"声亦如味,一气、二体、三类、四物、五声、六律、七言、八风、九歌,以相成也;清浊、小大、短长、疾徐、哀乐、刚柔、迟速、高下、出入、周疏,以相济也。"见于该书同处的孔子的一段话也说:"宽以济猛,猛以济宽,政是以和。"可知和的本质属性就是不同事物之间的相成相济。这是因为虽有多元存在,但如果互相排斥、冲突、侵害,也并不能够达到和的结果。所以,多元之间必须密切配合,相互协助,才能融为一个和谐统一的整体。第三,非同。这是和的逻辑结果,必然要求。所谓同,就是求单一,灭差异。就人与人之间的关系而言,同可分为两类,一类是强人从己,一类是屈己从人。由于同与和所必需的多元前提以及多元互济的性质正相矛盾,所以在逻辑上肯定和就必须否定同。故史伯、晏子都不约而同地将和与同相比较,肯定和而反对同。孔子也明确地说:"君子和而不同,小人同而不和。"(《论语·子路》)其关于"恕"的著名解说"己所不欲勿施于人"(《论语·颜渊》)包含着反对强人从己的意义。"三军可夺帅,匹夫不可夺志也。"(《论语·子罕》)则包含着反对屈己从人的意义。孟子也说:"富贵不能淫,贫贱不能移,威武不能屈,此之谓大丈夫。"(《孟子·滕文公下》)其中同样包含着反对屈己从人的意义。道家也同样否定同,例如庄子说:"举世而誉之而不加劝,举世而非之而不加沮。"(《庄子·逍遥游》)这显然是反对屈己从人的。同时道家把否定他人之不同于己视为四患之一:"人同于己则可,不同于己,虽善不善,是谓矜。"(《庄子·渔父》)也体现了对强人同己的否定。

从现有的文献来看,在先秦诸子百家中,不仅儒家尚和,道、墨、法等各家也都尚和,尽管同时又各具不同的特色。

将战国时期的郭店简书《老子》(以下称作简本)与西汉时期的马王堆帛书《老子》(以下称作帛本)以及传世本《老子》(以下称作今本)相比较,我们可以看出道家与儒家的对立有逐渐尖锐化的趋势。但即使在道家与儒家的对立已经尖锐化的时候,在道家那里,尚和的观念仍一贯保持着。

在简本《老子》中,"和"出现六次,在甲组中出现五次,依次为:

① "……音声之相和也……"

② "……和其光,同其尘……是谓玄同。"

③~⑤ "……终日呼而不忧,和之至也。和曰常,知和曰明……"

在丙组中出现一次：

⑥"……六亲不和，安有孝慈……"

除第一个"和"表达的是应和之和，属于中性词之外，其他五个"和"，分别有随和（②）、淳和或平和（③～⑤）、和睦（⑥）之义，但皆以和谐为基本意义，都作为褒义词使用。

在今本《老子》中，"和"出现八次，为便于与简本《老子》对照，现根据帛本次序排列，依次为：

①"万物负阴而抱阳，冲气以为和。"（今本第四十二章）

②～③"……终日号而不嘎，和之至也。知和曰常，知常曰明……"（今本第五十五章）

④"……和其光，同其尘……是谓玄同。"（今本第五十六章）

⑤"和大怨，必有馀怨，安可以为善？"（今本第七十九章）

⑥"……音声相和……"（今本第二章）

⑦"挫其锐，解其纷，和其光，同其尘。"（今本第四章）

⑧"……六亲不和，有孝慈……"（今本第十八章）

两相比较，今本少一"知和为明"（帛书乙本、今本将之改为"知常为明"），但重复一次"和其光，同其尘"，又多出"万物负阴而抱阳，冲气以为和"及"和大怨，必有馀怨，安可以为善"两处，故为八次。在多出的两处中，"冲气以为和"之"和"是和谐的意思，褒义；"和大怨"之"和"是应和的意思（和大怨，意即以怨报怨①），此句否定和大怨，但其中的"和"是中性词。其他六处源出简本，用词及意义与简本基本一致，故全文无一贬义。在《庄子》中，"和"出现五十六次，表达行为及性质的"和"也无一贬义。这说明后世道家虽然与儒家尖锐对立，但还是肯定"和"的价值的。

此外，"和"在《墨子》中出现三十二次，在《韩非子》中出现四十五次，同样皆无贬义。由此可见诸子百家虽然各成一派，相互争辩，但在尚和的原则上却无异议，体现了和在中国古代价值观上的普世性。

我们看到，《周易》古经已经将和用于理解阴阳的相互作用了。在《周易》的六十四

---

① 参看河上公本注。

卦中,吉卦多而凶卦少。而凡体现阴阳相交互动的卦必为吉卦,如屯卦(震下坎上)、咸卦(艮下兑上);反之,阴阳不相交不互动就是凶卦,如讼卦(坎下乾上)、归妹(兑下震上)。最为典型的例子就是泰否所构成的一组卦。泰卦,乾下坤上,其卦辞说:"泰:小往而大来,吉,亨。"《泰卦·彖传》解释其因说:"天地交而万物通也,上下交而其志同也,内阳而外阴,内健而外顺,内君子而外小人,君子道长,小人道消也。"《泰卦·象传》也说:"天地交,泰。"否卦,坤下乾上,与泰卦卦象正相反。其卦辞说:"否之匪人,不利君子贞。大往小来。"《否卦·彖传》解释其因说:"大往小来,则是天地不交而万物不通也,上下不交而天下无邦也,内阴而外阳,内柔而外刚,内小人而外君子,小人道长,君子道消也。"《否卦·象传》也说:"天地不交,否。"由此可知,泰卦之所以为吉卦是因为天地相交互动,否卦之所以不为吉卦,是因为天地不相交互动,而这种被肯定的天地相交互动所反映的正是阴阳之和。《礼记·乐记》吸收《系辞下传》的思想比较明确地指出了这一点:"地气上齐,天气下降,阴阳相摩,天地相荡,鼓之以雷霆,奋之以风雨,动之以四时,暖之以日月,而百化兴焉。如此,则乐者,天地之和也。"这段文字认为音乐是天地之和,而天地之和就是前面所述的阴阳相摩,天地相荡以及鼓之以雷霆,奋之以风雨,动之以四时,暖之以日月等阴阳相交的状态而形成的百化兴焉的一种结果。而《国语·郑语》中史伯通过对和与同的辨析,提出"和实生物,同则不继"、"以他平他谓之和"的命题,则明确地把和作为哲学概念来运用并确定了它的基本涵义。三国时期吴国韦昭对于"和实生物"的注解是:"阴阳和而万物生。"可见在后人眼中,史伯所说的和也是就阴阳而言的。而所谓"以他平他谓之和",意味着和的涵义更加明确化了。《中庸》说:"致中和,天地位焉,万物育焉。"这里虽然没有直接谈到阴阳,但天地是当时公认的一对典型的阴阳范畴,故中和使天地各安其所,也就是使阴阳相和。《荀子·天论》篇说:"列星随旋,日月递炤,四时代御,阴阳大化,风雨博施;万物各得其和以生,各得其养而成。"我们知道相对于子思、孟子,荀子是儒家的另一派代表人物,但在这里,则直接把和与阴阳(唐代杨倞把这里的阴阳解释为寒暑,但另一方面寒暑也可以表示阴阳)联系起来,把和看作阴阳化生的条件。《老子》第四十二章说:"万物负阴而抱阳,冲气以为和。"《庄子·田子方》篇又引老聃的话说:"至阴肃肃,至阳赫赫,肃肃出乎天,赫赫发乎地,两者交通成和,而物生焉。"《庄子·渔父》篇也说:"阴阳不和,寒暑不时,以伤庶物。"《墨子·辞过》篇说:"凡周于天地之间,包于四海之内,天壤之情,阴阳

之和,莫不有也。虽至圣不能更也。"《韩非子·难二》篇说:"举事慎阴阳之和,种树节
四时之适,无早晚之失,寒温之灾,则入多。"显然,各家都认为和是阴阳合一的世界的
理想状态,是万物生长发育的前提条件。因此,尚和也就成为阴阳合一的世界观的必
然要求。

三、 阴阳三型与儒家尚中

阴阳合一世界观的阴阳囊括万事万物,它通过各种矛盾范畴表现出来,普遍而丰
富地存在于先秦各种典籍之中。例如《周易》所言的乾坤、泰否、吉凶、大小、往复、出
入……《左传》晏子所言的清浊、短长、疾徐、哀乐、刚柔、迟速……《论语》所言的仁义、
礼乐、忠恕、孝悌、文质、美善……《墨子》所言的众寡、贫富、贵贱、贤能、惠忠、和调……
《老子》所言的有无、难易、福祸、强弱、兴废、音声……《庄子》所言的物我、彼此、是非、
穷达、毁誉、名利……《韩非子》所言的矛盾、冰炭、祸害、富贵、功利、法术……《孙子兵
法》所言的生死、存亡、奇正、远近、动静、进退……《公孙龙子》所言的名实、同异、形色、
坚白等等。对于先秦典籍论及的各种阴阳例证,目前学术界皆笼统言之,未曾做细致
的分类。然而这种分类对我们理解中国古人的世界观和价值观之间的内在逻辑关系
有着特别重要的意义。因此,它是我们做进一步研究的基础。在本书看来,如以阴阳
双方的是非性质为标准,那么可将阴阳分为三种类型:两是类阴阳、是非类阴阳和两非
类阴阳。

两是类阴阳是指阴阳双方都有肯定性价值。如天地、寒暑、夫妻、马牛、耳目、
甲胄。

是非类阴阳是指阴阳双方一方有肯定性价值,一方有否定性价值。如善恶、安危、
治乱、刚虐、简傲、智诈。

两非类阴阳是指阴阳双方都只有否定性价值。如狂乱、罔殆、过不及、淫盗、忧患、
贫贱。[①]

可作参照的是,亚里士多德在《尼各马科伦理学》中说:"有三种性格,两种是恶
的,其一是过度,其一是不及,一种是善的,即中间性。每一种都以某种方式和另外

[①] 上举三类阴阳类型的各个例证皆出自先秦典籍。

两种相反对。两个极端与中间相反对,而它们之间又互相反对,中间也和两个极端相反对。"①从中可分出两种类型的反对关系:中间与任一极端之间的善恶关系,相当于是非类阴阳;两个极端之间的两恶关系,相当于两非类阴阳,这两者是包含在中国古人的阴阳观之中的。但中国古人的阳阳观还包含两是类阳阳并特别重视两是类阴阳,由此凸显了中国辩证法的特色。

在"文化大革命"结束之后,面临着改革开放进程中逐渐出现的尖锐矛盾,中国大陆吸取了极"左"政治强调斗争、热衷于人与人残酷斗争的惨痛教训,又重新提倡和谐。中央政府提出要建立和谐社会的目标,很多学者也积极撰述肯定和谐的论著以作响应,使得和谐成为当下主流意识形态的一个主导性的价值尺度。不过在本书看来,既然阴阳包括三种类型,那么,虽然两是类阴阳之间需要和谐统一,但对于是非类阴阳和两非类阴阳而言,还不能直接要求阴阳之间的和谐统一,而必须有所否定。而且,即使是两是类阴阳,在一定条件下,相互之间也可能发生冲突、互相侵害。因此,对于阴阳合一的世界来说,仅仅尚和是不周备的,在尚和之外还需要确立其他有关的价值尺度,与和相配合,来满足处理不同阴阳类型的实际需要。而儒家既忠实地继承了尚和的精神,又特别强化了尚中的思想,强调执中、用中、时中,将中与和相结合,创立了以中和为核心内容的中庸之道,从而弥补了单独尚和的不足,避免了各家的偏颇。

柳诒徵曾说:"但知尧、舜、禹之执中及孔子之中庸,而不从《易》象明其学自伏羲画卦之示阴阳消息而来,不得为知中国哲学之根本也。"②指出了理解执中、中庸的正确路径。这是因为,"中"原与上帝掌控的世界紧密相关。中字在甲骨文中是一个常见的象形字,有数种写法,其基本字形像一直立的系有旗带的长木杆,长木杆中间还有一长方形或椭圆形之物。据文字学家的研究,中的本义为测风的仪器。甲骨卜辞中有"立中,允亡风"(《殷墟书契续编·四·四·五》)的记载,其意为:树立测风仪观测,果然无风。中又有表示中间方位之义。甲骨卜辞中有"中日至昃不雨"(《小屯南地甲骨·四二》)、"唯日中,有大雨"(《甲骨文合集·二九七八九》)等记载,即为其例。甲骨文中还有另外一个中字,字形更近于今日之中字,与前述的中字字形不同,意义也不同。据

---

① 《亚里士多德全集》第 8 卷,苗力田主编,中国人民大学出版社 1994 年版,第 40 页。
② 柳诒徵《评陆懋德〈周秦哲学史〉》,《学衡》1924 年第 29 期。

罗振玉、于省吾等人的研究,这个中字,即后世的伯仲之仲,是第二位的意思。或为书写简便之故,在甲骨文中已有用后一个中代替前一个中,即二词一字的情况。① 由此可见,伦理学、哲学意义上的中,源自第一个中,而不是第二个中。

甲骨卜辞有云:"帝其令风。"(《甲骨文合集·一九五》)"帝不令风"(《小屯殷墟文字丙编·一一七》),说明风表示着上帝的意志,所以,卜辞中出现了"帝风"、"帝史(使者)风"等词汇。② 因此,用以测风的中,以及引申而来的中位之中,也就可以与上帝及其掌控的世界联系起来。

随后,在《周易》古经中,可以看出中已与阴阳合一的世界观联系在一起了。六十四卦每一卦六爻,原在八卦中居中的第二、第五两爻最受古人青睐。如《系辞下传》根据爻辞指出,六爻中"二多誉,四多惧……三多凶,五多功……"这种情况反映出古人以阴阳看世界时尚中的观念。③ 而《国语·周语》中伯阳父用阴阳解释地震产生的原因时说:"天地之气不失其序,若过其序,民乱之也。"天地阴阳过其序就是不中,不中就会导致灾乱,则更为明确地将中与阴阳联系起来,同时也肯定了中的价值。

既然中与和一样与阴阳合一的世界观也有着内在的联系,并体现着阴阳合一的世界的正常秩序,那么,这就为孔子为代表的儒家将中与和结合起来,创建以中和为核心内容的中庸之道奠定了基础。

孔子尚中的言论很多,④不仅如此,孔子首先提出并反复使用中庸一词,⑤把中庸

---

① 参看赵诚编著《甲骨文简明词典——卜辞分类读本》,中华书局 1999 年版,第 219、271 页。

② 《甲骨文简明词典》,第 5 页。

③ 马王堆帛书《易之义》也有《系辞下传》的这段论二、四和三、五爻位意义的话,且在前面各多"《易》曰"二字。这也许意味着这段话出自比《系辞下传》更早的《易传》类文献,那么,这也就意味着有人比《系辞传》的作者更早地指出了《周易》古经的尚中观念。

④ 例如"过犹不及"(《论语·先进》),"不得中行而与之,必也狂狷乎! 狂者进取,狷者有所不为也"(《论语·子路》)等等。

⑤ 中庸一词首见于《论语》,且在现有的先秦典籍中,除儒家之外,其他各家皆未用中庸一词。章太炎指出中庸联称可能源出于《周礼·春官·大司乐》中的大司乐"以乐德教国子中和祇庸孝友"这句话(章太炎著、吴永坤讲评《国学讲演录》,凤凰出版社 2008 年版),其说可参。

之德提升到最高最难的价值尺度。① 子思则在《中庸》中一方面高度评价孔子提倡的中庸之德,另一方面又用崭新的中和概念创造性地解说了中庸,赋予了中庸世界观的意义,将中庸之德上升到了中庸之道的高度。② 这都是为学术界所熟知的,不需赘述。

但在从中庸之德发展到中庸之道的过程之中,孔子的高足有子最早形成了中与和必须相互结合的主张,并对子思撰写《中庸》产生了重要影响这一点似未为学界注意。

《中庸》第一章被公认为表达了中庸之道的纲要:

> 天命之谓性,率性之谓道,修道之谓教。道也者,不可须臾离也,可离非道也。是故君子戒慎乎其所不睹,恐惧乎其所不闻。莫见乎隐,莫显乎微,故君子慎其独也。喜怒哀乐之未发,谓之中;发而皆中节,谓之和。中也者,天下之大本也;和也者,天下之达道也。致中和,天地位焉,万物育焉。

将这一章与《论语·学而》篇记载的有子的两段话相比较,可以发现两者之间的紧密联系。有子的这两段话是:

> 其为人也孝弟,而好犯上者,鲜矣。不好犯上,而好作乱者,未之有也。君子务本,本立而道生。孝弟也者,其为仁之本与?

> 礼之用,和为贵。先王之道,斯为美。小大由之,有所不行。知和而和,不以礼节之,亦不可行也。

有子的这两段话深得孔子思想精髓,两千年来一直得到高度的重视和评价。就其与中庸之道的关系而言,清代刘宝楠《论语正义》已敏锐而深刻地指出:"有子此章(指上引第二段话)之旨,所以发明夫子中庸之义也。"③之所以如此,在本书看来是因为这段话谈礼与和的关系既强调和为贵又强调以礼节之两个方面,其中内含着中与和相结合的主张。《周礼·地官·大司徒》有云:"以五礼防万民之伪而教之中,以六乐防万民之情

---

① 例如孔子认为:"中庸之为德也,其至矣乎! 民鲜久矣。"(《论语·雍也》)又说:"人皆曰予知,择乎中庸,而不能期月守也。"(《中庸》)"天下国家可均也,爵禄可辞也,白刃可蹈也,中庸不可能也。"(《中庸》)"君子依乎中庸,遁世不见知而不悔,唯圣者能之。"(《中庸》)等等。

② 中和一词首见于《周礼》,也见于先秦各家的典籍,例如《管子·正第》有云:"中和慎敬,能日新乎?"《庄子·说剑》有云:"中和民意,以安四乡。"分别用中和一词表达了道德上、政治上的意义。这是与儒家独用中庸,从而使中庸成为儒家标志性概念的情况有所不同的地方。

③ 《论语正义》,第29—30页。

而教之和。"《礼记·仲尼燕居》也记载,有一次孔子谈到弟子子张、子夏的过与不及,于是子贡问何以为中,孔子回答:"礼乎礼。夫礼,所以制中也。"由此可见礼的功能就是贯彻中的原则,也就是用中。《中庸》中有称赞孔子的一段话:"唯天下至圣,为能聪明睿智,足以有临也;宽裕温柔,足以有容也;发强刚毅,足以有执也;齐庄中正,足以有敬也;文理密察,足以有别也。"据庞朴的研究,《中庸》所举的上述五种优点就是圣、仁、义、礼、智五种德行,而与礼相对应的恰是齐庄中正。① 荀子也说:"礼者,断长续短,损有余益不足。"(《荀子·礼论》)同样说明了礼的功能就是用中。所以,宋代司马光在《中和论》中说:"礼者,中之法,仁者,中和之行。"可谓是对中和与仁礼之间关系的准确概括。② 现代学者冯友兰认为,孔子以礼作为中的具体规定,这也就是以中作为礼的理论根据,③也洵为得实之言。因此,有子的第一段话实际上已将中与和联系起来,体现了既尚和又尚(用)中的原则。

此外,有子这两段话所运用的"君子"、"本"、"道"、"和"、"节"等几个关键词也都密集地重复出现在《中庸》第一章之中;不仅如此,尽管这几个关键词也常见于《论语》的其他部分,但在《论语》中最先将"君子"、"本"、"道"、"和"、"节"以及"孝弟"、"仁"、"礼"几个关键词直接联系起来,并在其中蕴涵着中与和相结合原则的只有有子。而子思极其相似地将"君子"、"道"、"本"、"和"、"节"这几个关键词联系起来表述以中和为核心的思想纲要,指出和乃是发而中节的和,强调了用中的必要性,其思路与有子的思想基本一致。由此可见,子思在发展中庸之道的过程中吸收了有子的思想是确然有据的。当然,我们也不能排除子思对其他流派和其他思想家的学习借鉴。例如《中庸》所谓天地位、万物育以及万物并育而不相害的意见与前述史伯的话很相似,可见子思也吸收了史伯的思想成果。

要之,经过子思创造性地阐发孔门思想,以贯通天人的中和原则弥补、充实了孔子

---

① 参看庞朴《竹帛五行篇与思孟五行说》,《哲学与文化月刊》(台湾)1999 年第 26 卷第 5 期。

② 理解了中与礼的这种关系,那么就可知孔子所说的"非礼勿听,非礼勿视,非礼勿言,非礼勿动"(《论语·颜渊》)即要求用中,也就不会产生手足无措的惶恐了;而对孔子重申"克己复礼"(《论语·颜渊》),又说:"愚而好自用,贱而好自专,生乎今之世,反古之道。如此者,灾及其身者也。"(《中庸》)也不会产生孔子怎么既要复礼又反对复古的困惑了。因为复礼就是要求用中,并无复古之意。

③ 《中国哲学史新编》第 1 册,《三松堂全集》第 8 卷,河南人民出版社 2001 年版,第 139—141 页。

罕言的性与天道,将侧重于人道的中庸之德发展到天人合一的中庸之道,达到了本体论和方法论的统一,从而标志着儒家辩证法发展到了一个新的阶段。我们知道,孔子之后儒家分为多种派别,各派之间分歧颇多,但都在尚和的同时坚持着尚中的原则。例如思孟学派的另一位代表孟子说:"汤执中,立贤无方。"(《孟子·离娄下》)又说:"执中无权,犹执一也。所恶执一者,为其贼道也,举一而废百也。"(《孟子·尽心上》)体现了执中从权、反对僵化地偏执一端的原则。再如儒家另一派的代表荀子,虽然批评思孟学派,但也是一如既往地尚中。《荀子·宥坐》篇引述了孔子的一段话:"吾闻宥坐之器者,虚则欹,中则正,满则覆。"在肯定中的价值的同时,还向倾向虚静的道家施放了一冷箭。正因为儒家各派皆既尚和又尚中,与其他各家形成鲜明的对比,所以以中和为核心的中庸之道也就被公认为儒家辩证法的代表性或标志性学说。

中庸之"中"的涵义包括两个基本的方面:不偏不倚,无过无不及。这是朱熹早已说明了的,在《论语》、《中庸》或《礼记》的其他篇章中也都有确实的依据。那么,我们现在回到三种阴阳类型上来考察,就可以知道,中对于是非类阴阳和两非类阴阳而言,正是恰当的处理方式。这是因为,一方面,由于中是非中的对应物,所以,执两用中就不会忽视非中之非的存在。故《系辞下传》说:"君子安而不忘危,有而不忘亡,治而不忘乱,是以身安而国家可保也。"另一方面,由于中的不偏不倚和恰当性,所以,对于两非类阴阳,中就是对两非的否定;而对于是非类阴阳,中就是是是而非非。十分巧合的是,中对于两非类对立的否定这一点在亚里士多德那里也有论述。亚里士多德在《尼各马科伦理学》中所举的几个中之美德的例子,如鲁莽与怯懦之间的勇敢,羞涩与无耻之间的谦逊,贪婪与浪费之间的慷慨等,都是对两非类对立(过与不及)的否定。他的论述对于中的否定两非类阴阳的性质是一个很值得参照的说明。既然中能够适用于两非类以及是非类阴阳,这样就弥补了和只能直接适用于两是类阴阳需要的不足。

同时,中对于两是类阴阳也是适用的,这是古希腊哲学家没有特别关注的地方。一方面,由于中要求不偏不倚,不偏执一端,这样也就肯定了两是类阴阳的每一方;另一方面,对于两是类阴阳的每一方,也有过与不及的问题,因为过和不及都会破坏相互之间的和谐,而中的适度性正好是针对这一问题的解决方式。所以,中对于两是类阴阳也是适用的。既然中对于所有的阴阳类型都适用,那么阴阳合一的世界要保持理想的状态,就必须既要有和又要有中,两者缺一不可。所以,以中和为核心内容的中庸之道也就成为与阴阳合一世界观最为契合无间的价值观和方法论。这也许就是孔子把中庸当作至德(《论语·雍也》),当作君子与小人之分的一个标准,而《中庸》作者认为"极高明而道中庸"并以"中庸"命题,从而使中庸之道成为儒家学说的主要标志的原因吧。

应予补充说明的是,中与和的结合并非简单拼凑,而是有机的融合,因为两者本是互相依存、互相统一的关系。《左传·昭公二十年》晏子在解说和的意义时说:"宰夫和之,齐之以味,济其不及,以泄其过。"所谓"济其不及,以泄其过",就是否定不及和过分,这也就是中;《银雀山汉墓竹简·孙膑兵法·兵情》则说:"弩张柄不正,偏强偏弱而不和……"偏强偏弱属于不中,而不中就导致不和。由此可知中是和的必要条件与方法,而和则是中的作用与结果。所以,儒家将中和结合起来既符合阴阳合一的世界观的逻辑要求,又建立在两者之间内在的互相依存互相统一关系的基础之上。

总之,儒家一方面继承了和而不同的普世价值观,另一方面又反对为和而和,将中与和有机地结合起来,创造性地构建了以中和为核心的中庸之道,从而弥补了仅仅尚和的不足,同时也强化了尚和的普世价值观,在理论的周洽性和切实性上具有更大的优势。这也就是儒家学说在中国古代思想史上一直能够居于主导地位的内在原因吧。

第三节　千帆诗学辩证思维模式与中庸之道的一致性

既然儒家的中庸之道以中和为核心,既尚和又尚中,而如果千帆诗学的两点论本身及其实际运用也具有这种既尚和又尚中的特点,那么,这就意味着千帆诗学的辩证思维模式与儒家辩证法相一致或以之为主要依据。验之以千帆诗学的实际,在前述宋诗研究中三个命题以及其他研究成果中,无论是在研究者主观方法的理论论述上,还是在客观研究对象相互关系的具体分析上,都体现了既尚和又尚中的基本原则。

一、有所侧重的两点论之两点

关于两点论中的两点，程千帆在《两点论——古代文学研究方法漫谈》中有一个简明的解释，就是"任何东西作为一个客观存在，都有与之相对应的另一面"。这两个必然存在的相对应的方面就是辩证法意义上的矛盾。它一般是指对立统一的关系，也指具有对立统一关系的两个方面。所以，程千帆自己也用矛盾一词表示之。例如他在《治学要重视解决矛盾》一文中把"专精与博通"、"材料与论点"和"局部与整体或宏观与微观"等两点都一概称作矛盾，它们都是辩证法意义上的矛盾。

从形式逻辑的角度来看，辩证法意义上的矛盾可分为矛盾、对立和差别三种类型。千帆诗学的两点论之两点虽然在逻辑上平等地包含着这三种类型，但在两点论的实际论述和具体运用中并非泛指或平等对待这三种类型，而是有所侧重。所以有必要对矛盾的这三种类型加以适当的辨析并考察它们在千帆诗学中的实际体现，这样才能确定千帆诗学两点论之两点的侧重性。

形式逻辑意义上的矛盾是指具有矛盾关系（不能同时是真，也不能同时是假）的概念或判断，前者如已婚的单身汉，后者如他坐着和他没坐着。如果承认（同时肯定）具有矛盾关系的概念和判断，或承认具有不能同时是真但可能同时是假的反对关系的判断（如他坐着和他躺着），就叫做自相矛盾，或违反矛盾律。

对立，这里也不是指辩证法意义上的对立面、对立的双方（矛盾），而是指形式逻辑意义上的两个相反或对应的方面。所谓相反，一般是指最大的不同；所谓对应，一般是指某一方面的相当、对等。相反的对立，如黑与白，好与坏，等等；对应的对立，如两倍与半倍，中国的外交部长与法国的外交部长，等等。有时相反的对立与相应的对立是同一的，如上与下，前与后，等等。[①]

差别，或称相异，是指不尽相同但又不是最大的不同或对应（相当、对等）的两个方

[①]　亚里士多德在《工具论·范畴篇》中将对立分为四种：1. 有相互关系的事物的对立，如两倍和一半；2. 相反者的对立，如好和坏；3. 缺乏与具有的对立，如盲（缺视力）和有视力；4. 肯定命题与否定命题的对立，如他坐着和他没坐。（《亚里士多德全集》第 1 卷，第 34 页）后在《形而上学》中又增加了两种对立：5. 由之所出最终又回归于它的终极之物，如生成和消灭；6. 双方不能同时出现于同一容受者的东西，如灰色和白色。（《亚里士多德全集》第 7 卷，第 124 页）此说可参。

面,也即相近而又有所区分的两个方面。例如东与西、南与北属于对立,东与南、西与北或东与北、西与南则属于差别。

就形式逻辑意义上的矛盾、对立、差别三者的关系而言,矛盾包含于对立之中,对立又包含在差别之中。这是因为形式逻辑意义上的矛盾是一种具有不相容的矛盾关系的相反,所以属于对立的范畴。而根据亚里士多德《尼各马科伦理学》关于伦理上的对立之说,可知对立是就一切连续的和可分的东西而言的,又可有程度上的不同。例如只有在怯懦、勇敢、鲁莽之间,吝啬、慷慨、挥霍之间才能称得上对立,而两个极端,怯懦和鲁莽、吝啬和挥霍是最大的对立;极端和中间,如怯懦和勇敢、勇敢和鲁莽,吝啬和慷慨、慷慨和挥霍是较小的对立。较小的对立之间也有程度的不同,怯懦和勇敢要比勇敢和鲁莽对立更大,吝啬和慷慨要比慷慨和挥霍对立更大。这些对立既然有所同又有所不同,自然就属于差别的范畴,而差别不仅包括连续的和可分的东西,还包括非连续的和非可分的东西。例如,怯懦和盛怒,羞涩和义愤,等等,它们之间虽不尽相同,但又不是最大的不同,因为它们不是连续的和可分的东西,相互之间不存在极端和极端,或极端和中间的关系。①

辩证法意义上的矛盾之所以包括形式逻辑意义上的矛盾、对立和差别,是因为虽然形式逻辑意义上的矛盾、对立、差别各不相同,但在辩证法看来,无论是自相矛盾的双方,还是互相对立的双方,还是互有差别的双方,它们之间都具有对立统一的关系,所以都可归属于辩证法意义上的矛盾。中国古代辩证法中相当于矛盾的阴阳概念即不仅包括矛盾和对立的事物,也包括相近而又有所区分(即差别)的事物。例如《周易·说卦》明确地将马牛、首腹、耳目、甲胄、弓轮等许多相近而又有所区分的事物分别列入阴阳对应的八卦之中。再如《老子》第二章说:"天下皆知美之为美,斯恶矣;皆知善之为善,斯不善矣。故有无相生,难易相成,长短相形,高下相倾,音声相和,前后相随……"也将相近而又有所区分的音声与美恶、善不善以及有无、难易、长短、高下、前后等公认的对立和矛盾相提并论。所以,在阴阳合一的世界之中对立、矛盾的事物以及相近而又有所区分的事物都可以构成阴阳关系。作为马克思主义哲学家的毛泽东在《矛盾论》以及《艾著〈哲学与生活〉摘录》中也都表示了差别(差异)就是矛盾的意见:

① 《亚里士多德全集》第8卷,第34—41页。

世界上的每一差异中就已经包含着矛盾,差异就是矛盾。① 差别不是矛盾的说法不对,应说一切差别的东西在一定条件下都是矛盾(即构成对立统一的关系)。②

程千帆的两点论也是如此认识辩证法意义上的矛盾的,它所谈论的两点包括形式逻辑意义上的矛盾、对立和差别在内。但同时,在两点论的具体论述中,其两点侧重于可以两相结合或交融互补的对立和差别,而不是不相容的矛盾,或不可结合的对立或差别。例如在《两点论——古代文学研究方法漫谈》中,程千帆把文与史、高与大、文艺学与文献学、形象思维与逻辑思维等视为两点。在这些两点中,形象思维与逻辑思维是相反性或相应性的对立,而文与史、高与大、文艺学与文献学不是矛盾,也不是对立,而是差别。这是因为高的对立面原是低,大的对立面原是小,所以高与大并非对立和矛盾,而相应的文与史、文艺学与文献学等两点也同样如此。在《治学要重视解决矛盾》一文所谈的"专精与博通"、"材料与论点"和"局部与整体或宏观与微观"三组两点中,专精与博通、局部与整体或宏观与微观属于对立,材料与观点属于差别,都没有包括形式逻辑意义上的矛盾。前述程千帆在《闲堂自述》中所谈方法论之种种两点,例如知与能、感与知、具体与抽象、微观与宏观,等等,以及其他学者所概括的千帆诗学方法中的种种两点,例如古与今、中与外、雅与俗、南与北,等等,也都是这样具有两相结合或交融互补关系的对立或差别。由此可见,千帆诗学的两点论着重关注的两点是可以两相结合或交融互补的对立和差别,而不是不相容的矛盾,或不可结合的对立或差别。显然,这就是千帆诗学两点论之两点的侧重性,也就是它的独特性。

将具有这样特点的两点与三种类型的阴阳相对照,可知它们皆为两是类阴阳。如前所述,阴阳合一的世界观在价值观和方法论上必然尚和,而两是类阴阳最为适合尚和的尺度,所以中国古代的辩证法虽然没有忽视是非类、两非类的阴阳,但实际上更加注重两是类阴阳,或者说注重两是类阴阳的辩证法占据着中国哲学的主导地位。所以,在先秦文献中出现的各种并举的阴阳例证中,两是类阴阳最多,是非类阴阳次之,两非类阴阳最少。要查找两是类阴阳的例证,俯拾皆是;而要查找是非类阴阳特别是两非类阴阳的例证,则非要花费很大的功夫不可。儒家典籍即是这种情形的典型代

---

① 《毛泽东选集》第 1 卷,第 307 页。

② 《毛泽东书信选集》,人民出版社 1983 年版,第 113 页。

表,在《论语》中孔子所举的种种著名的阴阳例证中,两是类阴阳占据大多数,是非类阴阳较少,两非类阴阳只有极少数。所以,千帆诗学两点论之两点侧重于具有两相结合或交融互补关系的对立或差别的特点是与中庸之道侧重于两是类阴阳的特点相一致的。

如同对于两点论中的种种主观方法的两点有所侧重一样,对于客观对象自身矛盾之两点的关注也具有同样的侧重性。前述程千帆宋诗研究中的三个辩证命题之中的形象思维与抽象思维既是研究者主观方法上的两点也是研究对象(创作者)客观矛盾上的两点,而诗与画、异量之美的一种具体体现——唐诗与宋诗以及前述程千帆诗歌论文中所揭示的诗歌描写与结构中的一与多、文体上的诗与文、风格上的清与雄、艺术形象的形与神、表现方式的曲与直,还有诗歌选本中所论及的景物描写以及人物塑造上的真与幻、创作心理上的相犯与相异、创作手法上的现实主义与浪漫主义、作为文章形式的文学与历史,等等客观对象之中的种种矛盾之两点,也多是具有两相结合、交融互补关系的对立或差别,即两是类阴阳。

在这样的前提条件之下,千帆诗学才能强调主观方法之两点以及客观对象自身矛盾之两点之间区分的相对性以及两点的并重、两点的结合,而反对两点之间区分的绝对化以及两点的割裂、两点的替代、两点的对立或冲突。就形象思维与抽象思维互相联系互相支持的命题来看,这是为宋诗辩护的一个主要理论依据,其中所包含的以形象表达议论、以议论加强形象,形象思维可以曲说也可以直说等命题,都强调了形象思维与抽象思维之间不可隔离、交融互补的统一关系。就欣赏异量之美的命题来看,这是为宋诗之美辩护而生发的逻辑延伸,它不仅强调了不同于唐诗之美的宋诗之美的不可替代的价值,强调了必须宽容异量之美的态度,还强调了通过不同风格的互相融合而创造出异量之美的独特方式。就诗画交融互补的命题来看,这是宋诗研究中的副产品,同样强调了矛盾双方互相融合相得益彰的关系。前述两点论中关于两是类阴阳之两点的种种命题,如考据与批评相结合、文艺学与文献学相结合、古今相通、中外相通、南北相通等等,也都体现了同样的辩证态度。而在《关于知识爆炸与基本功的对话》中,程千帆特别提醒,由于每个人对于具体矛盾的理解有所不同,有可能将并非对立或不一定需要对立起来的东西也对立起来。① 两相比较之下,宋诗研究中这三个命题以及其他多种相关命题所体现的多元并重、和谐统一的基本特征与中庸之道的和而不同原则是高度一致的。

二、 并非绝对化的两点论之两点相结合

如同前述中国古人所揭示的那样,中是和的方法与条件,和是中的作用与结果,所以,如果忠实于尚和,坚持和而不同的原则,那么在逻辑上也就必须尚中,努力做到不偏不倚,无过无不及,简而言之,即必须执两用中。就千帆诗学的具体情况而言,如果说其两点论之两点以及宋诗研究三个辩证命题之两点都侧重于两是类阴阳并追求其交融互补的倾向主要体现了尚和的特点的话,那么,其中反对将两点论之两点相结合绝对化的主张在体现了尚和的同时还体现了尚中的特点。

如第二章所述,程千帆一方面认为文学研究者同时掌握考据与批评两种手段是必要的,并进而把文艺学与文献学的完美结合视为最理想的文学研究方法;另一方面,他又指出了文艺学与文献学各自的局限性,反对这两种方法的越界误用。例如在 1995年发表的《关于学术研究的目的、方法及其他》的问答中,程千帆说:"就文学研究而言,由于作者所处的时代及其所习用的表达方式,已与现代有一定的距离,存在着时代背景、文献真伪、语言习惯、社会风俗等方面的障碍,因而从事这方面的研究,无疑会广泛使用文献学、历史学以及其他学科方面的知识,以求得对作品的正确理解。然而归根结底,这些知识和手段只能有助于文学研究,而决不能代替文学研究。例如在文学史上,常有作品中所描绘的事物与现实世界不能完全相合的情况,而研究者无论反对还是赞赏,都往往会将二者混为一谈,这实际是误把史学方法拿来代替文学方法的缘故。"②这段话批评了偏执文献学或历史学的弊端而肯定了文艺学的不可替代的作用。1996 年 11 月 20 日程千帆致陶敏信还批评了考据中的两个弊端:"今人之为考据,其弊大要有二:一则考其所不必考,则陷于支离破碎;二则据其所不能据,则流于牵强附

---

① 《程千帆沈祖棻学记》,第 60—61 页。
② 《程千帆沈祖棻学记》,第 120—121 页。

会。"①而在同年发表的《贵在创新——关于学术论文写作的问答》中,程千帆则说,如果是偏于文献学的题目,需要进行考证的,那就不能用艺术或美学的观点和方法去研究,反过来也一样。② 这段话又主要针对偏执文艺学的弊端肯定了文献学的不可替代的作用。同时,程千帆又认为虽然从整体上讲文学研究必须考虑考据与批评、文艺学与文献学两个方面,但对具体的研究者来说不妨有所侧重,尽管专门搞考据的不能菲薄文学批评,专门搞批评的也要学会利用别人的考据成果。由此可见程千帆全面而灵活的辩证态度。

再如在论述欣赏异量之美的命题时,程千帆也是一方面肯定和提倡能够欣赏异量之美,另一方面也没有因此而否定每个人独特的审美趣味。他的基本态度是:研究者的审美趣味可有偏好,学术研究则须兼容。例如他在品评秦观《春日》诗时指出:"作为一位作家或批评家,任何人都有权标榜自己所推崇或爱好的风格,但作为一位文学史家,则必须有历史的眼光,对各种不同的作品及其风格,给以客观公正的评估,二者是有区别的。"③1996 年程千帆在《两点论——古代文学研究方法漫谈》中又说:"有一点很重要,就是对很多不同的美学趣味要采取极其宽容的态度。对于嗜好喜欢,可以有独特的见解,并可以坚持;作为一个历史学家或评论家,你要宽容,用行话来说,就是能够欣赏异量之美。赵飞燕很瘦,杨玉环很胖,同时可以欣赏她们的人称为'环肥燕瘦'。兰花和菊花都很好,'兰有秀兮菊有芳'。能够欣赏异量之美,不仅使自己的美学欣赏能力扩大,而且使人的气象扩大。一个真正研究文学的人,在一定程度上可以坚持自己独特的美学趣味,但是一定要有两点论,不要忘了美学更重要的是宽容。"④这一观点符合审美活动和学术研究的各自规律,同时也体现了反对偏执一端的折中态度。

同样,程千帆肯定创造异量之美也并没有偏执创造的一面而偏废继承的一面。程千帆在《〈长恨歌〉与〈圆圆曲〉》一文中表示赞同清代学者周永年的观点:"为文章者,有所法而后能,有所变而后大。"⑤在《读宋诗随笔》中品评戴复古的《论诗十绝》其一批评

①　《闲堂书简》,第 573 页。
②　《程千帆全集》第 15 卷,第 190 页。
③　《程千帆全集》第 11 卷,第 433 页。
④　《程千帆全集》第 15 卷,第 182 页。
⑤　《程千帆全集》第 8 卷,第 497 页。

江西诗派末流完全脱离生活,资诗书以为诗时,程千帆比较了陆机、杜甫、韩愈、黄庭坚等人关于创造性的观点,认为:"杜甫所说("后贤兼旧制,历代各清规")最为完整,即既要继承前人,又要各具面目。不继承遗产,就没有起点;不各具面目,就难言创造。这是文学发展的一条颠扑不破的基本规律。"①鲜明地体现了兼顾继承和创造的辩证态度。

可作补充的是,近代以来,由于庸俗进化论、西方中心主义等思想的影响,不少学者将中西文化、新旧方法截然对立起来,在二者之间采取了水火不容、非此即彼的偏执态度。例如五四新文化运动期间,汪叔潜认为:"所谓新者,无他,即外来之西洋文化也;所谓旧者,无他,即中国固有之文化也。"并表示了自己的褒贬爱憎态度:"吾恶夫作伪,吾恶夫盲从,吾尤恶夫折衷。吾以为新旧二者绝对不能相容,折衷之说非但不知新,并且不知旧;非直为新界之罪人,抑亦为旧界之蟊贼。"②明确地把西洋文化等同于新,把中国文化等同于旧,而新旧之间绝对不能相容,所以要坚决反对折衷。1930 年代陈序经仍然沿袭着这种西新中旧、新旧不能相容的观念,他认为:"学固有新旧之分,却没有东西中外之分;质言之,学固有时间上的差异,却没有空间上的不同","中学既是旧学,事实上就不能和新学熔于一炉。因为若能融合,它必定也是新时代所需,新时代所需要的东西,就是新的,又怎能叫做旧学。"③所以他与胡适等人明确主张全盘西化,反对复古和折衷。毛泽东持马克思主义的立场反对西化而走苏化之路,也一直坚信:"不论在自然界和在社会上,一切新生力量,就其性质来说,从来就是不可战胜的,而一切旧势力,不管他们的数量如何庞大,总是要被消灭的。"④由此可见,即使是思想、政治立场完全敌对的人也把新与旧视为截然对立而持水火不容、非此即彼的意见。

这种将西学中学、新方法旧方法截然对立而偏执西学、新方法一端的极端态度自20 世纪前后在中国思想史上逐渐占据了主导的地位,并产生了广泛而长久的影响。因此,1980 年代中期又一度兴起了运用系统论、信息论和控制论等"新三论"研究文学

①《程千帆全集》第 11 卷,第 480 页。

②《新旧问题》,《青年杂志》1915 年第 1 卷第 1 号。

③《东西文化观·中编》,《岭南学报》1936 年第 5 卷第 2 期。

④《在中国共产党全国代表大会上的讲话(1955 年 3 月)》,《毛泽东选集》第 5 卷,人民出版社 1977 年版,第 142 页。

的方法论热,乃至有人认为不用"新三论",中国古代文学研究就会难以为继、无疾而终。对此,程千帆提出了不同的见解。1986 年秋在全国哲学社会科学"七五"规划会议上,程千帆接受了《文学研究参考》记者的采访,在谈论与继承和创新密切相关的新旧方法之间的关系时说:"我们无论运用哪种方法从事研究,都必须归结到理解作品这一点上。至于应用新方法,有一个前提,就是一定要使结论比用旧方法得出的结论更深刻。新的方法要能发掘出新的内容,至少要对旧方法有所补充,否则又何必要新方法? 新奇要落实到对作品的深入理解与开拓上,不然它就代替不了旧的。同时,不能因为提倡新的就排斥旧的,传统方法仍要保留。引进了许多西方的观点和方法后,可能会出现很多矛盾,其实这并不是坏事,而是好事,这才是真正的百花齐放。无论介绍多少新方法,最后还是由群众来筛选,有生命力的才会留下来。"①这种以理解作品的效力为标准,主张百花齐放,既不绝对否定旧方法,也不绝对肯定新方法的见解,也体现了反对偏执一端的折中态度。

可作参照的是,中国古人对于古今、新旧问题已有辩证的理解,例如在文学上,像扬雄、刘勰等维护儒学正统的学者自然反对偏执一端,即使坚决反对贵古贱今的叛逆型学者也没有偏执一端。例如王充认为:"盖才有深浅,无有古今;文有伪真,无有故新。"(《论衡·案书》)再如章学诚也认为:"夫文求其是耳,岂有古与时哉! 即曰时文体多排比,排比又岂作时文者所创为哉!"②虽然两人皆侧重于肯定今,但也没有因此而否定古。近代以来在西学东渐的背景下也仍有学者对于古今新旧保持着辩证的认识,如 1911 年王国维所说:"顾新旧中西之争,世之通人率知其不然。"③并体现了开放的眼界,宽广的胸怀。例如陈宝琛为哈佛大学燕京学社题写的对联曰:"文明新旧能相益,心理东西本自通。"④再如王国维在《论政学疏》中说:"臣窃观自三代至于近代,道出于一而已。泰西通商以后,西学西政之书输入中国,于是修身齐家治国平天下之道,乃出于二。光绪中叶,新说渐胜;待辛亥之变,而中国之政治学术,几全为新说所统一

---

① 《访程千帆先生》,《程千帆沈祖棻学记》,第 93 页。
② 《与史余村简》,仓修良编注《文史通义新编新注》,浙江古籍出版社 2005 年版,第 690 页。
③ 《观堂集林(外二种)》,河北教育出版社 2001 年版,第 875—878 页。
④ 这副对联藏于哈佛大学燕京学社图书馆。

矣。然国之老成,民之多数,尚笃守旧说。新旧之争,更数十年而未有已,国是淆乱,无所适从。臣愚以为新旧不足论,论事之是非而已。"并从心术和方法两个方面指出了导致第一次世界大战的西说之弊。就方法而言,王国维认为:"中国立说首贵用中,孔子称过犹不及,孟子恶举一废百。西人之说大率过而失其中,执一而忘其余者也。"①再如章士钊在五四新文化运动期间也反对新与旧崭然离立、两不相混的观念以及相应的为求新而一切舍旧的态度,认为新与旧之衔接其形为犬牙,不为栉比;它们又如两石同投之连钱波,不如周线各别之两圆形。②1990年代王元化对五四新文化运动之中的庸俗进化观、激进主义等问题进行了反思,也涉及新旧的观念:"如果要探讨进化论(后改为:当时所形成的庸俗进化观)对20世纪中国思想界带来的消极影响,就应着眼于今天仍在支配思想界的新与旧的观念。这种观念认为新的都是好的,进步的;而旧的都是不好的,落后的。所以,谈论旧的就被目为回归(后改为:保守),批评新的就被目为顽固。在进化论思潮下形成的这种新与旧的价值观念,更使激进主义享有不容置疑的好名声。这种影响在今天的思想界和文艺界也同样存在。任何一种新思想新潮流,不论是好是坏,在尚未较深入研究之前,不少人就一窝蜂地赶时髦。推其原因,即来自长期形成的'越彻底越好'和'新的总比旧的好'这种既定的看法,并以这种看法去判断是非。"③在这些不同于主流意见的独特见解中,陈宝琛、王国维、章士钊主要着眼于中西、新旧之辩证关系而反对偏执新的一端,王元化则主要着眼于思想史的发展,将"新的总比旧的好"的成见归结为庸俗进化论和激进主义。如将程千帆的见解与之相比较,可以看出,程千帆以文学研究的实际效果为中西、新旧方法的衡量标准而主张百花齐放的观点,更近于陈宝琛、王国维、章士钊的辩证观点,这种情形正可体现出程千帆的辩证态度与执两用中的中庸之道相一致的特色。

众所周知,儒家在提倡中庸之道时,强调权、时、随时、时中,体现了高度的灵活性。如孔子说:"可与共学,未可与适道;可与适道,未可与立;可与立,未可与权。"(《论语·子罕》)赋予权以高难的地位。孟子也说:"执中无权,犹执一也。"(《孟子·尽心上》)强

---

① 引自罗振玉《王忠悫公别传》,《海宁王忠悫公遗书·初集》,贻安堂1927年刊印。
② 《评新文化运动》,《章士钊全集》第4卷,文汇出版社2000年版,第211—213页。
③ 《关于近年的反思答问》,《文艺理论研究》1995年第1期。

调了权在执中过程中的不可或缺性。

《象传》在解释《周易·随卦》卦辞"元亨,利贞,无咎"时说:"随,刚来而下柔,动而说。随,大亨贞,无咎,而天下随时。随时之义大矣哉。"高度肯定随时而变的价值。孔子更明确地将时与中联系起来:"君子之中庸也,君子而时中。"(《中庸》)所以他针对逸民的行为说:"我则异于是,无可无不可。"(《论语·微子》)而孟子称赞孔子是"圣之时者"(《孟子·万章下》),又称赞成汤:"汤执中,立贤无方。"(《孟子·离娄下》)体现了对孔子观点的认同。

根据前人的研究成果可知,所谓权,就是在特定的条件下采取不同于通常情况下的特殊措施,即随时而变,不固执旧例,而又合乎根本原则。这其实是将变化与恒常两者和谐统一起来,正是中庸之道的必然反映。所谓时、随时、时中,就是运用中庸之道要随着情况的变化而选择适当的办法;所谓无方、无可无不可,就是可以怎样与不可以怎样都要根据具体情况做出适当的选择,而不要僵化不变、偏执一端。显然,时、随时、时中以及无方、无可无不可与权是相通的,也体现了中庸之道的高度灵活性。千帆诗学的两点论也具有同样的特点。如前所述,程千帆强调形象思维与逻辑思维相结合,并未脱离实际泛泛而论,而是在以形象思维为主的文学创作中强调逻辑思维的必要性和重要性,在以逻辑思维为主的文学研究中强调形象思维的必要性和重要性,以纠正或忽视逻辑思维,或忽视形象思维而偏执一端的意见。再如程千帆倡导文艺学与文献学相结合也是如此,它是针对文学研究中偏重于空洞言说而脱离作品、不作具体分析的不良风气,以及很多研究文学的青年学者长于掌握新理论新知识而缺乏语言学方面的音韵训诂、校雠学方面的版本目录、史学方面的典章制度等功力之不平衡状态而言的,相对强调了文献学的必要性和重要性。可谓切中时弊,对症下药。同时,程千帆指出,研究的对象、问题各有不同,运用文艺学与文献学相结合的方法一定要具体问题具体对待。所以,它们既符合执两用中的原则,又具有高度的灵活性,从而体现了与中庸之道所强调的时中有权相一致的特征。

综上所述,在千帆诗学中,无论是针对主观方法,还是针对客观对象;无论是两点论的理论阐述,还是两点论的实际运用,程千帆都是更多地着眼于考据与批评、文艺学与文献学、形象思维与逻辑思维、旧方法与新方法等两是类阴阳,肯定两点的各自价值,强调两点的交融互补,体现了尚和的特点。同时,程千帆又指出考据与批评、文献学与文艺学、形象思维与逻辑思维、旧方法与新方法等两点各自的长短,反对偏执一端,彼此替代,越界误用,又体现了执两用中的特点。而在特定的条件下对于两点之一方又有所权衡、有所侧重的情况,则体现了时中有权的灵活性。由此可见千帆诗学知与行的高度一致,也可见其辩证思维模式与中庸之道的高度一致。

第六章　千帆诗学与马克思主义辩证法

在方法论上,千帆诗学与马克思主义辩证法也有密切的联系,把握两者的关系对于理解千帆诗学的独特个性和发展历程都有着重要的意义,故这一问题已为一些学者直接或间接地论及。例如吴白匋认为千帆诗学"熔合古今中外诗论于一炉,兼用马列主义与自然科学疏通之";[①]再如周勋初认为新中国成立之后程千帆接受了马克思主义的学说,把文学看成一种社会现象,这就把思想水平提高了一大步。后来对各种问题能够坚持历史唯物主义的原则,客观地、具体地进行历史的、辩证的分析,思想水平进入了更高的境界。[②] 这些观点言简意赅,富有启发意义,但未作详细的说明且其中尚有值得商榷之处,故本书在此基础上试作进一步的探讨。

第一节　千帆诗学辩证思维模式与斗争哲学的对立性

所谓斗争哲学,在本书中不是泛指马克思主义哲学或通常称作中国共产党集体智

---

① 《程千帆沈祖棻学记》,贵州人民出版社 1997 年版,第 224 页。

② 《程千帆先生的诗学历程》,《周勋初文集》第 6 卷,江苏古籍出版社 2000 年版,第 134 页。

慧产物的毛泽东思想,而是特指 1950 年代中期以来为夸大阶级斗争形势、贯彻以阶级斗争为纲的极"左"政治提供理论依据的晚年毛泽东个人的哲学思想。斗争哲学主要源自列宁、斯大林的著作和苏联的哲学教科书,其最为显著的特点就是视斗争为辩证法的本质,不仅强调矛盾和斗争的客观性、普遍性和永恒性,而且强调矛盾双方的互相排斥、互相斗争对于事物发展变化的积极作用,把斗争作为认识和处理各种矛盾关系的根本原则。随着极"左"政治的日趋严重,斗争哲学对于斗争的偏执和强调也日趋极端,充分体现了它与儒家以中和为核心的中庸之道的尖锐对立。因此,与中庸之道相一致的千帆诗学辩证思维模式与斗争哲学之间也形成了尖锐的对立。其具体表现主要包括以下三个方面:

一、 对斗争哲学的自觉否定

程千帆是文学研究者而不是哲学研究者,并没有撰写过批驳极"左"政治和斗争哲学的学术论文,但在其论著、诗文、演讲、谈话以及书信中的很多言论对极"左"政治和斗争哲学进行了辛辣的讽刺,体现了对斗争哲学的自觉而坚定的否定态度。

五四新文化运动初期,毛泽东在还没有信仰马克思主义之前即已重视思想启蒙问题,例如他在 1917 年 8 月 23 日给黎锦熙的信中提出,已有高尚之智德的君子当存慈悲之心以救小人,不能独去,使小人陷于沉沦,而要对小人开其智蓄其德,与之共跻于圣域。① 其中体现的主要是儒家的责任感和佛教的慈悲之心。投身马克思主义革命运动之后,毛泽东则树立了既要改造客观世界也要改造主观世界的远大理想,从思想启蒙转变到思想改造。在他看来,社会发展到了今天的时代,正确认识世界和改造世界的责任,已经历史地落在无产阶级及其政党肩上。无产阶级和革命人民改造世界的斗争,包括实现下述的任务:改造客观世界,也改造主观世界——改造自己的认识能力,改造主观世界与客观世界的关系;并认为世界到了全人类都自觉地改造自己和改造世界的时候,那就是世界的共产主义时代。② 所以,改造主观世界与改造客观世界一样,就成为了无产阶级革命的根本性任务。因此,无论是在民主革命时期还是在社

---

① 《毛泽东早期文稿》,湖南出版社 1990 版,第 88—89 页。
② 《毛泽东选集》第 1 卷,人民出版社 1991 年版,第 296 页。

会主义革命时期,无论是在党内还是在党外,无论是对革命阶级(人民)还是对反动阶级(敌人),他都以改造人为己任,要求人人都必须进行思想改造,并创造发明了整风运动、"反右"运动、"劳动改造"、"文化大革命"等多种形式进行思想改造。

1921 年元旦毛泽东在新民学会的演讲中表示赞成改造,不赞成改良,而改造的方法就是俄式暴力革命。① 《实践论》也指出:"所谓被改造的客观世界,其中包括了一切反对改造的人们,他们的被改造,需要通过强迫的阶段,然后才能进入自觉的阶段。"② 可见在毛泽东那里,改造与改良相对应,具有剧烈的、强制性的性质。毛泽东在 1926 年第六届农民运动讲习所讲习中国农民问题时以列宁的《国家与革命》为据曾说:"国家是一个阶级拿了压迫别一个阶级的工具。我们的革命民众,若将政权夺在手中时,对反革命者要用专制的手段,不客气的压迫反革命者,使他革命化,若不能革命化了,则赐以惨暴的手段,正所以巩固革命政府也。"③ 这种革命化的政策十分相似于 12 世纪后期一个侵略印度的穆斯林统治者毁灭佛教和印度教的方式:"要转变异教徒相信一个上帝和穆斯林的信仰,如果他们采纳我们的信条,一好百好,否则拿剑对付他们。"④ 故可以旁证思想改造的强制性。

程千帆对这种强制性的思想改造有着长期的切身感受,在他那里发出了种种不平之鸣。

就"反右"运动而言,1957 年的"反右"运动把百花齐放百家争鸣的方针演变成迫害敢于提出批评意见者的"阳谋",程千帆当时因响应整风号召提出了一些批评意见,不幸落入引蛇出洞的陷阱,遭受了 18 年的不公正待遇。朱正著《1957 年的夏季:由百家争鸣到两家争鸣》一书以记录这段历史,程千帆在通信中建议朱正将"两家争鸣"改为"一家独鸣",⑤ 一针见血地揭露了极"左"政治实行思想专制的实质。1979 年 9 月 14 日致杨翊强信针对那些坚持反"右派"立场不愿为"右派"平反的极"左"派人物,程千帆也曾说:"这些老爷们,心劳日拙,倒行逆施,会有好下场吗?"⑥ 鲜明地表达了对这

① 《毛泽东文集》第 1 卷,人民出版社 1993 年版,第 1 页。
② 《毛泽东选集》第 1 卷,第 296 页。
③ 引自龚育之、逄先知、石仲泉等著《毛泽东的读书生活》,三联书店 1986 年版,第 21 页。
④ 引自[英]渥德尔著《印度佛教史》,王世安译,商务印书馆 1987 年版,第 475 页。
⑤ 《闲堂书简》,上海古籍出版社 2004 年版,第 459 页。
⑥ 《闲堂书简》,第 27 页。

些以迫害他人为能事的极"左"派人物的蔑视、嘲讽态度。

就劳动改造而言,程千帆被划为"右派"不久就被遣送到八里湖农场劳动改造,"文化大革命"期间又下放到九里墩、沙洋农场劳动改造。程千帆对此感叹道:"知识分子改造的路也太难走了,十年了才走了一里路。"①十年时间与一里路程的鲜明对比是对强迫改造在他那里徒劳无功的嘲讽,当然也蕴含着长期非罪遭谴的沉痛之情。1990年2月23日致杨翙强信谈到劳动改造时,程千帆又说:"回想从前在那种体力劳动中过了十余年,居然不病不死,实为奇迹,亦不能不赞神功圣德之伟大也。"用反话讽刺了劳动改造的倡导者。

就"文化大革命"而言,1981年程千帆在《吴白匋先生诗词集序》中引述了陈三立的一段话:"凡托命于文字,其中必有不死之处,则虽历万变万哄万劫,亦终莫得而死之,而有幸有不幸之说不与焉。"然后以强烈反讽的方式感慨道:"呜呼! 此又非妄图以焚坑润色鸿业者流始料所及也。"②所谓妄图以焚坑润色鸿业者,经历或了解十年浩劫的读者自然不难明白其所指。

就思想改造的一种常用方式——批评与自我批评而言,毛泽东把它解释为是说服的方法而不是强迫的方法,与以武力来解决的方法相对应,并视之为解决人民内部矛盾的正确方法。那么,如何进行批评呢? 毛泽东提出批评要尖锐,并用比喻的方式要求不能把棱角磨掉:

> 牛为什么要长两只角呢? 牛之所以长两只角,是因为要斗争,一为防御,一为进攻。我常跟同志们讲,你头上长角没有,你们各位同志可以摸一摸。我看有些同志是长了角的,有些同志长了角但不那么尖锐,还有些同志根本没有长角。我看还是长两只角好,因为这是合乎马克思主义的。③

毛泽东自己也作出了这样的表率,一个典型的例子就是他对梁漱溟的批评。在1953年9月的中央人民政府会议上,毛泽东针对梁漱溟对总路线提出不同的意见表示要进行批评:"批评有两条,一条是自我批评,一条是批评。对于你梁漱溟,我们实行

---

① 引自《司令和元帅》,2011年4月17日项烁的新浪博客:http://blog.sina.com.cn/daikelei。
② 《程千帆全集》第14卷,河北教育出版社2000年版,第88页。
③ 《毛泽东选集》第5卷,人民出版社1977年版,第155—156页。

哪一条呢？是实行自我批评吗？不是，是批评。"以下是毛泽东批评梁漱溟的三段话：

> 讲老实话，蒋介石是用枪杆子杀人，梁漱溟是用笔杆子杀人。杀人有两种，一种是用枪杆子杀人，一种是用笔杆子杀人。伪装得最巧妙，杀人不见血的，是用笔杀人，你就是这样一个杀人犯。

> 梁漱溟反动透顶，他就是不承认，他说他美得很。他跟傅作义先生不同。傅先生公开承认自己反动透顶，但是傅先生在和平解放北京时为人民立了功。你梁漱溟的功在哪里？你一生一世对人民有什么功？一丝也没有，一毫也没有。而你却把自己描写成了不起的天下第一美人，比西施还美，比王昭君还美，还比得上杨贵妃。

> 梁漱溟是野心家，是伪君子。他不问政治是假的，不想做官也是假的。他搞所谓乡村建设，有什么乡村建设呀？是地主建设，是乡村破坏，是国家灭亡。①

上述批评极富想象力和修辞性，但不能不说内容极为虚假，同时态度极为激烈，言辞极为粗暴。处理人民内部矛盾的批评尚且如此，处理敌我矛盾的专政之严酷也就可想而知了。此后毛泽东对被视为反党反社会主义的胡风、彭德怀、杨献珍、刘少奇等人的严厉批判和残酷惩罚皆为明证。所以，这种对于批评要尖锐、头上要长角的鼓励，实质上是运用语言暴力，人为地制造残酷斗争。② 对此，程千帆也给予了坚决的否定和辛辣的讽刺。例如 1976 年所作的《戏为九绝句》其二云：

> 为文轻薄病难医，白障侵眸喻已奇。

---

① 《毛泽东选集》第 5 卷，第 107—108、111、115 页。

② 关于处理人民内部矛盾和处理党内斗争，毛泽东表示要反对"左"倾教条主义的"残酷斗争，无情打击"，（《毛泽东选集》第 5 卷，第 369 页）提倡"思想斗争同其他的斗争不同，它不能采取粗暴的强制的方法，只能用细致的讲理的方法"，"只能说服、不能压服"。（《毛泽东选集》第 5 卷，第 390、415 页）这与其对于批评要尖锐、头上要长角的鼓励以及对于梁漱溟的粗暴批判，对于彭德怀、杨献珍、刘少奇等党内同志的残酷惩罚相比，确有自相矛盾、言行不一之处。之所以如此，是因为毛泽东将人区分为人民和敌人两大阵营，一旦被视为敌人，或被视为固执错误、不可救药而转化为敌人，那么就不是用细致的、讲理的、说服的方法，而是用以力服人的方法了。（《毛泽东选集》第 5 卷，第 415 页）毛泽东很清楚地知道思想乃绝非武力所能压制者，（《毛泽东选集》第 2 卷，第 723 页）压服的结果总是压而不服，（《毛泽东选集》第 5 卷，第 415 页）所以，以力服人也就必然是用暴力的、流血的方法，从剥夺发言权直至从肉体上消灭对方。这既是必然的逻辑，也是活生生的现实。

　　　　　　辱骂要知非战斗,会稽遗教最堪思。①

批评郭沫若的《李白与杜甫》辱骂当代杜诗研究者眼睛里生了白内障。再如 1981 年
《詹詹录》有云:

　　　　《山海经·中山经》说:苦山有兽,"名曰山膏,善詈"。科学家要讲究文
　　德,讨论问题,分清是非,以理服人。山膏式的文风,要不得。"坚决把××打
　　翻在地,再踏上一只脚,叫你永世不得翻身"之类,已经成为历史上的笑柄。
　　文学史、学术史上还不曾记录过以山膏为榜样而获得成功的例子。虽然这样
　　做也可以取快一时,但却污染了学术空气。②

1921 年柳诒徵曾批评当时的一些学者下笔不慎,习于诋诃,其书流布人间,几使人人
养成山膏之习。③ 程千帆在此也以山膏为喻,批评"文化大革命"中流行的语言暴力。
1995 年程千帆与巩本栋交谈时再次运用了这一比喻表述了同样的意见:

　　　　做学问决不应有山膏式的文风。骂倒了别人,并不等于你自己的地位提高
　　了。这样除了显出你自己的浅薄之外,是于事无济的,何况你自己也并不一定
　　正确呢。④

与此相应,程千帆对人为制造矛盾、进行残酷斗争也多次予以了冷嘲热讽。例如 1978
年 11 月 14 日程千帆致杨翊强信把那些热衷于与人斗争的人称作泼皮无赖,又说应按
照鲁迅的办法称之为畜生,更下一等的则称之为次畜生。⑤ 这虽然也是骂,但属于限制
在私人空间的嬉笑怒骂,不在公开的、严肃的学术论争范围之内。再如 1990 年 7 月 25
日程千帆致杨翊强信讲到"文化大革命"后与各地老同学们相见都很亲热时又说:"大概'人
之初,性本善',制造斗争,总归要失败的吧。"⑥这样的态度与头上长角的褒贬正相反。

　　总之,将上述程千帆不同时期、散见各处的或针对"反右"运动或针对劳动改造或
针对"文化大革命"等方面的种种讽刺性言论联系起来,不难发现其中自觉反对斗争哲

---

① 《程千帆全集》第 14 卷,第 36 页。
② 《治学小言》,齐鲁书社 1986 年版,第 45 页。
③ 《论近人讲诸子学之学者之失》,《史地学报》1921 年第 1 卷第 1 期。
④ 《程千帆沈祖棻学记》,第 125 页。
⑤ 《闲堂书简》,第 23 页。
⑥ 《闲堂书简》,第 45 页。

学的统一性。

二、 辩证法基本思想上的对立

1. 在矛盾类型上的不同侧重

如前章所述,千帆诗学两点论之两点包括形式逻辑意义上的矛盾、对立和差别,同时侧重于可以两相结合或交融互补的对立和差别,而不是不相容的矛盾,或不可结合的对立或差别。斗争哲学之矛盾也包括形式逻辑意义上的矛盾、对立和差别,但侧重于不相容的、对抗性的矛盾、对立或差别。如纳入中国哲学的语境来观照,那么,千帆诗学两点论侧重的是两是类阴阳,而斗争哲学侧重的是是非类阴阳。在这一点上,千帆诗学辩证思维模式与斗争哲学形成了鲜明的对比。

1925 年毛泽东从暴力革命的实际需要出发,在《中国社会各阶级的分析》一文中指出:"谁是我们的敌人,谁是我们的朋友,这个问题是革命的首要问题。"[1]在这里,除了革命者自己之外的其他人被区分为不相容的两大类别,其区分标准既根据经济地位也根据对于革命的态度,已构成晚年毛泽东以思想态度和政治表现来区分人民和人民的敌人之先声。不过,毛泽东此时还没有学习辩证唯物论,他所依据的只是历史唯物论以及与之直接相关的阶级斗争观点,所以还没有上升到自觉的矛盾分析的高度。从红军撤退到陕北以后,毛泽东先后阅读、批注了十多种国内翻译出版的马恩列斯的著作(主要是列宁、斯大林的著作),以及苏联、日本的马克思主义哲学教科书和中国学者编撰的马克思主义哲学教科书,[2]并写作了《辩证法唯物论(讲授提纲)》、《实践论》、《矛盾论》等理论性文章以及《论中国革命战争的战略问题》、《抗日游击战争的战略问题》、《论持久战》等多篇充分体现其辩证法思想的应用性文章。从这些批注和文章中可以看到,毛泽东已将历史唯物论与辩证唯物论结合起来,一方面高度重视矛盾研究,[3]另一

---

① 《毛泽东选集》第 1 卷,第 3 页。

② 参看《毛泽东的读书生活》,三联书店 1986 年版。

③ 据美国学者施拉姆的统计,在《辩证法唯物论(讲授提纲)》中,关于矛盾的论述大约有 2.5 万字,占了全部讲稿的一半篇幅,可见毛泽东把矛盾放在了突出的位置。(《毛泽东的思想》,田松年、杨德等译,中国人民大学 2005 年版,第 59 页)1952 年毛泽东将讲授提纲的第三章第一节"矛盾统一法则"(后两节未撰写)做了修改以单行本出版,又收入《毛泽东选集》,也就称之为《矛盾论》,这是名副其实的标题。

方面又对中国社会、国际形势以及政治、军事、文化等各个方面进行了深刻的矛盾分析,其思想有了质的飞跃,发展到了一个新的阶段。

关于矛盾的类型、作用和相互关系等问题,毛泽东接受了苏联哲学教科书的观点,区分了主要矛盾和次要矛盾以及矛盾的主要方面和次要方面,并认为主要矛盾的主要方面决定了事物的性质,矛盾的双方在一定条件下通过斗争互相转化。当毛泽东以这样的矛盾观点来认识中国社会,考察中国历史与现实中的各种矛盾时,他区分了敌我矛盾和人民内部矛盾,并一直把敌我矛盾作为主要矛盾,因此,划清敌我界限也就要优先于划清人民内部的是非界限。①

具体而言,在民主革命阶段,毛泽东认为近代以来中国社会处在两种剧烈对抗的基本矛盾之中——帝国主义和中华民族的矛盾,封建主义和人民大众的矛盾,它们是近代中国社会的主要矛盾(两者之中又以前者为主)。② 在生产资料所有制的社会主义改造阶段,毛泽东认为中国国内的主要矛盾是无产阶级与民族资产阶级的矛盾,并明确表示不再把资产阶级视为中间阶级,而是要从战略上消灭的阶级。所以无产阶级与资产阶级的矛盾是对抗性矛盾。③ 社会主义改造基本完成以后,从 1956 年年底到 1957 年年初这一段很短的时间内毛泽东一度认为中国社会中的阶级矛盾已经基本解决,敌我矛盾是次要矛盾,人民内部矛盾是主要矛盾,社会主义社会的矛盾(包括工人阶级与民族资产阶级的矛盾)不是对抗性的矛盾(这里是指斗争形式不表现为剧烈的对抗和冲突),还批评斯大林混淆两类不同性质的矛盾,把敌我矛盾扩大化。④ 但由于不能接受社会各界特别是知识精英帮助共产党整风的批评意见,将之视为资产阶级对无产阶级的猖狂进攻,又受到东欧共产党执政国家政治形势动荡等方面的影响,到 1957 年 5 月中旬毛泽东对中国社会主要矛盾的看法就发生了 180 度的转变,随后他

---

① 《毛泽东选集》第 5 卷,第 68 页。

② 《毛泽东选集》第 5 卷,第 631 页。

③ 《毛泽东选集》第 5 卷,第 93 页。毛泽东在《矛盾论》中把对抗看作矛盾斗争的一种形式,认为阶级斗争发展到特定阶段才表现为对抗的形式,而此时则直接把阶级矛盾称作对抗性矛盾,可见其强调斗争思想的发展。

④ 参看毛泽东 1956 年 11 月 15 日《在中国共产党第八届中央委员会第二次全体会议上的讲话》,1957 年 1 月 27 日《在省市自治区党委书记会议上的讲话》,1957 年 2 月《关于正确处理人民内部矛盾的问题的讲话》。这 3 篇文章皆见《毛泽东选集》第 5 卷。

在 1957 年 10 月 9 日中共八届中央委员会扩大的第三次全体会议上明确断言:无产阶级和资产阶级的矛盾,社会主义道路和资本主义道路的矛盾,毫无疑问,这是当前我国社会的主要矛盾。……八大决议讲主要矛盾是先进的社会主义制度同落后的社会生产力之间的矛盾,这种提法是不对的。① 这样,毛泽东就完全否定了中共八大决议关于社会主要矛盾的论断,并进而用其个人的认识取代了中国共产党的集体认识。此后毛泽东一直坚持这一基本观点,直至去世为止。

由此可见,尽管毛泽东在辩证法理论上没有绝对地把不相容的、对抗性的矛盾作为主要矛盾,但无论是在民主革命阶段,还是社会主义革命阶段,毛泽东在政治上都更为重视对抗性的矛盾,一直把敌我矛盾视为主要矛盾。换言之,毛泽东在认识现实世界不同类型的矛盾时实际上是一直侧重于是非类阴阳的,而前述千帆诗学无论是在两点论的理论阐述上还是在具体实践中都侧重于两是类阴阳的特点与此恰恰相反。

2. 在矛盾关系的认识与处理上的不同原则

由于千帆诗学的两点论与儒家辩证法崇尚中和的价值观和方法论相一致,所以,它虽然不回避斗争,也不绝对否定斗争,但侧重于两是类阴阳,同时也侧重于它们之间的交融互补、和谐统一。而斗争哲学把斗争作为认识和处理矛盾的根本原则,所以,它虽然也讲统一、讲合作,但侧重于敌我矛盾(是非类阴阳),同时也更强调斗争的积极作用。在这一点上,千帆诗学辩证思维模式与斗争哲学也形成鲜明的对比。

在矛盾的斗争性和统一性的认识上,毛泽东主要依据列宁的观点,一方面承认矛盾的斗争性,一方面也承认矛盾的统一性,但同时也像列宁一样,认为对立的斗争是绝对(永恒的、无条件的)的,对立的统一是相对的(暂存的、有条件的),把斗争性放在了首要的位置。之所以如此,主要是因为毛泽东认为斗争是引起事物运动,推动事物由量变到质变的根本原因。在他看来,万事万物的新陈代谢是斗争的结果:"任何事物的内部都有其新旧两个方面的矛盾,形成一系列的曲折的斗争。斗争的结果,新的方面由小变大,上升为支配的东西;旧的方面由大变小,变成逐步归于灭亡的东西。"②人类社会生活的发展进步也是斗争的结果:"对立面的统一和斗争,是社会生活中普遍存在

---

① 《毛泽东选集》第 5 卷,第 475 页。

② 《毛泽东选集》第 1 卷,第 323 页。

的。斗争的结果，走向自己的反面，建立新的统一，社会生活就前进了一步。"①人类思想的发展也是如此："真理是在同谬误作斗争间发展起来的，马克思主义就是这样发展起来的。马克思主义在同资产阶级、小资产阶级的思想作斗争中发展起来，而且只有在斗争中才能发展起来。"②这样，毛泽东就对斗争的积极作用做了全面而直接的肯定。因此，毛泽东认为对立的统一不是辩证法的本质，对立的斗争才是辩证法的本质。③

所以，毛泽东在肯定矛盾的统一性的时候，也间接肯定和强调了斗争的积极作用，同样淡化乃至回避了矛盾双方互相渗透、互相融合、互相补济的积极作用。在《矛盾论》中，毛泽东把矛盾的同一性、统一性、一致性，矛盾双方的互相渗透、互相贯通、互相依赖、互相联结或互相合作视为同一个意思，并把它们概括为这样两种情形：一是矛盾的双方各以对方为自己存在的前提，一是矛盾的双方依据一定的条件各向其相反的方面转化。这样的概括如庞朴所言，已经删除了黑格尔、马克思所说的矛盾双方的直接同一，即矛盾双方的互相渗透、互相融合。④ 同时，在互相依存和互相转化这两种统一性的表现情形中，毛泽东更为强调转化："单说了矛盾双方互为存在的条件，双方之间有同一性，因而能够共处在一个统一体中，这就够了吗？还不够。事情不是矛盾双方互相依存就完了，更重要的，还在于矛盾着的事物的互相转化。"⑤那么矛盾的双方如何各向着其相反的方向转化呢？毛泽东对此说得很明确："无论什么事物的运动都采取两种状态，相对地静止的状态和显著地变动的状态，两种状态的运动都是由事物内部包含的两个矛盾着的因素互相斗争所引起的。……事物总是不断地由第一种状态转化为第二种状态，而矛盾的斗争则存在于两种状态中，并经过第二种状态而达到矛盾的解决。"⑥即斗争引发、决定了矛盾双方的转化。我们还看到，1961 年 1 月毛泽东

---

① 《毛泽东选集》第 5 卷，第 423 页。

② 《毛泽东选集》第 5 卷，第 416 页。

③ 参看毛泽东在《辩证法唯物论教程》（中译本第三版）第三章之十部分的批注。《毛泽东哲学批注集》，中央文献出版社 1988 年版，第 99 页。

④ 参看《矛盾三疑》，《糠莍集——中国文化与哲学论集》，上海人民出版社 1988 年版，第 530—536 页。

⑤ 《毛泽东选集》第 1 卷，第 328 页。

⑥ 《毛泽东选集》第 1 卷，第 332—333 页。

在何其芳起草的《不怕鬼的故事》的序中添加了一句话："事物总是在一定的条件之下向着它的对方交换位置，向着它的对方转化的。"随后又把它修改为："事物总是在一定的条件之下通过斗争同它的对方交换位置，向着它的对方的地位转化的。"①也特别强调了斗争在事物转化过程的不可或缺的作用。所以，无论是讲矛盾的斗争性还是讲统一性，毛泽东都一贯强调斗争对于促进事物发展变化的根本作用和积极意义。对此毛泽东有很清晰和准确的自我认知，他接受了党外人士关于共产党的哲学就是斗争哲学的评价，自己也说："马克思主义就是个扯皮的主义，就是讲矛盾讲斗争的。"②这可谓是对斗争哲学以斗争为根本原则的一个生动形象而又简明扼要的概括。

当然，毛泽东在政治上并没有简单地肯定人类社会生活中的一切斗争，例如他也将历史上的战争分为两类，一类是促进进步的正义的战争，一类是阻碍进步的非正义的战争。同时，他还在辩证法理论上指出存在着不同性质的矛盾，同一性质的矛盾的斗争形式也有多种多样，所以提出了这样的要求："当我们研究矛盾的普遍性或斗争性的时候，要注意矛盾的各种不同斗争形式的区别。否则就要犯错误。"③又说："对抗是矛盾斗争的一种形式，而不是矛盾斗争的一切形式，不能到处套用这个公式。"④他还曾认为："依一时说，统一是绝对的，斗争是相对的；依永久说，统一是相对的，斗争是绝对的。绝对谓占统治地位。"⑤肯定在一定的条件下统一相对于斗争具有主导的地位。但由于毛泽东夸大了斗争的有利性，回避了斗争的危害性，同时又忽视了矛盾双方的交融互补对于促进事物发展变化的积极作用；特别是由于毛泽东以哲学为革命的精神武器，要充分利用哲学为在政治上把中国社会的主要矛盾确认为两个阶级、两条道路的对抗性矛盾，进而把你死我活的阶级斗争作为中心工作，推行无产阶级专政下的继续革命提供理论依据，所以，毛泽东后来在辩证法理论上就不再讲斗争的相对性和统一的绝对性，而只讲斗争的绝对性和统一的相对性。例如他在晚年接见尼克松的女儿

---

① 何其芳《毛泽东之歌》，《时代的报告》1980 年第 2 期。
② 《毛泽东选集》第 5 卷，第 344 页。
③ 《毛泽东选集》第 1 卷，第 336—337 页。
④ 《毛泽东选集》第 1 卷，第 336 页。
⑤ 《毛泽东哲学批注集》，第 374 页。

女婿时说:"党内要有斗争,阶级和阶级要有斗争,除了斗争,什么都是靠不住的。"①由此可见,无论是在政治上还是在辩证法理论上毛泽东都把斗争作为了认识和处理各种矛盾关系的最根本原则。

还应说明的是,毛泽东在政治上并没有一概否定联合、合作或团结。他对于联合也区分了反动的统治阶级之间的联合与革命的人民大众之间的联合,一直强调团结党内外、国内外一切可以团结的力量。在民主革命阶段,他把既团结又斗争,以斗争之手段达团结之目的作为统一战线的工作原则;②并肯定统一战线内部的积极的互助互让,把积极的互助互让当作整个革命政策的一部分,总的革命路线的不可缺少的一个环节,③从而使得统一战线发挥了巨大的作用,成为战胜敌人夺取政权的三大法宝之一。但由于毛泽东在辩证法理论上仅仅强调矛盾双方的斗争对于促进事物发展变化的积极作用,而回避了矛盾双方的交融互补对于促进事物发展变化的积极作用,这就在他的辩证法理论与民主革命的政治思想和政治实践之间形成了一定的矛盾。而在夺取政权之后,特别是在以阶级斗争为纲、极力推行个人崇拜的极"左"时期,不仅团结的目的在于改造,④而且改造的结果必须是绝对服从凌驾于集体意志之上的毛泽东的个人意志。无论党内党外,无论职位高低,如敢于坚持独立思考,对极"左"政治稍有异议,都会被夸大为敌我矛盾而遭受严酷的专政。这样,其政治又统一于以斗争为根本原则的辩证法理论了。

由此也就可知,如果说在中国社会主义革命阶段阶级矛盾仍然是主要矛盾、阶级斗争仍然很剧烈的判断是符合实际的话,那么,这并非意味着斗争哲学有着符合实际的出发点,而是意味着恰恰是以斗争哲学为依据的极"左"政治为垄断一切权力而人为地制造出阶级矛盾,并进而通过政治经济文化等各种手段导致了不应有的阶级矛盾的

---

① Julie Nixon Aisenhower：*Special People*，New York：Simon and Schuster，1977，P. 161.

② 《毛泽东选集》第 4 卷,第 1154 页。

③ 《毛泽东选集》第 2 卷,第 536—537 页。

④ "为了改造,先要团结"在民主革命时期就提出了。当时毛泽东把那些在他看来可为我所用的旧知识分子、旧艺人、旧医生视为人民的范畴,视为必须联合的力量,所以其团结的目的虽然是改造,但把团结作为统一战线的第一个原则,把批评教育和改造作为第二个原则,并主要以帮助感化、说服教育的方式开展工作。这是与极"左"时期对于知识分子首先强迫改造然后才能团结的政策有所不同的。(参看《毛泽东选集》第 3 卷,第 1012 页)

尖锐对立和激烈冲突（主要体现为国家机器对于个人的控制和专政）。换言之，斗争是斗争哲学的人为选择，而不是客观实际的自然需要。

前述千帆诗学两点论侧重于矛盾双方交融互补、和谐统一的特点与斗争哲学侧重于矛盾斗争的主观选择形成了鲜明的对比。不仅如此，千帆诗学中还有与斗争哲学的相关观点直接针锋相对的例子。

例如 1956 年 11 月 15 日毛泽东在中共八届二中全会上的讲话曾用水是由氢和氧两种元素结合的化合物来说明对立统一，指出化合物都是不同性质的东西的对立统一。① 但在思想上、政治上日趋极"左"之后，毛泽东就由讲对立统一的结合、化合转向讲一方消灭另一方的综合，导致自相矛盾。例如 1964 年 8 月 18 日毛泽东在关于哲学问题的讲话中把阶级斗争放在马克思主义三个组成部分的第一位，即首要的基础，而把哲学视为阶级斗争服务的思想武器。在此前提下，他以政治为例说明了综合的涵义："怎么综合？ 国民党、共产党，两个对立面，在大陆上就是这么综合的，你们都看到了：它的军队来，我们吃掉，一块一块地吃，不是两方面和平共处地综合。"又以自然界为例说："一个吃掉一个，大鱼吃小鱼，就是综合。从来的书上没有这样写过，我的书也没写。"② 相应地毛泽东在谈话中也像斯大林一样不再承认否定之否定的规律，而认为任何事物的发展变化只有肯定—否定两个环节，总是经历着矛盾双方一个消灭，一个兴起的必然过程。由此可见，毛泽东把综合理解为矛盾双方的一个消灭（吃掉、推翻）另一个的简单否定，既不是黑格尔所提出的扬弃矛盾双方的否定之否定，③更不是矛盾双方的交融互补。

与此相对应的是，程千帆在《苏轼的风格论》一文中论证了苏轼的风格理论及其创作实践将清与雄这组互相对立的风格熔铸为一体，形成的不是一堆简单的混合物，而是一种高纯度的化合物。在此基础上，程千帆用有限的化学元素以不同的比例和排列方式组成各种分子，使得物质世界呈现极其复杂、变化无穷的面貌作类比，认为在艺术风格上，虽然基本因素也可能是有限的，但能够根据生活实践和创作实践的需要，不断

---

① 《毛泽东选集》第 5 卷，第 320 页。

② 引自龚育之《听毛泽东谈哲学》，《北京党史》，2003 年第 6 期。

③ 参看王若水《辩证法和毛泽东的斗争哲学》，见 www.wangruoshui.net。

地以不同的方式融合成新的风格,使得风格的丰富性可以与大自然媲美。① 这种肯定多元并存,肯定矛盾双方通过交融互补而创新的观点与毛泽东强调矛盾双方通过简单否定而发展的观点正相反。

再如 1964 年 8 月 18 日毛泽东在关于哲学问题的讲话中就历史的发展、事物的发展说:"总而言之,一个吃掉一个,一个推翻一个。一个阶级消灭,一个阶级兴起;一个社会消灭,一个社会兴起。到了封建社会,还留点奴隶制;主体是封建制,还有些家奴,也有些公奴,是搞手工业的。资本主义社会也不那么纯,再先进的资本主义社会也有落后的地方,如美国南部的奴隶制。林肯消灭了奴隶制,黑人奴隶还存在,斗争很激烈。""一个消灭一个,发生、发展、消灭。任何事物都是如此。给人消灭,或者自己消灭。"②而程千帆在与硕士研究生的一次谈话中讲到诗歌发展的历史时则认为:"诗歌史是搭起来的,不是对起来的。好比说这是五古(伸右手),这是七古(伸左手),不是说五古到了这儿(指左手)就没有了,而是这样搭起来的。唐朝有五古,到了宋朝慢慢削弱了,但不等于没有了。历史都是重叠的,绝不是对着干的,不是一刀切的。过去讲唐宋诗分疆,太一刀切了,是不符合实际的。"③由此可见,毛泽东虽然承认阶级、社会的兴亡交替并非整齐划一,但强调历史发展过程中矛盾双方的互相对立和消灭;而程千帆虽然认同事物发生发展消灭的过程,但强调矛盾双方的互相交叉重叠,反对主观臆断的对立斗争。这两种历史发展观也是直接对立的。

三、 对于辩证唯物主义的不同解读

众所周知,毛泽东在延安时期就已积极地主张马克思主义的中国化,他不仅承认中国古代的辩证法,而且还运用一分为二、实事求是、相反相成等中国哲学的术语解说辩证唯物主义。而程千帆在文学研究中无论是民国时期还是共和国时期都没有像刘勰那样明确地表示要征圣、宗经,折中于孔子,并在共和国初期认真学习马克思主义著作,晚年也教导学生运用辩证唯物主义和历史唯物主义,同时也沿用了毛泽东对辩证

---

① 《程千帆全集》第 8 卷,第 366 页。
② 引自龚育之《听毛泽东谈哲学》。
③ 《程千帆全集》第 15 卷,第 143 页。

唯物主义的中国化解释："什么叫做辩证呢？就是一分为二。什么叫做唯物呢？就是实事求是。这个解释简单明了。"①并说："一分为二、实事求是永远是不可动摇的原则。"②这似乎体现了程千帆与毛泽东在马克思主义中国化上的一致性。但在本书看来，虽然毛泽东、程千帆都用中国哲学的命题解读辩证唯物主义，但在一分为二和实事求是的理解与运用上有着根本性的差别。

1. 毛泽东对于一分为二、实事求是的马克思主义解读

先秦儒家、道家的典籍中已蕴含一分为二的思想，但"一分为二"命题的明确提出最早见于宋代邵雍的《皇极经世·观物》外篇。③邵雍用数字如此描述了宇宙的生成："一分为二，二分为四，四分为八……合之斯为一，衍之斯为万。"这种思想可溯源于《系辞上传》的著名观点："易有太极，是生两仪，两仪生四象，四象生八卦。"所以朱熹即用邵雍的一分为二解说《系辞上传》的这一段话："此只是一分为二，节节如此，以至于无穷，皆是一生两尔。"（《朱子语类》卷六十七）

1957 年 11 月 18 日毛泽东在莫斯科共产党和工人党代表会议上首次借用一分为二的命题解说辩证法："一分为二，这是个普遍的现象，这就是辩证法。"④在 1963 年 12 月 13 日起草的《关于加强相互学习，克服固步自封、骄傲自满》的党内指示中，毛泽东也把马克思主义的辩证分析方法视为一分为二。⑤ 那么，毛泽东是如何运用一分为二的两分法来认识事物的呢？

就对于人的一分为二而言，共和国成立后不久，毛泽东就已倾向于将所谓的知识

① 《关于治学方法》，《治学小言》，第 7 页。
② 《闲堂书简》，第 129 页。
③ 《中国大百科全书·哲学卷》和《汉语大词典》等权威工具书认为"一分为二"的命题首见于杨上善《黄帝内经·太素》，但《黄帝内经·太素》第十九卷《知针石》原文为："黄帝曰：'人生有形，不离阴阳。（原注：万物负阴抱阳，冲气以为和。万物尽从三气而生，故人之形不离阴阳也。）天地合气，别为九野，分为四时，月有小大，日有短长，万物并至，不可胜量，虚实吟，敢问其方。'（原注：从道生一，谓之朴也。一分于二，谓天地也。从二生三，谓阴阳和气也。从三以生万物，分于九野、四时、日月乃至万物。——诸物，皆为阴阳气之所至。故所至处，不可胜量。不可量物，并有虚虚实实之谈。请其言道。方，道也。）"可知该书所言乃"一分于二"而非"一分为二"。故视之为"一分为二"命题的来源似更为确切。
④ 《毛泽东选集》第 5 卷，第 498 页。
⑤ 《毛泽东文集》第 8 卷，第 347 页。

分子区分为无产阶级和资产阶级这两个不相容的方面。据王元化回忆,1954 年他在上海文委工作,文委书记夏衍提醒他毛泽东在中央文件上已将小资产阶级一词的"小"字全部删去。如王元化所说,实际上这是把一向称作小资产阶级的知识分子划为资产阶级,当作了无产阶级专政的对象。同时,也使农民从小资产阶级超脱出来,进入无产者行列,与工人阶级并驾齐驱。① 因为我们看到,毛泽东在 1957 年 3 月党的全国宣传工作会议上与文艺界代表谈话时说:"有人问资产阶级思想同小资产阶级思想的区别,我就分不出来。资产阶级和小资产阶级在经济上属于一个范畴。"在大会上又说,大多数知识分子解放前受的是资产阶级的教育,世界观基本上是资产阶级的,他们是属于资产阶级的知识分子。② 这样既从经济上又从思想上确定了知识分子的资产阶级属性。后来,在 1962 年 1 月 30 日扩大的中央工作会议上的讲话中,毛泽东认为知识分子不是一个阶级,他们或者附属于资产阶级,或者附属于无产阶级。③ 这里虽然没有把知识分子明确划归为资产阶级,但仍是将知识分子分为了两个不相容的方面。对于中国共产党,毛泽东也明确地一分为二,区分出两个不相容的方面。例如他在 1964 年12 月 27 日说:中国共产党至少有两派,一个社会主义派,一个资本主义派,这两派体现着中国社会最主要的矛盾。④ 毛泽东虽然没否认党内其他派别的存在,但主要着眼于这两个不相容的派别。

就对于思想学说的一分为二而言,1963 年 10 月毛泽东在审阅周扬的《哲学社会科学工作者的战斗任务》一文时添加了一段话:

> 怎么有些人会从革命的、科学的社会主义学说的拥护者,竟然堕落到反革命的、反科学的修正主义道路上去呢? 其实一点也不奇怪。世界上无论什么事物,总是一分为二。学说也是这样,总是要分化的。有革命的、科学的学说,就一定会在其内部的发展过程中产生它的对立物,产生反革命的、反科学的学说。⑤

毛泽东在这里也是明确地运用一分为二的分析方法,将国际共产主义阵营的不同社会

---

① 《人物小记》,东方出版中心 2008 版,第 156—158 页。
② 《毛泽东文集》第 7 卷,第 252、273 页。
③ 《人民日报》1978 年 7 月 1 日。
④ 《毛泽东思想万岁》,1969 年版,第 598 页。
⑤ 《建国以来毛泽东文稿》第 10 册,中央文献出版社 1996 年版,第 401—402 页。

主义学说区分为革命的、科学的和反革命的、反科学的两个不相容的方面。

这样的事例不胜枚举，从中可见毛泽东在 1950 年代后期提出的一分为二，无论是对人，还是对人的思想，还是对于党内的政治路线，都呈现出一种非此即彼、不可两立的思维模式，习惯于将事物臆断为互不相容、绝对斗争的两个方面，即不相容的是非类阴阳。显然，这是与他一贯强调斗争的积极作用，侧重于对抗性矛盾的思想相一致的。

由于提出一分为二的目的主要是为无产阶级专政下继续革命的理论服务，为以阶级斗争为纲的极"左"政治服务，具体而言，就是为反对苏联修正主义和党内走资本主义道路的当权派以及地富反坏右分子服务，为发动"无产阶级文化大革命"提供理论依据，所以，毛泽东在提出一分为二之后，坚决反对杨献珍提出的合二为一。在中苏关系走向紧张—冲突—破裂的过程中，苏联哲学界提出矛盾融合说，为赫鲁晓夫的和平共处外交路线服务，而杨献珍借用明代方以智在《东西均》中提出的合二为一命题解说对立统一规律，突出了矛盾双方的同一性，这正与之相呼应而与毛泽东强调斗争、反对苏联修正主义的一分为二形成鲜明的对照和对立。所以，尽管在杨献珍那里，合二为一与一分为二被视为对立统一规律的两个不同表述，两者并不矛盾，但毛泽东在 1964 年 8 月 24 日同周培源、于光远的谈话中明言杨献珍是用合二为一反对他。[1] 于是合二为一就被视为是与一分为二根本对立的反辩证法的世界观，是宣扬矛盾调和、阶级调和而排斥斗争、反对革命的修正主义观点而遭到大规模的围攻。杨献珍本人也被撤销中央党校的党政领导职务，并在 1967 年被逮捕入狱，直至 1979 年才得到彻底平反。其他赞同合二为一观点的人也受到株连迫害，竟有数人被迫害致死。美国学者施拉姆认为一分为二口号的运用首先唤起了在中共党内进行反对走资本主义道路斗争的要求，是对阶级斗争的呼唤，可谓一语中的。[2]

从中共党史上看，这种非此即彼、不可两立式的一分为二早已有之。1923 年瞿秋白从苏联回国后开始宣传辩证唯物论，把它作为社会科学的根本方法，并在文学艺术上与苏联拉普一样，也要求用辩证唯物论的创作方法进行创作。[3] 这种创作方法的一

---

① 于光远《毛泽东同周源培、于光远的一次谈话》，《文史天地》2004 年第 1 期。

② 《毛泽东的思想》，第 187 页。

③ 参看李泽厚《试谈马克思主义在中国》，《中国现代思想史论》，东方出版社 1987 年版。

个显著的特点就是把作家非此即彼地分为敌对双方。例如也追随苏联拉普的成仿吾1927 年在《从文学革命到革命文学》一文中说："资本主义已经到了他的最后的一日，世界形成了两个战垒。一边是资本主义的余毒法西斯蒂的孤城，一边是全世界农工大众的联合战线。各个的细胞在为战斗的目的组织起来，文艺的工人应当担任一个分野。前进！你们没有听到这雄壮的呼声么？谁也不许站在中间。你到这边来，或者到那边去。莫只追随，更不要再落在后面，自觉地参加这社会革命的历史的进程。努力获得辩证法的唯物论，努力把握着唯物的辩证法的方法，它将给你以正当的指导，示你必胜的战术。"①在这段话中，国际社会被区分为截然对立的革命与反革命两个部分，然后要求文艺工作者不准站在中间，必须参加针对反革命的革命斗争直至胜利。1942 年毛泽东《在延安文艺座谈会上的讲话》要求文艺工作者必须在共产党的领导下，站在无产阶级的立场上的同时，将他们的基本任务归结为歌颂和暴露两个方面：一切危害人民群众的黑暗势力必须暴露之，一切人民群众的革命斗争必须歌颂之。同样体现出非此即彼、不可两立的思维模式。"反右"运动之前毛泽东在宣讲百花齐放、百家争鸣的方针时，虽然还没有明确运用一分为二的观点，但以政治为第一标准将文学艺术、思想学说分为不相容的两个方面——香花和毒草，无产阶级的世界观和资产阶级的世界观，②也同样体现了这种非此即彼、不可两立的思维模式，这就为后来提出一分为二的口号奠定了思想基础。

由此可见，斗争哲学的一分为二虽然借用了中国哲学的固有命题，并以反对苏联修正主义的面目出现，好像倾向于复归传统，但实际上源于列宁关于统一物分成为互相排斥、互相联系的两个方面的观点，③并与斯大林时期的辩证唯物主义庸俗化一脉相承。由于它侧重于对抗性的敌我矛盾（是非类阴阳）而强调斗争，就与前述侧重于两是类阴阳而强调中和的儒家辩证法的一分为二背离开来。如果说它与中国哲学有联系的话，那么也是类似于王元化所说的战国时期的法家代表人物韩非滥用不可两立的

---

① 张若英编《中国新文学运动史资料》，上海书局 1985 年版，第 386—387 页。

② 参看《毛泽东选集》第 5 卷，第 350、409 页。

③ 毛泽东在《矛盾论》中曾引据列宁《谈谈辩证法问题》一文中的这一观点。（《毛泽东选集》第 1 卷，第 300 页）

矛盾律,不仅把它硬套在非对抗性的矛盾上,而且机械地把它扩大到去解决那些本来应该是辩证统一关系的事物上。①

　　"实事求是"的命题最早见于班固《汉书·河间献王刘德传》,其本义是核实事实,寻求正确的认识,原是对一个具体人物学习特点的描述,还不是一个理论命题。在清儒那里,随着考据学的繁荣,实事求是发展成为认识事物、从事学术研究的一个基本原则,并得到了普遍的认同。1938 年毛泽东在中共六届六中全会的政治报告中提出共产党员应是实事求是的模范,开始借用这一命题。后来在延安整风运动中,毛泽东在《改造我们的学习》一文中又对实事求是做了如下的解说:"'实事'就是客观存在着的一切事物,'是'就是客观事物的内部联系,即规律性,'求'就是我们去研究。"②毛泽东的这一解说直接来自曾国藩的《书学案小识后》。曾国藩在该文中说:"夫所谓事者,非物乎? 是者,非理乎? 实事求是,非即朱子所称即物穷理者乎?"两相对照,可见毛泽东对曾国藩语句的模仿痕迹很明显。没有成为马克思主义者之前的青年毛泽东对曾国藩最为敬佩,对他的文章也很熟悉,所以模仿曾国藩的解说方式并非突兀之举。在延安整风之后,随着毛泽东的最高政治权威和最高思想权威的确立,实事求是成为中国共产党的思想路线的核心,但 1950 年代中期以来,随着极"左"政治日趋严重,个人崇拜之风盛行,主观意志的作用被无限夸大,此时的"实事求是"在实践上已背离该命题原有的涵义,所谓"是"已成为空想教条,他人不需要也不允许通过实事寻求,而"实事"也成为符合空想教条的一厢情愿,乃至公然的伪造。这种恶劣的情况在学术领域的一种典型表现就是程千帆多次批评的从以论带史发展到以论代史。于是,实事求是的口号在极"左"政治的实践上最终走向其反面——不从客观实际出发,不从现实可能性出发,而是从主观愿望出发的主观主义和教条主义。

　　由此可见,毛泽东对于辩证唯物主义的中国化解读是一种按照中国的特点运用马克思主义的方式,简而言之就是马克思主义的内容,民族的形式。这种方式源自于斯大林在《东方大学的政治任务》中提出的"社会主义内容和民族形式"相结合的观点,类同于晚清传教士李提摩太所说的"借中国旧有的语言,发扬基督教义,以耶稣真理为骨

---

①　王元化著《思辨随笔》,上海文艺出版社 1994 年版,第 84 页。
②　《毛泽东选集》第 3 卷,第 801 页。

子,妆饰为中国化"。① 在毛泽东晚年,一分为二、实事求是的口号又沦为以阶级斗争为纲的极"左"政治的思想工具,反映着非此即彼、不可两立的僵化思维模式和脱离实际的主观主义,与中国固有的一分为二、实事求是的辩证思想完全背道而驰。

3. 程千帆对于一分为二、实事求是的传统化诠释

程千帆尽管表示接受辩证唯物主义,也用一分为二、实事求是解读辩证唯物主义,在其学术上留下了时代的痕迹,但他对一分为二、实事求是的理解和运用与毛泽东形成鲜明的对比。

"文化大革命"结束后不久,程千帆发表了"文化大革命"后期所作的《戏为九绝句》,批评郭沫若的《李白与杜甫》一书对杜甫的不公正评价。其九云:

> 一分为二有津梁,圣智名言日月光,
> 求是更须尊实事,莫教舞袖太浪当。②

诗中所运用的批判武器即是一分为二和实事求是。众所周知,郭著附和毛泽东对李白的喜爱,对杜甫作了许多离奇的指责,本是斗争哲学及其引发的假大空的恶劣学风的一个典型产物,而程诗批评郭著时提出一分为二、实事求是的原则,反对其趋炎附势、曲学阿世的舞袖浪当,这正与斗争哲学针锋相对。

如前所述,1977 年 12 月底发表了毛泽东《给陈毅同志谈诗的一封信》,信中认为宋代很多诗人不懂形象思维,宋诗味同嚼蜡,并由此引发了学术界一些人片面推崇形象思维的不良倾向。对此,程千帆 1978 年 6 月 30 日致吕永信说:"现在一强调比兴、形象思维,就好像赋与抽象思维跌价了,甚至不值一谈了。真正搞学问的人,应当从实际出发,以求有益于风气,而不应揣摩风气,脱离实际。一分为二,实事求是,永远是不可动摇的原则。"③并撰写了论文《韩愈以文为诗说》,针对毛泽东将形象思维与抽象思维对立起来,将直说与曲说对立起来的非此即彼、不可两立的思维模式以及对宋诗的脱离实际的彻底否定进行了直率的批评。1996 年 5 月 20 日致程章灿信又说:"鲁迅

---

① 引自苏惠康著《李提摩太传》,上海广学会 1924 年刊印,第 15 页。
② 《程千帆全集》第 14 卷,第 37 页。
③ 《闲堂书简》,第 129 页。

好诗已被唐人做尽之说甚片面,毛宋人不懂形象思维之说尤谬误。"①从中也可见程千帆坚持的一分为二、实事求是的原则正与斗争哲学针锋相对。

此外,程千帆对前述非此即彼、不可两立的思维模式也进行了尖锐的批评。例如关于宋代文学研究,程千帆批评了那种将文学史分为现实主义与反现实主义的斗争,法家与儒家的斗争,非把作家们归入哪一边的贴标签、套公式的方式,认为把词分为婉约、豪放两派,已不无削足适履之嫌,而上述两分法就更与事实相远,这对宋代文学研究所起的坏影响是不能低估的。又进一步举例做了说明:"因为王安石是法家,是进步的,现实主义的,而苏轼反对他,就必须是儒家,是保守的,反现实主义的,根据这种无理的推理,给他们匆促作出结论,不陷于荒谬是不可能的。"②

之所以都标举一分为二、实事求是却形成了尖锐的对立,是因为程千帆坚持的一分为二、实事求是的原则体现了对学术文化传统的自觉传承而不是对斗争哲学的曲意逢迎。我们看到,《戏为九绝句》其九在收入《闲堂诗存》时,③诗中"圣智"一词改为了"久矣"。不用"圣智",可能是因为九首其六已用了"圣哲"一词以指杜甫,④而圣智与之词义相近又另指他人,现改换不用,就避免了用词的重复和指称的误会。而改为"久矣",则揭示了"一分为二"、"实事求是"的中国来源,从而传达了以中国学术文化传统来诠释辩证唯物主义的意味。

"圣智"或"圣哲"是古代汉语的常用词,多用于称呼具有超人的道德才智、取得了杰出成就的人物,也用来称呼帝王——最高政治领袖。郭沫若当年为成都杜甫草堂题写的对联"世上疮痍,诗中圣哲;民间疾苦,笔底波澜"就是用圣哲称呼杜甫的。程千帆在九首绝句中批评郭著,用"圣哲"一词原有旧事重提,以子之矛攻子之盾的意味。而在这一首诗中,圣智表示具有辩证思想的杰出人物,但其具体指称不甚明确。这是因为"一分为二"和"实事求是"虽然都是中国古人的发明,但毛泽东已将它们用于解释辩证唯物主义,成为了众所周知的中国马克思主义哲学的术语。这样,"圣智"一词既可以指中国古人,也可以指马克思、恩格斯以至毛泽东。但改为"久矣",那么这两个命题出自中国古人就很清楚了。因为在"实事求是"和"一分为二"命题的提出或解说上,

---

① 《闲堂书简》,第593页。

② 《俭腹抄》,上海文艺出版社1998年出版,第96—97页。

③ 《闲堂诗存》附录于《被开拓的诗世界》,收入《程千帆全集》第14卷。

④ 《戏为九绝句》其六全文:"当日题楣寄草堂,诗中圣哲语煌煌。新书却把旁人笑,始信师丹老善忘。"

无论是马克思、恩格斯还是毛泽东与中国古人(无论是汉儒、宋儒,还是清儒)相比都谈不上久矣。① 因此,将"圣智"改为"久矣",在意味着其一分为二、实事求是的命题出自中国古人的同时,也意味着其思想批判的武器乃是来自中国传统的辩证法而不是斗争哲学。这样也就可以帮助读者避免将它们与斗争哲学混淆起来了。

1965年程千帆《书批校张青在刊本李注王荆公诗后》二则其一讲述清代学者劳季言受同乡学者赵星甫临终托付,续撰其未能完成的两部书稿,但自己也因英年早逝,未能如愿。而劳季言的朋友丁保书为之悉心董理,终于撰成这两部书稿和劳季言的书稿。对此程千帆评议说:"盖昔贤之以学术为天下公器也如是,笃于风义,不负死友也如是。又季言常镌小印,文曰:实事求是,多闻阙疑。以此为读书之旨。凡此皆足令人感发则效。"②由此也可见在"反右"运动之后深陷劫难之中的程千帆所要遵循的实事求是原则不是来自政治领袖的语录,而是来自学术前贤的箴铭。

因此,虽然毛泽东与程千帆都运用中国哲学命题解读辩证唯物主义,都体现了贯通古今中西,追求思想学术现代化转型的共同性,但毛泽东是以马克思主义为主导,把马克思主义的内涵转化为中国哲学的术语,使得马克思主义具有了传统的形式,可谓中国哲学命题的马克思主义化。而程千帆则以中国哲学为主导,把马克思主义的术语转化为中国哲学的内涵,使得中国哲学具有了现代的意义,可谓马克思主义命题的中国哲学化。两者在立场和观点上都有本质性的不同。

由此也就可知,千帆诗学辩证思维模式与斗争哲学的对立既表现在自觉的褒贬态度上,也表现在对于辩证法的基本认识以及对于辩证唯物主义的独特解读上,其褒贬态度与思想认识是相一致的,可谓名实相副,表里如一。所以,如果说儒家辩证法是千帆诗学辩证维模式的主要依据的话,那么,为极"左"政治提供理论依据、长期占据意识形态主导地位的斗争哲学就是主要的对立面。由此我们也就可以再次认识到,在千帆诗学那里,学术与思想是紧密联系在一起的,其一般学术方法与哲学方法相结合的二重性的两点论是学术观点与哲学观点相统一的反映。于是,千帆诗学之中的种种学术争论的背后往往隐含着哲学之争,隐含着世界观、价值观和方法论的对立。这种思想

---

① 1980年程千帆在山东大学中文系与研究生谈如何治学时,讲到"文化大革命"期间没学好一分为二、实事求是的唯物辩证法时,指出了实事求是的出处,并举郭著说明之,可为旁证。参看《治学小言》,第8—9页。

② 《程千帆全集》第14卷,第83页。

学术上的复杂、丰富和深刻正是大家之大的一种真实形态。

第二节　千帆诗学对于马克思主义辩证法的学习和借鉴

虽然程千帆主要依据儒家的中庸之道自觉否定了斗争哲学,也不会认同马克思本人对待中国社会和文化传统的贬低态度,但这并不意味着千帆诗学两点论与马克思主义辩证法以及其他各家辩证法之间绝对隔离、绝对对立和绝对排斥。

从逻辑上讲,中庸之道所尊崇的和而不同原则具有高度的开放性,恰恰是要求主动了解、吸收新知异见以创新发展的。先秦孔子集殷周思想之大成而开创儒家学派,宋代朱熹融通老释而建构道学体系都是众所周知的例证;近代以来被称作文化保守主义的众多儒家学者也充分体现了开放的精神,例如在政治上王韬最早介绍欧洲民主制度,梁启超最早刊发列宁著作的译文,在学术上王国维最早接受西方哲学、美学,章太炎最早借鉴西方现代语言学理论,等等,此类例证不胜枚举。所以,只要其他各家的辩证法思想与和而不同的原则不相矛盾,它们就可以被儒家辩证法吸收融合进来。而辩证法有着悠久的历史和丰富的内容,故中外各家辩证法虽然各有特色,但并非处处完全相反、完全冲突,它们之间总有相同相通、互补互济之处。就毛泽东的辩证法思想而言,虽然毛泽东自觉而坚决地反对中庸之道,对斗争的积极作用做了过分的夸张,但肯定矛盾的客观性、普遍性和永恒性,肯定矛盾之间的互相联系、互相作用和互相转化,并在认识事物的过程中注重矛盾分析,注重矛盾的特殊性,注重区分主次矛盾以及矛盾的主次方面,这些观点具有合理性,体现了超越毛泽东所特别强调的阶级性的意义。同时,毛泽东在1950年代中期以来先后提出的两点论、设置对立面、两条腿走路等辩证命题,虽然与其在经济上推行冒进政策以及在政治上大搞阶级斗争有着紧密的联系,但在理论上也是有着合理性或启发性的,不能简单地因人废言全盘否定。这也就为千帆诗学吸收融合包括马克思主义辩证法在内的别家营养提供了可能性。

从事实上讲,程千帆也是恪守了和而不同的原则,在精神独立、思想自由的前提下,积极地吸收融合了其他各家辩证法的思想营养。换言之,他虽然长期遭受极"左"政治的严重迫害而坚决抵制极"左"政治、否定斗争哲学,但并没有轻易地、完全地否定马克思主义辩证法,而是认真学习和借鉴了马克思主义辩证法与儒家辩证法之间相通相济的因素,使得马克思主义辩证法对于建构和运用一般学术方法与哲学方法相结合的二重性的两点论,从而推动千帆诗学不断向前发展,最终达到一个崭新的高度发挥了积极的作用。

一、 促进了一般诗学方法与哲学方法相结合的研究范式的确立

在思想方法上,马克思主义强调世界观、认识论和方法论的统一,强调把哲学作为精神武器进行革命实践和开展研究工作。[①] 青年毛泽东在信仰马克思主义之前即致力于哲学,强调普及哲学,从哲学伦理学入手变换全国之思想;[②] 自延安时期学习了辩证唯物论之后,毛泽东更是一直强调学习马克思主义哲学,用辩证法观察和处理国内外的问题。[③] 尽

---

① 例如马克思说:"哲学把无产阶级当作自己的物质武器,同样,无产阶级也把哲学当作自己的精神武器。"(《马克思恩格斯选集》第 1 卷,人民出版社 1995 年版,第 15 页)再如恩格斯致桑巴特信说:"马克思的整个世界观不是教义,而是方法,他提供的不是现成的教条,而是进一步研究的出发点和供这种研究使用的方法。"(《马克思恩格斯全集》第 39 卷,人民出版社 1974 年版,第 406 页)恩格斯的这一观点在中国被反复强调,学术界早已耳熟能详。

② 参看李泽厚《青年毛泽东》,《中国现代思想史论》,第 123 页。

③ 共和国成立之前,毛泽东《在延安文艺座谈会上的讲话》即提倡学习马克思主义,用辩证唯物论和历史唯物论的观点去观察世界,观察社会,观察文学艺术。(《毛泽东选集》第 3 卷,第 874 页)共和国成立之后,毛泽东又多次提出做好宣传工作,学习哲学,学习辩证法的问题。例如 1951 年 3 月 27 日毛泽东致李达的信说:"关于辩证唯物主义的通俗宣传,过去做得太少,而这是广大工作干部和青年学生的迫切需要,希望你要多多写些文章。"(《毛泽东书信选集》,第 407 页)再如 1954 年 12 月 18 日毛泽东致李达的信又说:"要使百万的不懂哲学的党内外干部懂得一点马克思主义的哲学。"(《毛泽东书信选集》,第 487 页)再如 1955 年 3 月 31 日在中国共产党全国代表会议上的讲话中,毛泽东反复强调:我们要在党内外五百万知识分子和各级干部中,宣传并使他们获得辩证唯物论,反对唯心论。我们要做出计划,组成一支强大的理论队伍,有几百万人读马克思主义的理论基础,即辩证唯物论和历史唯物论,反对各种唯心论和机械唯物论。我劝同志们要学哲学。马克思主义有几门学问,马克思主义的哲学,马克思主义的经济学,马克思主义的社会主义——阶级斗争学说,但基础的东西是马克思主义的哲学。(《毛泽东选集》第 5 卷,第 144—145 页)1957 年 1 月在省市自治区党委书记会议上的讲话中,毛泽东又明确提出要学习辩证法:"全党都要学习辩证法,提倡照辩证法办事。要运用马克思主义的对立统一学说,观察和处理社会主义社会阶级矛盾和阶级斗争的新问题,观察和处理国际斗争中的新问题。"(《毛泽东选集》第 5 卷,第 361—362 页)1957 年 3 月在中国共产党全国宣传工作会议上的讲话中,毛泽东也明确说:"我们要求把辩证法逐步推广,要求大家逐步地学会使用辩证法这个科学方法。"(《毛泽东选集》第 5 卷,第 413 页)

管毛泽东强调学习哲学普及辩证法的目的是要进行思想改造,并在极"左"思潮和极"左"政治的统治下导致了"活学活用"、"立竿见影"等庸俗、僵化的思想倾向,以及"以论代史"、"主题先行"等假大空的恶劣学风、文风,但文史哲相结合原是中国学术的传统范式,毛泽东强调以哲学为方法认识事物、处理问题是与中国的学术传统范式相一致的,对于传承学术传统有着积极的意义。所以,虽然马克思贬低中国传统文化、毛泽东更从根本上否定儒家辩证法的态度不能为程千帆所接受,但他们对哲学方法的强调对于千帆诗学自觉运用哲学方法进行文学研究有着积极的促进作用。程千帆在共和国初期即开始学习马克思主义,虽然是在思想改造的大背景下进行的,但确实认真地下了一番功夫。例如《实践论》在 1950 年 12 月 29 日《人民日报》重新发表后,程千帆响应号召在次年写作了《〈实践论〉对于文艺科学几个基本问题的启示》和《〈实践论〉是理论文崇高的规范》两篇文章,[1]以《实践论》为依据,联系《在延安文艺座谈会上的讲话》,从理论上来说明文学中的生活实践、主题选择、典型创造等问题,反映了他在学习马克思主义之后努力运用哲学方法进行文学研究的自觉性。虽然当时程千帆受到神学思维模式的影响,还未达到辩证法的深层次自觉,但将哲学方法运用到文学研究之中的自觉努力确实是与学习马克思主义直接相关的。所以,程千帆虽然经过"反右"运动的反思破除了神学思维模式的束缚(详见第八章),但并未否定哲学方法的意义,而且还在文学研究中自觉地将一般诗学方法与哲学方法相结合,构建了富有特色的二重性的两点论,充分发挥了哲学方法的积极作用。

二、 促进了对中国辩证法的现代性理解

虽然古人对于诗歌创作乃至整个文学创作中的辩证思维已有自觉的认识和积极的追求,程千帆在民国时期也体现了善于运用辩证思维的特点,但当时他还未达到辩证法的自觉(详见第八章),而在共和国时期通过学习马克思主义哲学以及西方哲学,程千帆不仅丰富、深化了关于辩证法的认识,而且获得了认识中国哲学的新视角以及对于儒家辩证法的现代性理解,使得儒家辩证法的独特内容和独特价值充分地展示出来。例如《读宋诗随笔》选录了朱熹《观书有感》两首哲理诗,其二是:

---

[1] 见《文学批评的任务》,中南人民文学艺术出版社 1953 年版。

昨夜江头春水生,蒙冲巨舰一毛轻,

向来枉费推移力,此日中流自在行。

在品评中,程千帆指出这首诗"写人的修养往往有一个由量变到质变的阶段。一旦水到渠成,自然表里澄澈,无拘无束,自由自在"。① 1994 年夏程千帆手书七首古诗寄赠周勃,其中也有朱熹的这首诗,并题"可指由量变而质变之过程也"。② 程千帆揭示出朱诗体现了从量变到质变的辩证思想,也许是对毛泽东认为中庸之道惧怕和反对质变的观点的有力回应,不过,这种由量变到质变的辩证法思想在朱熹诗中乃至在朱熹的哲学论著中并没有直接呈现出来或得到明确的说明,只有学习了马克思主义哲学以及西方哲学之后才能够使中国古人的辩证法思想获得这种现代意义。换言之,不去吸收融合这种关于从量变到质变的西方辩证法思想,就不可能对朱熹这首诗的主题作出这种现代性的解读。

三、 在思维过程和矛盾分析方式上的借鉴

1. 侧重于从特殊到一般或从经验上升到理论的思维过程

李泽厚在《试谈马克思主义在中国》一文中指出:"毛泽东的许多论著的论述形式似乎是从一般到特殊,而思维的实际过程却是从特殊到一般,即从感性到理性,从个别到一般的经验总结。毛泽东由于从实际出发,很重视事物的经验特殊性,反对套用一般的公式、教条去认识问题和解决问题,但又总是把这特殊性提高到一般性的规律上来。这成为他思想的一个特点。"③这一认识得之于对毛泽东在《中国革命战争的战略问题》、《论持久战》、《实践论》、《矛盾论》等代表性著作中所体现的经验理性的细致解读,是切合当时毛泽东的思想实际的。之所以有这一特点,主要是因为毛泽东把实践的观点作为辩证唯物论的认识论的第一的和基本的观点,即强调认识从实践发生,而又服务于实践;同时又强调认识论的唯物论和辩证法,把认识的发展过程视为是一个基于实践的由浅入深、由感性阶段发展到理性阶段的过程。所以,他特别强调直接经

---

① 《程千帆全集》第 11 卷,第 472 页。

② 引自周勃《垂范永远——怀念会昌师》,《程千帆先生纪念文集》,第 76 页。

③ 《中国现代思想史论》,第 169 页。

验在认识上和实践上的基础性和必要性："一切真知都是从直接经验发源的。""就知识的总体说来，无论何种知识都是不能离开直接经验的。任何知识的来源，在于人的肉体感官对客观外界的感觉，否认了这个感觉，否认了直接经验，否认亲自参加变革显示的实践，他就不是唯物论者。"①并举例说明：一个无经验的人去指导一个具体的战争，要在吃了一些败仗之后（有了经验之后）才能理会战争的正确的规律。② 对如何研究中国革命战争也曾提出："我们固然应该尊重过去的流血经验，但是还应该尊重自己流血的经验。"③由此可见毛泽东对于从直接经验出发的高度重视。

　　程千帆在文学研究中的基本思路与毛泽东的这种经验理性的思维过程有着明显的一致性。例如程千帆赞成朱光潜的观点："离开具体的艺术来谈美学思想，不但会过于抽象说教，而且是一件极费力的事情。"④他在致陈望衡信中也肯定其美学研究"从具体的美所体现或依托的客观事物出发，由个别到一般，由微观到宏观，慢慢地积累起来"，并说："我觉得这是一条切实的路，是科学研究的正路。"⑤不仅如此，程千帆自认其文学研究也是按照这一思维过程进行的。例如他在致周勃信中说："我谈理论，是从具体上升到抽象，与一般不同。"⑥他在与研究生的谈话中也说："解放后尤其是来南京以后，我有意识地探讨新方法，力图从具体上升到抽象一般的原则。"⑦验之以诗学成果，前述关于古典诗歌描写与结构中的一与多的研究就是一个从具体到抽象、从个别到一般，从微观到宏观的典型例证。《一个醒的和八个醉的——读杜甫〈饮中八仙歌〉札记》、《张若虚〈春江花月夜〉的被理解和被误解》等其他代表性论文也从不同的侧面体现了同样的特点。可见其自认洵非虚言。同时，前述程千帆一再强调文学研究应从具体的作品出发，感字当头，强调创作经验对于文学研究的重要意义也是与毛泽东高度重视直接经验相一致的。当然，这些一致之处可以视为知能并重、知行合一的中国

① 《毛泽东选集》第 1 卷，第 288 页。
② 《毛泽东选集》第 1 卷，第 289 页。
③ 《毛泽东选集》第 1 卷，第 172 页。
④ 《程千帆全集》第 15 卷，第 144 页。
⑤ 《闲堂书简》，第 528 页。
⑥ 《闲堂书简》，第 154 页。
⑦ 《程千帆全集》第 15 卷，第 114 页。

学术文化传统或经验理性的思维模式在两个人身上的共同反映,但程千帆学习过《实践论》,一直认同认识论的实践性以及唯物论和辩证法,所以也不能排除其中毛泽东对程千帆的积极影响。

2. 设置对立面的矛盾分析方法

任何辩证法都特别关注认识对象的各种矛盾,毛泽东更是把矛盾分析作为根本的、核心的方法,并对于矛盾分析的方法有许多独特的发明,其中之一就是设置(树立)对立面。1958 年 1 月 16 日毛泽东在南宁会议上的讲话中提出在工作中应设置对立面,欢迎对立面,以便随时都有两种方法可以比较。① 1958 年 3 月毛泽东在成都会议上的讲话中,在谈到要正确对待苏联经验和中共自己的经验的时候,批评一些同志"忘记了历史经验,不懂得比较法,不懂得树立对立面"。再次提出应设置对立面,并围绕规章制度问题做了具体的说明:"什么事情都要提出两个办法来比较,这才是辩证法,不然就是形而上学。铁路选线、工厂选厂址、三峡选坝址,都有几个方案,为什么规章制度不可以有几个方案?"又说:"对许多规章制度,我们许多同志不去设想有没有另外一种方案,择其合乎中国情况者应用,不合者另拟,也不作分析,不动脑筋,不加比较。"② 此外,毛泽东在 1958 年 5 月中共八大二次会议的讲话中也谈到设置对立面的问题,他指出:"所谓对立面,是客观存在的东西才能设置起来,客观不存在的东西是设置不了的。"又说:"在自然界本来不存在的对立面,可由人工设置起来,如修水库,办工厂。但必须在自然界有这个材料,有这个条件,有物质基础。"③ 由此可见,设置对立面的方法是根据客观条件,设置一个或有或无的事物,与另一事物(或有或无)构成一对矛盾,然后进行比较分析的一种辩证思维方法。如第三章所述,千帆诗学的辩证分析方法中有一种通过合二为一的方式构建矛盾的方法,其中包括两种形式:第一种形式是把作品之内实际存在的一方与作品之外实际存在的另一方联系起来(有与有)进行比较分析,以突出研究对象的独特性;第二种形式是把作品之内实际存在的一方与作

---

① 《建国以来毛泽东文稿》第 7 册,第 17 页。

② 《毛泽东文集》第 7 卷,第 366、369 页。

③ 《毛主席在中共八大二次会议上的讲话》,中国科学院地质研究所十一室 1967 年 2 月 27 日翻印。

品之外虚拟的、并不实际存在的另一方联系起来(有与无)进行比较分析,以突出研究对象的独特性。这两种辩证分析形式在实质上与毛泽东所说的设置对立面的方法是相一致的。

程千帆在《古典诗歌描写与结构中的一与多》的研究中曾发现诗人在人与人、物与物、人与物之间主观安排一与多对比的情况,即一与多这两个数量所表示的内容本来并不属于一对矛盾的两个方面,双方并没有互相依存、互相转化的不可分割的关系,但诗人将它们组合起来,由此建构为一对对立统一的矛盾,显示了两种或多种事物在数量上的差异。许多诗人用这种方法写出了不朽的名句,例如王湾《次北固山下》:"潮平两岸阔,风正一帆悬。"李白《听蜀僧濬弹琴》:"为我一挥手,如听万壑松。"韦应物《淮上喜会梁州故人》:"浮云一别后,流水十年间。"①因此,千帆诗学的这种根据作品中原有的一方而虚拟出不存在的另一方的辩证分析方法可能是从诗人的创作方法中借鉴来的。但从逻辑上讲,程千帆既然认真学习唯物辩证法并借鉴过两点论、两条腿走路的方法,也就有可能学习借鉴设置对立面的方法。当然,我们从中也可看出程千帆与毛泽东的不同倾向和不同原则。毛泽东设置对立面的观点与一分为二的观点一样有着与苏联修正主义作斗争的政治动机,所以,通过设置对立面而建构的矛盾双方是是非类的,二者只能选择其一,体现了非此即彼、不可两立的斗争哲学的思维模式;而程千帆通过有中生无而构建的矛盾双方往往是两是类的,双方的各自价值都得到肯定,体现了崇尚中和的中庸之道的原则。

四、 对毛泽东思想若干概念和命题的借用

程千帆对于马克思主义辩证法既借鉴了其思想观念,也借用了其若干术语,最具代表性的例子就是借用了两点论的概念和两条腿走路的命题。

1956 年 4 月 25 日毛泽东在《论十大关系》一文中谈到中国和外国的关系特别是如何学习苏联和其他社会主义国家的经验时说:"我们党的支部书记、部队的连排长,都晓得在小本本上写着,今天总结经验有两点,一是优点,一是缺点。他们都晓得有两点,为什么我们只提一点? 一万年都有两点,将来有将来的两点,现在有现在的两点,

---

① 《程千帆全集》第 8 卷,第 100—101 页。

个人有个人的两点。总之,是两点不是一点,说只有一点,叫知其一不知其二。"①1956年11月15日,毛泽东在八届二中全会上的讲话中更加明确地提出两点论:"一点论是从古以来就有的,两点论也是从古以来就有的。这就是形而上学跟辩证法。中国古人讲:'一阴一阳之谓道。'不能只有阴没有阳,或者只有阳没有阴,这是古代的两点论。形而上学是一点论。"②毛泽东提出两点论有着反对硬搬苏联的一切东西的思想和方法,为巩固因非斯大林化而受到影响的其个人权威以及推行经济上的冒进政策服务的动机,但就毛泽东对两点论的说明本身而言,它体现了承认矛盾的客观性、普遍性和永恒性,反对片面认识事物的辩证态度,而未呈现侧重是非类阴阳、强调斗争的片面倾向,故与中国传统的辩证法有一致性。所以,程千帆把各种一般诗学方法(狭义两点论)提升到辩证法的高度,与辩证思维模式(广义两点论)统一起来,并将之统称为两点论,既借鉴了马克思主义的辩证法思想也借用了毛泽东的中国化术语。

自1958年冬开始,毛泽东多次提倡两条腿走路的工作方针,③并从辩证法的高度来说明这一方针。例如1958年12月9日毛泽东在八届六中全会上讲:"两条腿走路是对立统一的学说,是属于辩证法范畴的。"④1959年5月3日周恩来在文艺界人士座谈会上也对这一方针作了相似的说明:"两条腿走路,就是对立面的统一。这个问题毛主席在《矛盾论》中早已解决了。对立统一本身就是两条腿,既要结合,又要有主导(也就是矛盾的主要方面)。这是我们的哲学思想,也是我们主要的工作方法。"⑤从中国哲学的语境来看,这一方针所说的两条腿,例如,工业与农业、重工业与轻工业、中央工业与地方工业,等等,都属于两是类阴阳,而不是是非类阴阳,故而每一条腿都得到了

① 《毛泽东选集》第5卷,第285页。

② 《毛泽东选集》第5卷,第320页。

③ 例如1958年11月25日毛泽东在对云南省委关于肿病死人的报告的批示中说:"生产、生活同时抓,两条腿走路,不要片面性。"(《毛泽东文集》第7卷,第452页)又如1959年6月29日、7月2日毛泽东在《庐山会议讨论的十八个问题》中也说:"去年许多事情是一条腿走路,不是两条腿走路。我们批评斯大林一条腿走路,可是在我们提出两条腿走路以后,反而搞一条腿走路了。"(《毛泽东文集》第8卷,第77页)

④ 这句话不见于《在中共八届六中全会上的讲话提纲》(《建国以来毛泽东文稿》第六册),但见于油印的讲话记录稿。

⑤ 《文艺工作也要两条腿走路》,《周恩来文化文选》,中央文献出版社1998年版,第345页。

肯定；同时，虽然每一对两条腿有主次之分，可能会导致一条腿粗一条腿细，或一条腿长一条腿短的不协调弊端，但强调了两条腿的并举（不可偏废）和互相结合。所以，这一方针与侧重于两是类阴阳、崇尚中和的儒家辩证法颇为一致，而与毛泽东当时在政治上把两个阶级、两条道路的矛盾（是非类阴阳）视为中国社会的主要矛盾，强调你死我活的阶级斗争的极"左"思想并不协调，而其比喻性的表述也十分新颖生动。因此，这一方针提出之后在大陆学术界产生了长久的影响。例如 1960 年代初语言学家吕叔湘在语文教学上提出语言和文字两条腿走路的方针："语言和文字本来应该是两条腿走路的，可是我们一条腿长，一条腿短，'不良于行'。我们吃尽了不会说话的亏，不能让现在的青少年走上我们的老路。"①又说："文字教学的任务之所以显得艰难，正是因为没有重视语言教学，正是因为这种教学方法也是一条腿走路而不是两条腿走路。"②所以，他建议减少一些书面作业，增加一些口头作业；用口头作业代替一部分书面作业。如前所述，程千帆提出既要研究古代的文学理论又要研究古代文学的理论的两条腿走路的主张，也同样借用了毛泽东的这一提法。这种借用具有适应环境的意义，也有学习和借鉴的意义。

鉴于上述情况，我们在确认千帆诗学辩证思维模式与斗争哲学的本质差异和尖锐对立之时，不应忽视和否认它对马克思主义辩证法的学习和借鉴，不应忽视和否认马克思主义辩证法对于千帆诗学两点论的理论建构和实际运用所起到的积极作用。

应作补充说明的是，除了对马克思主义辩证法的学习和借鉴之外，千帆诗学辩证思维模式也包含着对其他西学成果的学习和借鉴。程千帆曾说："当科学研究的结论作出以后，我们还必须注意到它所具有的不稳定性。随着人类认识的发展，学术的进步，许多曾经被认为已经解决了的科学问题，又常常有新的开拓，从而形成新的结论。所以，当一个结论作出以后，一方面要承认它是一个新的结论；另一方面，又必须承认这个结论是不稳定的。这种辩证的认识可以使科学研究者不断奋进，同时又能在奋进中保持谦虚，不会满足于已经取得的成绩。"③从这段话中可以看出，程千帆关于学术

---

① 《关于语文教学问题》，《吕叔湘全集》第 11 卷，辽宁教育出版社 2002 年版，第 30—31 页。

② 《再论拼音字母和语言教学》，《吕叔湘全集》第 11 卷，第 239 页。

③ 《程千帆沈祖棻学记》，第 132 页。

结论不稳定性的认识以及对保持谦虚、永不满足的要求一方面有着辩证思维的特点，另一方面又吸收了波普尔的关于科学发展的证伪理论。所以，千帆诗学两点论的理论建构和实际运用既是忠实地继承中国学术文化传统的结果，也是积极地吸收西学新知的结果。程千帆在沟通古今、融合中西方面的辛勤努力由此可见一斑。

综上所述，将千帆诗学辩证思维模式与以儒家思想为主导的中国辩证法和包括斗争哲学在内的马克思主义辩证法联系起来互相参照，辨析异同，我们可以发现，崇尚中和的中庸之道与偏执斗争的斗争哲学是两种具有本质差异的辩证法，以多元并重、和谐统一为基本特点的千帆诗学辩证思维模式与中庸之道高度一致，而与斗争哲学尖锐对立。换言之，千帆诗学辩证思维模式主要依据的是儒家的中庸之道而不是包括斗争哲学在内的马克思主义辩证法。所以，虽然程千帆直至晚年在谈论辩证法时有时还会沿用主流意识形态的某种表述方式，呈现出经受思想改造的历史痕迹，但千帆诗学辩证思维模式在根本上归属于中国的学术文化传统而不是源自西方的马克思主义。另一方面，程千帆在坚持精神独立、思想自由的前提下认真吸收了马克思主义辩证法中合理有益的成分，促进了千帆诗学两点论的理论建构和实际运用，这也是不应忽视或否认的客观事实。所以，如果说千帆诗学对于斗争哲学的否定和对立属于"不同"的一面的话，那么，对于马克思主义辩证法的学习和借鉴则属于"和"的一面。这正是忠实地贯彻中庸之道的充分体现，也就是程千帆所说的儒家是本体，也信马克思主义的本意吧。

第七章　千帆诗学通向中国哲学的主要途径：
曾国藩的影响

　　在中国的学术文化传统中，任何一个领域的杰出后辈总是与杰出的前辈有着密切的联系、深入的交流。虽然后人对前人必须有所突破、有所发展才能树立自我，媲美古人，使自己也跨入杰出者的行列，但那些不能够深刻理解前人，不能够充分利用前人的资源，从中汲取营养、获取力量的后来者是永远达不到杰出的前辈的高度的。所以，中国学术研究的一个显著特点就是非常重视推源溯流，把它作为理解研究对象的成长过程、发展脉络以及优劣得失的必要手段。在千帆诗学的现有研究成果中，推源溯流的方法也同样得到了运用。有关学者已指出，在学术渊源上，程千帆与晚清湘学的代表人物、对中国近现代史发展格局产生巨大影响的曾国藩有着紧密的联系。例如在2000年11月举办的"程千帆先生学术思想研讨会"上，武秀成认为程千帆的学术渊源主要是湖湘学术，以义理为主，又弥补了湘学不重视考据的缺陷。① 程章灿、巩本栋在谈到程千帆的治学特点时也认为程千帆在学术上特别看重王闿运、曾国藩等人。② 巩本栋后来在《文艺学与文献学的完美结合》一文中还就程千帆与湘学的关系作了进一步的阐述，指出程千帆对学术关注现实的提倡与湖湘学术的精神是一脉相通的，还指出程千帆少年时读过《曾国藩家书》，耳濡目染，受到熏陶，在中学听老师讲授过曾国藩

---

① 《程千帆先生纪念文集》，江苏古籍出版社2001年版，第351页。

② 《程千帆先生纪念文集》，第359、362页。

的《圣哲画像记》,对湖湘学术自当更有会心。① 这些观点富有启发性,为我们探索程千帆思想学术的渊源提供了重要的线索,但限于讨论会的形式或论文的研究主题,其丰富的内涵尚未得到充分的论证,因此,关于程千帆与曾国藩在思想学术上的渊源关系还有待进一步的探讨。

第一节　影响的终身性与牢固性

一、 湘学体系的启蒙教育

在儒学体系中,小人与君子是对人的根本性区分。如果说小人是天生的,那么,君子就是由小人转化而来的,而转化的关键在于教育和自我教育。就程千帆而言,其一生的教育和自我教育都与曾国藩有着密切的联系。

在程千帆的少年时代所接受的家庭教育中,就已可看到曾国藩的显著影响。

根据程千帆在《有恒斋求学记》、《闲堂自述》等文章中的回忆,从 1923—1928 年他主要在堂伯父程士经(字君硕,程千帆叔祖父程颂万的长子)的私塾中学习。从教学目的、教学内容和教学方式等方面来看,程士经的教学继承了其家学的传统,属于注重义理辞章的湘学体系,其中也可见出曾国藩直接或间接的重要影响。

首先,在人才培养目标上与曾国藩相一致。

清代的私塾教育一般分为两大类。一类人称俗学,其初级目标在于识字计数,高级目标在于科举功名。所教课程,启蒙阶段主要有《三字经》、《千字文》、《百家姓》、《龙文鞭影》、《幼学琼林》、《唐诗三百首》、《古文观止》等,多为通俗读物。虽然也要长期苦读四书五经,但由于目的在于科举功名而不在通经致用,所以主要功夫还是花在钻研八股时艺上。另一类人称世家之学,追求博通学问和变化气质,虽然也难免要走科举

---

① 《文学遗产》2002 年第 2 期。

之路，但注重经史的诵读，并不为举业所限。不过这种世家之学受清代思想、学术上的汉宋之分的影响又呈现出两种不同的倾向，即陈澧所说的略观大意、存其大体的士大夫之学和侧重考据训诂的博士之学。

曾国藩极为重视诸弟子侄的教育和成长，指导他们读书为学始终是其家书的一个主题。从中可见他是侧重义理辞章，并以士大夫之学的标准要求诸弟子侄的。其道光二十三年（1843）正月十七日家书叮嘱诸弟：

> 读经，读史，读专集、讲义理之学，此有志者万不可易者也。①

在道光二十四年（1844）五月十二日的家书中曾国藩又要求诸弟不可再"扶墙摩壁，役役于考卷截搭小题之中"、"以考卷误终身"，对他们提出的希望是：

> 不在科名之有无，第一则孝弟为瑞，其次则文章不朽。诸位弟弟若果能自立，当务其大者远者，毋徒汲汲于进学（指进官办学校）也。②。

其中义理辞章重于科举功名的态度十分鲜明。

四书五经是曾国藩要求诸弟子侄必读的书目，这在表面上与为科举而学习的俗学一样，但实际上曾国藩要求诸弟子侄读四书五经的主要目的并不在于科举考试。道光二十二年（1842）十月二十六日曾国藩致诸弟信提出"盖人不读书则已，亦自名曰读书人，则必从事于《大学》"的主张。③ 在这里，曾国藩要求诸弟必读《大学》，而读《大学》是为了做一个名副其实的读书人。所以，读书人之实就在于《大学》所指示之处。我们知道，《大学》的核心思想是要贯彻"明明德、亲民、止于至善""三纲领"，追求"格物、致知、诚心、正意、修身、齐家、治国、平天下""八条目"，从中展示了系统的儒家人生理想。所以，读书人之实应该最终落实在《大学》所指示的这些方面。曾国藩道光二十二年九月十八日家书说：

> 科名有无迟早，总由前定，丝毫不能勉强。吾辈读书，只有两事：一者进德之事，讲求乎诚正修齐之道，以图无忝所生；一者修业之事，操习乎记诵词

① 《曾国藩全集·家书一》，岳麓书社 1985 年版，第 55 页。
② 《曾国藩全集·家书一》，第 87 页。
③ 《曾国藩全集·家书一》，第 39 页。

章之术,以图自卫其身。①

这里正是把依据《大学》的诚正修齐之道以及记诵词章之术作为读书人的目的。显然,在曾国藩那里名副其实的读书人近于陈澧所说的略观大意、存其大体的儒家士大夫,而不是那种只求升官发财而陷入八股时艺之中不能自拔的科举之士,同时,与偏重于琐碎考据而不求总体大义的治经博士也不相同。别人也正是把曾国藩视为这样的读书人的。刘成禺在《世载堂杂忆》中说:

> 湘绮谓张孝达是看书人,曾涤丈是读书人。所谓读书人者,能通经致用;
> 看书人则书是书、人是人,了不相涉,即所谓记问之学,博而寡要者也。②

这里对读书人的理解是通经致用、知行合一,而不是博而寡要,显然是符合儒家士大夫的标准的。由此可知曾国藩所追求的应是具有注重义理辞章之湘学特色的士大夫之学而不是偏重考据训诂的博士之学(虽然后来他主张调和汉宋,不再忽视小学,但也没有因此而改变注重义理辞章的原有观念)。

宁乡程氏是湖南著名的书香门第、文学家族,有清一代人才辈出。程士经的祖父程霖寿(字雨苍)为咸丰七年(1857)举人,撰有词集《湖天晓角词》,曾任城步县训导、常德府教授等职,常"诫小子毋以文自封,学必以正,不第不官无憾尔"。③ 程士经的堂伯父程颂藩(字伯翰)为同治十二年(1873)拔贡,撰有《程伯翰先生遗集》,主张学诗不应过于追求语琢字削,甚至要求"尽束辞章于高阁,专求之六经,主敬穷理,反躬实践",以追求"黯淡无华,馨香弥远"的境界。④ 程颂藩曾主教岳麓书院,程颂万称他"冀推先君(程霖寿)之教",⑤可见其追求有益于身有用于世的原则。程士经的父亲程颂万诗文兼擅,撰有《十发居士全集》,他不仅在文坛上声名早著(参看第四章),而且在近代教育史上也有重要的地位。他先后担任过湖北自强学堂提调、湖南岳麓学堂监督等职,树立求实创新之风,培养了大批的人才,赢得了社会各界的广泛赞誉。我们看到,程颂万

---

① 《曾国藩全集·家书一》,第 35 页。
② 《世载堂杂忆》,辽宁教育出版社 1997 年版,第 67 页。
③ 程颂万《先考教授府君行状》,《鹿川文集》卷四,1928 年刊印。
④ 《宁乡县志》卷一四八《故事编(十)·先民传》,1941 年刊印。
⑤ 程颂万《先兄伯翰先生行状》,《鹿川文集》卷四。

注重"为学必本之经史以为根柢"，①在其变书院四科为经学、法学、智学、医学，将中西之学包容一体的主张中，要求在性理上"渊源四书，极诸周秦诸子，而以宋五子为归，及西士所纂性书于彼族征实用者"，②后又希望学生"服习群经，注重《易》《礼》，而以四子为归，积久而敛，积敛而充，灼然有以见全球之治乱矣"，③鲜明地体现了通经致用、与时俱进的精神。由此可知，程士经的祖辈、父辈虽然在文学上或长于词，或长于诗，或长于文，各有特色，但在注重义理辞章、追求士大夫之学的总体倾向上是一致的。程士经是在家学渊源之中成长起来的，其教学自然会受到长辈们的影响。

　　根据程千帆的回忆，程士经以经史文学方面的经典著作教育学生，"几乎要把传统士大夫应当具备的文化知识都教给我们"。④ 具体而言，程士经所教课程主要有《论语》《孟子》《诗经》《左传》《礼记》，还有《文选》《古文辞类纂》《经史百家杂钞》《资治通鉴》。正课之外泛览的书目有《日知录》《近思录》《呻吟语》，曾国藩的《家训》《家书》等（这些泛览的图书是程士经的藏书）。上述教科书目皆为经史文学方面的经典著作，没有一般私塾所用的通俗读物，也没有《尔雅》《说文解字》等小学类著作。另外，虽然程士经指定的泛读书目中有《日知录》，程千帆也说通过该书初识考据门径，但该书并非以文字训诂为主要内容。而且道光以来，学者推重顾炎武主要在他的经世之学（如李兆洛认为《日知录》论时务八卷为全书精华所在，黄汝成撰《日知录集释》，也说顾炎武"负经世之志，著资治之书"），与乾嘉时奉他为考据的开山大师大不相同。曾国藩的《圣哲画像记》在清代学者中首推顾炎武，在他看来，顾炎武的人格是"言及礼俗教化，则毅然有守先待后舍我其谁之志，何其壮哉"。所以，曾国藩敬仰的也主要是道光以下群推为经世儒宗的顾炎武，而不是被视为考据学大师的顾炎武。⑤ 因此，程士经典藏《日知录》，指导学生泛读也应有这样的思想因素。

　　在科举制度已经废除多年、五四新文化运动的影响也已遍及全国各地的情况下，程士经仍然按照注重义理辞章的湘学体系着力于经史文学的经典教育，其目标自然不

---

① 《程伯翰先生遗集》卷三，程颂藩著，程颂万编，海上汐庐1928年刊印。

② 程颂万《士用议》，《湘报》，中华书局2006年版，第1465页。

③ 程颂万《答萧生书》，《鹿川文集》卷六。

④ 《有恒斋求学记》，《程千帆沈祖棻学记》，贵州人民出版社1997年版，第13页。

⑤ 参看余英时著《士与中国文化》，上海人民出版社2003年版，第582页。

在于培养科举之士,也不在于培养擅长考据训诂的博学之士,而在于培养通经致用的士大夫。所以,在人才培养目标上程士经与曾国藩是相一致的。

其次,从教学重点上也可见出曾国藩的渊源。

根据程千帆的回忆,程士经的正课中有曾国藩的《经史百家杂钞》,泛览的书目中还有曾国藩的《家训》、《家书》;不仅如此,曾国藩特别重视的若干经史著作篇目也是程士经讲授的重点。例如,程士经选授《礼记》时,对《曲礼》、《少仪》、《内则》等篇详细讲解,于《礼运》、《大学》、《中庸》尤为重视。而曾国藩道光二十三年(1843)六月六日家书教导短于诗文的曾国潢日日在孝悌上用功,其方法是:"《曲礼》、《内则》所说的,句句依他做出,务使祖父母、父母、叔父母无一时不安乐,无一时不顺适。下而兄弟妻子皆蔼然有恩,秩然有序,此真大学问也。"①也强调了《曲礼》、《内则》的指导作用。再如程士经所授《资治通鉴》、《文选》、《古文辞类纂》是曾国藩除《史记》、《汉书》、《庄子》、韩文之外也非常喜欢的另外四种书中的三种(另一种是他自选的《十八家诗钞》),曾国藩教导曾纪泽将四书五经和这八种书"一一熟读而深思之"。② 还曾指导说:"欲明古文,须略看《文选》及姚姬传之《古文辞类纂》二书。……凡文(《汉书》所录文章)之为昭明暨姚氏所选者,则细心读之;即不为二家所选,则另行标识之。"③再如程士经将《呻吟语》等理学著作作为泛读书目,程千帆自述通过这些著作而初识理学面目,而《呻吟语》也是曾国藩要求曾国潢操持家政必须常看的两本书之一。④ 显然,以上在书目篇章方面的诸多相同相近之处说明程士经重视对曾国藩的学习和继承,而不能用巧合来解释。

最后,在练习方式上以及其他一些方面也直接或间接地体现了与曾国藩修身为学思想的一致性。程士经对学生的要求十分严格,他注重知能双修,除了读书看书之外,要求学生每天用文言记日记,记录自己的日常生活和读书心得,每周写一篇作文,还要每日临帖练字。而这些勤而有恒的练习方式与曾国藩道光二十年立志为学后恪守理学身体力行的原则,每日读书、作字、写作的情形是相一致的。此外,程士经的私塾名

---

① 《曾国藩全集·家书一》,第 67 页。
② 《曾国藩全集·家书一》,第 477 页。
③ 《曾国藩全集·家书一》,第 331—332 页。
④ 《曾国藩全集·家书一》,第 168 页。

为有恒斋,而有恒是曾国藩一生特别强调的修身为学的美德之一。凡读过曾国藩家书、日记的人皆知有恒二字在其中出现频率极高,在此不必赘述。张伯伟认为有恒斋的命名可能得自曾国藩的启示,从前述教学目标、教学内容和教学方式上与曾国藩的高度相似性来看,这一推测是合乎情理的。

　　根据以上事实可知程千帆少年时代接受的启蒙教育主要得益于家学,而其家学不仅渊源于一般性的传统教育,而且属于晚清湘学体系,与其代表人物曾国藩有着密切的联系。这就必然使得程千帆自少年时代起就受到曾国藩的多方面的影响。程千帆少年时代的学习是十分用功也是收获颇丰的,例如,他将学习心得记录在日记中,其中有关《礼记》的部分在大学期间经整理发表,得到了汪辟疆的赞许。① 根据教育心理学可知,少年时代的学习经历会在思想人格的形成上产生不可磨灭的影响,程千帆自己对此也做过说明:"这,对我一辈子做人,起了一定的作用。"②后来程千帆在金陵大学附中接受新式的学校教育,开始学习西方科学知识,但也没有与曾国藩完全隔离,曾国藩的名作《圣哲画像记》就是在那时听黄云眉讲授的。在大学读书期间,程千帆的多位老师如吴梅、黄侃、胡小石、胡翔冬、汪辟疆、林公铎等都极为尊重中国学术文化传统,这自然会深化和巩固其少年时代开始形成的思想信念。

二、 贯穿一生的学术联系

　　考察程千帆一生的教学与研究工作,就会发现程千帆与曾国藩一直保持着密切的联系,其间虽略有曲折,但从未中断。

　　在民国时期,程千帆经常引用曾国藩的有关著述,并持肯定的态度。例如 1940 年代程千帆编撰的《文论要诠》关于刘知几《史通·模拟》的按语引用了曾国藩"以脱胎之法教初学,以不蹈袭教成人"之说,并称之为"通方之谈";③《古诗"西北有高楼"篇"双飞"句义》一文在解释韩愈《双鸟诗》时,也引用了曾国藩的《十八家诗钞》中的解说。在武汉大学中文系教大一国文时,程千帆还将曾国藩的《经史百家杂钞序》编入讲义,发

---

　　① 《有恒斋求学记》,《程千帆沈祖棻学记》,第 14 页。
　　② 《有恒斋求学记》,《程千帆沈祖棻学记》,第 14 页。
　　③ 《程千帆全集》第 6 卷,河北教育出版社 2000 年版,第 225 页。

给学生自学。在共和国时期,程千帆在 1950 年代前期一度受到神学思维模式的影响,接受了对曾国藩的否定性政治评价,但很快就在反右运动中转变了思想态度(参看第八章)。特别引人注目的是,在十年浩劫期间,曾国藩早已成为家喻户晓的镇压农民起义的汉奸刽子手,但程千帆仍然对曾国藩的学术观点持肯定的态度。例如其 1975 年5 月 15 日致王淡芳信说:"曾涤生论诗,以为山谷出于玉谿,因作一绝云:'绵邈发幽响,奥缓生光莹。太息涪翁去,无人会此情。'而李黄两家外貌固绝不相类。以知艺事之传承,必遗貌取神,乃能洞悉其渊源变化。诗书一理也。"①此信前文本为讨论书法,忽然插入曾国藩谈论诗歌的例子以作旁证,这说明程千帆对曾国藩的诗论十分熟悉。又黄庭坚从西昆而向小李最后造老杜浑成之境之说先见于宋人,并非曾国藩的创见,而程千帆只举曾说,可见其对曾国藩意见的高度重视。特别是此信写于"文化大革命"当中,在人身安全毫无保障的时刻,竟敢引据(虽然是在私下里)这个大反动人物的观点、诗句,由此可见程千帆胆量之大,也可见曾国藩影响之牢固。

十年浩劫之后,随着思想解放和改革开放的不断扩展,程千帆也就比较自由地表示对曾国藩的肯定态度了。在教学工作中,他也像其堂伯父一样,注重向曾国藩学习。例如 1980 年代程千帆指示张辉、严杰、程章灿等几位研究生阅读了曾国藩的《圣哲画像记》;②1994 年程千帆接受弟子访谈,在讲到有些研究生总希望经济宽裕、有个好环境之后再来治学时,程千帆则认为应反过来考虑,努力治学,才有可能加速好环境的出现,并举曾国藩许多文章都是写于与太平军作战期间的例子以做榜样。③ 在学术工作中程千帆也多次表示了对曾国藩的重视和肯定。例如 1990 年其弟子李立朴所在的贵州人民出版社计划出版《中国历代名著全译丛书》,程千帆建议再译几部著名的选本,其所推荐的第一部选本就是曾国藩的《经史百家杂钞》。④ 1996 年 2 月 16 日与程章灿信讨论撰写文学通史时认为"曾国藩《十八家诗钞》断到元好问为止,极有眼光"。⑤ 在1998 年出版的《校雠广义·校勘编》第三章第二节中的"因政治原因而删"部分,程千

---

① 《学林漫录》第 14 集,中华书局 1999 年版,第 82 页。

② 此事承程章灿告知。

③ 《程千帆沈祖棻学记》,第 115—116 页。

④ 《闲堂书简》,上海古籍出版社 2004 年版,第 407 页。

⑤ 《闲堂书简》,第 592 页。

帆举中华书局 1959 年出版的高步瀛选注《唐宋诗举要》因政治原因将原引曾国藩评语全部删去为例，也指出曾国藩"所评对唐宋诗篇颇有见解，不应以人废言"。[①]

以上贯穿程千帆一生不同时期的众多事例足以说明程千帆所受曾国藩影响的终身性和牢固性。

第二节　影响的全面性与深刻性

一、影响的全面性

曾国藩对程千帆的影响不仅是终身和牢固的，而且还是全面和深刻的。就影响的全面性而言，程千帆在学术风格和人格特征两大方面都深深地留下了曾国藩的印记。

清代湘学源出宋学，本以义理见长，又重辞章，而小学是其所短。已有学者指出，清代乾嘉年间小学大盛，皖派、吴派、扬州派、岭南派相继兴起，人才辈出，而湖湘之地却无一名家。而有清一代湘学名家，如王夫之、魏源、郭嵩焘、王闿运、谭嗣同等人无论激进还是保守皆以重义理辞章和经世致用而著称。作为咸同以来湘学代表人物的曾国藩对于湘学的特点也有十分明确的认识。其道光二十五年（1845）五月五日家书说："今年新进士善书者甚多，而湖南尤甚。萧史楼既得状元，而周荇农去岁中南元，孙芝房又取朝元（前举三人皆为湖南人），可谓极盛。现在同乡诸人讲求词章之学者固多，讲求性理之学者亦不少，将来省运必大盛。"[②]此信指出了侧重义理辞章在湘人中的普遍性。同治十年（1871）五月曾国藩《湖南文征序》说："湖南之为邦，北枕大江，南薄五岭，西接黔蜀，群苗所萃，盖亦山国荒僻之亚。然周之末，屈原出于其间，《离骚》诸篇为后世言情韵者所祖。逮乎宋世，周子复生于斯，作《太极图说》、《通书》，为后世言义理者所祖。两贤者皆前无师承，创立高文。上与《诗经》、《周易》同风，下而百代逸才举莫

---

① 《校雠广义·校勘编》，齐鲁书社 1998 年版，第 163 页。

② 《曾国藩全集·家书一》，第 112 页。

能越其范围。而况湖湘后进沾被流风者乎?"①由此可见,曾国藩晚年所理解的湖湘之学,源出于屈原和周敦颐,只包含文学和义理。他在同篇文章中又说,在考据方面,湖湘地区是"前哲之倡导不宏,后世之欣慕亦寡"。这是符合实际的判断。

在认识到湘学的短处之后,曾国藩在学术上以陆世仪、顾炎武为榜样,追求博大精微,体用兼赅。对于汉宋两家皆不左袒,于崇道贬文之说也不雷同苟随,促进了湖湘学术的发展壮大,为晚清学术开拓了路径。将程千帆的治学经历与曾国藩的学术思想的发展过程相对照,也可见曾国藩对程千帆有着明显的影响。

例如在最初接受程朱义理之学时,曾国藩是偏重义理、辞章,而轻视考据的,②但后来认识到义理、考据各有短长,不可偏执而应兼容,故而接受桐城派代表人物姚鼐义理、考证、辞章三者不可偏废的主张,转变为调和汉宋,并进而把义理、考据、辞章、经济诸学视作孔门德行、文学、言语、政事四科。③ 同时,就义理、考据、辞章三者的具体关系而言,曾国藩在评价姚鼐的义理、考据、辞章三者不可偏废的主张时曾予说明:"必义理以为质,而后文有所附,考据有所归。"(《欧阳生文集序》)把义理视为三者之核心。验之以曾国藩的思想实际,这也是其真实的自我写照。而程千帆青年时期也对文字、训诂、音韵等学科不甚重视。壮年时认为:"盖学术多方,各有攸当。研究以教员为主,教学以承学之士为主,则所施不同。义理者意,所以贵善;考据者知,所以贵真;辞章者情,所以贵美,则为用不同。此宁可以一概齐哉?"反对当时大学中文系偏重考据,以重知、贵实证之考据方法而从事重能、贵领悟之词章教学研究的方法。④ 晚年则提出学术上的理想之境就是清人提出的义理、考据、辞章的高度综合,经历了与曾国藩相类似的学术思想发展过程。而贯穿其诗学全部历程的理论诉求倾向,以及兼具考据、批评

---

① 《曾国藩全集·诗文》,岳麓书社 1986 年版,第 334 页。

② 如曾国藩道光二十三年正月十七日家书有云:"读经以研寻义理为本,考据名物为末。"又说:"盖自西汉以至于今,识字之儒约有三途,曰义理之学,曰考据之学,曰词章之学。各执一途,互相诋毁。兄之私意,以为义理之学最大。义理明则躬行有要而经济有本。词章之学,亦所以发挥义理者也。考据之学,吾无取焉。"(《曾国藩全集·家书一》,第 55 页)

③ 例如曾国藩在《劝学篇示直隶士子》中说:"为学之术有四:曰义理,曰考据,曰辞章,曰经济。义理者,在孔门为德行之科,今世目为宋学者也。考据者,在孔门为文学之科,今世目为汉学者也。辞章者,在孔门为言语之科,从古艺文及今世制义诗赋皆是也。经济者,在孔门为政事之科,前代典礼、政书及当世掌故皆是也。"(《曾国藩全集·诗文》,第 442 页)

④ 《论今日大学中文系教学之蔽》,《斯文》1943 年第 3 卷第 3 期。

而侧重于批评的特点也是与姚鼐、曾国藩以义理为质的主张相一致的。程千帆晚年在为曹虹的专著《阳湖文派研究》所作的序中，回忆其叔祖父程颂万在有恒斋以姚鼐《古文辞类纂》和曾国藩《经史百家杂钞》相授之意就是义理考据辞章相须而成，不可偏废；并再次指出义理考据辞章与真善美相合："义理之极致为善，考据之极致为真，而辞章之极致则美也。"①这说明程千帆的义理、考据、辞章综合论确与姚鼐、曾国藩有着密切的联系和高度的一致性。

不过，乾嘉时代的章学诚也持义理、考据、辞章兼容互补的学术观点，赞成将义理放在核心的地位："学问之途，有流有别，尚考证者薄词章，索义理者略征实，随其性之所近而各标独得。则服郑训诂，韩欧文章，程朱语录固已角犄鼎峙，而不能相下。必欲各分门户，交相讥议，则义理入于虚无，考证徒为糟粕，文章只为玩物。汉唐以来，楚失齐得，至今嚣嚣，未有易临决者。惟自通人论之则不然，考证即以实此义理，而文章乃所以达之之具。"②而程千帆一生治学深受章学诚的影响，他多次明确地说自己平生服膺章学诚专家独断之学，并希望弟子能够身体力行，③其治学范围以及起步和发展的路径也与章学诚标榜的文史校雠框架基本吻合。尽管章学诚的治学重点在于史学，程千帆的治学重点在于文学，但程千帆侧重于理论批评的特点与章学诚的长于宏观思辨也相一致。因此，还有必要稍费笔墨说明一下程千帆的义理、考据、辞章综合论与章学诚的关系问题。

考察清代学术史，可以看到，章学诚反对当时汉学宋学各分门户，好名争胜的风气，有着调和汉宋的倾向，但在义理、考据、辞章综合论上不是原创者而是接受者，而且没有严格地运用这种三分法。一方面，章学诚将三分法或改为义理、制数、文辞（《文史通义·博约下》），或改为学问、文辞、考据（《文史通义·诗话》）；另一方面，章学诚又进而只分为学问、文章两端："学问文章，古人本一事，后乃分为二途。近人则不解文章，但言学问。而所谓学问者，乃是功力，非学问也。功力之与学问，实相似而不同。记诵名数，搜剔遗逸，排纂门类，考订异同，途辙多端，实皆学者求知所用之功力尔。即于数

① 《阳湖文派研究序》，《程千帆全集》第 14 卷，河北教育出版社 2000 版，第 124 页。

② 《与族孙汝南论学书》，仓修良编注《文史通义新编新注》，浙江古籍出版社 2005 年版，第 799—800 页。

③ 参看《闲堂书简》1991 年 11 月 8 日致陆耀东信、1996 年 1 月 10 日致程章灿信、1996 年 11 月 24 日致陈望衡信。

者之中,能得其所以然,因而上阐古人精微,下启后人津逮,其中隐微可独喻而难为他人言者,乃学问也。今人误执古人功力以为学问,毋怪学问之纷纷矣。"①章学诚将功力与学问相区分,而功力近于考据,学问近于义理,但又把功力视为学问的基础,纳入学问之中,不承认其独立性,所以这种学问文章两分法虽然脱胎于义理考据辞章的三分法,但又有所不同。同时,章学诚特别强调"学术功力必兼性情,为学之方不立规矩,但令学者自认资之所近与力能勉者而施其功力",因此要求"道欲通方而业须专一",②这种见解与义理考据辞章综合论也有所不同。因此,如果说在义理、考据、辞章综合论上章学诚对程千帆有影响的话,也只是间接、次要的影响。而姚鼐、曾国藩的影响则是直接的、主要的。

同时,章学诚的影响也主要在于学术层面而不在于哲学层面。章学诚论治学强调从个人的才性、特长出发,应该度己之所长而用之,更要审己之所短而谢之,反对"不问天质之所近,不求心性之所安,惟逐风气之所趋而徇当世之所尚"。他在《答沈枫墀(名在廷)论学》中说:"由风尚之所成言之,则曰考订、词章、义理;由吾人之所具言之,则才、学、识也;由童蒙之初启言之,则记性、作性、悟性也。考订主于学,辞章主于才,义理主于识,人当自辨其所长矣。记性积而成学,作性扩而成才,悟性达而成识,虽童蒙可与入德,又知斯道之不远人矣。夫风气所趋,偏而不备;而天质之良,亦曲而不全,专其一则必缓其二,事相等也。……苟知求端于道,则专其一,缓其二,乃是忖己之长未能兼有,必不入主而出奴也;扩而充之,又可因此以及彼。"③他在《文史通义·博约下》中也说:"或曰:孟子所谓扩充,固得仁、义、礼、智之全体也,子乃欲人自识所长,遂以专其门而名其家,且戒人之旁骛焉,岂所语于通方之道与?答曰:言不可以若是其几也。道欲通方而业须专一,其说并行不悖。圣门通六艺者七十二人,然自颜、曾、赐、商,所由不能一辙。再传而后,荀卿言《礼》,孟子长于《诗》、《书》,或疏或密,途径不同,而同归于道也。后儒途径所由寄,则或于义理,或于制数,或于文辞,三者其大较矣。三者致其一,不能不缓其二,理势然也。知其所致为道之一端,而不以所缓之二为可忽,则于斯道不远矣。徇于一偏而谓天下莫能尚,则出奴入主,交相胜负,所谓物而不化者

① 《又与正甫论文》,《文史通义新编新注》,第807页。
② 《文史通义·博约下》,叶瑛校注《文史通义校注》,中华书局1985年版,第165页。
③ 《文史通义新编新注》,第713页。

也。"①从中可以看出，章学诚义理考据辞章的三分法及其汉宋调和论主要是以人的才性长短之心理学理论为依据的，而不是直接以哲学为依据的。

　　而曾国藩的相应论述还具有明显的哲学意义。如前所述，曾国藩把义理、考据、辞章、经济诸学视作孔门四科，这是以儒学为依据；同时他还以阴阳互济的辩证思想为调和汉宋辩护，这又是以哲学为依据。而程千帆也恰恰是将义理、考据、辞章与善、真、美相对应，将三者上升到哲学的高度来认识。所以在义理、考据、辞章综合论上，曾国藩对程千帆有着更为直接、主要而深刻的影响（曾对程影响的深刻性详见后述）。

　　再如曾国藩为学追求始于修身，终于济世，体现了儒家的基本立场，而程千帆的学术研究也有同样的倾向。程千帆强调古代文学研究要为人民服务，为文学创作服务，为文化建设服务，所以一直关注当代文学，其晚年单独写作的最后一篇论文《读倾盖集所见》就是对当代旧体诗的研究。程千帆还特别强调理论研究与创作实践相结合，特别重视创作理论的研究。其民国时期最长的一篇诗学论文《诗辞代语缘起说》，以及晚年十分看重的《古典诗歌描写与结构中的一与多》都是探讨创作方法的，其中不难推断出理论研究为创作服务的一贯态度。

　　如前所述，宋诗是贯穿千帆诗学全部历程的重点之一，在程千帆看来，宋诗开拓了唐诗未及开拓的新世界，形成在诗史上足以与唐诗相抗衡的另一个诗歌典范，可谓双峰并峙。他先后出版过两本宋诗选本，指导过多名研究生以宋诗研究为硕士、博士学位论文题目，在"文化大革命"后特别主动积极地为受到过度贬低的宋诗平反。这种情况一方面与其家学渊源有关，另一方面也与曾国藩有着密切的联系。道咸以降，诗坛形成宗宋之风，嗜爱诗文的曾国藩也是唐宋并重，不分轩轾，他不仅将苏黄与李杜并称，列为中国历代三十二圣哲，而且他还将苏黄等人当成知心朋友看待，"恨当世无韩昌黎及苏黄一辈人可与发狂言者"。② 由于曾国藩位高望重，故他虽非宗宋之风的开创者，但对此起到了推动的作用，对晚清诗坛产生了重要的影响。施山《望云楼诗话》记载："今曾相国酷嗜好黄诗，诗亦类黄，风尚一变。大江南北，黄诗价重，部值千金。"③由此可见曾国藩喜爱最能代表宋诗风格的黄庭坚诗所产生的巨大效应。从前述程千帆对曾国藩的诗论十分熟悉、推重的情况来看，其宋诗研究和评价受到曾国藩

　　① 《文史通义校注》，第 165—166 页。
　　② 《曾国藩全集·家书一》，第 92 页。
　　③ 引自黄霖著《近代文学批评史》，上海古籍出版社 1993 年版，第 113 页。

的影响应在情理之中。

再从人格特征上看,曾、程二人都同样崇尚阳刚之气,同样具有刚强的性格。虽然这种人格特征上的一致性可以用天然气质、乡土人情或文化传统等因素予以解释,但从这种一致性的具体表现中我们可以看到程千帆与曾国藩的高度相关性。

现代以来形成中庸之道乃宣扬矛盾调和、反对质变的折中主义、形而上学的成见,①把儒家视为与之尖锐对立的乡愿的观念在社会上普遍流行。其实这是对中庸之道的庸俗化理解。刚强的性格原是儒家精神的题中之义。因为我们看到,儒家虽然坚持执两用中,刚柔相济,但不仅不像道家那样偏执阴柔,反而对阳刚有所侧重。例如《周易》与《殷易》的一个显著不同就是在六十四卦的卦序上,前者以乾为首,而后者以坤为首,体现了《周易》对乾卦的特别重视。而代表着天的乾卦(《周易·说卦》:"乾,天也。")以及与之相应的君子人格具有强健的显著特征(《乾卦·象传》:"天行健,君子以自强不息。")再如孔子强调刚柔兼备,不能仅有刚强,如其所说:"好勇不好学,其蔽也乱;好刚不好学,其蔽也狂。"(《论语·阳货》)还强调刚强不能过分,如其所说:"血气方刚,戒之在斗。"(《论语·季氏》)但在孔子那里,同样是不强调柔的意义而强调刚的意义。如其所说:"吾未见刚者。"(《论语·公冶长》)又说:"刚毅木讷近仁。"(《论语·子路》)皆为显例。

《礼记·中庸》同样强调刚强的人格,如其所说:"唯天下至圣……发强刚毅,足以有执也……"把刚强视为理想人格的一个重要特征。它还引用了孔子对于子路提出什么是强的问题的一段著名的回答:"君子和而不流,强哉矫! 中立而不倚,强哉矫! 国有道,不变塞焉,强哉矫! 国无道,至死不变,强哉矫!"将儒家推崇刚强性格的精神淋漓尽致地表现了出来。

作为理想人格的刚强之基本涵义是"不畏强御"。《诗经·大雅·烝民》赞美仲山甫有柔有刚,他的刚强就表现在"不畏强御"上。前引孔子对子路解释强的意义时所说的"和而不流"、"中立而不倚"、"国有道不变塞焉"、"国无道至死不变"这四个要点,以及后来孟子所说的"居天下之广,立天下之正位,行天下之大道。得志与民由之,不得志独行其道。富贵不能淫,贫贱不能移,威武不能屈。此之谓大丈夫"(《孟子·滕文公下》),也都包含着不畏强御的意义。即:面临巨大的压迫和威胁仍然坚持独立的人格,

---

① 参看冯友兰著《中国哲学史新编》第1册,《三松堂全集》第8卷,河南人民出版社2001年版,第139—142页。

坚持自己的信仰，决不屈己从人。我们看到，曾国藩、程千帆都依据儒家精神推崇阳刚，追求并具备了这种不畏强御的刚强性格。

曾国藩同治二年(1863)正月二十日家书说：

> 至于倔强二字，却不可少。功业文章，皆须有此二字贯注其中，否则柔靡不能成一事。孟子所谓至刚，孔子所谓贞固，皆从倔强二字做出。吾兄弟皆禀母德居多，其好处亦正在倔强。若能去忿欲以养体，存倔强以励志，则日进无疆矣。①

同年四月二十七日家书说：

> 至于担当大事，全在明强二字，《中庸》学、问、思、辨、行五者，其要归于愚必明，柔必强。弟向来倔强之气，却不可因位高而顿改。凡事非气不举，非刚不济，即修身齐家，亦须以明强为本。②

同治三年(1864)六月十六日家书说：

> 古来豪杰皆以此四字(指难禁风浪)为大忌。吾家祖父教人，亦以懦弱无刚为大耻。故男儿自立，必须有倔强之气。③

在曾国荃连吃败仗时，曾国藩鼓励他说：

> 吾生平长进全在受挫受辱之时，务须咬牙励志，蓄其气而长其智，切不可颓然自馁也。④

我们看到，程千帆也对弟子们提出了相似的要求：

> 对不公正的待遇，要始终坚持抗争。……做学问要顽强，做人也要顽强，当然是要讲道理的顽强。⑤

同时，如同曾国藩对倔强二字身体力行一样，程千帆自己在做人做学问两方面也都做到了顽强。

从其人生经历来看，程千帆在"反右"运动中被称作最反动最顽固的"右派"分子，直至18年后才摘掉"右派"分子的帽子，随即又被迫退休，这是与他一直坚持自己的思

---

① 《曾国藩全集·家书二》，岳麓书社1985年版，第934页。
② 《曾国藩全集·家书二》，第978页。
③ 《曾国藩全集·家书二》，第1139页。
④ 《曾国藩全集·家书二》，第1328页。
⑤ 程章灿整理《老学者的心声——程千帆先生访谈录》，《程千帆全集》第15卷，第172—173页。

想信念而毫不动摇和妥协相关联的,所以其苦难历程既是极"左"政治的罪孽,也是程千帆在特定环境中作出了维护人格尊严的不屈服选择的结果。从其学术发展的历程上看,程千帆在长期的困境之中,既没有屈服,也没有绝望,而是顶住了巨大的精神压力,利用一切可能的机会坚持学术思考和研究,反而使自己的学术研究跃上更高一层境界。由于顽强不屈、百折不挠已成为程千帆稳定的处世态度和行为方式,所以生活中的细节能够鲜明地体现出程千帆顽强的个性。

1966 年的秋天,"文化大革命"开始不久,程千帆一家就被迫从武汉大学特二区的二层楼房搬迁到九区的孤村弃屋。那是东湖荒远偏僻角落的一排简易平房当中的两间狭长的屋子,沈祖棻在《忆昔》七首中曾对当时窘困的生活情景做过生动的描述。但尽管如此,程千帆还不能总是住在这里,因为他又被遣送到几百里外的沙洋农场劳动改造去了。1975 年程千帆头上戴了 18 年的"右派"帽子虽然摘掉,但不予恢复教职。随后,沈祖棻受牵连被迫"自愿退休",程千帆也照此处理才从沙洋迁回户口,从此成了每月领取 49 元退休金的街道居民,在这个陋室里"安度晚年"。

根据黄瑞云(武汉大学中文系 1954 级学生)的回忆,1976 年初他去看望程千帆、沈祖棻,看到陋室的墙上贴着一张横幅,上面是程千帆手书的一首七言绝句:

> 一寸光阴一寸金,寸金难买寸光阴。
> 移山岂改愚公志,伏枥宁忘万里心!

黄瑞云由此感受到程千帆"在命运未卜的情况下,竟然仍保持着这种老骥伏枥的壮志",故深为之震动。① 而据吴志达(程千帆指导的武汉大学中文系 1956 级硕士研究生)的回忆,1977 年 6 月 27 日沈祖棻不幸遭遇车祸逝世,只有几位同事前来吊唁,所在单位领导竟无一人登门,更不用说开追悼会了。吴志达几天后再去看望程千帆,看到程千帆受伤的左臂还挂着绷带,却已在伏案工作,整理着沈祖棻的遗著。同时他看到案前墙上贴着一张白纸条,上面写着两句诗:

> 一寸光阴一寸金,寸金难买寸光阴。

程千帆告诉他:"这两句看似熟烂的话,表明我的决心,要把失去的时光夺回来。"②

黄瑞云、吴志达关于纸条的回忆都很具体、明确,但黄瑞云看到的是一首七言绝句,而吴志达看到的只有其中的前两句。真实的情况究竟如何呢?

---

① 《怀念千帆先生》,《程千帆先生纪念文集》,第 90 页。
② 《一炷心香悼恩师》,《程千帆先生纪念文集》,第 103 页。

1978 年 5 月，程千帆终于有了重返母校南京大学任教的机会，他请擅长书法的老友萧印唐书写了一幅对联，恰好是黄瑞云看到的绝句中的后两句：

移山犹励愚公志，伏枥难忘烈士心！

1984 年程千帆在《沈祖棻小传》中提到，1976 年他们夫妻抱着"移山犹励愚公志，伏枥难忘烈士心"的惆怅，被迫离开了自己坚持了一辈子的工作岗位。[①] 1986 年，程千帆在与孙望合撰的《日本汉诗选评》中点评副岛种臣《解嘲》诗（"青年自觉气如虹，老去唯看发若蓬。聊复与人闲作句，屠龙手竟还雕虫。"）时又提及这副对联：

曹公乐府云："老骥伏枥，志在千里；烈士暮年，壮心不已。"苍海（副岛种臣号苍海）之叹，何以异此。余昔被勒令休致，隐于武昌东湖之滨，偶得句云："移山犹励愚公志，伏枥难忘烈士心。"此物此志，略同二贤。已而拨乱反正，乃得重登讲席，竭尽绵薄，亦云幸矣。[②]

将程千帆的自述与黄、吴二人的回忆联系起来互相参照，可以推知程千帆在被迫退休之后，立志夺回被耽误的 18 年光阴，故写下了这首七言绝句以明志自励。这就是黄瑞云原先看到的四句横幅。而吴志达后来只看到其中的前两句，应是程千帆在沈祖棻不幸逝世的悲痛哀悼之中，其志虽未坠没，但不宜将轩昂之气显露出来，于是将原幅撤下，另写一幅，仅把引自古人表达惜时态度的前两句留在墙上，而将自撰的表达雄心壮志的后两句隐于心中了。显然，其雄心壮志并没有因亲人不幸逝世的沉重打击而有丝毫减弱。因为我们看到，程千帆在重获机遇之后，1979 年 3 月赠友人诗有云："余惊与余毒，于我如浮云。"[③]痛快淋漓地表达了思想解放、无所畏惧的精神状态。所以，程千帆有了重新工作的机会之后，便请老友代书自撰的后两句再次明志自励。而在后来读到副岛种臣的《解嘲》诗，相近的烈士之怀不由得引发共鸣，于是一直牢记心中的诗句便自然而然地浮现出来。

将程千帆自述的"移山犹励愚公志，伏枥难忘烈士心"与黄瑞云回忆的"移山岂改愚公志，伏枥宁忘万里心"相比，前者比后者工整、老成，这也许是黄瑞云记忆略误所致，但也可能是程千帆做了修订。但无论哪种情况，程千帆身处困境而奋斗不息的顽强精神都从中充分地显示了出来。所以，顽强是程千帆对于弟子的要求，也是自身的

---

① 《沈祖棻创作选集》，人民文学出版社 1985 年版。

② 《日本汉诗选评》，江苏古籍出版社 1988 年版，第 347 页。

③ 《游西山呈达津、厚示三首》，《程千帆全集》第 14 卷，第 46 页。

真实写照。

如同曾国藩一样，程千帆的顽强也是与儒家精神紧密相关的。程千帆之所以在被扣上"右派"分子的帽子，遭到种种迫害之后决不屈服，总是利用一切可能的机会进行学术研究，是因为他在目睹"批判传统文化，特别是在'文化大革命'中批得那么厉害"之时，仍然坚信"中国的传统文化，儒家乃至道家，的确还是代表了人类部分的真理吧"，所以，"他们越批判，我就越觉得不是那么回事情，屈打成招得不出真理来"。① 程千帆还说："我之所以没有完全垮掉，至少还是希望把损失的时间赶回来，主要有大一点的理由和小一点的理由：（大一点的理由）那就是对传统的珍惜，很强烈的感情；（小一点的理由）再就是我的个性，说到底我就是不服。"② 由此可见，程千帆的顽强个性有着文化传统的支撑，这是与曾国藩完全一致的。换言之，它是典型的儒家人格，而不仅仅是区域性的风俗民情之特征。

程千帆晚年在口述回忆录中说：

> 我觉得也要使后人知道，中国传统的知识分子不是那么容易被摧毁的，哪怕很软弱，但是又很坚强。这个传统从古代《春秋左传》、《战国策》中记载的故事，到明清之际的顾炎武、黄宗羲，一直到辛亥革命，没有断过。③

程千帆出生于辛亥革命后两年，在 20 世纪的最后一年逝世，这让我们可以说，这个传统在 20 世纪也一直没有断过。

根据现有的材料，程千帆在顽强人格上没有直接肯定或提倡过曾国藩的榜样作用，但曾国藩在其著述中对顽强的高度肯定以及在其人生中充分体现出来的顽强是程千帆所熟知的。在他指导弟子向曾国藩学习时已经包含了这一方面的内容。例如程千帆特别要求弟子们学习曾国藩的《圣哲画像记》这篇名作，而在这篇文章中，曾国藩称赞范仲淹、司马光"遭时差隆，然坚卓诚信，各有孤诣"，还特别称赞顾炎武"言及礼俗教化，则毅然有守先待后、舍我其谁之志，何其壮也"，都体现了对顽强人格的高度推崇。这样的事例为我们推断在顽强人格上程千帆也受到曾国藩的重要影响提供了有力的证据。

---

① 《劳生志略》，《程千帆全集》第 15 卷，第 32 页。
② 《劳生志略·引子》，《程千帆全集》第 15 卷，第 4 页。
③ 《程千帆全集》第 15 卷，第 5 页。

二、影响的深刻性

程千帆是一位特别热爱教书、特别善于育人的教师，在其晚年对于研究生的培养倾力而为，并取得学术界公认的成就。在这一方面，程千帆与曾国藩也有密切的联系，并可见出曾国藩影响程千帆的深刻性。在本书看来，程千帆对弟子提出的"敬业、乐群、勤奋、谦虚"八字学训可谓这一方面的一个显例。

1978 年程千帆受聘回母校南京大学重新工作，1979 年再次开始招收研究生。开学伊始，程千帆即对首批三名硕士生提出"敬业、乐群、勤奋、谦虚"的要求，[①]此后，在与每届研究生初次见面时，程千帆都提出这八字学训；在其遗嘱中，程千帆又郑重要求弟子们在其身后恪守这八字之教，不坠宗风。由此可见它们是程千帆的施教精义。而这八字既间接又直接地与曾国藩有关。敬业乐群四字出自《礼记·学记》，包含在曾国藩所强调的经世致用的礼学思想之内，所以与曾国藩有着间接的联系，而勤奋谦虚四字看似老生常谈，但实际上与曾国藩有着直接的联系。

关于修身为学，曾国藩强调过多种要诀，如敬[②]、专[③]、耐[④]、立志[⑤]、有恒[⑥]，等等，

---

①　此事承徐有富据其当时日记告知。

②　如其道光二十年六月二十日日记记载："是夜，在黎樾乔处论为学之方，无过主敬之要，主敬则百病可除。自后守此二字，终身不敢稍有隙越。"（《曾国藩全集·日记一》，岳麓书社 1987 年版，第 45 页）

③　如其道光二十二年九月十八日家书云："求业之精，别无他法，曰专而已矣。谚曰：'艺多不养身。'谓不专也。吾掘井多而无泉可饮，不专之咎也。诸弟总须力图专业。如九弟志在习字，亦不必尽废他业。但每日习字工夫，断不可不提起精神，随时随事，皆可触悟。四弟、六弟，吾不知其心专嗜否？若志在穷经，则须专守一经，志在作制义，则须专看一家文稿，志在作古文，则须专看一家文集。作各体诗亦然，作试帖亦然，万不可以兼营并骛，兼营则必一无所成矣。切嘱切嘱，千万千万。"（《曾国藩全集·家书一》，第 36 页）其道光二十四年正月二十六日家书云云："凡事皆贵专。求师不专，则受益也不入；求友不专，则博爱而不亲。心有所专宗，而博观他途以扩其识，亦无不可。无所专宗，而见异思迁，此眩彼夺，则大不可。"（《曾国藩全集·家书一》，第 71 页）

④　如其道光二十三年正月十七日信云："读经有一耐字诀，一句不通，不看下句，今日不通，明日再读，今年不精，明年再读。此所谓耐也。"（《曾国藩全集·家书一》，第 55 页）

⑤　如其道光二十四年九月十九日家书云："人苟能自立志，则圣贤豪杰何事不可为，何必借助于人，我欲仁，斯仁至矣。我欲为孔孟，则日夜孜孜，惟孔孟之是学，人谁得而御我哉。若自己不立志，则虽日与尧舜禹汤同住，亦彼自彼，我自我矣，何与于我哉。"（《曾国藩全集·家书一》，第 94 页）

⑥　如其道光二十四年十一月二十一日家书云："学问之道无穷，而总以有恒为主。"又云："兄日夜悬望，独此有恒二字告诸弟，伏愿诸弟时刻留心。幸甚幸甚。"（《曾国藩全集·家书一》，第 99—100 页）

其终身强调而特别引人瞩目的,除有恒外,就是并称的勤与谦。

勤与谦原是中国源远流长的两大美德,在《周易》《尚书》《诗经》等先秦典籍中已为多见,而自《周易·谦卦》爻辞将劳谦联系起来之后,勤谦并提连用逐渐成为常见的方式,①曾国藩也特别强调这两大美德,以勉励自己并教育子弟。根据其家书和日记等有关资料,可以清楚地看到曾国藩强调勤谦思想的发展脉络。概括而言,可分为三个阶段。

第一阶段是在1840年代,曾国藩发愤为学的初期,他分别或间接地强调勤与谦。

道光二十年(1840)曾国藩年已而立,经反省自身不足,开始发愤为学,其六月初七日记提出:"但求勤俭有恒,无纵逸欲……可以无愧词臣,尚能以文章报国。"②首先要求自己的就是勤字。

其道光二十二年(1842)十二月二十日家书提出,读书第一要有志,第二要有识,第三要有恒,三者缺一不可。③ 所谓有识,曾国藩的解释是:"有识则知学问无尽,不敢以一得自足。如河伯之观海,如井蛙之窥天,皆无识者也。"④此处将有识与"知学问无尽,不敢以一得自足"联系起来,可见有识与谦虚有关,但还不是直接强调谦字。

当时曾国藩还从否定骄傲的角度间接地强调过谦字。在道光二十四年(1844)七月二十日家书中,曾国藩针对三弟曾国华在省城读书两年但自满而不见长进的情况提出:"大抵第一要除骄傲气习,中无所有而夜郎自大,此最坏事。"⑤同年十月二十一日家书又说:"吾人为学最要虚心。……傲气既长,终不进功,所以潦倒一生而无寸进也。……故吾人用功,力除傲气,力戒自满,毋为人所冷笑,乃有进步也。"⑥戒除骄傲自满也就是间接地肯定谦字,不过曾国藩仍未明确、直接地强调谦字。

第二阶段是在1850年代,曾国藩领导湘军与太平军作战的前期,他主要提倡勤与敬。

---

① 例如三国刘邵在《人物志·释争》中说:"内勤己以自济,外谦让以敬惧。"
② 《曾国藩全集·日记一》,第42—43页。
③ 《曾国藩全集·家书一》,第48页。
④ 《曾国藩全集·家书一》,第48页。
⑤ 《曾国藩全集·家书一》,第90页。
⑥ 《曾国藩全集·家书一》,第96—97页。

其咸丰四年(1854)六月十八日家书说:"诸弟在家教子侄,总须有勤敬二字,无论治世乱世,凡一家之中,能勤能敬,未有不兴;不勤不敬,未有不败者。至切至切。余深悔往日未能实行此二字也,千万叮嘱。澄弟向来本勤,但不敬耳。阅历之后,应知此二字之不可须臾离也。"①同年七月二十一日家书又说:"家中兄弟子侄,总宜以勤敬二字为法。一家能勤能敬,虽乱世亦有兴旺气象;一身能勤能敬,虽愚人亦有贤智风味。吾生平于此二字少工夫,今谆谆以训吾昆弟子侄,务宜刻刻遵守,至要至要。家中若送信来,子侄辈亦可写禀来岳,并将此二字细细领会,层层写出,使我放心也。"②并在信中表示自己首先要做到勤敬。同年闰七月十四日家书再次强调并要求诸弟为后辈做出榜样:"诸子侄辈于勤敬二字有长进否? 若尽与此二字相反,其家未有不落者;若个个勤而且敬,其家未有不兴者。无论世乱与世治也。诸弟刻刻留心,为子侄作榜样也。"③

我们知道,道光二十年以来,曾国藩的修身为学实为勤而有恒,即使行军打仗,他也没有间断其看、读、写、作(练字),所以他在这里说少此二字功夫,主要是指敬字。其咸丰八年(1858)五月十六日家书说:"余生平于敬字无工夫,是以五十而无所成。"信中还认为家人也缺少敬字功夫:"弟于恕字颇有工夫,天质胜于阿兄一筹。至于敬字,则亦未尝用力,宜从此日致其功,于《论语》之九思,《玉藻》之九容,勉强行之。"④同年七月二十一日致曾纪泽信说:"至于作人之道,圣贤千言万语,大抵不外敬恕二字。……尔心境明白,于恕字或易著功,敬字则宜勉强行之。此立德之基,不可不谨。"⑤由此可见他认为敬字是自己和家人相对缺少的功夫,也是困难的功夫,故勉励大家努力改进。

值得注意的是,曾国藩强调的敬字,是骄气、怠惰之气的对立面。其咸丰八年十月三日家书说:"子侄辈须以敬恕二字常常教之,敬则无骄气,无怠惰之气,恕则不肯损人利己,存心渐趋于厚。"⑥所以,要克服骄傲就必须持守敬字。

---

① 《曾国藩全集·家书一》,第 264 页。
② 《曾国藩全集·家书一》,第 267 页。
③ 《曾国藩全集·家书一》,第 273 页。
④ 《曾国藩全集·家书一》,第 392 页。
⑤ 《曾国藩全集·家书一》,第 407 页。
⑥ 《曾国藩全集·家书一》,第 433 页。

为什么要强调克服骄惰之气呢？这一方面是从其家庭的优越地位推寻而得知的，曾国藩对此有过说明："吾在外既有权势，则家中子弟最易流于骄、流于佚，二字皆败家之道也。"①另一方面则是更多地从自身的实践经验而真切感受到的。曾国藩督师开仗以来，自感虽能以真爱之心对待兵勇百姓，但对官员和绅士的仪文时有不隆之处而不获誉于官场，几至到处荆榛。② 所以，他在咸丰八年三月六日家书中反省说："余在军多年，岂无一节可取，只因傲之一字，百无一成，故谆谆教诸弟以为戒也。"③显然，这是以自己为鉴。同时，从别人那里，他也多次感受到如果仅有勤字而骄傲也难免失败。其道光二十四年(1844)十月二十一日家书说："三房十四叔非不勤读，只为傲气太胜，自满自足，遂不能有所成。"④这是有鉴于其亲戚的教训。咸丰十年(1860)八九月间，湘军在皖南一败再败，多处城池失守，此时又值英法联军进犯北京，咸丰皇帝逃往热河，曾国藩预计要奉旨分兵北援，与两弟远别，不知何时才能重逢，又深以曾国荃的意矜气浮为虑，故在当年九月二十四日家书中以其反思结果再次箴规军中两弟："吾自八年六月再出，即力戒惰字以儆无恒之弊。近来又力戒傲字。昨日徽州未败之前，次青(李元度)心中不免有自是之见，既败之后，余益加猛省。大约军事之败，非傲即惰，二者必居其一；巨室之败，非傲即惰，二者必居其一。……惟愿两弟戒此二字，并戒各后辈常守家规，则余心大慰耳。"⑤这是有鉴于其将领李元度大败的教训。而此前九月二十三日家书说："天下古今之庸人，皆以一惰字致败；天下古今之才人，皆以一傲字致败。吾因军事而推之，凡事皆然，愿与诸弟交勉之。……吾但从傲惰二字痛下功夫，不问人之骂否也。"⑥这是根据其军事经历做出的普遍性结论。

由此可见，曾国藩在强调克服懒惰的勤字的同时突出了克服骄傲的敬字是战火和宦途风波考验的结果，并非泛泛而论。不过，此时曾国藩还没有将勤谦并称，这说明其强调勤谦的思想还没有达到完善的程度。

---

① 《曾国藩全集·家书一》，第277页。
② 曾国藩从咸丰七年至咸丰八年六月，因其父去世守丧在家，对此有所反思。
③ 《曾国藩全集·家书一》，第376页。
④ 《曾国藩全集·家书一》，第96—97页。
⑤ 《曾国藩全集·家书一》，第588页。
⑥ 《曾国藩全集·家书一》，第587页。

第三阶段是在 1860 年代以来，在战争最为险峻的时刻，曾国藩经过深刻反思，将敬字换成了谦字而强调勤谦。这标志着他的强调勤谦思想的成熟和完善。

从咸丰十年（1860）秋到咸丰十一年春，其间战争局势几经反复，异常险峻。咸丰十年十月十九日太平军连破羊栈岭、新岭、桐林岭，距曾国藩的祈门老营只有八十里，可谓朝发夕至，毫无遮阻；而曾国藩一时孤立无援，军情万分危急。其十月二十日致曾国荃信说："回首生年五十，除学问未成，尚有遗憾外，馀差可免于大戾。贤弟教训后辈子弟，总以勤苦为体，谦逊为用，以药佚骄之积习，馀无他嘱。"①

咸丰十年十一月上旬，建德、浮梁又相继失守，曾国藩的祈门老营与安庆的联系中断，饷粮之道也中断，再度陷入危机之中。其十四日致曾国潢信说："家中万事，余俱放心，惟子侄须教一勤字一谦字。谦者，骄之反也；勤者，佚之反也。骄奢淫佚四字，惟首尾二子尤宜切戒。"②

在连续经历近一个月的险恶军情之时，曾国藩又得知清廷与英、法、美等国签署了不平等的通商条款，感到大局已坏，令人心灰。他在十二月四日致曾国潢信中的最后一部分再次叮嘱："时事日非，吾家子侄总以谦勤二字为主，戒傲戒惰，保家之道也。"③在十二月十二日日记中，曾国藩对自己也特别提出这两字，并表示终身持守之："细思古人修身、治人之道，不外乎前此所见之勤、大、谦。勤若文王之不遑，大若舜、禹之不与，谦若汉文之不胜。而勤、谦二字尤为彻始彻终，须臾不可离之道。勤所以儆惰也，谦所以儆傲也。勤且能谦，则大字在其中矣。千古之圣贤豪杰，即奸雄欲有立于世者，不外一勤字；千古有道自得之士，不外一谦字。吾将守此二字以终身。倘所谓'朝闻道，夕死可矣'者乎。"④十二月十八日日记又表示要将劳、谦两字遍示诸弟及子侄："又思劳、谦二字受用无穷，劳所以戒惰也，谦所以戒傲也，有此二者，何恶不去，何善不臻，当多写几份，遍示诸弟及子侄。"⑤曾国藩在这里虽然用的是劳字，但它与勤字的涵义是一致的，因为它们都是用来儆戒懒惰的方法。

---

① 《曾国藩全集·家书一》，第 599 页。
② 《曾国藩全集·家书一》，第 609 页。
③ 《曾国藩全集·家书一》，第 616 页。
④ 《曾国藩全集·日记一》，第 561 页。
⑤ 《曾国藩全集·日记一》，第 563—564 页。

次年（咸丰十一年）正月初四日，正在春节期间，曾国藩感到曾国潢有骄气，致信告诫："吾家子弟满腔骄傲之气，开口便道人短长，笑人鄙陋，均非好气象。贤弟欲戒子侄之骄，先须将自己好议人短、好发人覆之习气痛改一番，然后令后辈事事警改。欲去骄字，总以不轻非笑人为第一义；欲去惰字，总以不晚起为第一义。"①曾国潢接此信后，心中可能不服，写信致曾国藩，说家中子弟无不谦者。曾国藩二月四日回信，再次严厉批评其"近日心中即甚骄傲"并重申戒骄戒傲之法："凡畏人、不敢妄议论者，谦谨者也；凡好讥评人短者，骄傲者也。弟于营中之人，如季高、次青、作梅、树堂诸君子，弟皆有信来评其短，且有至两次三次者。营中与弟生疏之人，尚且讥评，则乡间之与弟熟识者，更鄙睨嘲斥可知矣。弟尚如此，则诸子侄之藐视一切，信口雌黄可知矣。谚云：'富家子弟多骄，贵家子弟多傲。'非必锦衣玉食、动手打人而后谓之骄傲也，但使志得意满、毫无畏忌、开口议人短长，即是极骄极傲耳。余于正月初四信中言戒骄字，以不轻非笑人为第一义；戒惰字，以不晚起为第一义。望弟常常猛省，并戒子侄也。"②

三月四日，曾国藩写信以祖训八字、三不信，以及自己提出的八本、三致祥嘱咐三弟和子侄。随后又要求："家中无论老少男妇，总以习勤劳为第一义，谦谨为第二义。劳则不佚，谦则不傲，万善皆从此生矣。"③

根据上述情况可知，从咸丰十年秋八月到咸丰十一年春三月半年多里，曾国藩对家中教育子弟一事高度关心，并反复强调谦勤二字，以至于说除此二字别无他嘱，自己也要守此二字以终身，对于勤谦二字的强调达到了高潮。之所以如此，他自己在信中有所说明："兹因军事日危，旦夕不测，又与诸弟重言以申明之。"④他在咸丰十一年三月十三日日记中也说："末刻后，写信与纪泽儿兄弟，略似写遗嘱之式。盖军势不振，旦夕恐蹈不测，故将格言预先训诫也。"⑤验之以前述事例，确为实情。所以，勤谦二字可谓曾国藩修身为学的根本原则，也是他对家人的最后嘱托。

如上所述，曾国藩以前强调敬字，主要是针对骄傲而言的，而谦字更直接地与骄傲

---

① 《曾国藩全集·家书一》，第 628 页。
② 《曾国藩全集·家书一》，第 640—641 页。
③ 《曾国藩全集·家书一》，第 659 页。
④ 《曾国藩全集·家书一》，第 659 页。
⑤ 《曾国藩全集·日记一》，第 600 页。

相对立,所以用谦字要比用敬字在思想和表达上都更加准确、鲜明。故用谦字替换敬字是曾国藩思想日趋精密的表现。

此后,曾国藩针对家中日趋逸欲奢华的情况又反复要求勤俭,将俭字突出出来与勤字相配合。他在家书中说:"勤者生动之气,俭者收敛之气,有此二字,家运无不兴之理。"①"遭此乱世,虽大富大贵,亦靠不住。惟勤俭二字可以持久。"②"近日家中内外大小,勤俭二字做得几分? 门第太盛,非此二字断难久支,务望慎之。"③不过,曾国藩强调勤俭二字主要是对持家而言,而在修身为学上强调的主要还是勤谦。

如前所述,程千帆曾阅读过曾国藩家书,当然知道其中对勤与谦的特别强调。对于高度重视人才培养的程千帆而言,曾国藩教导诸弟和后辈子女时对勤与谦的反复强调不能不给他留下深刻印象。我们还看到,曾国藩同治七年(1868)正月初八日日记有云:"吾父于丙、丁两年得四曾孙,当是人口蕃衍之象。吾兄弟当专意教育子孙,以期家声不坠。"④同治十年(1871)三月三日家书又告诫诸弟:"要令后辈洗净骄惰之气,各敦恭谨之风,庶几不坠家声耳。"⑤而程千帆所立遗嘱中对众弟子提出要求时则说:"望在我身后仍能恪守敬业、乐群、勤奋、谦虚之教,不坠宗风。"其要求的内容甚至所用句式都与曾国藩的话非常相近,这种情况也恐非偶然。

敬业乐群的出处众所周知,不需程千帆特别告诉弟子们;而勤奋谦虚是最为普通、常用的词语,不容易给人留下深刻印象,更不容易让人意识到还有出于何处的问题。程千帆也一直没有告诉弟子其来源,没有说明它们与曾国藩的联系。但这种情况也许正是勤奋谦虚出自曾国藩的一个间接证据。如前所述,程千帆在学术上一直与曾国藩有着紧密的联系,即使在十年浩劫中也对曾国藩持肯定的态度,但其他人可能就与此不同了。虽然其时"文化大革命"已经结束,但由于长期的思想禁锢,人们的思想尚难迅速、充分地解放,多数人对曾国藩的认识还停留在大汉奸、刽子手的成见之中,难以辩证地看待这位重要历史人物。例如,上海古籍出版社 1978 年出版的高步瀛选注的

---

① 《曾国藩全集·家书一》,第 445 页。

② 《曾国藩全集·家书一》,第 787 页。

③ 《曾国藩全集·家书二》,第 1162 页。

④ 《曾国藩全集·日记三》,岳麓书社 1988 年版,第 1463 页。

⑤ 《曾国藩全集·家书二》,第 1400 页。

《唐宋文举要》,仍将注释中的曾国藩评语全部删除。1987年中华书局出版的《李兴锐日记》的编辑说明仍对其中对曾国藩的赞扬肯定其史料价值,但否定其态度。程千帆晚年交往较多的一个朋友舒芜在1979年的文章中也仍然是坚决否定曾国藩的。① 所以,如果程千帆当时明言勤奋谦虚出自曾国藩恐难为人接受,同时又可能会使人因难以拒绝而为难。徐有富是程千帆"文化大革命"后第一批招收的3名硕士研究生之一,当年在写作一篇论文时,程千帆曾告诉他可引用曾国藩的意见,但由于当时思想还不够解放,故未敢接受程千帆的指导去引用这位大反动人物的话。② 在这样的时代背景之下,程千帆只阐明勤奋谦虚的涵义而不讲明其出处,正可见出其施教之高明和待人之宽厚。而至于后来可说而程千帆却一直没说,则可能是因为那时又不必说了。

在说明了程千帆的八字学训与曾国藩有着密切的联系之后,我们就可以进一步说明这种联系具有深刻性的问题了。换言之,在这八字学训上,曾国藩对程千帆的影响包含着哲学层面的意义。

曾国藩对于勤谦的强调和奉行得到同时代人的认同。例如与曾国藩相从15年之久的李兴锐在同治九年闰十月十五日(1870年12月7日)日记中写道:"此老(曾国藩)一生本领,悉自劳谦二字入手。年老恬淡益甚,阅历愈真,交际之间,靡不谦让,所谓具体而微。"③李兴锐说曾国藩是自"劳谦"二字入手,实际上暗示了其《周易》之源。再如朱一新在《无邪堂答问》中说:"文正往往言归宿于义理。所谓归宿者,读书所得,每日所行,必印证于义理,而以此为归,非谓姑置于后为缓图也。"④这种处世为学必印证于义理,以义理为归宿的特点也意味着曾国藩强调勤谦二字有着哲学的基础。换言之,曾国藩强调勤谦二字,一方面源自生活(包括战争)的切实体验,另一方面还有哲学上的深刻依据。

我们知道,勤谦二字来源于《周易·谦卦》九三爻辞中的"劳谦君子",劳谦的背后本有哲学的内涵。如《象传》解释谦卦(艮下坤上)卦辞说:

① 参看《曾国藩与桐城派》,《舒芜集》第2卷,河北人民出版社2001年版,第353—363页。

② 此事承徐有富告知。

③ 《李兴锐日记》,中华书局1987年版,第18页。

④ 引自王元化著《九十年代日记》,浙江人民出版社2001年版,第402页。(《无邪堂答问》,广雅书局光绪二十一年刊印)

天道下济而光明，地道卑而上行。天道亏盈而益谦，地道变盈而流谦，鬼

神害盈而富谦，人道恶盈而好谦。谦，尊而光，卑而不可逾，君子之终也。

由此可见，谦是天地鬼神以及人类的统一之道的体现。曾国藩熟读《周易》，并曾刻"劳
谦君子"印章赠送曾国荃，[①]对此当然了解。而且，曾国藩自己在强调勤谦二字时也是
运用《周易》进行理解和说明的。

　　根据日记可知，曾国藩自30岁立志为学不久，就按照其理学导师唐鉴的指导，自
定课程，以读《周易》为正业，花费约一年时间精读《周易》经传，[②]这就使其思想转化在
开始阶段就有了扎实的哲学基础。曾国藩还将《周易》列为其求缺斋的熟读书第一，[③]
在后来的军政生涯中多次温习全文或部分篇章。[④] 特别引人注目的是，他在一生中的
最后一年里，又两次全文温读了《周易》，而最后一次温读《周易》距其逝世（同治十一年
二月四日）只有14天。[⑤] 由此可见曾国藩对《周易》的高度重视和熟悉。

　　通过熟读深思，曾国藩对《周易》的世界观、人生观有了深切的把握和认同。其道
光二十二年（1842）九月十八日家书说：

予尝谓天下万事万理皆出于乾坤二卦。即以作字（指书法）论之：纯以神

行，大气鼓荡，脉络周通，潜心内转，此乾道也；结构精巧，向背有法，修短合

度，此坤道也。凡乾以神气言，凡坤以形质言。礼乐不可须臾去身，即此道

也。乐本于乾，礼本于坤。作字而优游自得，真力弥满者，即乐之意也；丝丝

入扣，转折合法，即礼之意也。[⑥]

乾坤二卦最集中地表现了《周易》的以阴阳为基础的哲学思想，是理解《周易》哲学的关
键。《系辞下传》已指出了这一点。其第六章有云：

---

①　《曾国藩全集·家书二》，第959页。

②　曾国藩道光二十一年十月二十八日购买《周易折中》、《庄子》和《大学衍义》，随后便细读《周易》。
从其道光二十一年十一月至道光二十二年十二月的日记中，我们可以得知其一年来细读《易经》的情形。

③　《曾国藩全集·家书一》，第83页。

④　例如，他于咸丰十一年正月初六日至二月十七日温读了一遍浙江新刻本《周易传义音训》，同治
五年十月二十五日至十二月七日又温读一遍全文。

⑤　根据曾国藩日记，他从同治十年二月十八日至三月八日，从同治十年十一月六日至同治十一年
正月二十一日两次全文温习了《周易》。

⑥　《曾国藩全集·家书一》，第35页。

> 子曰:"乾坤,其易之门邪? 乾,阳物也;坤,阴物也。阴阳合德而刚柔有
> 体,以体天地之撰,以通神明之德。"

帛书《系辞下传》同章亦云:

> 子曰:"易之要可得而知矣。键(乾)川(坤)也者,易之门户也。键(乾),
> 阳物也;川(坤),阴物也。阴阳合德而刚柔有体,以体天地之化……而达神明
> 之德也。"

另外,帛书《系辞上传》第十二章也说:"乾坤,其易之经邪?"上述帛书《系辞下传》与世传本在文字上有差别,但将天地分别与阴阳两种抽象对立因素联系起来,并认为阴阳之关系是《周易》的纲要,代表着天地万物的发生发展规律的思想是完全一致的。曾国藩多次单独温读(包括朗诵)《系辞传》,《系辞传》在《周易》经传中是他尤为熟悉的部分。[①] 他认同《系辞传》中的上述观点,认为天下万事万理皆出于乾坤二卦,并把书法和儒家礼乐联系起来进行解说和证明,表明他的辩证思想植根于《周易》且有深切的体会。

所以,我们也就看到曾国藩在强调勤谦二字时,除了以自己的实践经验为据之外,还用《周易》为之提供了明确的哲学依据。

曾国藩一直强调有恒,其目的是为了克服懒惰,故有恒与勤字相关。其同治二年(1863)十二月十四日家书说:

> 勤字工夫,第一贵早起,第二贵有恒。[②]

这就明确地把有恒包含进勤字之中了。所以,在曾国藩那里有恒是勤字的一种表现。而有恒与《周易》的关系十分密切。其道光二十二年(1842)十月十二日日记说:

> 读《易·家人卦》,心不潜入。言物行恒,诚身之道也,万化基于此矣。余
> 病根在无恒,故家内琐事,今日立条例,明日仍散漫,下人无常规可循。将来
> 莅众,必不能信;作事必不能成。戒之。[③]

---

① 例如同治二年八月十四日,九月十日、二十三日;同治四年十月十二日、二十三日、十二月三日、十三日;同治六年八月十一日,九月十日、十一月三日、十六日,曾国藩都单独温读了《系辞传》。
② 《曾国藩全集·家书二》,第1066页。
③ 《曾国藩全集·家书一》,第117页。

　　所谓言物行恒，出自《象传》对《家人卦》的解说："风自火出，家人，君子以言有物而行有恒。"该卦卦象是离下巽上（火下风上），六二爻为阴，居下卦之中位，九五爻为阳，居上卦之中位，阴阳皆守正位，故君子据此言行就有了根据、标准。由此可见曾国藩的有恒观念除了来自师友的典范作用之外，还是学习《周易》的结果。

　　对于谦字，曾国藩也用《周易》进行了解说。其同治元年（1862）五月二十八日家书说：

　　　　近来见得天地之道，刚柔并用，不可偏废。太柔则靡，太刚则折。刚非暴虐之谓也，强矫而已；柔非卑弱之谓也，谦退而已。趋事赴公，则当强矫；争名逐利，则当谦退。开创家业，则当强矫；守成安乐，则当谦退。出与人物应接，则当强矫；入与妻孥享受，则当谦退。若一面建功立业，外享大名；一面求田问舍，内图后实，二者皆有盈满之象，全无谦退之意，则断不能久。此余所深信，而弟宜默默体验者也。①

这是将谦与柔对应起来，认为天地之道应是刚柔并用，不可偏废，体现了相反相成的辩证思想。

　　咸丰十一年（1861）正月初四日曾国藩致曾国潢信因感到其骄气而告诫之：

　　　　天地间惟谦谨是载福之道，骄则满，满则倾矣。凡动口动笔，厌人之俗，嫌人之鄙，议人之短，发人之覆，皆骄也。无论所指未必果当，即使一一切当，已为天道所不许。②

这是讲骄是谦谨的对立面及其导致满而倾的恶劣后果，之所以如此，是因为骄从根本上违反了天道。

　　对于与骄傲相关的满（全）字，曾国藩也是以《周易》为据来理解的。其道光二十四（1844）年三月十日家书说：

　　　　兄尝观《易》之道，察盈虚消息之理，而知人不可无缺陷也。日中则昃，月盈则亏；天有孤虚，地阙东南，未有常全而不缺者。《剥》也者，《复》之几也，君子以为可喜也。《夬》也者，《姤》之渐也，君子以为可危也。是故既吉矣，则由

<hr />

① 《曾国藩全集·家书二》，第837—838页。
② 《曾国藩全集·家书一》，第628页。

> 吝以趋于凶;既凶矣,则由悔以趋于吉。君子但知有悔耳。悔者,所以守其缺
> 而不敢求全也。小人则时时求全。全者既得,而吝与凶随之矣。①

曾国藩将人不可无缺求全的道理与《周易》中的亢龙有悔等思想联系起来,说明他对满
(全)的理解融合着对《周易》的体会。

从上述曾国藩对勤谦、有恒等概念的解说中,可以看出与《周易》的密切联系,而如
果要进一步推究曾国藩强调勤与谦的思想根源的话,那么就可以发现,曾国藩的思想
虽然与道家墨家都有关系,但最终是以儒家哲学为主要依据的。

曾国藩是一个眼界开阔的人,其一生好读《庄子》,认为"诙诡恣肆,以庄生为
最"。② 不仅如此,他的一些辩证观点也来自老庄,例如他曾说:

> 用兵人人料必胜者,中即伏败机;人人料必挫者,中即伏生机。③

这与老子的"祸兮福之所倚,福兮祸之所伏"(《老子》第五十八章)的思想很相似。但从
根本上讲,曾国藩的思想还是归宗儒家的。他在《王船山遗书序》中说:

> 昔仲尼好语求仁,而雅言执礼,孟氏亦仁礼并称。盖圣王所以平物我之
> 情,而息天下之争,内之莫大于仁,外之莫急于礼。自孔孟在时,老庄已鄙弃
> 礼教,杨墨之指不同,而同于贼仁。④

由此可见曾国藩对儒家与道家、墨家等其他各家的基本原则的不同是有明确认识的,
同时,他又是站在儒家的立场上看待这种不同的。我们还看到,虽然曾国藩认为老子
起初也精于礼经,后来讥刺礼者为忠信之薄而乱之首是有所激而云然,对此给予了充
分的理解,但仍然认为这是矫枉过正的。⑤ 所以,虽然老子是道家的创始人,对中国文
化有着深远的影响,但曾国藩并没有把他列为《圣哲画像记》中的三十二贤,还认为列
入三十二贤的庄子"于圣贤自得之乐,稍违异矣"。

既然曾国藩的思想归宗于儒家,又是从程朱理学入门的,那么,他主要运用四书来
理解《周易》经传就是很自然的事情了。

---

① 《曾国藩全集·家书一》,第 78 页。
② 《曾国藩全集·诗文》,第 373 页。
③ 《曾国藩全集·家书一》,第 691 页。
④ 《曾国藩全集·诗文》,第 277—278 页。
⑤ 《曾国藩全集·诗文》,第 338 页。

在道光二十二年(1842)十月苦读《周易》期间，曾国藩还重温了《孟子》，其十月五日日记记载了要以孟子为榜样的决心：

> 早起，高诵《养气章》，似有所会，愿终身私淑孟子。虽造次颠沛，皆有孟夫子在前，须臾不离，或到死之日可以仰希万一。①

不仅如此，他还将读《孟子》的体会与读《周易》的体会结合起来，互相参照。其次日日记记载：

> 早，读《易·大壮卦》、《象》、《大象》，正与《养气章》通。②

这是参照《孟子》来理解《周易》。同年十月十五日日记记载：

> 《家人》上九曰："有孚威如。"《论语》曰："望之俨然。"要使房闼之际，仆婢之前，燕昵之友常以此等气象对之方好，独居则火灭修容。切记，切记。此第一要药。能如此，乃有转机。否则堕落下流，不必问其他矣。③

这是参照《论语》来理解《周易》并规范自己。

我们知道，先秦时期最为集中地阐述了儒家哲学思想的著作除了《周易》经传，就是《礼记》中的《中庸》了，如果说曾国藩的思想归宗于儒家，那么，曾国藩对于《周易》的理解以及对勤谦的理解就应该与《中庸》所倡导的中和价值尺度相关联并相一致。有关资料为此提供了充分的证据。

曾国藩道光二十二年(1842)十月二日日记记载了阅读《周易·咸卦》(艮下兑上)的状态和体会：

> 读《咸卦》，卦象辞能解，系传(《象传》)释九四爻不知其意，浮浅可恨。静坐，思心正气顺，必须到天地位、万物育田地方好。④

曾国藩自言能够理解的《周易·咸卦》卦辞是：

> 亨。利贞。取女吉。

其大意为：通顺，宜于占问，娶女人吉祥。这段话语言简明，古人也有基本一致的解释，

---

① 《曾国藩全集·日记一》，第114页。
② 《曾国藩全集·日记一》，第115页。
③ 《曾国藩全集·日记一》，第119页。
④ 《曾国藩全集·日记一》，第113页。

自然不难理解。相应的《象传》为：

> 咸，感也。柔上而刚下，二气感应以相与，止而悦，男下女，是以"亨。利
> 贞。取女吉"也。天地感而万物化生，圣人感人心而天下和平。观其所感，而
> 天地万物之情可见矣。

《象传》所言正是普适于天地人世的刚柔互济的辩证法。而且，曾国藩根据《象传》的解说，将刚柔二气感应相与与天地位、万物育联系起来，而天地位、万物育正是《中庸》提出的通过中和而达到的理想宇宙模式。

再如曾国藩道光二十二年十月七日日记说："读《晋卦》，颇融惬。'罔孚裕，无咎。'裕，难矣。《中庸》'明善诚身'一节，其所谓裕者乎？"①由此可以看出，曾国藩之所以能够深入理解《易·晋卦》，正是因为他是以《中庸》为依据的。

不可否认的是，曾国藩也确有认同道家、墨家思想的地方，例如他将"以才自足，以能自矜，则为小人所忌，亦为君子所薄"这句话抄录赠人，并认为"老庄之旨，以此为最要"。② 由此可见他对老庄反对骄傲自满的意见颇有认同之处。不过，儒家也同样反对骄傲自满，而且曾国藩所赞同的不自足不自矜的老庄思想是其入德载福之途径，而这种对德福的追求体现了儒家的立场。因为在他看来，"德以满而损，福以骄而减。"③这一观念与孔子提出的"君子泰而不骄，小人骄而不泰"（《论语·子路》）以及《左传·成公十四年》中宁子所说的"……傲，取祸之道也"的思想有共同之处。

曾国藩咸丰十一年正月初一日日记说："是日细思立身之道，以禹墨之勤俭，兼老庄之静虚，庶于修己治人之术，两得之矣。"④其立身之道似乎是墨道两家而不是儒家。但在曾国藩那里，勤俭、静虚都是从儒家的立场进行解读的，其内涵都体现了儒家的基本精神。

众所周知，墨家推崇的夏禹也一直是儒家的崇高榜样，孔子曾说："禹，吾无间然矣。菲饮食而致孝乎鬼神，恶衣服而致美乎黻冕，卑宫室而尽力乎沟恤。禹，吾无间然

---

① 《曾国藩全集·日记一》，第 115 页。
② 《曾国藩全集·诗文》，第 432 页。
③ 《曾国藩全集·日记三》，第 1474—1475 页。
④ 《曾国藩全集·日记一》，第 574 页。

矣。"(《论语·泰伯》)孔子对于禹的赞美正主要着眼于他严于律己的勤俭。而当林放询问礼的根本时,孔子回答:"与其奢也,宁俭。"(《论语·八佾》)可见在孔子那里,虽然礼贵得中,但相对于过分的奢而言,不及的俭更接近礼的根本属性。

静、虚是老子特别强调的价值,曾国藩也肯定静、虚,但同时都从儒家的立场加以理解。

关于静,曾国藩认为:

> 此中无满腔生意,若万物皆资始于我心者,不可谓之至静之境也。然则静极生阳,盖一点生物之仁心也。息息静极,仁心不息,其参天两地之至诚乎? 颜子三月不违,亦可谓洗心退藏,极静中之真乐者矣。我辈求静,欲异乎禅氏入定、冥然罔觉之旨,其必验之此心,有所谓一阳初动,万物资始者,庶可谓之静极,可谓之未发之中,寂然不动之体也。不然,深闭固拒,心如死灰,自以为静,而生理或几乎息矣,况乎其并不能静也。有或扰之,不且憧憧往来乎?[①]

在这里,曾国藩以仁心不息、未发之中和参两天地之至诚解说静字,并以颜回作为极静的一个榜样,还特别将静字与佛教的入定区别开来,正说明他理解的静字蕴含的主要是儒家的精神。

关于虚,曾国藩认为:

> 是故诚者,不欺者也;不欺者,心无私著也;无私著者,至虚者也。是故天下之至虚,天下之至诚者也。当读书则读书,心无著于见客也;当见客则见客,心无著于读书也。一有著则私也。灵明无著,物来顺应,未来不迎,当时不杂,既过不恋,是之谓虚而已矣,是之谓诚而已矣。[②]

显然,曾国藩是用儒家的不欺之诚来理解无著之虚的。他还说过:"无著则静矣,抑亦诚矣。"[③]由此可见,在曾国藩那里,静、虚也是相统一的,皆可归结于儒家之诚。

由此可见,曾国藩的勤谦二字在贯彻《周易》、《四书》等儒家经典的基本原则的同

---

① 《曾国藩全集·日记一》,第 129 页。
② 《曾国藩全集·日记一》,第 130 页。
③ 《曾国藩全集·日记一》,第 131 页。

时也赞同、接受道、墨两家的一些与勤谦相关的主张,是因为这些主张与儒家思想有相通相融之处,可以赋予儒家的思想内涵或可以对儒家学说有所补充。对此,曾国藩曾以《淮南子》为例做过明确的说明:"读《修务训》中'功可强成,名可强立',若有所会。《淮南子》本道家者流,而此篇之旨与《荀子》相近,大抵理之足见极者,百家未尝不相合也。"①所以,尽管曾国藩坚持儒家的基本立场,但没有排斥反而吸收了其他各家与儒家相通相融的思想成分。因此,曾国藩的勤谦二字可以说是融合着中国文化多种智慧的一个结晶。

对于以上论证,有人也许会质疑,曾国藩强调勤谦二字固然与儒家辩证法有着密切的联系,熟知曾国藩的程千帆自然也不会不知道这一点,但程千帆在向弟子解说勤奋谦虚时,并没有直接用辩证法来解释,这是不是意味着程千帆只继承了其结论,而忽视了其哲学依据了呢? 我们认为,程千帆不仅继承了曾国藩的勤谦要诀,还能够得其真髓——以中庸之道为代表的儒家辩证法。

因为追求中庸之道,反对偏执、不及和过度,所以曾国藩提出"徒谦亦不好,总要努力前进",②又说:"过谦则近于伪,过让则近于矫。"③即不能只有谦虚,也不能谦虚过度,而要保持多元互济、调和适中的理想状态,这正是中庸之道的忠实体现。而程千帆关于谦虚的主张也正与此类似。程千帆要求弟子谦虚,但同时又说:"你谦虚到什么主见也没有,自己什么意见也不敢拿出来,那就成了学术界的乡愿。……所以既要谦虚,又要自信。"④由此可见,程千帆虽然没有像曾国藩那样直接用哲学解释谦虚,但对谦虚提出的要求之中却同样贯穿着不偏不倚、无过无不及的中庸之道。

---

① 《曾国藩全集·日记一》,第 564 页。
② 《曾国藩全集·家书一》,第 103 页。
③ 《曾国藩全集·家书二》,第 968 页。17 世纪法国著名道德思想家拉罗什福科在《道德箴言录》中说:"谦虚常常只是一种假装的顺从,我们利用它来使人屈服。谦虚是骄傲的一种计谋,通过降低自己来抬高自己。骄傲的方式虽然千差万别,但没有一种方式能比它掩藏在谦虚的形象下更带隐蔽性,更能欺骗人的了。"(何怀宏译,三联书店 1987 年版,第 54—55 页)这段话揭示了谦虚中可能隐蔽的虚伪和自私,对于理解谦虚是富有启发性的。但与曾国藩将谦虚中的虚伪、矫饰归结为谦虚过度相比较,曾氏的折中之说也许更为符合实际,而拉氏之说似有全盘否定谦虚之嫌,不免有消极偏激之处。不过,拉氏之所以如此,可能是因为他恰恰渴望着真正的谦虚美德,而这又是与曾氏相一致的。
④ 《敬业·乐群·勤奋·谦虚》,《程千帆全集》第 15 卷,第 152—153 页。

从敬业乐群勤奋谦虚八字学训的相互关系上也可以看出中庸之道贯穿其中。

张伯伟认为：

> 在这八字中，实际上应以敬业为统帅。因为敬业，就会懂得学术乃天下
> 之公器，学术研究的根本目的在于探寻真理，在探寻真理的道路上，独学而无
> 友，则孤陋而寡闻，于是就必然会乐群；因为敬业，就会懂得学术研究的意义
> 在于为往圣继绝学，为万世开太平，担负着文化传承的使命，而要完成这一任
> 务，又要靠锱铢积累而成，于是就必然会勤奋；因为敬业，就会懂得吾生有涯，
> 而知无涯，面对知识世界，自己永远是一个小学生，于是就必然会谦虚。①

这是对这八字学训的富有创造性的解读，从敬业的角度揭示了八字之间的统一性。尽管我们在现实生活中可以看到一些敬业的人并不那么乐群、谦虚，但敬业与其他六字具有统一性是有着充分的理由的。不过，在本书看来，除了认识到这八字的统一性，还应认识到这八字的辩证性。这样才能全面深入地理解这八字的内在意蕴。

据这八字分别源出于《周易》、《礼记》的不同情况，它们原可分为两组，勤奋、谦虚为一组，敬业、乐群为另一组；而每一组都是两者互相配合的情况则忠实地体现了儒家的中和精神。就勤奋谦虚而言，如果只讲勤奋，有可能因取得成绩便狂妄自大、傲慢无礼而导致过分，所以需要克约自己的谦虚来相泄；如果只讲谦虚，有可能趋向消极保守、缺乏自信而导致不及，所以需要积极进取的勤奋来相济。就敬业乐群而言，如果只讲敬业，有可能趋向自私自利、唯我独尊而导致过分，所以需要宽容助人的乐群来相泄；如果只讲乐群，有可能媚世从众、牺牲真理而导致不及，所以需要坚持真理的敬业来相济。由此可见，敬业与勤奋侧重于修业为学，乐群与谦虚侧重于进德为人，两个方面缺一不可，互补互济，才能构成完备的学术品格。因此，程千帆在曾国藩的勤奋谦虚的四字上，再加上儒家典籍《礼记·学记》中的敬业乐群四字，构成两组八字并非随意而为，而是有着内在的思想统一性——统一于儒家的中庸之道。所以，不把敬业当作统帅，而是当作多元中的一元，与其他各元构成和而不同的关系，也许更为切当。还可补充说明的是，如前所述，曾国藩曾将勤苦与谦逊理解为体用关系，而体用属于阴阳范畴，《周易》经传在阴柔阳刚之间相对侧重于阳刚。因此，在以《周易》经传为据的曾国

---

① 《读古典文学的人》，南京大学中文系研究生会编《研究生学刊》，2003 年 6 月第 4 期。

藩那里,勤字要相对优先于谦字。如此类推,敬业也应相对优先于乐群。但归根结底,敬业与乐群、勤奋与谦虚皆属于阴阳范畴,而阴阳之间互相依赖、互相作用,任何一方都不具有超越性,那么它们之间也就没有任何一方会成为永恒不变的核心,能够完全决定对方,而不丝毫为对方所决定。所以,即使程千帆像曾国藩那样将敬业、勤奋视为体,将乐群、谦虚视为用,但仍会以中庸之道的辩证态度对待两者,而不会将前者的相对优势地位固定化。

千帆诗学的具体成果也提供了程千帆通过曾国藩继承儒家辩证法的确凿证据。

如前所述,《古典诗歌描写与结构中的一与多》是程千帆的诗学代表作,周勋初认为这篇论文"运用哲学上的对立统一规律","对诗歌表现手法中的许多复杂现象作了更广泛的考察,得出了具有哲理意味的结论"。① 莫砺锋也认为这篇论文"堪称是一篇从哲学的高度审视文学现象的杰作","如果不具备打通哲学、美学与文学诸学科之藩篱的通识,如果思考的范围囿于某一段历史时期,那么连这种题目都不可能想到,更不用说把它论述得酣畅尽致了"。② 也明确指出了程千帆的这项具体的研究成果与哲学不可分割的联系。而我们认为,这篇论文中所运用的辩证法与曾国藩有着直接的联系。

这篇论文的开篇部分提出:

> 一与多也是在《周易》经、传及《老子》中被总结出来的对立范畴之一。《老子》第四十二章说:"道生一,一生二,二生三,三生万物。万物负阴而抱阳,冲气以为和。"奚侗《老子集解》释之云:"《淮南子·天文训》:'道者,规始于一,一而不生,故分而为阴阳,阴阳合和而万物生。故曰:'一生二,二生三,三生万物。'《易·系辞》:'是故《易》有太极,是生两仪。'道与易异名同体。此云一,即太极;二,即两仪,谓天地也。天地气合而生和,二生三也。和气合而生物,三生万物也。"这位学者敏感地察觉到,在一多对立的理解上,《易》《老》相通。二、三、万,对一来说,都是多,故《老子》所论,实质上就是一与多的

---

① 《程千帆先生的诗学历程》,《周勋初文集》第 6 卷,江苏古籍出版社 2000 版,第 133 页。
② 《程千帆古代文学研究述评》,《程千帆全集》第 15 卷,第 256—257 页。

关系。①

然后提出"一与多被先民们抽象出来，成为一对哲学范畴的同时，也就被他们认识到，这也是一对美学范畴和一种艺术手段"，以一与多的对立统一也是中国美学的原则相承，由此进入中国诗歌创作中一与多关系的探讨。而曾国藩《送周荇农南归序》第一段说：

> 天地之数，以奇而生，以偶而成。一则生两，两则还归于一。一奇一偶，互为其用，是以无息焉。物无独，必有对：太极生两仪，倍之为四象，重之为八卦，此一生两之说也。两之所该，分而为三，淆而为万，万则几于息矣。物不可以终息，故还归于一。"天地纲缊，万物化醇，男女构精，万物化生。"此两而致一之说也。一者阳之变，两者阴之化，故曰一奇一偶者，天地之用也。②

然后第二段开头提出"文字之道，何独不然"，以文字之道相承，由此进入文章之用奇用偶问题的探讨。这两篇文章开头的思路是如此的相似。同时，我们还看到，曾国藩以《周易》和《老子》为依据，程千帆也是如此；曾国藩采用儒道哲学之相通相融之处而不分辩《周易》与《老子》的区别，程千帆也同样如此；曾国藩强调奇与偶的互用，而程千帆强调一与多的互济。显然，虽然他们研究的问题有所不同，但辩证思维的趋向却完全一致。因此，这两篇文章的上述相似之处并非巧合，而是意味着程千帆对曾国藩的学习是有意识地包含着辩证法在内的，由此也可见曾国藩影响的深刻性。

　　综上所述，程千帆一生的学术历程与曾国藩有着密切的联系，其人格的成长和学术、教育事业的发展不仅深深地打上了中国学术文化传统的烙印，而且深深地打上了晚清湘学代表人物曾国藩的烙印。因此，如果我们根据千帆诗学两点论的理论阐述和实际运用得出其一以贯之的辩证思维模式是以儒家辩证法为主要依据的结论的话，那么我们根据曾国藩对程千帆的终身而牢固、全面而深刻的影响也就不难得出这样的结论：虽然程千帆在学术和思想上转益多师，接受了多方面的影响，但曾国藩是千帆诗学艺进于道、通向儒家哲学的主要途径。同时，如果我们承认曾国藩思想的深度，那么这

---

① 《程千帆全集》第 8 卷，第 94 页。

② 《曾国藩全集·诗文》，第 162 页。

就意味着它为程千帆学术和思想的发展提供了一个较高的起点。30 岁以后,特别是与太平军作战以来,曾国藩对自己思想的精进有着清醒的认识,也知道这种进步的重要性。其咸丰十年(1860)六月二十七日家书说:"目前能做到湖南出色之人,后世即推为天下罕见之人矣。"[①]他自己做到了这一点,而程千帆在经历了艰难曲折的人生道路之后也同样做到了这一点,虽然是在不同的领域,时代相差近百载。中国学术文化传统的薪火长传、生生不息由此可见一斑。

① 《曾国藩全集·家书一》,第 556 页。

第八章　千帆诗学辩证思维模式的发展历程

近现代中国学术史是一个范式转换、方法论高度自觉的时代,它的发展变化总是伴随着治学方法的发展变化。作为这一时代之产物的千帆诗学也不例外,其一般诗学方法与哲学方法相结合的二重性的两点论对于千帆诗学的学术个性和发展水平具有决定性的意义。所以,如从纵向上研究千帆诗学,探讨其发展历程,就需要聚焦于两点论的演进。

周勋初是最早将一般诗学方法与哲学方法结合起来考察千帆诗学方法论演进过程的学者,其《程千帆先生的诗学历程》一文认为:

> 从追求考据与批评的结合发展到用科学的文艺理论进行辨析,同时从运用形式逻辑发展到运用辩证法来分析问题。前后阶段之间一系相承,但已有质的变化,不过后者并不是对前者的简单否定,而是前者的提高与升华。他在研究工作中仍追求考证与批评的结合,但对考证的运用与对批评的理解,已与前时不同,二者之间的交相为用更如水乳之交融,这在他步入(20 世纪)80 年代时所写的一些论文中表现得尤为明显。这是作者在研究方法的探索中进入了新的境界的缘故。①

这段话对千帆诗学方法论的演进过程作了全面而深刻的判断。之所以全面,是因为既从横向上揭示了千帆诗学包含着一般学术方法(形式逻辑)和哲学方法(辩证

---

① 《周勋初文集》第 6 卷,江苏古籍出版社 2000 年版,第 134—135 页。

法)两个层面,又从纵向上揭示了千帆诗学方法论的两大发展阶段(从考据与批评相结合到运用文艺理论或从形式逻辑到辩证法)。之所以深刻,是因为既揭示了千帆诗学两点论中两个层面的根本性方法(尽管还未概括出文艺学与文献学相结合的明确命题),又揭示了它们之间的相互关系以及对于千帆诗学发展历程的决定性作用。

程千帆在南京大学再次退休以后,在致万业馨的一封信中,也将一般学术方法与哲学方法包括在内,简明扼要地总结了自己一生的学术方法的发展历程:

> 下走少时从私塾走入西学,爱形式逻辑之推理严密。中岁解放,喜唯物辩证法能说明形式逻辑之不能说明的问题。近岁既聋且瞎,无言谈之乐,诵读之快,枯坐多时,渐悟佛法说随顺世缘,一切在缘法,真圆通广大,解决问题也。①

从这段自述中可以概括出从形式逻辑到辩证法再到缘法的发展过程或不同阶段,除了增加了周勋初因写作时间关系而未谈及的缘法之外,从形式逻辑发展到辩证法是人我一致的共识,也是符合千帆诗学实际的正确结论。不过,在本书看来,从形式逻辑发展到辩证法(也包括从考据与批评相结合发展到文艺学与文献学相结合),不是在一个正常、平和的学术环境中自然、顺利地实现的,而是经历了一个艰难的、曲折的过程。这一过程发生在共和国初期至"反右"运动时期,大约七年,它虽然为时短暂,但对于千帆诗学的生死存亡、兴衰起落至关重要。如果淡化或回避这一艰难、曲折的过程,将妨碍全面、深入地揭示千帆诗学发展历程的真相及其意义。所以,以下在学习借鉴以往研究成果的基础上对千帆诗学两点论的发展过程作进一步的探讨。

---

① 《闲堂书简》,上海古籍出版社 2004 年版,第 567—568 页。

第一节　辩证思维模式的不自觉运用

如同狭义两点论的主要代表——文艺学与文献学相结合的方法是从民国时期的考据与批评相结合的方法发展而来一样，千帆诗学的广义两点论——辩证思维模式也有一个发展的过程。不过，与考据与批评相结合的方法在民国时期就已自觉的情况不同的是，从民国到共和国，千帆诗学的辩证思维模式经历了一个从不自觉到自觉的过程。

考察民国时期的诗学成果可以发现，千帆诗学的辩证思维模式不是在共和国时期学习了马克思主义之后才开始产生的，而是在民国时期就已存在。程千帆当时的一些诗学论文已经体现出善于辩证思维的特点，这主要表现在以下两个方面：

第一，以批评为考据服务。

在活跃于 20 世纪 30—40 年代的文学研究者当中，程千帆只是一位后起之秀，许多学者不仅早于程千帆提倡并运用考据与批评相结合的方法，而且在研究成果以及知名度上也超过程千帆。但程千帆在注重以考据为批评服务的同时，还注重以批评为考据服务。他当时曾提出："先儒治学，每以校勘、训诂为通义蕴之邮，斯固然矣。而苟能触类别通，先识义蕴，则亦未尝不可为校勘诸科之助。"[1]并且把这一方法付诸诗学实践，取得了富有特色的成果。

例如宋本陶渊明集《饮酒》二十首其五中的"悠然见南山"之"见"字，"此中有真意"之"中"字，在以往不同版本的《文选》中分别作"望"、"还"等字。究竟谁是谁非，由于材料有限，如果只从文献上考察，难以裁定。程千帆从考察作者创作心理的发展过程出发，通过对陶渊明物我两忘的精神境界以及从无意到有意的视觉转移的把握，认为以

---

[1]　《程千帆全集》第 8 卷，河北教育出版社 2000 年版，第 435—436 页。

"见"字和"中"字为宜,对这一问题做了独特的解答。①

再如陶渊明《归园田居》五首其一中的"少无适俗韵"之"韵"字,在当时的文献中有多种涵义,如风度、思理、性情等等,仅用考据的方法解决不了陶诗所选用的义项。程千帆根据陶渊明不愿同流合污,思欲返归田园的心理状态以及追求创新、避免重复的创作倾向反过来考察这一问题,从而得出其词义应为"性情"的结论。②

这种以批评为考据服务,弥补考据之不足的方法在千帆诗学那里是始终运用着的。例如程千帆晚年在一封通信中谈到《红楼梦》第七十六回林黛玉与史湘云在凹晶溪馆赏月联诗所作是"冷月葬花魂"还是"冷月葬诗魂"的争议时说,由于《红楼梦》原稿已不可见,抄本流传也难全尽其系统和先后,所以用底本判断"诗魂"与"花魂"孰为(或近于)曹氏原稿已不大可能。现在只有用讲道理(即辩义理)的方法代替举证据,看问题是否可以解决。同时程千帆也认为,用辩义理的方法解决这一问题很困难,只能各尊所闻,不能强人从己。③ 在《一个醒的与八个醉的——读杜甫〈饮中八仙歌〉札记》中程千帆也就是通过探索杜甫的创作心理从而推断出这首诗的创作年代,在以批评为考据服务方面获得了一个新成果。由于史料的限制,《饮中八仙歌》确切的创作时间难以通过考证获得,程千帆通过对作品内容的细致分析,发现这首诗是杜甫在以一双醒眼看八个醉人的情况之下写作的,表现了他以错愕和怅惋的心情面对着一群不失为优秀人物的非正常精神状态,与他初到长安的时候还是沉浸在盛唐浪漫精神中的情况已不相同。于是,程千帆在揭示了这首诗是杜甫诗歌创作道路上清醒的现实主义的起点的同时,还推断出这首诗不可能写于初到长安不久的年代里而应当迟一些的新观点。如果说程千帆晚年对于以批评为考据服务方法的运用体现了善于辩证思维的特点的话,那么,我们就不能否认其民国时期运用这种方法的思维辩证性。

第二,善于同中求异。

舒芜在评论程千帆的诗学论文集时曾就千帆诗学善于比较的情况做过切实的说明,考察这些比较研究,可以看到,它们主要是从同中求异入手的。如从辩证思维的角

---

① 参看《陶诗"结庐在人境"篇异文释》,《程千帆全集》第 8 卷。

② 参看《陶诗"少无适俗韵"韵字说》,《程千帆全集》第 8 卷。

③ 《闲堂书简》,第 535 页。

度来理解,那么同中求异实际上是一分为二的一种表现形式。这一特点在程千帆1940年代的诗歌研究中已表现得十分突出。

例如《〈古诗·西北有高楼〉篇"双飞"句义》一文通过比较而对"愿为双鸣鹤,奋翅起高飞"的涵义以及该诗的创作时代提出了新解。在研究中,程千帆将这首诗与韩愈的《双飞鸟》联系起来进行比较,他根据韩愈与孟郊的亲密关系,指出韩诗中的双鸟,比喻的是互相了解的人,而古诗中的二人并不相识,且一人于另一人毫无所知,所以古诗中的双鹤关系与韩诗中的双鸟关系并非如前人所言是类同的。因此,古诗中的双鹤指听者和歌者以及听者欲与楼中人双鹤高飞等意见也就不能成立。在此基础上,程千帆又进一步根据双方这种特殊的关系,指出这两句诗所表达的意思当分别宾主、虚实,而这种有主宾、虚实之分的比喻技巧应该要比简单地用鸟喻人后起,因此认为该诗不太可能为尚未达到这种技巧时代的枚乘所作。

再如在《王摩诘〈送綦毋潜落第还乡〉诗跋》中,程千帆就其布局结构与陶渊明的《咏荆轲》诗作了比较。他指出陶诗前幅写荆轲入秦以前事,后幅写荆轲入秦以后事,中间用"凌厉越万里,逶迤过千城"两句过渡;而王诗前幅写綦毋潜落第以前事,后幅写綦毋潜落第以后事,中间用"江淮渡寒食,京洛缝春衣"二句过渡,这是它们的相同之处。但相同之处又有不同:

> 渊明"凌厉"二句,其在通篇功能,止于连系情事,缩短时空,借以省略赴秦程途之铺叙,别无他深意;而摩诘"江淮"二句,则除连系作用外,又别具昔贤所谓隐晦之旨焉。

然后,程千帆对所谓隐晦之旨又做了一分为二的比较分析:

> 斯二句者,就表面观之,不过谓客春潜始启程北上,今春潜又启程南下,物候虽同,来去自异而已。然试一寻究,则潜之来,乃应进士举也;潜之去,乃举而落第也。而进士及第,又当时士流最贵重之"正途出身"也。已有令人难以为情者矣。如进而为之设身处地,则一年来居长安之困窘也,求知己之艰难也,名额之少也,奔竞之烈也,事前希冀之切也,事后怨尤之深也,皆可不言而喻矣。而作者于此,皆不置词,但就物候同而来去异一点,略作暗示而已。岂非所谓"情在词外"、"言近旨远"者乎? 其所以如此者,盖不徒顾全落第者

之身分,亦不欲刺激落第者之感情,理固当尔也。①

通过这种"来乃应进士举"与"去乃举而落第"、"事前希冀"与"事后怨尤"的对比以及上述同中求异的比较分析,程千帆揭示了这两句诗的丰富意蕴,并进而为前人关于王维诗"意新理惬"、"能道人心中事,而不露筋骨"的简略评价提供了切实的解说。

不过需要说明的是,虽然民国时期程千帆在运用批评与考据相结合的方法时已体现了善于辩证思维的特点,但当时他是从一般诗学方法的层面来认识这一方法的,还没有自觉地提高到哲学方法的层面。他所运用的其他方法如知能并重、文史结合等也体现了辩证思维的特色,但主要是学术传统的继承,也并不含有自觉的辩证法意识。例如程千帆在《韩诗〈李花赠张十一署〉篇发微》中说,前人没能理解"花不见桃惟见李"的原因在于"盖格物之学未明,则致知之功盖阙";"夫科学所以格物,文学所以状物,二者若不相谋。然必格物之术愈工,则状物之精愈显,是又足以相成"。② 这段话中的所谓科学格物与文学状物相反相成之见解,正反映了程千帆一方面具有辩证思维的能力,而另一方面达到自觉的还只是对现代科学知识的借用。我们还看到,程千帆民国时期最后的一篇诗学论文《郭景纯、曹尧宾〈游仙诗〉辨异》虽然也体现了善于同中求异的特色,澄清了前人将主题、创作背景和创作渊源都有所不同的两种游仙诗混为一谈的误会,但主要还是通过多方面收罗材料,运用考据的方法来解决问题的,尚不足以充分展示其理论追求的独特性;民国时期最长的一篇诗学论文《诗辞代语缘起说》要解决的虽是普遍性问题,体现了理论追求的新倾向,但主要运用的也还是考据学的方法。而其他许多篇幅较小,解决具体字句问题的论文,倒较多地运用了理论批评的方法。这也说明当时程千帆新的研究思路虽然已经形成,但在理论性问题或宏观问题的研究中其辩证思维的威力还没有充分发挥出来。

---

① 《程千帆全集》第 8 卷,第 450 页。
② 《程千帆全集》第 8 卷,第 490 页。

第二节　从神学思维模式到辩证法

一、 神学思维模式的影响

关于千帆诗学方法论在共和国时期的发展过程,现有的研究成果简略而肯定性地认为程千帆在共和国初期学习了马克思主义的哲学和文学理论之后,思想水平提高了一大步,在诗学上有了新的发展变化。但 1990 年代程千帆回忆自己的学术历程时说:

> 建国初期,文学论文不少是用一种神学思维模式写的,用很多东西证明伟大领袖某一理论某句话是对的。这种论文很安全,但没有价值。我当时也这么写。慢慢地懂得一些辩证法,才想到怎样利用辩证法解释一些现象,回答一些问题。的确,辩证法比形式逻辑推理更细致合理,也更有用。①

这段话包含了关于千帆诗学方法论发展历程的两点重要信息:第一,所谓"当时我也这么写",意味着共和国初期千帆诗学也受到了神学思维模式的影响;第二,所谓"慢慢地懂得一些辩证法","辩证法比形式逻辑更细致合理",意味着千帆诗学方法论从形式逻辑发展到辩证法不是一个直接、迅速的过程,而是一个转折的、缓慢的过程。在本书看来,这是符合实际的自我剖析。

所谓神学思维模式,程千帆在改革开放初期是用经学或新经学之名来概括的一种思维方式,其基本特点包括两个方面:第一,用汉唐儒者对待经书的态度来对待革命导师的著作、学说,即把马列主义、毛泽东思想当成一种非常值得尊重、不能够怀疑,也不能够发展的东西来学习。第二,在古代文学和文学理论的研究中往往不是根据马列主义的原理,认真探索和阐明某个作品的思想性或者艺术性的本质,而是反过来利用某

---

① 程章灿整理《老学者的心声——程千帆先生访谈录》,《程千帆沈祖棻学记》,贵州人民出版社1997 年版,第 106—107 页。

些材料,证明马列主义是正确的,满足于以几个固定的公式和几条现成的标签来代替必须经过反复艰苦的探索才能获得的结论。① 随着思想解放潮流的不断壮大,在对毛泽东非神化的进程中,程千帆在 1990 年代又更为精确地将这种思维方式改称为神学思维模式。②

这种神学思维模式在今天看来不过是简单、僵化、庸俗的教条主义,但由于其实质是极"左"政治的意识形态,是极"左"政治垄断权力的必备思想工具,所以,它在特定的政治环境中居于绝对的主导地位,形成一个时代的风气,因而造成了巨大的危害。许多民国时期卓有成就的学者因此而导致学术停滞乃至退化,更有刚刚起步的学者终其一生的学术生涯都深陷其中而不能自拔。所以,能否破除神学思维模式的束缚对于当时的学者来说,就成为一个关系到能否坚持科学原则,能否进行学术创新,以及能否维护自由、独立人格的重大问题,对每一位学者的学术生命和人格尊严都具有决定性的意义。

在共和国初期的几年间,虽然程千帆一如既往地勤奋工作着,但诗歌研究因为其他方面的教学科研工作以及政治及行政工作的增加而自然减少,另一方面,包括诗学在内的全部学术研究也因为受到神学思维模式的影响而经历了一段勤奋而低效的过程。我们看到,在 1954 年出版的《古典诗歌论丛》一书中,只有一篇《古代诗歌研究绪论》是当时撰写的,其他的诗学论文都是民国时期的成果;诗歌方面的专题论文的撰写几乎停止了。1957 年出版的一本篇幅很小的《宋诗选》以及 1956 年开始着手编撰的《古诗今选》,这两种选本都是与他人合作进行的。而无论是诗歌研究,还是文学理论批评研究,还是文学史研究,都明显地受到政治运动的影响,留下了很深的神学思维模式的痕迹。

作为五四新文化运动之后成长起来的新一代学者,程千帆在民国时期就体现出积极、开放的追求现代文学理论的学术倾向。其大学毕业论文《少陵先生文心论》以及民

---

① 参看《治学小言》,齐鲁书社 1986 年版,第 5—6、32 页。

② 1957 年 1 月毛泽东《在省市自治区党委书记会议上的讲话》用神学一词批评那种认为一种社会制度永恒存在不会灭亡的观念(《毛泽东选集》第 5 卷,人民出版社 1977 年版,第 356 页)。程千帆改用神学一词指称这种思维模式,顺应了对毛泽东去神化的形势,也或有以子之矛攻子之盾的意味。此外,在 1980 年代,已有学者将极"左"政治的意识形态称作官方神学,程千帆改用神学一词指称这种思维模式或许对此也有所借鉴。

国时期最长的一篇学术论文《诗辞代语缘起说》，都是文学理论的研究。1940 年代编著的《文论要诠》借鉴了西方文学理论的框架解读中国的文学理论。他在诗学研究中所运用的考据与批评相结合的方法则接受了英美新批评派的早期代表人物瑞恰兹、燕卜荪的影响。1949 年 5 月中国人民解放军进入武汉后，在武汉大学任教的程千帆开始学习马克思主义理论，随后讲授《文艺学》、《在延安文艺座谈会上的讲话》，还在 1952—1953 年编写了共和国建立后最早的《文艺学》教材。这本教材比苏联著名学者季摩菲耶夫的《文学概论》中译本早出半年，①比来华讲学的苏联学者毕达柯夫的讲稿《文艺学引论》中译本早出 5 年，②虽然没有正式出版，但已由当时的高等教育部作为推荐交流的材料印发给许多高校，供教师参考也可作为教材使用。1953 年和 1955 年程千帆又分别出版了《文学批评的任务》和《关于文艺批评的写作》两本文学理论批评论文集。③ 在同时代的古代文学研究者之中，这种在现代文学理论上的积极而一贯的追求很罕见，体现了千帆诗学的一个鲜明特点。但我们很遗憾地看到，1952—1953 年编写的《文艺学》教材是一个反映着神学思维模式的典型样本。这一教材共分认识论、创作论、批评论三大部分，在认识论部分，强调文艺是阶级斗争的武器和发扬文艺的党性原则。在创作论部分，提倡社会主义现实主义的创作方法，认为典型形象是党性原则在现实主义艺术中的基本范畴。在批评论部分，强调政治标准第一，艺术标准第二，文艺为政治服务。所以，无论是在内容上还是在体例上，这部教材都遵奉了当时的主流意识形态，并主要沿袭了苏联文学理论的模式，可谓是苏联文学理论的中国化简本。不久以后中苏关系恶化，来自苏联的社会主义现实主义创作方法被革命的现实主义与浪漫主义相结合方法取代，这本教材也就变得不合时宜，自然就被淘汰了。收入《文学批评的任务》和《关于文艺批评的写作》两本文学理论批评论文集中的文章也多是应时之作。④ 例如 1954 年年底配合运动写作的三篇批判文章《为肃清古典文学研究领域

---

① 该书由查良铮翻译，上海平明出版社 1953 年年底出版。

② 该书由北京大学中文系文艺理论教研室翻译，高等教育出版社 1958 年出版。

③ 《文学批评的任务》，中南人民文学艺术出版社 1953 年出版；《关于文艺批评的写作》，湖北人民出版社 1955 年出版。

④ 《文学批评的任务》的书名应是对《苏联文学批评的任务》一书（[苏]法捷耶夫等著，刘辽逸等译，三联书店 1951 年版）的模仿。

中的资产阶级思想而斗争》《从〈红楼梦底风格〉看资产阶级的美学观点》和《略谈"怨而不怒"》,也与李希凡、蓝翎一样,把俞平伯的学术成果归结为地主阶级和资产阶级的唯心观点和形而上学所产生的伪科学,并积极附和开展思想上的阶级斗争,其中第一篇文章用斗争一词多达17次,还点缀着诸如继续加强思想改造、学术必须服从政治之类的政治宣传口号。这类文章从内容到形式受到神学思维模式影响的痕迹更加明显,自然也就更加缺乏学术价值。

1956年程千帆还编写了《中国近代文学史教程》,开篇部分是《毛泽东论近代史》,把毛泽东对近代中国社会性质和革命性质的论述作为理解近代文学史的依据,书中对深刻影响其一生学术、人格的曾国藩,也依据范文澜的评价,称之为出卖祖国和人民利益的汉奸,①从中也可见神学思维模式的明显痕迹。这些著作与配合政治运动的论文绝大多数没有收入经程千帆审定的《程千帆选集》和《程千帆全集》,收入的部分也经过了很大程度的修改,②体现了程千帆后来对这些论著的否定态度。

二、 神学思维模式的破除

共和国初期,敢于公开表示不宗奉马列主义,或不参加政治学习的只有陈寅恪、于省吾等极少数著名学者,绝大多数的学者或主动或被动地接受了思想改造,并因此在不同程度上受到神学思维模式的影响。究其原因,主要有三个方面:首先,随着中国社会文化的历史性转型,在重建价值体系的客观需要之下,学者们有着借助西学之力进行自我革新、实现现代化转型的迫切要求;同时,激进的反传统思潮使得接受传统教育和熏陶而又否定传统的学者们实际上否定了自身,以至于在科学化的西方学说面前以及神圣化的暴力革命面前产生了深重的落后感或耻辱感。其次,由于西方中心主义的广泛影响,形成了真理只在西方的价值取向,而马克思主义作为反对资本主义和帝国主义、代表被压迫被剥削阶级的根本利益的理论,体现了科学性、实践性和道德性的高

---

① 《中国近代文学史教程》,武汉大学1956年铅印本,第1—3页。

② 例如程千帆在1950年代前期写作的文学通史中的近代部分多次引用毛泽东的著作以论述相关的社会背景,而在晚年由程章灿和程千帆合作整理出版《程氏汉语文学通史》时,相关部分皆作删除。此事承程章灿告知。

度统一；同时，以马克思主义为指导思想的俄国共产党所领导的十月革命迅速取得胜利，要求民主反对国民党一党专政的中国共产党也迅速地取得了新民主主义革命的胜利，而苏联和中国共产党内部的严酷斗争、斯大林的个人独裁并不为公众所知，这就使得马克思主义在理论上和实践上都具有了强大的说服力。最后，由于在激进的反传统思潮中固有的价值观、道德规范受到严重的破坏，而源自西方的自由平等、民主法治等价值观念也未能深入人心，故而在强权的压迫之下，学者们缺乏必要的精神资源以坚持人格的尊严和思想的自由独立。但也正因为如此，我们不难推想，一个中国现代学者如果没有失去文化认同，仍然肯定优秀学术文化传统的价值和自身的价值，那么，即使还没有深刻理解西方的自由平等、民主法治的价值系统，也可能依靠固有的学术文化传统的有力支持，像儒家那样"富贵不能淫，贫贱不能移，威武不能屈"（《孟子·滕文公章句下》），或像老庄那样"举世而誉之而不加劝，举世而非之而不加沮"（《庄子·逍遥游》），从而抵抗住极"左"政治的巨大压迫，破除神学思维模式的严重束缚。陈寅恪、于省吾等人即是这样的例证，程千帆虽然觉悟得稍迟一些，但也同样如此。

共和国初期，程千帆开始学习马克思主义理论，这虽然是顺应思想改造的要求，具有被动性，但另一方面也具有主动性，是其民国时期就已经积极进行的吸收融合西学、追求现代文学理论的延续，而不完全是因为主流意识形态的强制而导致的被动，更不是表里不一的投机。所以，虽然程千帆当时在强制之下受到了神学思维模式的影响，但也并非简单地盲从或完全地受制，而是保持着一定的自主性和独立性，这主要体现在原有的文化立场和基本的学术规范的肯定和坚持上。

程千帆出身于书香门第，从小接受的是进德修业、通经致用的儒家传统教育，对中国学术文化传统有着深厚的感情，后来又在被视为新文化运动对立面的所谓"旧派"为主体的师友的长期影响下，在思想和学术上持陈寅恪所说的"一方面吸收输入外来之学说，一方面不忘本来民族之地位"的中国文化本位论。[1] 前述程千帆晚年所说的一段话："我始终是个儒家，也信马克思主义，但儒家是本体。"即可谓这种文化立场的明确自认。朱熹《四书章句》有云："程子曰：'学者先读《论语》、《孟子》，如尺度权衡相似，以此去量度事物，自然见得长短轻重。'"程千帆也说，他对所接触到的各种思想，要用

---

① 　参看周勋初《陈寅恪先生的中国文化本位论》，《周勋初文集》第 6 卷。

传统文化加以衡量,也就是批判地接受。① 这种近似的表达方式说明程千帆与朱熹有着基本一致的思想原则,也就意味着程千帆所说的本体指的是根本性的思想观念和价值系统,以儒家为本体也就是坚持以儒学为主要代表的中国学术文化传统的主体性。

这种以中国文化为本位、坚持中国文化主体性的立场自然不是蛮横的西方中心主义,但也不是抱残守缺、顽固不化的极端民族主义或绝对的文化相对主义,所以它既非崇洋迷外,也非唯我独尊、盲目排外,而是要维护中国文化的独立、平等地位,在继承优秀学术文化传统和吸收西学新知相结合的过程中以求中国文化的创新发展。1946 年3 月 8 日吴宓在日记中说程千帆夫妇"均有行道救世,保存国粹之志",②可谓对程千帆的文化立场做了一个言简意赅的说明。这种文化立场虽只能为中国人所持有,但其背后的追求独立、平等的思想原则却具有普世性。我们看到,关于欧洲的文化革新,1966年海德格尔接受《明镜周刊》采访时说:"我坚信,只有在现代技术世界诞生之地才能作转向的准备,这一转向不能靠接受禅宗或其他东方的世界经验完成。改变思想所需要的是对欧洲传统及对它的重新认识。"③这也就是认为欧洲的文化革新在根本上不能依靠东方的舶来品,而要依靠自己的传统来完成。这正与中国文化本位论相对应,可谓欧洲文化本位论,但在追求独立、平等的思想原则上两者却是相一致的。

"他并不是不爱中国,而他确实不爱中国文化。"这是闻一多对郭沫若的《女神》所体现的文化立场的评价。他之所以将爱中国与爱中国文化作了区分,是因为爱中国是不考虑文化是否可敬爱的情绪的事,而爱中国文化是考虑到文化是否可敬爱的理智的事。④ 这也就是说,爱中国文化不是民族主义的偏激冲动,而是建立在深入理解中国文化传统基础之上的成熟态度。程千帆晚年回顾自己的人生道路时说,他的一生多灾多难,但没有沉沦下去,其原因就是对传统文化,特别是儒家文化有深厚的感情。又说,他总感觉到中华民族无权沉沦下去,如果说这个文化中没有一种真正合理的内核,她为什么亡国多少次又站起来? 同时,他也感觉到其个人总可以对国家对人民有所贡

---

① 《程千帆全集》第 15 卷,第 4 页。

② 《吴宓日记》第 10 册,三联书店 1999 年版。

③ 引自[德]卜松山《时代的玩偶——对西方接受道家思想的评述》,《与中国作跨文化对话》,刘慧儒、张国刚等译,中华书局 2003 年版,第 91—92 页。

④ 《女神之地方色彩》,《创造月刊》1923 年 6 月第 5 号。

献,所以决不向极"左"政治屈服。这也就是把没有沉沦的原因还归结为对祖国文化传统的理性认识和对个人的自信以及顽强的个性。① 由此可见,程千帆的文化立场既包含着感情也包含着理性,它不是本能、情感的冲动,而是得到了理性支持的道德意志,与闻一多所说的对中国文化的理智的爱正相吻合。

所以,在共和国初期程千帆虽然经受了思想改造,但其文化立场因为理智与情感的统一而没有被摧毁,其作用即使在那些受到神学思维模式影响的论著中也鲜明地体现了出来。例如《读冯至先生〈杜甫传〉》一文在指出作者局限于杜甫的家庭、经历、游踪、友谊这些小环境来认识杜甫的思想发展时,又批评作者没有掌握马克思主义的最基本的阶级分析法则。② 这种批评在当时对于没有参加革命阵营、必须改造思想的学者们来说是不言而喻的,但不能不说是生硬而近于苛求的。但同时,程千帆针对冯至多次提到杜甫对人民语言的吸收,而忽略杜甫对古典遗产的学习以及低估夔州诗的艺术技巧的情况,高度评价了杜甫在学习古典遗产和艺术创新方面的成就。

再如《关于对待祖国文化遗产问题的意见》③一文则对屈原、杜甫、白居易等古代文学家给予高度肯定,批评了翦伯赞提出的今天的文学家所学习的不应该是杜甫、白居易的态度,而应该是工农兵的态度,在屈原的作品中找不到预见性等观点。④

再如前述《为肃清古典文学研究领域中的资产阶级思想而斗争》、《从〈红楼梦底风格〉看资产阶级的美学观点》和《略谈"怨而不怒"》三篇应时之作,也针对俞平伯关于中国古典小说的较低评价——《红楼梦》在世界文学中的地位不很高,《水浒传》思想过火,《儒林外史》的作者虽愤激之情稍减于耐庵但牢骚则过之,《金瓶梅》是一部谤书等观点提出了相反的意见,高度肯定了《红楼梦》、《水浒传》等古典小说在思想上与艺术

① 参看《劳生志略》,《程千帆全集》第 15 卷,第 4 页。

② 《读冯至先生的〈杜甫传〉》原名《对于〈杜甫传〉的一些浅见》,刊于《文艺月报》1953 年 5 月号。

③ 该文刊于《文艺报》1953 年第 4 号。

④ 毛泽东在延安文艺座谈会上发表第二次讲话(1942 年 5 月 23 日)后的第 5 天(5 月 28 日),在整风高级学习组上又发表了一次关于文艺界问题的讲话。在这次讲话中,毛泽东认为,文艺界最基本的问题就是有一类作家"头脑中还保留着资产阶级的思想、小资产阶级的思想,这个东西如果不破除,让它发展下去,那是相当危险的"。因此提出"要把资产阶级思想、小资产阶级思想加以破坏,转变为无产阶级思想",要"以工农的思想为思想,以工农的习惯为习惯"(参看胡乔木著《胡乔木回忆毛泽东》,人民出版社1994 年版,第 259 页)。这是毛泽东讲话的要害之处,也是翦伯赞观点的来源而为程千帆所不知的。

上的巨大成就。①《略谈"怨而不怒"》一文虽然强调阶级斗争,把中庸之道视为缓和、冲淡阶级斗争而持否定态度,体现了神学思维模式的影响,但程千帆认为过或不及的正是统治阶级,他所批判的是《国语·周语》中的"怨而不怒",而肯定的是儒家典籍《礼记·乐记》和《诗大序》中的"怨以怒",这与"乐而不淫,哀而不伤"的中庸原则并无根本冲突。②

由于这一时期仍然高度肯定优秀学术文化传统的价值和遵守基本的学术规范,所以,程千帆虽然受到神学思维模式的影响,但仍然能够保持继承与创新的辩证认识,重视理解、学习和接受文化遗产,反对将传统与创新割裂开来。如《为肃清古典文学研究领域中的资产阶级思想而斗争》一文说:"一部作品,如果离开了它的传统,创造又从什么地方开始? 如果不为了创造,则传统又有什么意义?"③强调了创新与传统的不可分离以及传统与创新的和谐统一、相得益彰。《古代诗歌研究绪论》除了明确地表达了高度推崇中国古代文化和作为其中组成部分的古典文学的态度,还一反当时的重政治内容轻艺术形式的风气,对于艺术形式给予了特别的关注并强调了研究艺术形式的首要性和重要性。④《我们对于接受文学遗产的意见》一文则说:"要接受,也就要欣赏,欣赏是接受的必要准备,而接受是欣赏的必然的结果。"⑤这与其晚年特别强调的文学研究要以作品为中心,感字当头,注重作品艺术性研究的主张完全一致。从中可见千帆诗学的这一基本学术规范,既是审美接受的自然过程,也是继承优秀学术文化传统的必然结果。

按照神学思维模式的逻辑,既然它所持奉的主义是人类思想最先进的成果,是放诸四海而皆准的真理,是指导一切思想和工作的唯一正确的方法,那么,所有不了解、不学习、不信仰马克思主义的人就都有了不可摆脱的原罪,都需要进行思想改造;而包括中国学术文化传统在内的一切非马克思主义的人类精神成果及其代表人物,如中国的孔子、屈原、杜甫也都将受到贬低或否定。随着极"左"政治的日趋严重,这种荒谬的

---

① 参看《关于文艺批评的写作》,第148—149页。
② 参看《关于文艺批评的写作》,第144、169—175、167页。
③ 《关于文艺批评的写作》,第146页。
④ 程千帆、沈祖棻合著《古典诗歌论丛》,上海文艺联合出版社1954年出版。此书承张宏生借阅。
⑤ 《文学批评的任务》,第83页。

逻辑果然变成了严酷的现实：在"文化大革命"期间，一切非马克思主义的精神成果几乎都被列入"封资修"三类"黑货"之中，遭到了肆意的侮辱、毁坏，不仅是狂热的红卫兵小将焚烧图书毁坏文物，许多著名的学者也奉命承担了所谓"革命大批判"的战斗任务。例如冯友兰为配合批林批孔运动撰写了《论孔丘》，①全面而彻底地否定孔子，再如郭沫若依据最高领袖的审美情趣撰写了《李白与杜甫》，②对杜甫进行了粗暴的批判。他们这种严重违背客观事实、前后矛盾之举为后世留下了神学思维模式发展到极端的新样本。

但在程千帆那里，由于他已经确立了成熟而稳固的文化立场，对中国学术文化传统保持着理智的爱，故这种日趋极端的荒谬逻辑和严酷现实不仅遇到了难以克服的障碍，而且引发了越来越大的反作用，反而使得程千帆更加坚定了原有的文化立场，并进而否定了"极"左政治，抛弃了作为极"左"政治意识形态的神学思维模式。用程千帆的话来说就是："批判传统文化，特别是'文化大革命'中批判得那么厉害，我就觉得中国的传统文化，儒家乃至道家，的确还是代表了人类部分的真理吧。他们越批判，我就越觉得不是那么一回事情，屈打成招得不出真理来。"③所以，对于中国文化的主体性立场的坚守，对于中国学术文化传统的传承，就成为程千帆身陷困境却能够破除神学思维模式的严重束缚，进而实现了思想转变和学术升华的巨大动力和锐利武器。

"文化大革命"结束以后，程千帆积极投入到思想解放的潮流之中，在多次学术演讲和各类文章中都明确提出了必须破除长期束缚人们思想的神学思维模式的主张，例如《詹詹录》第一条说："辩证法不崇拜任何东西，唯物主义认为实践是检验真理的唯一标准。看风使舵是学者的堕落，它导致学术的毁灭。"④可见程千帆首先是从哲学的层面来破除神学思维模式的。同时，程千帆又把破除神学思维模式具体化，使之通过特定的学术态度和学术工作表现出来。这主要包括以下两个方面：一是坚持学术平等的态度，不再把马克思主义权威视为真理的化身。例如在一次学术座谈会上程千帆表达

---

① 《论孔丘》，人民出版社 1975 年出版。

② 《李白与杜甫》，人民文学出版社 1971 年出版。

③ 《劳生志略》，《程千帆全集》第 15 卷，第 32 页。

④ 《治学小言》，第 40 页。

了对毛泽东非神化的态度:"如果我们把革命领袖当作人而不是神的话,显然这就在很多方面可以讨论,可以商量了。"①一是肯定非马克思主义的学术成果的价值。众所周知,共和国成立后不久,大陆学术界按照主流意识形态的要求对胡适的学术思想进行了全面的批判。当时受到神学思维模式影响的程千帆也参与其中,在两篇文章中对胡适进行了政治上、学术上的批判;②而在晚年,程千帆反省了并改正了这一过失。他在与弟子的一次谈话时说:"我们和老辈比较起来,最欠缺的就是宽容。政治与学术不是一回事,不能拿政治方式移入学术,动辄批判。"③并多次肯定了胡适在学术上的贡献。例如 1981 年 9 月 19 日致王绍曾信说:"胡适论校勘,与援老笙磬同音,未可厚非。从政治问题而抹杀其学术,非所谓以公心论也。"④对胡适在文学创作上出版白话诗集《尝试集》、提出"八不主义"的过人胆识,在文学批评上自成一家之言的成就,以及在学术方法上提出的"为学要如金字塔,既能广大又能高"的主张,程千帆也都给予了明确的肯定。⑤

在 1983 年全国高等院校古籍整理研究工作委员会第一次全体会议的长篇发言中,程千帆建议,为补充古典文献专业现有讲义的不足,出版部门应该翻印一些民国时期著名学者的旧作,如陈中凡、胡朴安和余嘉锡的《古书读校法》,杨树达的《古书之句读》,孙德谦的《古书读法略例》,吕思勉的《章句论》,柳诒徵、陈登原的《中国文化史》,梁启超的《古书要籍题解及其读法》等著作,并说:这些学者"不是马列主义者,但他们也不会把唐朝、汉朝的年代都搞错吧,总还可以批判地接受吧"。⑥ 列宁曾说:"循着马克思的理论道路朝前走,我们将日益接近客观真理(决不会穷尽它);而循着任何其他

---

① 《治学小言》,第 33 页。

② 即前引《为肃清古典文学研究领域中的资产阶级思想而斗争》和《从〈红楼梦底风格〉看资产阶级的美学观点》。

③ 《程千帆全集》第 15 卷,第 132 页。

④ 《闲堂书简》,第 227 页。

⑤ 以上三例分别见《程千帆全集》第 15 卷,第 56、115 页,《治学小言》,第 43 页。当然,程千帆一直坚持着考据与批评相结合的立场,并没有认同胡适、傅斯年等人偏重考据而轻视疏通的"哲学消灭论"。

⑥ 全国高等院校古籍整理研究工作委员会秘书处编《发扬民族灿烂文化 培养古籍整理人才》,北京师范大学出版社 1983 年 12 月刊印,第 108—109 页。

的道路走去,我们除了混乱和谎话以外,什么也达不到。"①毛泽东也曾说:"惟觉中国的历史学,若不用马克思主义的方法去研究,势将徒费精力,不能有良好结果,此点尚祈注意及之。"②两相对照,程千帆的话显然是与列宁、毛泽东确认马克思主义唯一正确性的观点针锋相对的。程千帆的这些公开、明确地否定神学思维模式的言论虽然表达于"文化大革命"之后,但从其诗歌创作和学术研究工作中可以看到,他与神学思维模式的分道扬镳自"反右"运动之后就已经启程了。换言之,如果说 1949 年之后中国大陆的思想学术在 30 年后才进入思想解放的新阶段的话,那么,就程千帆个人的思想学术而言,它在 1957 年"反右"运动之后就进入了思想解放的新阶段,要比整个国家的思想学术发展阶段提前了 20 年。这也就是程千帆在改革开放的新时期能够迅速地、不断地推出新成果,并达到学术高峰的重要原因吧。

我们看到,在教学科研的正当权利被剥夺殆尽的困厄之中,程千帆尽一切可能、坚持不懈地进行"地下"诗歌创作和学术研究,从中可见思想和学术的明显转变。在诗歌创作上,程千帆当时所作诗稿全已佚失,能够回忆出来的只有《八里湖作》、《题襄阳云居寺》三首诗。其中有云:"黄尘扑地秋风起,倚杖荒原学唤鸡"、"忽忆何人旧诗句,峭风寒日在蕲州"、"垂老尚能来革命,云居古寺住移时",③在看似平淡的描述中展示了离奇的遭遇和身世的巨变,从而辛辣而沉痛地揭露了劳动改造的荒诞与残酷,鲜明地体现了对极"左"政治及其意识形态的否定态度。在学术工作上,程千帆重新开始了古代文学特别是古代诗歌的研究,陆续产生了一批面貌一新的诗学成果。在这些新成果中,"反右"运动以前在很多文章中出现的那些带有阶级斗争色彩或政治宣传性质的标语口号已削弃净尽。对马克思主义政治领袖和思想权威的引用也发生了明显的变化。以《古典诗歌论丛》、《古诗考索》、《被开拓的诗世界》3 本诗学论文集为据进行统计,"反右"运动前引用斯大林和毛泽东共 7 次,其中斯大林 2 次,毛泽东 5 次,④"反右"运

---

①　《唯物主义与经验批判主义》,人民出版社 1956 年版,第 136 页。

②　1950 年 8 月 29 日致陈寄生信,《毛泽东书信选集》,人民出版社 1983 年版,第 386 页。

③　《程千帆全集》第 14 卷,第 25—26 页。

④　这 7 次引用皆见 1954 年的《古代诗歌研究绪论》一文,而《文艺学》教材和《文学批评的任务》、《关于文艺批评的写作》两本论文集中对斯大林、毛泽东的引用比比皆是,无需一一统计。这种情况也正可见程千帆当时受到神学思维模式的影响。

动后则不再引用二人言论。这说明程千帆与斯大林、毛泽东的有关思想观念已自觉疏离。"反右"运动后还有引用马克思、恩格斯和列宁的地方,但在引用的方法上,"反右"运动前后也有明显的变化。"反右"运动之前的引用,是当作指示、教导或定论;"反右"运动之后,特别是在"文化大革命"之后,则提出了不完全同意恩格斯的意见,修正了列宁的相关观点。由此可见,千帆诗学一方面借鉴了马克思主义的成果,另一方面又不再把马克思主义权威当作真理的化身,这正是破除神学思维模式束缚的典型表现。

从古诗选本的变化中也可以看出对于神学思维模式的破除。"反右"运动之前程千帆与缪琨合撰《宋诗选》,①其中入选作品最多的前五名诗人依次是:陆游(17 首)、苏轼(15 首)、王安石(15 首)、范成大(12 首)、黄庭坚(9 首)。共和国建立后,陆游被尊奉为爱国主义大诗人,而江西诗派的代表人物黄庭坚则被贬为形式主义的代表,所以所选陆诗几乎是黄诗的两倍。虽然与同时期钱锺书的《宋诗选注》相比(选陆诗 32 首,黄诗 5 首),在选目上还是体现了相对较多的学术独立性,但也显然受到了当时人人必须奉行的政治标准第一艺术、标准第二观念的影响。而程千帆与沈祖棻从 1956 年开始合撰、"文化大革命"结束后修订出版的《古诗今选》,其中入选作品最多的前六名宋代诗人依次是苏轼(22 首)、王安石(17 首)、黄庭坚(15 首)、陆游(15 首)、陈师道(10 首)、陈与义(10 首)。从中可以看出,江西诗派之"三宗"(黄庭坚、陈师道、陈与义)的地位明显上升,黄与陆已经并驾齐驱。这意味着学术独立性的恢复,同时也意味着对神学思维模式的破除。

三、 辩证法的自觉运用

20 世纪 20—30 年代,瞿秋白、李达、张岱年等人已有关于马克思主义辩证法的著述或译著问世,但目前没有证据可证程千帆了解这些文献。在共和国初期的思想改造中,程千帆学习了《实践论》、《矛盾论》等马克思主义论著,开始了解辩证唯物主义、历史唯物主义,这样也就自然产生了对辩证法的自觉意识。但在"反右"运动之前,

---

① 该书于 1957 年 5 月由上海古典文学出版社出版。原书未能查得,承张伯伟借阅"文化大革命"期间的香港翻印版(书名易为《宋诗选注》,中流出版社 1972 年版),后又承程丽则转赠缪琨夫人依原版自费翻印的《宋诗选》,始见原书之貌。

程千帆虽然标榜以唯物的观点、辩证的方法来进行学术研究工作,但由于受到神学思维模式的影响,实际上并没有运用辩证法取得出色的诗学成果和其他方面的研究成果。所以,此时对于辩证法的自觉意识只是浅层次的自觉。而在"反右"运动之后,程千帆在破除神学思维模式的同时开始将辩证法运用于诗学实践之中,而在辩证法的具体运用过程中,如前所述,其辩证思维模式侧重于两是类阴阳,强调矛盾双方的交融互补,和谐统一,依据的不是偏执斗争的斗争哲学,而是崇尚中和的儒家中庸之道,可谓达到了对于辩证法的深层次自觉。最能体现能这种思想转变和学术升华的就是"反右"运动之后撰写的诗学论文。

程千帆写于"反右"运动之后的最早两篇诗学论文是《李颀〈杂兴〉诗说》(1961 年)和《关于李白和徐凝的庐山瀑布诗》(1962 年)。周勋初将这两篇论文与 1980 年写作的《从唐温如〈题龙阳县青草湖〉看诗人的独创性》归作一组,认为这一组文章使用的主要是艺术鉴赏的方法,并认为程千帆在鉴赏中克服了以往偏重直觉感受,只提供结论而忽略分析过程的缺点,运用文艺理论对作品的艺术特征和艺术水准进行了深入细致的比较分析,使读者知其然又知其所以然,表现出高超的鉴赏能力。[1] 在本书看来,除了周勋初所指出的这种运用现代文学理论进行鉴赏的新特点之外,写于 1960 年代初的这两篇论文在研究方法上已体现了自觉的辩证思维模式。

在《李颀〈杂兴〉诗说》一文中,程千帆通过考察前人对李诗艺术特征的看法,概括出李诗"夭矫多姿与自然合度的有机统一的艺术特征"。在此基础上,他结合大量的文学作品对这种艺术特征进行了理论上的分析,指出这一艺术特征虽然是许多杰出诗人的作品都具有的,但他们从各自对于生活的富有独特性的观察、体验、分析、研究出发进行创作,也就不可避免地同时形成了对于生活富有独创性的表现手法,所以构成这种艺术特征的方式方法也是因人而异,甚至是因篇而异的。在用李诗验证这一观点时,程千帆做了如下的分析:

> 《杂兴》通过关于晋代一位著名人物的神奇传说的感兴,表达了诗人"善恶死生齐一贯,只应斗酒任苍苍"的道家思想。为了充分发挥这种思想,他选择了自然界和人类社会中许多相反而并存的事物、现象作为素材,写成诗句,

---

[1]　参看《程千帆先生的诗学历程》,《周勋初文集》第 6 卷,第 130 页。

来服务于主题。从"青青兰艾本殊香"以下,既是比喻,又是议论;既相反,又相成。是议论,但不是出之以抽象的说理,而是出之以具体的比喻;是比喻,但不是出之以牵强的拉扯,而是出之以活跃的联想。深沉而又奔放的思想感情和生动而又丰富的联想相结合,就使得这几句诗起得突兀,收得斩截;既夭矫,又自然,从而形成全诗的特色。①

这一段分析把李诗的思想内容与道家的哲学思想联系了起来,而对于议论与比喻的关系,程千帆所表达的观点与运用的词语如"既是比喻,又是议论","既相反,又相成","抽象的说理"与"具体的比喻"相对应等等都带着明显的辩证思维的色彩,而"深沉而又奔放的思想感情和生动而又丰富的联想相结合","既夭矫,又自然"的评价则体现了肯定矛盾双方交融互补、和谐统一的辩证态度。这种辩证的认识与特定的表达方式的紧密结合只能用"懂得"辩证法来解释了。

在《关于李白和徐凝的庐山瀑布诗》一文中,程千帆从李诗与徐诗所用比喻的三个方面(哪首诗的比喻更能如实地表达庐山瀑布的形体特征、诗人的精神面貌和两者的融合?哪首诗所使用的比喻更符合生活的逻辑?哪首诗的比喻更加新鲜而富有创造性?)比较了这两首诗艺术水平的高下,有力地证明了苏轼的李优徐劣的观点。通过这种细致而富有理论性的艺术鉴赏来解读古人简短的批评意见,使我们知其然又知其所以然,固然是这篇论文的一个重点;但扬李抑徐的鉴赏在这篇论文中无论是在内容上还是在篇幅上都不占主要的地位,占主要地位的是对于徐诗被某些人推重之原由的探索。即通过分析晚唐(9世纪下半期)范摅《云溪友议》等资料所记载的对这首诗歌的美学接受情况(扬徐抑张〔祜〕),发掘了其中所隐含的文学思想特征,即中晚唐的通俗诗人反对精工奇丽,提倡"宁拙勿巧,宁朴勿华"风格的一种倾向或思潮,并认为这种文学思想可能对陈师道等江西诗派诗人的理论起了先驱的作用。这种从对作品的美学接受的角度探索批评背后的文学思想变迁的思路不能不令我们联想起写于20年以后的《张若虚〈春江花月夜〉的被理解与被误解》。这篇名作也是通过作品的美学接受史

---

① 《程千帆全集》第8卷,第264—265页。程千帆所分析的相关诗句为:"青青兰艾本殊香,察见泉鱼固不祥。济水自清河自浊,周公大圣接舆狂。千年魑魅逢华表,九日茱萸作佩囊。善恶死生齐一贯,只应斗酒任苍苍。"

的演变探索了各个朝代的文学思潮的变迁,它所达到的结论和论证的广度和深度都大大超过了 20 年前的这篇论文,但其研究思路与之完全相同。周勋初指出《张若虚〈春江花月夜〉的被理解与被误解》尽管研究的对象只是一首诗,但统古今而观之,涉猎很广,挖掘很深,对《春江花月夜》的被理解和被误解作了细致的分析,找出了客观和主观的原因,只能是在辩证法的指导下才能完成的。如果这一说法成立的话,那么,我们说这篇为《张若虚〈春江花月夜〉的被理解与被误解》的研究导夫先路的论文同样是在辩证法的指导下完成的也应是合适的。

此外,如前所述,在新时期初期修订出版的《唐代进士行卷与文学》这部文学史著作体现了娴熟而深刻的辩证分析能力(详见第三章),它初撰于共和国建立之前,但完成于"反右"运动之后,①也可证千帆诗学对于辩证法的自觉运用并取得重要成果是在非罪遭谴之后而不是在此之前。

"反右"运动之后以及"文化大革命"期间程千帆长期在农场劳动改造,不能正常地进行学术研究,所以他的诗学新成果并不多,但"反右"运动前后其诗学论著的明显变化已足以证明,不是在共和国初期而是在"反右"运动之后,千帆诗学通过破除神学思维模式的束缚,才开始自觉地运用贯彻着传统的中庸之道原则而不是斗争哲学原则的辩证法来解决各种问题,同时发挥了包括文艺学与文献学相结合在内的一般诗学方法的重要作用,从而实现了质的飞跃,达到了新的境界。尽管由于客观条件的限制这种诗学质变的效力一时还难以充分地发挥出来,但已为程千帆在改革开放的新时期把握住最后的机会,在学术和教育事业上达到一生的巅峰奠定了坚实的基础。

由此也就可知,千帆诗学从考据与批评相结合发展到文艺学与文献学相结合,从形式逻辑发展到辩证法的学术质变,虽然与学习马克思主义哲学和苏联的文学理论有着密切的关系,但并非是思想改造的直接成效,而是在身陷困境之时主要依据着优秀学术文化传统的强大支撑抵抗住了极"左"政治的巨大压迫,破除了神学思维模式的严重束缚的结果。所以,在程千帆那里,"反右"运动所导致的人生道路上的一大挫折反而成为人格和思想学术升华的外在契机。这恐怕是发动"反右"运动者始料不及但却是必然如此的结果吧。

―――――――

① 程千帆为日译本所作的序简述了该文写作经过,可作证明。见《程千帆沈祖棻学记》,第 284 页。

第三节　从辩证法到缘法

一、认同缘法的起因

如前所述,1996 年年底程千帆在致万业馨的信中简要地总结了自己一生的方法论发展历程:

> 下走少时从私塾走入西学,爱形式逻辑之推理严密。中岁解放,喜唯物辩证法能说明形式逻辑之不能说明的问题。近岁既聋且瞎,无言谈之乐,诵读之快,枯坐多时,渐悟佛法说随顺世缘,一切在缘法,真圆通广大,解决问题也。①

这段话既指出了从形式逻辑到辩证法的发展轨迹,还指出了从辩证法到缘法的发展轨迹。我们还看到,晚年程千帆在与朋友、弟子的交流中,无论是谈人生经历、谈为人处世,还是谈人才培养、谈学术研究,都常用缘法(因缘、世缘、凤缘、情缘、机缘、胜缘、缘会、缘分)予以解说,并一再肯定了缘法的重要作用。例如 1993 年 10 月 13 日程千帆致吴志达信说:"平居常以为缘之一字,圆通广大,足以祛疑,足以解蔽,亦足以忏情。"②再如 1996 年 6 月 27 日程千帆致舒芜信说:"弟近年常觉缘法可补辩证法之不足,但钝根不能细辨也。"③由此可见缘法已成为程千帆晚年思想的一个重要部分。关于千帆诗学方法论从形式逻辑到辩证法的发展轨迹已如前述,而关于从辩证法到缘法的发展轨迹目前学术界尚未有专门的研究,故以下进行初步的探讨。

根据现有的资料,程千帆多谈缘法不是在 1990 年代再度退休之后,而是在"文化

---

① 《闲堂书简》,第 567—568 页。
② 《闲堂书简》,第 114 页。
③ 《闲堂书简》,第 486 页。

大革命"结束前后的一段时间之内。1975 年，"文化大革命"已呈强弩之末之势，程千帆终于摘掉戴了 18 年的"右派"帽子，虽然这并非平反而是所谓宽大处理，又在次年被迫退休，但人和户口都从沙洋农场迁回武汉，不再被强制劳动改造，生活处境有所改善，于是开始恢复与亲友的通信联系。在这些通信中，程千帆常用佛教缘法的概念说明各种问题。例如 1976 年 1 月 3 日程千帆致王淡芳信希望他有机会认识缪钺教授时说："如有机缘相过从，当有进益。"①同年 11 月 12 日致王淡芳信希望有机会寄去自己的多篇诗学论文时又用了机缘二字："如有机缘，甚望能寄，共商略耳。"②特别是 1978 年上半年，程千帆正忍着巨大的悲痛，整理着去年夏天不幸遭遇车祸去世的沈祖棻的遗稿，同时，他自己又有了调往他校重新执教的机会。在当时的通信中程千帆也数次用缘法谈论这两件事。例如 1978 年 3 月 28 日程千帆致萧印唐信讲到沈祖棻逝世后有关方面的冷漠绝情，又讲到自己调往他校一事也受到阻挠时说："好在弟有四十九元，可以生活，闭门著书，可以送日，何必费心去管它，随顺世缘，以尽余年可矣。"③再如 1978 年 6 月 30 日程千帆致刘君惠信，在讲到已完成沈祖棻遗稿的整理工作时也说："此亦如作佛事，但求生者心之所安，于死者究有何益？思之更可痛也。比南京大学相邀，以随顺世缘，故拟勉为一行，迁居当在七月底。"④此外，1990 年代吴志达在一封来信中谈到妻子黄馥梅在"文化大革命"中不幸遭遇车祸惨死之事，程千帆对此回复道："至于伉俪死生之戚，彼此所同，但要乐乎天命，随顺世缘，如渊明之得所，不宜强自苦也。"⑤可以旁证随顺世缘之说与沈祖棻的不幸去世是紧密相关的。

不过，早在抗日战争结束时，程千帆感念老师胡翔冬、佘磊霞两位先生旅梓归葬无期，作诗一首："八岁荒嬉愧九泉，南郊宿草换新阡。爆竹满天角声死，留命东还真偶然。"最后一句出自杜甫《羌村三首》其一中的"世乱遭飘荡，生还偶然遂"，也未用缘法的概念，但这与程千帆晚年对缘法的理解是一致的（详见后述）。由此可见，程千帆对于缘法的认同不是受到一两件幸与不幸之事的强烈刺激突然产生的，而应是在漫长的

① 《闲堂书简》，第 14 页。
② 《闲堂书简》，第 16 页。
③ 《闲堂书简》，第 89 页。
④ 《闲堂书简》，第 73 页。
⑤ 《闲堂书简》，第 114 页。

人生道路上遭遇种种不可预料的苦难和机会之后逐渐形成的。

不仅如此,1994 年 12 月 30 日程千帆致舒芜信说:"弟近颇有感于老所谓和光同尘,庄所谓呼牛则牛,及寅丈所云'今以随顺世缘故,不得不有所著述',聊以遣其余年。"[①]1997 年 2 月 27 日致舒芜信又说:"乃知寅老云为随顺世缘,故不得不有所著述,真盲翁膑叟之深悲矣。"同年夏天在巩本栋编《俭腹抄》序中程千帆也讲:"以授书自活,遂如义宁陈先生所云,以随顺世缘故,不得不有所撰述。"[②]从中可见程千帆对于缘法的认同也有着文化传统和学术前辈的影响。

程千帆对于缘法的认同虽然类似于渐悟而不是顿悟,但应有一个从量变到质变的飞跃过程。不过,由于 1950 年代中期以后极"左"政治导致的困厄境遇和资料匮乏,我们无法详细了解程千帆关于缘法的思想演变情况,只能根据现有的资料把这种思想质变推断在"文化大革命"结束前后多谈缘法的这一阶段。

二、 认同缘法的方法论意义

程千帆所说的缘法是因缘法或缘起法、缘生法的简称。众所周知,它是佛教的基本理论,佛教的一切教义皆以此为据;同时,它也是对中国文化产生广泛而深远影响的一个方面。程千帆晚年从佛教那里学习和借鉴的主要就是缘法,尤其是其中关于偶然性或偶然因素的认识以及万法随缘的态度,它们对其人生和思想学术都起到了重要的方法论作用。就思想学术而言,主要表现在以下两个方面。

1. 有助于解放思想,破除神学思维模式

所谓因缘,简而言之,是指能够生起结果的原因或条件;所谓因缘法,是指宇宙万法,包括物质方面的外境与精神方面的心识,都由因缘合和而生起,因缘断绝而消灭。[③] 广为流传的马胜(又译马星)缘起偈所表述的"诸法因缘生,缘谢法还灭"观点使得佛教缘法理论好像属于西方哲学所说的因果决定论——认为任何发生的事情都受因果规则支配,都必有原因,没有什么事情能够没有原因而发生或消灭,即有果必有

---

① 《闲堂书简》,第 474 页。

② 《俭腹抄》,上海文艺出版社 1998 年版。

③ 参看吴汝钧编著《佛教大辞典》有关条目,商务印书馆国际有限公司 1995 年版。

因,有因必有果。但英国学者凯思指出,佛教的因缘观念是为四圣谛(苦谛、集谛、灭谛、道谛)理论服务的,强调的是苦有因,承认个人自由意志的必然性和解脱灭苦的可能性,以反对否认因缘,认为善恶无报,主观努力没有作用的悲观主义态度。所以,它不可能肯定绝对的必然的因果规则。①俄罗斯学者舍尔巴茨基又进一步指出,既然一切有为法是非实体性(无我)、非持续性(无常)的,都是刹那生灭,处于不稳定的状态中,所谓相依缘起也就意味着每一刹那性的本体在其他刹那的配合之下,倏忽地跃入或者一闪而现,从而因果性被设想为仅存于诸刹那之间,一个刹那的出现,是一系列刹那配合出现的结果。例如《中论释》中讲到"若彼有则此生"这一原理时,所举的例子是有短而有长,说明这一原理很清楚指的是配合,而非因果作用。因此,严格地说来,并不存在什么因果性;并没有一事物产生其他事物的问题。不可能有质料因存在,因为原本没有持续性的实体;也不可能有动力因,因为任一刹那性的本体,随生随灭,并不能对任何其他的本体产生影响。用《中论》观因缘品第一之中的话来说,就是:"诸法不自生,亦不从他生。"②所以,佛教缘法理论一方面承认必然性的因果规则,但另一方面又内含着对非必然性的偶然性的肯定。我们看到,程千帆也就是从后一方面理解缘法的。他在晚年回忆自己的人生和学术道路时多次谈到偶然性或偶然因素的重大作用,并把它们确认为缘法。例如 1994 年 7 月程千帆在与弟子专门进行的两次访谈中说:"很多东西的出现与不出现,有偶然因素,无法理性地解释,也不随人的感情意愿,这就如佛教讲的缘法。"③再如 1995 年 5 月与中文系本科学生座谈时也说:"人生很复杂,也很难解释,佛讲缘,就是指偶然性。"④这种理解虽然与佛教缘法理论不尽相同,但确有相通之处。也正因为如此,程千帆认同缘法时,又说:"世事有非是非、伦理、道德、法律所可评论说明者,佛家谓之缘,谓之孽,其间关系谓之报。故作白业得白业报,作黑

---

① 参看[英]亚瑟·伯立戴尔·凯思著《印度和锡兰佛教哲学》第五章(《因果及业的理论》),宋立道、舒晓炜译,上海古籍出版社 2004 年版。

② 参看[俄]舍尔巴茨基著《佛教的涅槃概念》,立人译,中国社会科学出版社 1994 年版,第 102—103 页。

③ 《程千帆沈祖棻学记》,第 112 页。

④ 刘重喜记录整理《程千帆先生谈人生与学问》,《古典文学知识》2002 年第 5 期。

业得黑业报。其实此亦何尝能说明,只是不了了之。"①这似乎是又否认了缘法,有自相矛盾之嫌。但究其实质,乃是对偶然性的肯定,与他对缘法的理解和认同正相一致。

根据哲学界公认的界定,必然性是指一种必定发生或总是相同的状态,无论情况是否变化还是我们是否干预。例如一枚硬币落地时,每一面朝上的概率总是 50%。偶然性是指可能发生或可能不发生的状态,也指随情况变化而变化的状态。例如一枚硬币落地时可能是正面朝上也可能是反面朝上,而不是必然正面朝上或反面朝上。②程千帆在漫长而曲折的人生道路上深切地感受到了偶然性在人类事务中起到的重要作用。但他不是哲学家,所以他特别关注的不是偶然性的本质,而是它的方法论意义。换言之,虽然程千帆对于偶然性并无独创性的哲学见解,但关于偶然性的深切感受对于他的人生态度与学术研究都起到了重要的方法论作用。一个突出的表现就是促进了进一步解放思想、破除神学思维模式。

1991 年 6 月 30 日程千帆致舒芜信说:"盖作文四五十年,中亦屡变。到南京后又再变,不复斤斤计较于是否合于主义、律令、风会,始略有自得处。"③这种体现了独立自由精神的自我评价符合千帆诗学的实际情况,同时也与缘法紧密相关。

在西方哲学史中,高度重视必然性而轻视甚至否认偶然性的观念源远流长,苏联哲学界沿袭了这一倾向并对中国的马克思主义理论产生了深远的影响。例如目前在大陆高校中作为必修课教科书的《马克思主义基本原理概论》仍然认为作为事物发展过程中确定不移之趋势的必然性是由事物的根本矛盾决定的,体现事物发展的本质联系和发展前途;而作为事物发展过程中不确定之趋势的偶然性是由事物的非根本矛盾和外部条件引起的,对事物的发展起加速或延缓的作用。④显然,非根本矛盾和外部条件的重要性比不上事物本身(内部)的根本矛盾,只能对事物的发展起加速或延缓作用的偶然性比不上决定着事物发展的确定不移趋势的必然性,从中可见这种偏重内部矛盾、偏重必然性观念的根深蒂固。

---

① 《闲堂书简》,第 478 页。

② 参看[英]尼古拉斯·布宁、余纪元编著《西方哲学英汉对照辞典》有关条目,人民出版社 2001 年版。

③ 《闲堂书简》,第 469—470 页。

④ 《马克思主义基本原理概论》,高等教育出版社 2008 年版,第 43—44 页。

　　进入新时期以来,随着思想解放潮流的不断高涨,大陆学术界对于这种流行观念发动了冲击。例如李泽厚当时一方面反对非决定论、自由意志论,另一方面也反对宿命论、机械决定论,他指出:"从黑格尔到现代某些马克思主义理论有一种对历史必然性的不恰当的、近乎宿命论的强调。忽视个体、自我的自由选择并随之而来的各种偶然性的巨大历史现实和后果。"①又说:"时刻关注这个偶然性的生的每个片刻,使它变成是真正自己的。在自由直观的认识创造、自由意志的选择决定和自由享受的审美愉悦中,来参与构建这个个体。这一由无数个体偶然性所奋力追求的,构成了历史性和必然性。这里就不是必然主宰偶然,而是偶然建造必然。"②如其后来所言,这是在肯定人类总体的前提下强调个性、感性和偶然性,希望从强调集体(人类、阶级)、理性和必然的黑格尔—斯大林式的马克思主义中解放出来。③再如王元化在 1990 年代初对其曾接受的黑格尔哲学的规律观念也进行了反思,认为事物虽有一定的运动过程、因果关系,但如果认为一切事物都有规律性,那就成问题了。因此不赞同爱因斯坦所说的"上帝不掷骰子"的观点,而认为量子力学提出的测不准原理是值得考虑的问题。这就间接地肯定了偶然性。④

　　程千帆晚年对偏重必然性的流行观念也进行了质疑,肯定了偶然性在实际生活中和文学艺术中的重要作用。就实际生活而言,1994 年 7 月程千帆在与弟子的访谈中说:"我常回想我这一生,有许多三岔路口充满了偶然性。如果不是 1937 年而是 1938 年打仗,我也许就去了美国。大陆解放时我如果去了香港,那现在是个什么样的人,谁知道。如果不是匡校长坚持聘我,我可能就到其他大学了。"⑤后来在《有恒斋求学记》中程千帆讲到自己高中毕业升入大学时准备读化学系,但因父亲失业无力负担高学费,就进了只要化学系一半费用的中文系,走上了一条完全不同的道路。对此,他又说:"这也似乎有些偶然。人生道路是被偶然所决定的呢,还是有必然性,对此,我感到迷惘。我不知道偶然只是在诸必然的交叉点上出现的说法,是否能说明这个令人迷惘

① 《批判哲学的批判——康德述评》,人民出版社 1979 年版,第 434 页。
② 《关于主体性的第三个提纲(1985 年)》,《实用理性与乐感文化》,三联书店 2005 年版,第 239 页。
③ 高建平整理《李泽厚:哲学答问》,《明报月刊》1994 年 3 月号。
④ 参看王元化:《记我的三次反思历程》,《清园近思录》,文汇出版社 2004 年版,第 20 页。
⑤ 《程千帆全集》第 15 卷,第 171 页。

的问题。"①

就文学艺术而言，程千帆在《在古典小说技巧漫谈》中说："写真实，或如实地反映生活，也不是绝对的。我们不能在作品中排斥偶然现象。……事物的偶然性，往往是在诸必然性的交叉点上出现的。不能认为这是违背生活逻辑。'无巧不成书'，是我国人民对文学作品中偶然性正确认识的概括。"并以《红楼梦》、《水浒传》为例说明了小说中带偶然性出现的情节和人物的重要性。② 在《张若虚〈春江花月夜〉的被理解与被误解》一文中，程千帆更明确地说："在文坛上，作家的穷通及作品的显晦不能排斥偶然性因素所起的作用，这种作用，有的甚至具有决定性。"③

上述程千帆所谈对人生道路上必然性作用的迷惘，体现了对于必然论和决定论的怀疑；肯定无巧不成书的创作技巧，并认为偶然性在文学艺术的发展中会起决定作用更是对偶然性只能起到加速或延缓作用的流行观点的否定。

程千帆的上述观点除了依据个人的生活经验和艺术实践之外，还依据着佛教的缘法理论，而佛教缘法理论既主张有因生义，又主张无作者义，即否定有创造宇宙万物的全知全能的主宰者。所以，认同缘法，承认偶然性的重要作用，也就是一方面承认人的主观能动性，即主体可以按照自己的意志自主活动，自主选择；另一方面也承认具有主观能动性的主体作用于历史发展的有限性以及预见历史发展的有限性。程千帆对此做过明确的说明，例如1991年1月26日致张三夕信说："现在一切，诚如王言，我们只能选择一些：1. 相信现在或将来于人有益者；2. 自己能做者，咬紧牙关，排除阻力，做一些。至于是否能达到目的，那还是要看缘法的。"④再如1994年程千帆在与弟子的访谈中也说："我们用个人的或团体的力量来促进学术的发展，这是可以做到的，但究竟也受到一些我们意想不到的材料、条件和环境的制约。"⑤可见程千帆认为不可预知、不可控制的偶然因素对于个人和集体的学术发展过程都起着重要的作用。将这种学术发展观推而广之，就对过分信赖理性、宣称预知人类历史必经若干阶段的决定论

---

① 《程千帆沈祖棻学记》，第15页。
② 《程千帆全集》第7卷，第29—30页。
③ 《程千帆全集》第8卷，第193页。
④ 《闲堂书简》，第319页。
⑤ 《程千帆沈祖棻学记》，第112页。

或宿命论形成了冲击。兼之佛教主张消除贪瞋之因以择灭苦果，是以和平的、非暴力的方式追求解脱，与斗争哲学奉行的暴力革命、阶级斗争的理论与实践也难以相容，这也就为反对独尊自大、教条主义的神学思维模式提供了理论依据。

所以，如果说千帆诗学两点论依据儒家的中庸之道而侧重于两是类阴阳，强调矛盾双方的交融互补、和谐统一，突破了斗争哲学辩证法的束缚的话，那么现在通过对佛教缘法理论的认同而肯定偶然性的重要作用又突破了斗争哲学历史发展观的束缚，在破除神学思维模式上又进了一步。这一点也同样体现了程千帆学术思想发展的独特性。

2. 拓展了宽容的内涵

佛教在理论上宣扬众生平等，提倡给予众生快乐，拔除众生苦恼的慈悲喜舍四无量心；在实践上反对种姓制度，对不同种姓、不同性别的人一视同仁；更罕见类似基督教、伊斯兰教历史上有人用暴力毁坏其他宗教、强迫他人改变或不改变宗教信仰的记录，其宽容精神特别突出。程千帆对此有高度的认同，他在谈论聂绀弩诗歌时说：

> 讽刺，以滑稽为讽刺，比之政协体，则不可同年而语。但要做到聂，或希望步趋聂，则要有对整个人类的爱，要有像佛祖以身饲虎的宏愿，悲天悯人。而不是站在各种不合理的社会现象的对立面，投以轻蔑嘲弄。可以哀其不幸，怒其不争，但在立场上，哀与被哀者，怒与被怒者，又在道德上是完全平等的。①

这里所提倡的悲悯态度和平等立场，正是以佛陀为榜样，符合佛教四无量心的教义的。程千帆晚年还多谈宽容、容忍，宽容精神成为其思想的一个重要部分。而且，他谈宽容的一个特点就是与缘法联系在一起，并有着缘法的依据。例如 1990 年 2 月 23 日致杨翊强信说：

> 现在的事只能随缘，或者说对自己认真，对别人随缘，就很好了。②

再如 1994 年 7 月 12 日致杨翊强信讲到其老弟子吴代芳的情况时说：

> 代芳在郴州，亦颇有声名，在他与人合出一书后，有人说他是功成名就，爱之恐所以害之也。但回头一想，世上不如代芳之努力及成就，而妄窃虚声

---

① 《闲堂书简》，第 482 页。
② 《闲堂书简》，第 44 页。

过于代芳者,亦多有之,何可苛责。此等,只能随缘,如庄子所云,呼我为马则应之以马,呼我为牛则应之为牛,斯可已矣。贬者如此,褒者亦然。则心地澄澈矣。①

可见在程千帆那里,随缘的一种涵义就是对他人的宽容。由此也就可知,程千帆对于佛教缘法的认同对其宽容精神的发展起到了积极的促进作用。具体而言,就是多方面拓展或丰富了宽容的内容或层次。

第一,从宗教排斥到宗教宽容。

在西方,宽容精神的发展与宗教宽容紧密相关,宽容,即意味着承认每一个人都有权利拥有自己的宗教信仰和其他非宗教的观点。程千帆的宽容也与宗教有着紧密的联系。他在青年时期似有排斥宗教的倾向,而在晚年虽然并不信仰某种宗教,但一再肯定宗教在道德上的积极作用,体现了从宗教排斥到宗教宽容的转变。

1934 年 21 岁的程千帆创作的《伽蓝寺》诗云:

> 烟花三月的伽蓝寺
>
> 大雄宝殿已经有点
>
> 疲倦于香花的供养。
>
> 浮世绘眼底之流走:
>
> 蛇样的身腰多着哪!
>
> 楹柱自己觉着轻飘;
>
> 长明灯则情欲的眼
>
> 看不厌时新的装束。
>
> 虔诚之叩祷,善男子
>
> 善女人的笑相抱了。
>
> 不仅维摩是爱病的,
>
> 天女也喜春来小病。
>
> 结善缘的施主,试看

---

① 《闲堂书简》,第 51 页。

伽蓝寺山门之廛市。①

这首诗以叠床架屋的寺名(伽蓝即是寺庙的意思)为题就带有贬低佛门的意思。通篇
则用拟人的手法描写寺庙中的景象,不仅说叩祷的善男善女们的欢笑在相抱,而且说
大雄宝殿疲倦于香花的供养,浮世绘不稀罕蛇样的身腰,楹柱自觉得轻飘,长明灯看不
厌时装,最后又因山门廛市的情形而说维摩、天女都爱生病,如此反复地渲染其中浓重
的情欲成分,似乎缺乏对待宗教的庄敬态度。现实世界中确有俗僧俗庙,但程千帆用
"情欲的眼"形容长明灯,用"春来"形容天女小病,将浮世绘的注意力集中在"蛇样的身
腰"上,确也有恨庙及佛之嫌。虽然次年所作《沙漠》一诗中以肯定的口吻说"而情愿跋
涉这漫漫长途的,却总是些苦行的佛教僧徒",②但其主题并不在于颂扬佛教或僧徒,
而其肯定态度也属老生常谈,并无特别之处。

　　程千帆当时在基督教创办的金陵大学读书,有教规的种种约束,他对基督教好像
也缺乏好感。与《伽蓝寺》同年创作的《圣女》诗云:

永远地,影子一般飘忽,

一般黑暗,一般沉哀。

宽博而玄色的僧袍

裹着的心,依旧鲜红而炽热。

那从前吝惜着的,

高耸,圆,软的前胸,扁平了。

偷读着魔鬼的书,觉得

项上的小十字架在轻轻地抖

或自己亵渎,想起人间的仪式。

---

① 《程千帆全集》第 14 卷,第 134—135 页。

② 《程千帆全集》第 14 卷,第 152 页。

像作了个恶梦，又醒了。阿门。①

在程千帆眼中，修女的外在形象是黑暗的、沉哀的，她虽然还有一颗鲜红而炽热的心，但象征美丽和生命力的乳房已经扁平了。这显然是指基督教束缚鲜活的性情。而正是因为修女青春年少，心还未死，所以，她偷偷地阅读魔鬼的书，思念人间的仪式，为之而激动不已。所谓魔鬼的书和人间的仪式，根据教规和修女的生活方式，不难推测其与爱情相关。但一旦回过神来，她又不得不谴责自己，约束自己遵从教规，请求主的保佑。这首诗语言简练，意象鲜明、生动，但执著于世俗的性情，忽视宗教的神圣，与宗教真实差距过大，所以其对修女的同情虽然出自善意，但识度偏稚，硬要在宗教中寻找"肉的颤栗，情的激动"，似有自作多情之嫌。

巧合的是，大约在程千帆创作这两首诗的 300 年前（1632 或 1633 年），英国的一个也是 20 岁出头的年轻诗人——弥尔顿（1608 年 12 月 9 日出生）创作了《沉思的人》，其中涉及宗教的部分也对教堂的景观和修女的举止心理做了浓墨重彩的描述，并且也多用拟人手法，与程千帆的这两首诗可作一比。

让我们先看一下弥尔顿笔下的教堂。

But let my due feet never fail	但我不该吝惜脚步
To walk the studious cloisters' pale,	应到教堂的走廊散步，
And love the high embower'd roof,	我爱那崇高的圆形顶盖，
With antique pillars massy proof,	也爱那梁柱，坚实而奇异，
And storied windows richly dight,	还有那画着故事的门窗，
Casting a dim religious light:	会放进宗教的幽暗辉光，
There let the pealing organ blow,	伴奏的风琴要发音响亮，
To the full-voiced quire below,	下面的歌队要齐声合唱，
In service high and anthems clear,	庄严的乐调，嘹亮的圣歌，
As may with sweetness, through mine ear,	要在耳边回旋转折，
Dissolve me into ecstasies,	于是我在极乐中溶解，
And bring all heaven before mine eyes.	在我眼前会出现天国。

---

① 《程千帆全集》第 14 卷，第 141 页。

And may at last my weary age	我愿我的衰老的余年
Find out the peaceful hermitage,	能找到一个安静的寺院,
The hairy gown and mossy cell,	在那里我身披麻衣,住暗室,
Where I may sit and rightly spell	安定地坐着,来仔细辨识
Of every star that heaven doth show,	万千颗星星在天空罗布,
And every herb that sips the dew;	和雨露滋润的每一株草木,
Till old experience do attain	直到我老时,凭着经验
To something like prophetic strain.	能有未卜先知的预见。①

在清教徒弥尔顿那里,教堂是他向往的地方,拱顶崇高,梁柱坚实、门窗美丽;风琴、歌队、圣歌、庄严而嘹亮;庭园内的走廊,可以自由漫步……这里的一切都是那么美好、亲切,与程千帆笔下的妖艳俗气的庙宇大不相同。值得注意的是,如英国学者所指出,弥尔顿笔下的教堂的建筑风格不是俭朴的却是华丽的。② 换言之,它近于哥特式的天主教堂而远于新教教堂。这说明信仰新教的诗人在审美趣味上的传统性或保守性。

再看一下弥尔顿笔下的修女。

Come, pensive nun, devout and pure,	来吧,沉思的女尼,虔敬而纯洁,
Sober, steadfast, and demure,	端庄,坚贞,而又娴静,
All in a robe of darkest grain,	你身穿颜色最深的长衫,
Flowing with majestic train,	身后的衣襟飘拂在地;
And sable stole of cypress lawn,	一条漆黑的细纱披巾
Over thy decent shoulders drawn.	遮住了你的双肩圆润。
Come but keep thy wonted state,	来吧,请维持你平日尊严,
With even step, and musing gait,	要步履整齐举动安娴,
And looks commercing with the skies,	仰面常与云天交接,

---

① 这段诗节和后一段诗节的译文皆引自殷宝书、赵瑞蕻的译文。见《弥尔顿诗选》,殷宝书译,人民文学出版社 1958 年版;《L'ALLEGRO&IL PENSEROSO 欢乐颂与沉思颂》,赵瑞蕻译,译林出版社 2006 年版。

② 参看[英]安德鲁·桑德斯著《牛津简明英国文学史》,谷启楠等译,人民文学出版社 2000 年版,第 241 页。

Thy rapt soul sitting in thine eyes:	眼睛确是神能守舍;
There, held in holy passion still,	要这样怀着圣洁的热情,
Forget thyself to marble, till,	你才能雕石般忘掉了自己,
With a sad leaden downward cast,	直到你悲伤地收回眼光,
Thou fis them on the earth as fast;	把它紧紧地注视到地上。
And join with thee calm Peace and Quite,	你要带来安静与和平,
Spare Fast that oft with gods doth diet,	还有斋戒,因他和神灵
And hears the Muses, in a ring,	常共享香火并倾听缪斯
Aye round about Jove's altar sing;	围绕着约夫的祭坛歌唱;
And add to these retired Leisure,	此外还带来退隐的悠闲,
That in trim gardens takes his pleasure.	因他最欣赏修整的林园。

这一段是以女尼比喻沉思的忧郁情调。女尼虽是喻体,但对她的描绘,来自生活中的真实体验,十分真切生动。同时,沉思、忧郁在这首诗中是肯定的对象,故对于女尼的描写,也是正面的。在诗人笔下,女尼怀着对上帝的虔诚感情,并不存在向往世俗幸福的心愿被压抑的矛盾冲突。所以她步履平稳,眼神专注,与程千帆笔下扁平的前胸正成对照的披巾下圆润的双肩,暗示着她的身心健康。她也并不孤独,因为有和平、安静、斋戒、悠闲(这四个词在诗中都以大写字母开头,被拟人化)以及歌唱的缪斯相伴随。她也会悲伤,但那不是对于她自己,而是因为注视着人间大地。所以,女尼的外在形象的色彩虽然也是黑色的,但表示着肃穆、坚贞,而不表示着悲哀、沉寂。而上一段诗中的"我"与程千帆笔下的圣女差距更大,"我"喜爱到教堂散步,喜爱教堂的建筑、氛围,愿幽居寺院安度晚年余生。因为"我"能够在嘹亮的圣歌中获得极乐的感情并激发起对光明灿烂的天国的憧憬,又能在安静的生活中感知宇宙和生命的真谛。弥尔顿对宗教的真挚感情、肯定态度(尽管对不同的教派有不同的态度)由此展示无遗。弥尔顿的上述诗句与程千帆的这两首诗虽然题材、手法皆颇有相近之处,但意象明显不同,情调截然相反。这种情形正可衬托出程千帆与弥尔顿相反的宗教态度。

但是,年轻的程千帆对佛教、基督教不那么恭敬的态度中,隐含着对庸俗情欲的否定,对精神力量的肯定以及对自由生活的渴望,这又是与佛教的四圣谛相通的,同时也体现了与弥尔顿笔下的"我"和女尼相类似的精神状态。所以,正像愿意离群独居的弥尔顿后来宣扬言论自由，并参加共和革命，不向复辟王朝低头屈服一样，程千帆在长期遭受人身迫害、精神压迫的困境中，能够依据传统文化的支撑顽强地保持着精神的独立和人格的尊严。这就为程千帆后来改变其宗教态度埋下了伏笔。

程千帆晚年一再自认对佛学所知甚少，曾尝试让蒋寅、曹虹到栖霞山佛学院听课，并认为佛教缘法圆通广大，足以祛疑，足以解蔽，亦足以忏情，体现了对佛教态度的转变。同时，程千帆还肯定了基督教对于培养人的优秀品德的积极作用。例如 1996 年 10 月 3 日和 10 月 17 日程千帆致张宏生信称赞陶芸女儿苏天眉一家都是老实热情之人，并说苏天眉信了基督教，更为善良，更关心人了。① 可见对于基督教的态度也有转变。欧洲中世纪以来宗教战争、宗教裁判以及宗教改革之中所发生的专制、酷刑、屠杀是为接受了现代教育的中国民众所熟知的，程千帆自然了解其中的血腥与恐怖，也一直没有像与佛教那样与基督教生发思想上的紧密联系，但在晚年肯定基督教的道德意义，其宗教宽容的态度由此可见一斑。

第二，从欣赏异量之美到欣赏对手之美。

如前所述，程千帆对于宋诗面对唐诗的高峰而进行的创新和发展给予了高度的肯定，反对以唐诗为唯一的典范来限制和否定宋诗的创造性和独特性，一再提倡欣赏异量之美，体现了多元并重的宽容态度。不过，虽然宋诗相对于唐诗是异量之美，但对于一个喜爱宋诗的人来说，宋诗就不能算是异量之美了。所以，喜爱宋诗的程千帆以宋诗为据提倡欣赏异量之美，对喜爱唐诗不喜爱宋诗的人而言是宽容，但对他自己而言，与其说是体现了宽容的精神，倒不如说是体现了独立的精神。故相对而言，更能体现宽容精神的是程千帆对学术对手的高度尊重和公允评价。

学术与体育有一个相似之处，就是既包含着自我的锻炼，也包含着相互的竞争。当然，这种竞争不是斗争哲学所强调的非此即彼、你死我活的冲突、消灭，而是体现着平等、自由的原则，具有既是竞争也是协作的辩证性质：不同的学者、不同的学派在竞争中共同参与，各显身手，从而取长补短，互相促进，不断推动着学术事业向前发展。既然有竞争，也就有竞争对手，而竞争对手的水平反映着自我的水平，故可谓没有对手，也就没有自我。所以，就像一个运动员一样，一个学者在其学术发展历程中既要把

---

① 《闲堂书简》，第 391 页。

其他学者特别是杰出学者作为学习的榜样,同时还要把他们作为竞争的对手,通过不断努力以达到能够与对手相抗衡直至超越对手的目的。这种竞争意识或对手意识既是必要的,也是健康的心态。但在另一方面,我们也不能否认,竞争对手之间由于利益得失、名誉高低等方面紧密相关,很容易引发傲慢、嫉妒乃至仇视等不健康心态。所以,能够给予竞争对手特别是有着激烈竞争关系的对手高度的尊敬和公允的评价并不是一件很容易做到的事。

程千帆是一位很注重树立学术形象的学者,又是五四新文化运动之后成长起来的一代学人中的年龄较小,成名较迟的一位,所以一直有着很强的竞争意识。在晚年,这种竞争意识因其要夺回"反右"运动以来损失的 18 年的誓愿,不仅未见减退,反而变得更加强烈了。例如 1977 年 12 月 29 日程千帆在致杨翊强的信中说:"我工作很忙,简直多年没有这么忙过。又恢复到 1957 年以前,每天没有三千字不下书桌了。一以忘忧,二以赎罪,三以比武。"①所谓忘忧、赎罪是针对沈祖棻的不幸逝世而言的,所谓比武,则是针对极"左"政治的压迫以及学术同行的工作而言,此时此刻有着这样的心态,可见其决不屈服的顽强意志和积极的竞争意识之强烈。再如程千帆在谈论科学研究的步骤和程序时也多次流露出积极的竞争心态。在"关于治学方法"的演讲中,程千帆在指出研究者首先要把中外学者在其研究的题目上所做工作的情况了解清楚时说:"拿我所喜欢用的词汇来说,叫做'敌情观念'——当然不是把自己的学侣当成敌人。但是,真正做学问,也同打仗一样:知己知彼,百战百胜。"②《詹詹录》第十条也说:"从事科学研究工作必须具备'敌情观念',即要把自己研究的那个范围的国内外同行及其作品经常进行排队,了解他们的动向和成果。这样才可以避免重复,互相补充,进行商讨和开拓领域。"③后来在与巩本栋关于学术论文写作的问答中程千帆又更加明确地指出:"科学研究是一种竞争,有个竞争对手的问题。你如果没有'敌情观念',对'敌人'的强弱不了解,对有关的文献资料不熟悉,无的放矢,往往容易吃亏。"④这种把学

---

① 《闲堂书简》,第 19 页。
② 《治学小言》,第 12 页。
③ 《治学小言》,第 43 页。
④ 《程千帆沈祖棻学记》,第 131 页。

术研究比作比武、打仗的偏爱,以及表达上的坦率、明快,很能体现程千帆肯定和重视竞争的鲜明个性。但另一方面,也如其所言,程千帆没有把学术上的竞争对手当成敌人或怀有敌意,而是在转益多师的同时,对同时代很多年长或年龄相近的学者给予了高度评价,体现了尊敬和友好的态度。其中特别引人瞩目的就是对钱锺书的评论。

程千帆在民国时期与钱锺书相识,新时期以来曾数次赠送自己和自己整理的师友论著,在两人的学术交往上体现了很强的主动性。① 钱锺书比程千帆年长三岁,两人属于同辈学者,并且有很多共同之处:在教育上,都是兼受传统教育和现代教育;在文学上,都是知能(创作与研究)兼擅;在文学创作上,都是兼用文言、白话;在文学研究上,都侧重于理论批评,诗歌研究成就尤为突出;在研究方法上,都具有文史哲综合的特点;在学术风格上,都体现了沟通古今,融合中外的鲜明倾向,等等。而且,在经受了极"左"政治的长期思想专制之后,两人在晚年都仍然能够保持着旺盛的创造力,并达到了各自学术发展的最高峰,被认为是新时期以来老一代学者中能够再现学术雄风的两个代表人物。② 另一方面,程千帆与钱锺书在思想学术上还有明显的不同之处。例如虽然两人都受到五四新文化运动以来科学主义的影响,但钱锺书在学术研究中明显地侧重于中西之同,而程千帆则侧重于中西之异。再如虽然两人都具有自觉的哲学辩证法意识,但钱锺书倾向于老子,对儒家的中庸之道有所批评;而程千帆则主要依据于儒家,并不认同老子的偏于柔弱的立场,并认为老庄的放任反转为严酷,严而少恩,实际上与法家的遗礼义弃仁恩合为一流。再如在共和国时期的宋诗研究中,钱锺书在主动被动之间一直受到政治的影响,带有较明显的主流意识形态色彩;而程千帆虽也在体制之内,但自觉地定位于边缘,并坚决抵制了极"左"政治的压迫。这些共同之处和不同之处在客观上都难免造成一定的竞争态势。同时,在主观上(主要在诗歌研究领域),钱锺书也是程千帆主动选择的一个认真学习和努力超越的对象。因为我们看到,钱锺书在宋诗研究方面的成果得到程千帆的高度重视,有许多方面为程千帆所学习借鉴或启发了程千帆的进一步探索。例如《宋诗选注・序》中有这样一段话:"瞧不起宋诗的明人说它学唐诗而不像唐诗,这句话并不错,只是他们不懂得这一点不像之处恰

---

① 参看《程千帆沈祖棻学记》,第 200—201 页。

② 参看徐公持《二十世纪中国古典文学研究近代化进程论略》,《中国社会科学》1998 年第 2 期。

恰就是宋诗的创造性和价值所在。"程千帆在自存的初版《宋诗选注》中的"这一点不像之处恰恰就是宋诗的创造性和价值所在"的旁边画上了红线,①可见他对这句话特别重视。而程千帆对于宋诗的研究以及高度评价也就是从其不同于唐诗风貌的创新处着眼的。再如程千帆在《韩愈以文为诗说》和《张若虚〈春江花月夜〉的被理解和被误解》两篇论文中皆引据了钱锺书《谈艺录》的"诗分唐宋乃风格性分之殊,非朝代之别"的观点,在程章灿修订《程氏汉语文学通史》时,程千帆也告之以钱锺书《谈艺录》及缪钺《论宋诗》的观点作为宋诗一章的结论,此例也可见他对钱锺书以往对宋诗评价的高度重视和肯定。② 此外,如第四章所述,程千帆关于宋诗的很多评论都直接或间接地与钱锺书的相关研究联系在一起,体现了很强的针对性。首先了解相关学者的研究工作,然后在此基础上创新发展本是学术研究的一般步骤;但这种情况如此密集于一个特定的学者那里,足以说明在诗歌研究上程千帆是有意识地把钱锺书作为认真学习和努力超越的对象。换言之,就是既是学侣,又是对手,尽管不像体育竞赛那样公开、直接。

既然程千帆与钱锺书在学术上有着如此密切的联系,那么,钱锺书成为程千帆晚年谈论较多的学者也就是很自然的事情了。程千帆既指出了钱锺书的很多长处,也指出了钱锺书的一些短处。例如在诗歌创作上,程千帆根据《槐聚诗存》中的作品,一方面认为钱锺书的感觉极其细密,用典构思极巧,造语对偶极工稳,另一方面认为钱锺书写诗像王士禛那样太要好,过于精致;又像阮籍那样极其谨慎,绝口不及时事以避祸,故没有杜甫那样雄浑的、沉郁顿挫的风格;③并且有不平等或高人一等的态度:"中书君亦或具悲悯之怀,然而如上帝之照临下土,少平等观,非从悲悯出发,故与聂(绀弩)亦异也。"④在诗歌研究特别是宋诗研究上,如前所述,程千帆一方面赞同钱锺书民国时期对宋诗的评价,多次援引钱锺书的相关研究成果;另一方面,也有针对性地提出了很多不同于钱锺书的观点,特别是在直接批评毛泽东彻底否定宋诗的同时,也间接批

---

① 此书承莫砺锋借阅。

② 《闲堂书简》,第591—592页。

③ 参看《程千帆全集》第15卷,第130页,《闲堂书简》,第477页。

④ 《闲堂书简》,第482页。

评了共和国时期钱锺书在主动和被动之间与主流意识形态保持一致而改变原来的评价、对宋诗有所贬低的意见(详见第四章)。另外,在人才培养上,程千帆对钱锺书终生不招收研究生也表示了惋惜之情。① 但总体而言,在近现代学者中,钱锺书既是程千帆晚年谈论最多的中国现代学者之一,也是给予最高评价的学者之一。一个典型的例证就是1980年11月6日程千帆在致叶嘉莹的信中说:"近来国内所出学术水平较高著作有钱锺书《管锥篇》及《陈寅恪先生文集》。"②将钱锺书的著作与程千帆特别敬佩的同时代前辈学者陈寅恪的著作相提并论,可见对钱锺书学术水平的评价之高。我们还看到,程千帆高度评价钱锺书的外语使用能力,希望弟子们能像钱锺书那样将英文写得好,还肯定《围城》的人物对话精彩之极,而外语使用、小说创作是程千帆的短处或非擅长之处。这样的事例足以证明程千帆能够欣赏对手之美的雅量。

第三,从宽容到宽恕。

尽管欣赏对手之美要比欣赏异量之美更难一些,但两者在本质上是相同的,即都是肯定对方的优点;但宽容的本质是在能够自主的前提下克制自己不去反对自己不赞同的人和事,所以,它不仅应该肯定对方的优点而且还应该消除报复或复仇的心态,不过度地怨恨、责备、惩罚对方的缺点、过失乃至罪行。这种宽恕态度也正是程千帆晚年思想的一个突出特点。

首先,程千帆把宽容作为必需的人生态度,要求宽恕他人生活上、学术上的缺点或过失。例如1990年代程千帆在致杨翊强的数封信中谈到人际关系问题时反复强调宽容:"能容于物,物亦容矣。"③"大体宽容最为重要,能容方能融也。""你个性褊狭而脾气暴躁,处在到处都是坑坑洼洼的社会里,却要率性而行,不肯宽容,别人当然也就即以其人之道还治其人之身,你于是就所如不合了。古人行年五十而知四十九年之非,你何尝不可行年六十而知五十九年之非呢?"④程千帆的话语重心长,饱含着对弟子的

---

① 例如1998年7月10日程千帆致蒋寅信说:"好学生首先是自己好,老师的帮助是有限度的,但如果认为学生是不可能由传授而得,那也似乎太过。锺书先生的成就是了不起的,但他似乎认为无人可授,所以终生不收弟子,恐将形成仲尼没而微言绝,实在可惜。"(《闲堂书简》,第281页)

② 《闲堂书简》,第196页。

③ 这是程千帆引自《宋人轶事汇编》卷十中的晏殊赠王安石的一句话。

④ 以上三例分别见《闲堂书简》,第48—49页。

关爱和激励之情,同时从正反两个方面说明了宽容他人缺点或过失的重要性。另据吴在庆的回忆,他的硕士学位论文《关于杜牧的几个问题》中有一节就杜牧的卒年问题与一位颇有影响的老学者商榷,其中征引了包括《资治通鉴》在内的大量文献。在定稿时,他采纳了别人的一个提议,在《资治通鉴》前加上了"常见书"三个字。"其时自以为这三字加得精彩,可以有力地表明解决问题的证据并不难被发现,而且也寓含着对方在研究这一问题时未免失于粗疏。"程千帆是吴在庆的论文答辩委员会主席,在审阅其论文时,在"常见书《资治通鉴》"下画了一条红杠,又旁批道:"态度问题"。论文答辩之后,程千帆将论文留给了吴在庆,吴在庆看到这个地方,"蓦地脸火辣辣地,那种自以为得意之感顿时消失。"并由此体悟程千帆的批语实际上是强调治学上必须谦虚的态度,这种治学态度对于刚步入治学道路的年轻人,尤具重要意义与针砭之效。① 谦虚态度确实是程千帆一再强调的为人治学之道,不过程千帆所说的谦虚主要是与自高自大、骄傲自满相对立,而这里主要是反对盛气凌人,反对人身攻击,故其强调的应主要是对他人的友善态度和对他人过失的宽容态度。

其次,以斗争哲学为依据的极"左"政治所发动的历次运动使得众多的参与者往往既是受害者也是主动或被动的施害者,如何对待这一特殊的历史,如何对待这样的一大批人是一个不可回避的重要问题。在程千帆那里,他对那些在极"左"政治的高压之下被迫犯有政治上、道德上的严重过失的人也给予了同情的理解。例如1993年1月6日程千帆致陆耀东信说:"谈及舒芜屈节事,诚为可叹。若不然,则是另一胡风,惟有坐穿牢底也。王西彦兄近在花城出一小册子,曰《凄怆的镜子》,其第一篇曰《在锤子和铁砧之间》,详细述评高尔基在斯大林压力下不得不要两面派说违心话的情况,读之令人悚然而又凄然。不知弟曾见及否? 如未见,不妨找来一读。"②程千帆一方面没有否认舒芜屈节、高尔基要两面派说违心话的过失,另一方面也对舒芜、高尔基身处险恶的政治环境给予了同情的理解。这种同情的理解体现了对历史的洞察,以及对被迫犯有过失者不怨恨、不责备的仁慈态度。所以程千帆晚年的思想中,既有宽容还有宽恕,体

---

① 《哲人虽萎,遗泽永存——忆程千帆先生对我的教诲与激励》,《程千帆先生纪念文集》,第126页。

② 《闲堂书简》,第516页。

现了其宽容精神的丰富性和深刻性。

三、缘法与辩证法的关系

千帆诗学方法论从形式逻辑发展到辩证法，一个基本的原因自然是程千帆认识到形式逻辑的局限性和辩证法的独特优势，故而认为辩证法比形式逻辑推理更细致合理，也更有用。形式逻辑的局限性主要表现在两个方面：第一，如前所述，在程千帆看来，文学是人学（心学，情学），归结于情感的表现，故文学研究归根结底是面对人的感情，不能单纯是理智活动，不能仅仅依靠逻辑思维，理论思辨；更高层次的达到还必须依靠形象思维，感性亲和。第二，鉴于在极"左"政治统治之下，学术研究从"以论带史"发展到"以论代史"，从对文献的理解使用不负责任发展到完全不根据文献乱发议论，形成假大空的恶劣学风之惨痛教训。程千帆认为逻辑主义是需要的，仅凭考据并不能解决所有问题；但同时认为逻辑方法不能抛开历史，否则就会成为唯心主义。[①] 而辩证法强调抽象思维与形象思维相结合，强调逻辑与历史相结合，故可以弥补形式逻辑的不足。

同样，程千帆晚年认同缘法，也是认识到辩证法的局限性和缘法的独特优势。虽然程千帆并没有明确指出辩证法的局限性，但从其肯定缘法圆通广大，足以祛疑，足以解蔽，亦足以忏情以及具体研究工作的实际情况可以推断出辩证法的局限性主要表现在以下两个方面：第一，辩证法提供了一分为二的矛盾分析方法，能够揭示多种矛盾构成的复杂结构，但不具有有力、可靠的推理规则，而缘法理论对事物发展变化之因果有更为周密的分析；第二，程千帆晚年面临着年老体衰的必然规律，面临着所为远不及所欲为的无情现实，辩证法对此似乎无能为力，而建立在缘法理论基础之上的四圣谛为之提供了一种解脱之道，使得程千帆保持着一方面尽其在我，一方面万法随缘的态度，[②]有助于维护心理的健康。

但如同周勋初所说，千帆诗学方法论在发展过程中，从形式逻辑发展到辩证法不是后者对前者的简单否定，而是前者的提高与升华；同样，从辩证法发展到缘法，也不

---

① 《程千帆全集》第 15 卷，第 113 页。
② 《闲堂书简》，第 250 页。

是对辩证法的简单否定,而是辩证法的提高与升华。这是因为在程千帆认同缘法、认为缘法可补辩证法之不足的同时,把文艺学与文献学相结合、形象思维与抽象思维相结合等狭义两点论都提升到辩证法(广义两点论)的高度,从而构成具有一般诗学方法与哲学方法相结合的二重性的两点论,并一直把这种二重性的两点论置于其诗学方法论的主导地位。就其狭义两点论的代表性命题——文艺学与文献学相结合的方法而言,程千帆从 1990 年代中期明确提出这一方法并把它纳入广义两点论的范畴之后直到逝世前的一年,一再强调这一方法,例如 1999 年夏天程千帆在口述回忆录中说:"我同你们谈过,文艺学在理论上解决问题,文献学在史料上、背景上解决问题,我所追求的是文艺学与文献学的高度结合。"①再如 1999 年秋冬之际,徐有富带研究生登门拜访时,程千帆又说:"要学好文学,一方面要注重文学理论,一方面要注重材料;也就是说,一方面要注意文艺学,一方面要注意文献学。文艺学能使我们看问题看得深,文献学能使我们看问题很具体、很扎实。"②根据现有的资料,这是程千帆最后一次谈论这一方法,半年以后已届 88 岁高龄的程千帆就因病与世长辞了。由此可见,这种具有二重性的两点论一直保持到程千帆生命的最后时刻。

之所以如此,是因为在千帆诗学方法论中缘法与辩证法是相通相融的关系。这种关系可从以下两个方面得到证明。

第一,程千帆在将缘法理解为偶然性,并高度重视偶然性的作用的同时,也仍然肯定着必然性。

如同重视偶然性是以其人生经历为据的一样,程千帆肯定必然性也是以其人生经历为据的。例如 1993 年 1 月 21 日程千帆致蒋寅信说:"我近无他患,惟耳聋眼昏,此是必然,无可奈何也。"③程千帆又将这种必然性称作自然现象、自然规律,例如 1992 年 10 月 13 日致刘茂舒信说:"我已吃八十岁的饭,身体不好,是自然现象,无可非议。"④1997 年 5 月 1 日致莫砺锋信也说:"我身体日差,目眝耳聋。近又加行步困难,

---

① 《程千帆全集》第 15 卷,第 43 页。
② 《程千帆先生谈治学》,徐有富、徐昕著《文献学研究》,江苏古籍出版社 2002 年版,第 1 页。
③ 《闲堂书简》,第 260 页。
④ 《闲堂书简》,第 376 页。

但仍能坦然处之。老是自然规律，没有什么可怕。"①最后，程千帆又称之为自然之理或自然之数。例如 1998 年 3 月 26 日致蒋寅信说："老人眠食尚好，但体力日衰，耳目不灵，此亦自然之理，委心俟命而已。"②同日致张辉信也说："我眠食尚好，惟体气日衰，此亦自然之理。"③1998 年 11 月 14 日致万业馨信又说："千帆自到南大后，得可传业者数人，著述得诸友生之助，亦大体完成。残年八十有六，耳聋目盲，自然之数，故终日枯坐，亦无可埋怨处。惟偶然细数平生，虽经忧患似若无可悲者，然为国为民，亲情友谊，则愧负实多。"④上述事例皆可证程千帆对于必然性的肯定，而这种既肯定偶然性也肯定必然性的态度显然是辩证法的对立统一原则的体现。

对此可作补充说明的是，天台宗理论中有两种解脱，一种是思议解脱，断烦恼而入涅槃；一种是不思议解脱，不断烦恼而入涅槃。后者也就是一方面保留烦恼法，一方面又不为它所障碍，拟更能超克之，从中可见对世界的肯定态度。⑤ 不思议解脱体现了佛教理论的中国化特色，而程千帆一方面对年老体衰的自然之数无可埋怨、坦然处之，另一方面又念念不忘家国、不忘亲情，所以他的万法随缘的态度是入世的、不舍世间的，更近于中国化的不思议解脱。此外，对于年老体弱的必然性，从称作必然、自然现象和自然规律，再到称作自然之数和自然之理，这种日趋中国化的表述方式，也体现了依据中国学术文化传统来吸收消化外来理论的基本思路。

第二，程千帆的宽容精神与万法随缘的态度紧密相关，同时也具有一分为二的辩证特色。

关于人品与文品或政治道德与艺术的关系，程千帆认为：

> 在我们看来，一个人的思想感情虽然有其稳定性和连贯性，但也不是铁板一块，一成不变的。一个品德不高甚至很坏的人，当他处在正常心理状态的时候，也能从作品中反映出主观的真诚和客观的真实来。否则，同样熏心富贵（与潘岳相比）的元稹，在回忆已经死去多年的妻子时，却能写出那么一

---

① 《闲堂书简》，第 618 页。

② 《闲堂书简》，第 280 页。

③ 《闲堂书简》，第 401 页。

④ 《闲堂书简》，第 570 页。

⑤ 参看《佛教大辞典》，第 143 页。

往情深沉痛至极的遣悲之怀,便不可理解了。至于作品的高下,在很大程度上取决于作者的艺术修养,而非取决于他们的品德,这也是人所共知的。[①]在这段话中,程千帆将人品与文品、不正常心理状态与正常心理状态区分开来,在宽容的态度中体现了一分为二的辩证思维。所以,他反对"凡是政治上杰出的人物文学上也同样杰出,而人品不端,即使文采斐然也不可不屏诸文苑之外"的片面认识和简单态度,[②]对于政治上、道德上有严重过失乃至政治上相敌对的人,能够不因人废言,将其政治上、道德上的问题与艺术上、学术上的优点区分开来而欣赏其优点。

例如史学家周一良自1950年代以来一直积极地以学术为政治服务,特别是"文化大革命"后期参加迟群、谢静宜领导的清华北大两校大批判组(笔名梁效),供"四人帮"驱使,表现得尤为突出。"文化大革命"结束后,周一良因此被当作现行反革命受到审查、批斗。由于有这样的政治问题,有人在辑印有关匈奴的论文时,收录了周一良的《论宇文周之种族》一文但不署其名;还有人辑印中国史学史方面的论文,不收周一良的成名之作《魏收之史学》。蒋天枢编辑《陈寅恪文集》时,也删去了《魏书司马睿传江东民族条释证及推论》一文叙述民国时期陈、周师生两人曾就南朝疆域内民族问题往复通函的前言。此例也许不是出于政治避讳(《陈寅恪文集》未全部删除周一良的姓名),而是出于如周一良晚年所反省的陈寅恪目之为"曲学阿世,未免遗憾,因而不愿存此痕迹"的缘故。[③] 程千帆晚年一再表示反对学术上的趋炎附势、见风使舵,自然与陈寅恪反对曲学阿世的态度相一致,但在修订出版《史通笺记》时,程千帆引用了周一良的《魏收之史学》为魏收辩护的研究成果,认为其中的考证说明了刘知几的失误。[④] 同时还将周一良的另外一篇论文《敦煌写本杂钞考》列入主要引用书目。

再如1994年7月12日程千帆致杨翊强信说,叶德辉在晚清与王先谦等颇把持官府,凌虐乡里,是真正的土豪劣绅。从陈宝箴在湖南搞维新起即遭他们反对,大概反维新变法,反辛亥革命,反北伐革命乃一贯也。并因此而称之为叶老贼。但同时认为:

[①] 《程千帆全集》第11卷,第397页。

[②] 《俭腹抄》,第97页。

[③] 参看周一良著《毕竟是书生》,北京十月文艺出版社1998年版,第78—79、122、126页。

[④] 《程千帆全集》第5卷,第30—31页。

"叶德辉学问实好,经学、小学之外,版本目录尤为专家,并有胆识,如传播古代性医学书(如《双梅影庵丛书》),皆先知先觉,难能可贵。当分别观之也。"①一方面对叶德辉政治上、道德上的丑恶行径给予了坚决的否定,另一方对其学术上的多项贡献也给予了高度的评价。

再如郑孝胥、汪精卫、黄秋岳皆是公认的依附日本侵略者的汉奸,但程千帆购买过郑孝胥在满洲创作的诗集,晚年在为《沈祖棻诗词集》作笺时附收了汪精卫的《落叶》一词,在将大部分书籍捐赠给南京大学思想家研究中心时,保留了一本黄秋岳的《随人圣庵摭忆》,并称赞他的文笔真好。这些事例皆可反映出人言二分、不因人废言的辩证态度。

在千帆诗学那里,既然缘法与辩证法相通相融,而辩证法主要以儒家的中庸之道为据,故程千帆对于缘法的认同、随缘的态度也是与儒家思想相通相融的。例如 1980年 2 月 17 日程千帆致吴志达信说:"我住二楼,两间房,约 30 平方不到一点。这是暂时的,听说以后要调整。胜牛棚多矣,士志于道,则不耻恶衣恶食。随缘吧!"②"士志于道,则不耻恶衣恶食"的观点出自孔子所说的"士志于道,而耻恶衣恶食者,未足与议也"(《论语·里仁》),将这一观点作为随缘的理由,可见程千帆的随缘态度与儒家有相一致之处。此外,前述随缘态度中所包含的宽容、宽恕态度与"仁者爱人"、"己所不欲勿施于人"的原则,以及既肯定必然性也肯定偶然性与以中和为核心的中庸之道也明显地有相一致之处。缘法与儒家思想的相通相融同样体现了程千帆以儒家为本体的文化立场,这也就是他不同于西方某些存在主义哲学家在承认偶然性的同时却难以摆脱生活的困境、做出正确的人生选择的一个内在原因吧。

简而言之,尽管程千帆是一位儒者,而不是一位佛教徒;同时,在千帆诗学的哲学层面的方法中也仍然是辩证法起着主导的作用,缘法起着辅助的作用,但程千帆通过对于缘法的认同以及万法随缘态度的确立,就在辩证法中融进了缘法的新因素,对于进一步破除神学思维模式的束缚,促进学术与思想的拓展与深化起到了重要的作用。故而在千帆诗学方法论的发展历程上,除了有一个从形式逻辑到辩证法的发展轨迹之

---

① 《闲堂书简》,第 51 页。

② 《闲堂书简》,第 97 页。

外,还有一个从辩证法到缘法的发展轨迹。如果说从形式逻辑发展到辩证法是主旋律的话,那么,从辩证法发展到缘法就是副旋律。主副旋律的结合从另一个角度再次显示了千帆诗学方法论具有一般诗学方法与哲学方向相结合的二重性的显著特征。

第四节　千帆诗学的三个发展阶段

由于研究方法的演进对于千帆诗学的学术个性和发展水平具有决定性的意义,所以,已有多位学者不约而同地从研究方法的角度来考察千帆诗学的发展历程。

如前所述,周勋初最先将一般诗学方法与哲学方法结合起来进行考察,认为千帆诗学的发展历程可分为民国时期和共和国时期两个阶段,其间存在质的提高和升华。莫砺锋没有对千帆诗学的发展历程作出明确的划分,但对程千帆不同时期的研究特征提出了重要的意见。他认为,《古典诗歌论丛》中的论文标志着程千帆"在学术上已经成熟,而且形成了独特的治学方法"。① 由于《古典诗歌论丛中》的论文(除一篇绪论外)都是在民国时期完成的,所以,莫砺锋的观点可看作是认为千帆诗学在民国时期就已经成熟了。对于共和国时期千帆诗学的发展状况,莫砺锋认为:"从表面上看,程先生的学术著作主要是在晚年完成的,但是其真正的开端却是在他遭受磨难之时。同样,程先生在被打成'右派'以后的十数年间作诗寥寥,但他作为诗人的鼎盛时期却正是从此发轫的。"② 这种把程千帆诗歌创作的鼎盛期和晚年的学术高峰期都视为肇始于"反右"运动遭受磨难之时的观点,虽然没有明确论及千帆诗学学术质变的问题,但意味着千帆诗学新的发展阶段始自"反右"运动之后,而不是共和国初期。

此后,巩本栋《文艺学与文献学的完美结合》一文把文艺学与文献学完美地结合起

---

① 《程千帆评传》,《程千帆先生纪念文集》,第 264 页。
② 《莫信诗人竟平淡——悼千帆师》,《程千帆先生纪念文集》,第 168 页。

来的两点论视作程千帆的学术思想和方法的核心,并从这一角度考察程千帆学术研究的发展历程,他认为,千帆诗学在 1940 年代已形成明显的特色:"考据之外兼用其他学科的知识和方法,批评之中又始终不离开对具体作品的感悟和理解,考据与批评,传统与现代,在程先生的研究中已开始较好地结合起来,其特色是显而易见的。"而在共和国时期,程千帆经过学习马克思主义哲学和文艺理论,其考据与批评相结合的方法发展成为文艺学与文献学相结合的方法,虽然 20 世纪 50 年代初期的研究在这一方法的运用上还显得有些生硬和机械,但已发生新的变化,只不过这种变化由于"反右"运动和后来的"文化大革命"的影响,"要一直到 1970 年代后期才得以较为清晰地展现出来"。① 由此可见,巩本栋也把千帆诗学分为民国时期和共和国时期两个阶段,对前一阶段的评价与莫砺锋的观点相近,对后一阶段的评价则与周勋初的观点相近,不妨视为周、莫两人观点的综合与完善。②

上述观点从不同的层面准确地把握了千帆诗学方法的要领,并揭示了包括辩证法在内的研究方法对千帆诗学发展历程的重要意义,为今后的研究奠定了良好的基础。本书也是把一般诗学方法与哲学方法结合起来考察千帆诗学的发展历程,但把千帆诗学的发展历程划分为三个阶段:

第一个阶段:从 1930 年代中期到 1940 年代后期。其间经历了从起步到成熟的过程,在方法上积极追求考据与批评相结合,体现出侧重于理论批评的学术个性,可谓建立期。

第二个阶段:从 1949 年共和国初期到 1957 年"反右"运动。其间受到神学思维模式的影响,经历了一个勤奋而低效的过程;同时通过新的理论学习也为"反右"运动之后的质变做了必要的准备。这一阶段时间较短,最为擅长的诗歌研究成果也很少,体现了千帆诗学发展历程的曲折性以及从第一阶段到第三阶段的过渡性,可谓曲折期或

---

① 参看《文艺学与文献学的完美结合》一文,《文学遗产》2002 年第 2 期。

② 此外,程章灿认为:"程先生的学术可以分做三个阶段。第一个阶段,(20 世纪)30 年代和 40 年代初。那时,他还只是一个专家之学。40 年代到新时期是一段,已经开始突破专家之学到达通人之学。新时期以后,原来已经萌芽的新学风,或者说自成风格、自成规模的学术方法,非常完整地体现出来。"(《程千帆先生纪念文集》,第 360 页)其中所说的从专家之学到通人之学的突破,新时期以后新学风的完整体现虽然不单是就诗学而言,但对认识千帆诗学的发展阶段也有借鉴意义。

过渡期。

第三个阶段:从 1957 年"反右"运动之后到 2000 年逝世。其间经历了从潜行(正当权利被剥夺,不能正常地进行学术研究)到鼎盛(达到一生学术事业的最高峰)的过程,在方法上形成一般诗学方法与哲学方法相结合的二重性的两点论范式,考据与批评相结合发展成为文艺学与文献学相结合,取得了最具代表性的成果,可谓高峰期。

这种三阶段的划分与两阶段的划分相比,其相同之处在于把民国时期视为一个独立阶段,并认为共和国时期有着质变并达到一生的高峰;不同之处在于在前后两大阶段之间又划分出了一个第二阶段,即认为千帆诗学的发展历程不是从成熟期直接、顺利地发展到高峰期的,而是在这两者之间经历了一个曲折期(过渡期)。这意味着:第一,强调了神学思维模式的危害性,没有淡化、回避千帆诗学受到神学思维模式的影响而产生的曲折过程;第二,强调了破除神学思维模式的束缚,从神学思维模式转变到辩证法的重要意义;第三,在承认千帆诗学在共和国时期发生质变的前提下,将质变的时间确定为"反右"运动之后而不是共和国初期(这一点与莫砺锋的观点有相同之处)。

之所以如此,主要有如下两个原因:

第一,程千帆积极学习和运用现代文学理论并积极追求理论创造的特色在民国时期已经形成,而不是在共和国初期学习了马克思主义哲学和苏联的文艺理论才开始的。我们看到,程千帆少年时代经历了从私塾教育到现代教育的转变,从中学到大学不断地学习西方的自然科学与人文社会学科的各种理论知识。虽然共和国初期的学习属于思想改造的范畴,带有明显的政治性、强制性,但这种学习的开放性没有质的变化。换言之,如果没有思想改造的强制,程千帆也仍然会主动地学习、了解已在中国广泛传播的马克思主义新思想新理论的,故这一时期的理论学习与前一阶段的理论学习保持着一定的连续性或一致性,不宜根据理论学习内容的有所不同而视之为千帆诗学发生质变的开端。

第二,如前所述,民国时期千帆诗学已体现出善于运用辩证思维的特点,但当时还处在不自觉的状态,没有把它上升到辩证法的哲学高度。而从共和国初期到"反右"运动,程千帆虽然开始学习马克思主义,对于辩证法有了自觉意识,但如其所言还没有马上"懂得"辩证法,而是由于政治和意识形态的剧变明显受到了神学思维模式的影响,其诗学发展在一定程度上被扭曲、遏制,处于勤奋而低效的状态。而在"反右"运动之后,程千帆在现实矛盾的激烈冲突中身陷困境,但依据着优秀学术文化传统的巨大支撑破除了神学思维模式的束缚,达到了辩证法的深层次自觉,其辩证思维模式才得以充分发挥效力,考据与批评相结合才升华为文艺学与文献学相结合,从而在学术上真正实现了质变,达到了新的境界。

既然千帆诗学从考据与批评相结合发展到文艺学与文献学相结合,从形式逻辑发展到辩证法的质变,并非是在共和国初期进行思想改造的直接成效,而是"反右"运动之后突破了神学思维模式的束缚的必然结果,那么,千帆诗学的成熟期和高峰期之间就不是直接相连的,而是经历了一个曲折或过渡的阶段。因此,本书把从共和国初期到"反右"运动这一时段作为独立的一个阶段划分出来,并把高峰期的发端确定在"反右"运动之后。

如再细分的话,千帆诗学的第一个阶段又可分为两个时期:

第一个时期:从1930年代中期到1930年代末期。在这一时期,程千帆在兼受传统教育和现代教育的基础上开始了校雠学、文学史、文学批评等方面的学术研究,同时也开始了贯穿一生的诗歌研究。不过,其诗学尚处于起步阶段,诗学成果与其他方面的研究成果相比不是最早的,数量也较少。① 这当然与日寇入侵而程千帆被迫流转皖、湘、蜀等地也有直接的关系。

第二个时期:从1940年代初期到1949年共和国初期之前。在这一时期,程千帆开始了终其一生的执教生涯,把诗歌作为主要的研究对象,并在西南联大主办的《国文月刊》上发表了多篇诗学论文,得到前辈学者的好评。从其诗学论文中可见程千帆一方面继承学术传统,一方面积极吸收西学成果,有意识地克服以往考据与批评相脱离的缺点,成就了自家面目,较快地从起步阶段进入了成熟阶段。

第三个阶段则可分为三个时期:

第一个时期:从1957年"反右"运动之后到1978年重返母校任教之前。在这一时

---

① 程千帆于1932年从金陵大学附属中学升入金陵大学中文系,1934年大学三年级时开始写作学术论文,最早写作的是两篇校雠学论文:《〈汉志·诗赋略〉首三种分类遗意说》和《〈别录〉、〈七略〉、〈汉志〉源流异同考》。1939年由中华书局出版了其第一本论文集《目录学丛考》。最早的一篇诗学文章是刊于《图书评论》1933年第2卷第3期的《评戴望舒著〈望舒草〉》,1940年代以后才开始主要地写作关于古典诗歌的诗学论文。

期,程千帆实现了从神学思维模式到辩证法的转折,在诗学上开始达到新的境界,但由于教学科研权利被剥夺,长期在农场劳动改造,不能正常开展学术研究工作。所以,在千帆诗学中,一般诗学方法与哲学方法相结合的二重性的两点论虽已建立但未能充分发挥效力,新成果较少,还没有达到诗学的高峰。

第二个时期:从 1978 年重返母校任教到 1990 年再次退休。在这一时期,"文化大革命"被彻底否定,中国进入改革开放的新时期,而程千帆由同门友人推荐,被匡亚明校长聘任为南京大学中文系教授,获得了施展才能的难得机会和良好环境。他在卓有成效地教书育人的同时,在诗学研究中充分发挥了二重性的两点论的效力,取得了众多的高水平成果,达到了第二阶段的高峰,这也是其一生诗学的高峰。

第三个时期:从 1990 年再次退休之后到 2000 年逝世。在这一时期,程千帆已不再撰写论文,也不再招收研究生,但人才培养和学术研究以及诗文创作并没有停止。他完成了最后一届博士生的指导,继续整理出版自己和黄侃、汪辟疆老师的著作,除了仍然担任《全清词》的主编(自 1983 年起)外,还担任了《中华大典·文学典》的主编,为其组织、出版工作付出了大量的心血。同时,程千帆不仅对自己的一生进行了最后的反思和总结,而且在思想学术上还有新的发展,最为显著的就是明确提出了文艺学与文献学相结合的命题,在辩证法之中融入了佛教的缘法理论,体现了不断开放和勇于开拓的精神活力。2000 年 5 月 15 日在《中华大典·文学典》的两个分典的样稿论证会上,程千帆作了最后一次学术发言,两天后突发脑梗塞住院治疗,终因病重医治无效,于 6 月 3 日与世长辞。可谓把最后的生命时光也奉献给了学术工作。

综上所述,千帆诗学的发展历程包括建立期(起步至成熟)、曲折期或过渡期、高峰期(潜行至鼎盛)三个阶段,它不仅在一般诗学方法层面上经历了从考据与批评相结合到文艺学与文献学相结合的发展过程,而且在哲学方法层面上经历了从不自觉地运用辩证思维到自觉地运用辩证法再到融合佛教缘法的发展过程。其间虽然一度受到神学思维模式的影响,但程千帆凭借优秀学术文化传统的有力支撑抵抗住了极"左"政治的压迫,破除了神学思维模式的束缚,并创造性地建构了一般诗学方法与哲学方法相结合的诗学范式。这不仅使得千帆诗学成功地实现了传统文学研究的现代化转型,而且还为我们展示了一个不断超越现实、不断超越自我的艰苦卓绝的进程。

第九章 人能弘道：千帆诗学的文化意义

　　一个作家或学者总是处在某种学术文化传统之中，不可避免地运用着所属学术文化传统的基本思想观念和思维模式，其自觉不自觉的文化观念、文化立场与其创作或研究互相联系，互相作用，难以分割开来。就中国文学和文学研究的历史而言，越是伟大的作家或学者越有文化立场的自觉选择，越会更多地受益于其文化选择之中的根本思想观念和价值系统，佛教之于王维，道家之于李白，儒家之于刘勰、杜甫、韩愈的重要作用都是众所周知的显例。程千帆也同样如此。他在中国社会文化发生历史性巨变，民族意识、文化意识日益强化的背景之下，坚持中国文化的主体性地位，自觉地继承了以天下为己任、知其不可为而为之的儒家精神，一直明确地将个人的学术工作与中华民族的文化建设紧密地联系在一起，表现出强烈的责任感和使命感。而前述千帆诗学的一般诗学方法与哲学方法相结合的二重性的两点论与儒家辩证法、马克思主义辩证法都有着密切关系以及程千帆依据中国学术文化传统破除神学思维模式的束缚等事实，也可证其学术与思想文化是紧密地联系在一起的。所以，已有学者指出程千帆既是 20 世纪中国学术史的一个重要个案，也是思想文化史的一个重要个案。这意味着除了需要从特定的学术视域来认识千帆诗学的特点和价值之外，还有必要从宏观的文化视域来认识千帆诗学的特点和价值，以揭示其中的文化意义。

第一节　以古为新与破旧立新

一、以古为新

以古为新或称稽古为新,①以故为新,②与古为新,③以复古为革新、为解放,④等等,在中国文学和文学研究史上是一种源远流长的发展模式或创新思路,例如宋代诗人普遍提倡"以故为新、以俗为雅",江西诗派的领袖人物黄庭坚又进一步提出了"夺胎换骨、点铁成金"的著名主张以开拓诗歌的新世界,即是以古为新模式的典型表现。⑤不仅如此,这一模式也反映了中国学术文化传统变革创新的整体性特征,海内外学界对此已多有论述。例如杜维明在阐述中国学术文化传统的独特性时说:"中国的传统,若按现代西方的语言来说,就是通过解释来创造哲学,即所谓的'诠释学'的创造。你一定要吸取传统经典的养分,才能发表你突出的观点,你发表你突出的观点,又可以帮助你或其他人对经典的微言大义进行进一步的阐发。这是一种循环,但它不是炒冷饭的循环,而是把视野逐渐开展的循环。"⑥在本书看来,杜维明借用西学术语所说的"诠释学的创造",如用中国已有的成语来表述也就是以古为新。根据这一模式的历史发展轨迹,可以概括出五层涵义:第一,以古为新的本质属性不是因循守旧而是变革创新。这是因为继承传统的"以古"虽然是必要的基础、手段,但改革现实的"为新"才是根本的任务、目的。第二,以古为新的基本原则不是激进地否定传统、扫除传统,也不

---

① 《开元三年册皇太子赦》,宋敏求编《唐大诏令集》卷二十九,中华书局2003年版,第103页。

② 苏轼《题柳子厚诗》,《苏轼文集》卷六十七,中华书局1986年版,第2109页。

③ 《二十四诗品·纤秾》。

④ 梁启超著《清代学术概论》,上海古籍出版社1998年版,第7页。

⑤ 参看莫砺锋著《江西诗派研究》,齐鲁出版社1986年版。

⑥ 《一阳来复》,陈引驰编,上海文艺出版社1997年版,第421—422页。

是保守地重复传统、固化传统，而是承前启后、继往开来。第三，以古为新的主要特点不是强调排斥、破坏固有的文化资源，而是强调继承、利用固有的文化资源，所以它不是突出消极的否定性、决裂性和破坏性而是突出积极的肯定性、传承性和建设性。第四，以古为新的心理结构不是偏激的情感战胜冷静的理智，而是理智与情感和谐统一。所以，它一方面蕴含着对于传统的深厚感情，另一方面也蕴含着对于传统的清醒认识和选择。既非激进的全盘西化，也非简单的唯古是从。第五，以古为新的结果不是使传统衰落、消亡，而是使传统焕发生机，以崭新的面貌不断向前发展延续。尽管传统的一次次蜕变、升华并不可能完美无缺，但却呈现出"永远地古老，永远地新颖"的巨大生命力和不平凡的气象。①

以古为新的模式在实质上反映了中与外、新与旧、古与今、传统与现代、继承与创新之间互相渗透、互相支持的辩证关系，是前述阴阳合一的世界观及其侧重于两是类阴阳交融互补的价值观的忠实体现，与儒家的以中和为核心的中庸之道相一致。所以，中国古人在理论上对于以古为新的发展模式给予了充分的肯定并在实践上充分发挥了它的积极作用。例如在轴心时代的四大文明古国中，中国"哲学的突破"表现得最不激烈，最为保守，最为温和。② 而这一特点在儒学的创建和发展中表现得尤为典型。孔子以克己复礼的方式树立其社会理想，以述而不作、温故而知新的方式创建儒家学派，使得以往的思想文化遗产得以总结、弘扬，从而被誉为集大成，为以古为新的模式树立了典范。此后的儒学发展皆遵循着这一模式，无论是汉唐之儒的经史文学、宋明之儒的理学道统，还是清代之儒的考据之学，都是在祖述传统的基础上发展创新。这种代代传承又与时俱进的情形，就为以古为新提供了特别丰富的资源，并使之成为中国学术文化传统的一个悠久而显著的特点。

二、 破旧立新

近代以来的西学东渐是一个玉石杂陈、泥沙俱下的过程，自然引发了中西文化的激烈冲突。不仅如此，在庸俗进化论、历史决定论、社会达尔文主义、西方中心主义等

---

① 参看余英时《士与中国文化新版序》，《士与中国文化》，上海人民出版社 2003 年版。

② 参看余英时《古代知识阶层的兴起和发展》、《道统与政统之间》，两文皆见《士与中国文化》。

思想的交互影响之下,激进的反传统思潮迅速兴起并长期占据了主导的地位。在这种状况下,对于中国社会文化的现代化转型形成了一种破旧立新的发展模式或创新思路,简而言之就是:把西方文化视为新,把中国传统视为旧,而新为优,旧为劣,新旧之间不可两立共容,所以要以西方文化为唯一、至上的标准,彻底地扫除历史悠久的中国传统,以建立一个全新的西方化的现代秩序。①

破旧立新的模式萌生于太平天国运动之中,它不仅要推翻满清王朝,还要用基督教扫除儒释道等传统文化。随后,这一模式在辛亥革命、五四新文化运动、"文化大革命"以及1980年代的文化热当中高潮迭起,显示了广泛而长久的影响力。

从这一模式的历史进程和具体表现之中可见其以下两个显著的特点。

第一,破坏性居于主导的地位。

在理论上,不同时期的破旧立新模式的代表性人物虽然都树立着美好的目标,但由于持唯我独尊、强人从己的立场和态度,故特别强调破坏的意义,大力宣扬破坏原有的权威——旧传统。五四新文化运动时期,陈独秀同意前述汪叔潜的意见(详见第五章),把西方文化视为新方法,把中国传统视为旧方法,并把它们截然对立起来,否定了两者之间互补互济的可能性:"新旧两种法子好像水火冰炭,断然不能相容;要想两样并行,必至弄得非牛非马,一样不成。"②同时,陈独秀也断定新方法为优,旧方法为劣,于是就偏执西方文化的一端,把破坏中国传统作为建立新文化的必要条件。如他在《本志罪案之答辩书》中说:"要拥护那德先生,便不得不反对孔教、礼法、贞节、旧伦理、旧政治;要拥护那赛先生,便不得不反对旧艺术、旧宗教;要拥护德先生又要拥护赛先生,便不得不反对国粹和旧文学。"③这样就把破坏旧传统作为建立新文化的必然前提,而不是程序上、时间上的或然在先。所以,陈独秀大力宣扬破坏,其《偶像破坏论》一文提出,凡是无用而受人尊重之物,如泥塑木雕,一切宗教,一切宗教家所尊重的崇拜的神佛仙鬼,君主、国家,世界上男子所受的一切勋位荣

---

① 参看余英时《钱穆与新儒家》,《钱穆与中国文化》,上海远东出版社1994年版。

② 《今日中国之政治问题》,原刊《新青年》1918年第5卷第1号,见《独秀文存》,安徽人民出版社1987年版,第152—153页。

③ 原刊《新青年》1919年第6卷第1号,见《独秀文存》,第242—243页。

典，中国女子的节孝牌坊都是废物，都算是偶像，都应该破坏。这篇文章约 1000 字，破坏一词在每一节都作为表达其主题思想的关键词，共用了 14 次，其中最后一节开头呼喊口号，又接连重复了 3 次："破坏！破坏偶像！破坏虚伪的偶像！"①可见其强调破坏的情绪之激烈。

1916 年陈独秀在《宪法与孔教》一文中主张废除在他看来与西洋式的新社会新国家新信仰不可相容之孔教时，曾借用韩愈《原道》中的话说："不塞不流，不止不行。"②1940 年领导新民主主义革命的毛泽东在《新民主主义论》中提出除了要进行政治、经济上的革命之外，还要进行文化革命，通过打倒帝国主义和半封建文化来建立新文化时说："不破不立，不塞不流，不止不行，它们之间是生死斗争。"③也像陈独秀那样借用了韩愈的话，并在这两句话之前增加了"不破不立"，在把新与旧截然对立的同时，又突出了破的绝对必要性和逻辑上的在先。1966 年标志着"文化大革命"开端的《五一六通知》所引用的毛泽东的一段著名的话更鲜明地强调了破坏的意义："不破不立。破就是批判，就是革命。破，就要讲道理，讲道理就是立。破字当头，立也就在其中了。"④这段话把破定性为神圣的革命而赋予其绝对的价值，并把立归属到破的范畴之内，成为破的依附之物，所以要求破字当头，对于破的强调达到了前所未有的程度。显然，这是与毛泽东侧重于对抗性矛盾、夸大斗争作用的斗争哲学是相一致的。

在实践上，破旧立新的模式也是以破坏为主要特征的。太平天国地域有限、时间短促，其破坏性未能彻底暴露，但其所到之处焚书毁庙，其破坏性之大已令人触目惊心。五四新文化运动时期，激进的新派虽然树立了民主、科学的两大目标，但对于民主、科学的理解肤浅、模糊、似是而非之处甚多，似乎民主就是群众运动，科学则可以万

---

① 该文原刊《新青年》1918 年第 5 卷第 3 号，见《独秀文存》，第 154—156 页。
② 该文原刊《新青年》1916 年第 2 卷第 3 号，见《独秀文存》，第 79 页。
③ 《毛泽东选集》第 2 卷，人民出版社 1991 年版，第 695 页。
④ 《人民日报》1966 年 5 月 16 日。

能，尚不及近代以来郭嵩焘、王韬、薛福成、黄遵宪、端方、沈学①等人了解和介绍西方民主制度、民主程序之真切、深入，也没有认真进行过像 1900 年 7 月上海举行的中国议会选举议会会长以及 1911 年 11 月清廷资政院选举内阁总理那样较大规模的无记名投票选举实践。所以，民主、科学固然是现代化转型的应有目标，但在激进的新派那里，民主、科学只是漂亮而空泛的口号，难以在实践中贯彻落实，有所建树，故在实践上破旧立新的侧重点也只能放在破坏传统的上面。

随着极"左"思潮、极"左"政治的日趋泛滥，破旧立新模式的破坏性得以彻底暴露。1950 年代中期以后的"大跃进"、大炼钢铁、人民公社，等等所谓比起孔夫子的经书来不知道要好过多少倍，甚至超过马克思的立新，②这些做法本身就极具破坏性，"文化大革命"的"破四旧立四新"更是将破坏性发挥到极致。我们看到，《五一六通知》发布不久，1966 年 6 月 1 日《人民日报》发表了社论《横扫一切牛鬼蛇神》，提出"无产阶级文化大革命"是要彻底破除几千年来一切剥削阶级所造成的毒害人民的旧思想、旧文化、旧风俗、旧习惯，在广大人民群众中创造和形成崭新的无产阶级的新思想、新文化、新风俗、新习惯。同年 8 月 1 日—12 日召开的中共八届一中全会通过了《关于无产阶级文化大革命的决定》（即《十六条》），其第一条即提出："用无产阶级自己的新思想、新文化、新风俗、新习惯来改变整个社会的精神面貌。"这样就在全国范围内掀起了声势浩大的"破四旧立四新"的浪潮，导致难以计数的家庭被抄家，难以计数的图书被焚烧，难以计数的文物被破坏，让人再次看到破旧立新模式的破坏性之烈。

第二，具有专制主义的性质。

中国社会文化的现代化转型不可能完全脱离传统，它既要否定、舍弃一部分文化传统，也要肯定和继承一部分文化传统，而由于以反孔反儒为主要标志的激进的反传

---

① 郭嵩焘、王韬、薛福成、黄遵宪、端方等人乃近代史著名人士，兹不赘述，而沈学在学界少有人知，略作介绍如下：沈学（1873—1900）字曲庄，江苏吴县人，就读上海圣约翰学堂，专攻医学，精通英文，曾撰《盛世元音》，1896 年刊于《时务报》，梁启超为之作序，是中国近代以来第一代语言文字改革先驱。1897 年于澳门《知新报》刊出《侠会章程》七十款，借鉴基督教青年会的组织运作方式，首次引进了票选程序，对提案程序、选举程序、投票表决、多数议决等会议规则和程序皆有明确规定，可见沈氏之熟谙民主体制。（参看王尔敏《近代科学与民主先驱沈学之短促生命光华》，《近代经史小儒》，广西师范大学出版社 2008 年版，第 402—431 页）

② 参看《毛泽东选集》，第 5 卷，第 257 页。

统思潮迅速占据主导地位，在破旧立新的过程中就导致了自觉不自觉地对主要体现于儒学道统之中的制约专制传统的舍弃，以及对主要体现于皇权治统那里的根深蒂固的专制传统的继承。

五四新文化运动时期陈独秀深感在共和国体之下备受专制政治之痛苦，并反对罢黜百家独尊孔氏的思想专制，但其反对文言文提倡白话文、反对旧文学提倡新文学的方式是"必不容反对者有讨论之余地，必以吾辈所主张者为绝对之是，而不容他人之匡正也"。① 这种言论专制虽然与政治专制不同，但不能不说它同样体现了唯我独尊、强人同己的专制主义倾向。当时即有学者指出其中的专制主义问题，例如 1919 年顾颉刚在《中国近来学术思想界的变迁观》一文中谈到新旧的争执时，针对陈独秀等人的反对礼教还要打倒孔子的主张提出应认真考虑精密适宜的人生观，而不须用不塞不流、不止不行的专制手段。② 再如 1921 年朱谦之致陈独秀信也批评陈独秀主张在政治上教育上施行严格的干涉主义，造成开明专制的局面是"新式的段祺瑞，未来的专制魔王"。③ 周作人对新文化运动之中的专制主义也有反思，例如 1924 年他在《中国戏剧的三条路》中说："我相信趣味不会平等，艺术不能统一。使新剧去迎合群众与使旧剧来附和新潮，都是致命的方剂，走不通的死路。我们平常不承认什么正宗或统一，但是无形中总不免还有这样的思想。近来讲到文艺，必定反对贵族的而提倡平民的，便是一个明证。"④但这些批评、反思皆未能引起应有的重视，自然也不能起到从根本上扭转局势的作用。

"文化大革命"的破旧立新运用国家权力对于异己者实行了严酷的专政，更加明确地体现了专制主义的性质。我们看到，以毛泽东的不破不立的观点为据，《五一六通知》认为此前印发的《文化革命五人小组关于当前学术讨论的汇报提纲》（即《二月提纲》）所说的"没有立，就不可能达到真正、彻底的破"，"实际上是对资产阶级的思想不准破，对无产阶级的思想不准立，是同毛泽东的思想针锋相对的，是同文化战线上大破

---

① 陈独秀《再答胡适之》，原刊《新青年》1917 年第 3 卷第 3 号，见《独秀文存》，第 689 页。

② 《中国哲学》第 11 辑，人民出版社 1984 年版。

③ 《独秀文存》，第 830 页。

④ 该文原刊《东方杂志》1924 年第 21 卷第 2 号，见《周作人散文全集》，第 3 卷，钟叔河编订，广西师范大学出版社 2009 年版。参看王元化著《九十年代日记》，浙江人民出版社 2001 年版，第 451—452 页。

资产阶级意识形态的革命斗争背道而驰的,是不准无产阶级革命"。①既然强调不立不破的观点有如此严重的政治问题,负责制定《二月提纲》的彭真、陆定一、周扬等人,就被纳入党内资产阶级的代表人物、反革命的修正主义分子之列,很快就被逮捕入狱,即使是一贯遵循毛泽东指示的吴冷西因为参与其中也入狱数年,未能幸免。《二月提纲》的主要执笔人之一,中宣部副部长姚溱则被迫自杀身亡。在极"左"政治的统治下破旧立新模式压制不同思想之严酷由此可见一斑。

三、 程千帆对于以古为新模式的自觉选择

在破旧立新模式长期居于主导地位的思想潮流中,也有一些学者一直自觉地坚持中国文化的主体性地位,否定了激进的反传统思潮的破旧立新模式而针锋相对地选择了源自学术文化传统的以古为新的模式。② 程千帆就是其中特别突出的一位。

民国时期的程千帆已以中国文学为据反对破旧立新而肯定以古为新。1940 年在金陵大学文学院任教的程千帆参与创办了《斯文》杂志,其《卷头语》除批评偏重考据的时弊之外,还批评了趋新骛奇的时弊:"苟不经见,便为新颖;苟觉新颖,便是真理。"③这也就是破旧立新模式的表现。1943 年程千帆在《论今日大学中文系教学之蔽》一文又正面肯定了以古为新:"不习旧体,即无法创变新体。盖文学自有其历史之继续性,初期之词人多工诗,初期之曲家多工词,则其明证。惟如是,乃能蜕旧生新。学术自有源流,抽刀安能断水。"④可见程千帆强调了新旧之间的共通性,并把传承作为创新的必要条件。

共和国时期,如前所述,程千帆即使在接受思想改造、受到神学思维模式影响的时候,也没有改变其文化立场;而在"反右"运动之中经历了从神学思维模式到辩证法的转变之后,程千帆更加自觉而坚定地持守着以中和为核心的中庸之道,辩证地对待古与今、新与旧、中与西的关系。所以,他对于以古为新的选择在以文学史为依据的同时

---

① 1966 年 5 月 16 日《人民日报》。

② 参看陈雪虎《章太炎文论:"以复古为革新"》,《文艺研究》2004 年第 4 期。

③ 《斯文》,1940 年第 1 卷第 1 期。

④ 《斯文》,1943 年第 3 卷第 3 期。

又增加了哲学层面的辩证法依据。例如程千帆晚年谈到唐诗的繁荣时说："经过了长期实践，《诗序》之所谓比兴到唐人已与寄托联系起来，它包含了诗的艺术技巧与社会功能两个方面，在复古中孕育创新。诗人们将复古与创新结合起来，使诗歌传统中各种对立统一的因素达到新的融合，才带来诗史上辉煌灿烂的大唐风采。"①关于宋诗的创新发展，程千帆也认为到了宋代，才在创作实践中解决了以文字、议论、才学为诗，也可以写出很好的作品的问题。而这正是通过以故为新的方式来实现的。所以，程千帆赞成宋诗的代表人物苏轼、黄庭坚的以故为新的主张，并认为袁枚标举"吐故汲新"的《续诗品·著我》一诗（"不学古人，法无一可；竟似古人，何处著我？字字古有，言言古无；吐故汲新，其庶几乎！"）具体地说明了文学创作的继承与创新的辩证关系。②

因此，程千帆对于当代的文学研究明确地提出了以古为新的要求。例如 1984 年程千帆在《对于唐代文学研究的五点意见》中希望"恢复古代诗文评家直接研究创作而从中抽象出诗人和作家的文学思想、艺术手段以及他们在这些方面所认识的客观规律的优良传统。不要只从作家对文学问题的个别的表白以及古代诗文评家现成的言论中去讨生活"，并明确地说："我们研究唐代文论，也只有用这一条'以复古为革新'的方法，才能闯出自己的新路子来。"③这一主张是程千帆提出的古代文学理论研究的两条腿走路方针的具体体现，可见以古为新不限于研究唐代文论，而是研究中国文学的一般性原则。

值得注意的是，其他学者也指出了千帆诗学以古为新的特点。例如 1991 年 5 月 26 日钱锺书致程千帆信有云："顷由振甫先生转来尊著多种，真积力久，与古为新，感喜之至。"④所指出的千帆诗学成果的主要特色之一就是与古为新。与古为新出自托名于司空图的《二十四诗品·纤秾》："若将不尽，与古为新。"其意近于"永远地古老，永远地新颖"，可见是与以古为新相一致的。

验之以千帆诗学的具体成果，可证程千帆的主张与实践的统一。就其哲学方法与

---

① 《俭腹抄》，上海文艺出版社 1998 年版，第 63 页。
② 《读宋诗随笔·前言》，《程千帆全集》第 11 卷，第 383 页。
③ 《治学小言》，齐鲁书社 1986 年版，第 127—128 页。
④ 《程千帆沈祖棻学记》，贵州人民出版社 1997 年版，第 201 页。

一般诗学方法相结合的二重性的两点论而言,它是在文史哲相综合的传统方法之上的发展创新,其中所包含的种种狭义两点论命题也都渊源有自。例如文艺学与文献学相结合的方法体现了义理、考据、辞章完美结合的追求,可谓是清代汉宋调和论的现代发展;再如既要研究古代的文学理论又要研究古代文学的理论的"两条腿走路"方针中的每一方面都树立着古人的榜样;再如形象思维与逻辑思维相结合则与传统的知能并重、知行合一相一致。由此可见以古为新的发展模式贯通于千帆诗学的具体方法之中,这既是两点论的二重性的忠实体现,也是坚持中国文化主体性的文化立场的忠实体现。

第二节　以古为新在千帆诗学中的主要表现形式

是否肯定以古为新主要是一个认识问题,而如何以古为新主要是一个实践问题,前者的价值只有通过后者的具体运用才能得到最终的检验。千帆诗学为此提供了一个典型的样本,并体现了独特的学术个性。在千帆诗学中,以古为新的模式有着丰富多彩而卓有成效的表现形式,可以概括为以下五个方面。

一、以继承传统的方式奠定学术基本功

所谓基本功是指从事某种活动的最为基本的知识和技能,通常人们将它与特长相对应,但那些最能克敌制胜、凸显自我优势的特长其实就是基本功当中最为主要的方面。就学术研究而言,基本功是任何创新发明都不可或缺的基础和前提,决定着一个学者在学术上能够达到的高度。如果基本功全面、扎实,将终身受用,大有作为;如果基本功残缺、粗陋,则将一生受制,难有作为。因此,学术基本功的训练是每一位学者都必须高度重视、全力以赴的大事。

程千帆在《关于知识爆炸与基本功的对话》中认为,做学问的基本功至少包括以下

四个方面：一是具有其所研究的这门科学的基础知识，二是占有其所研究的这门科学的基本材料，三是通晓研究这门科学的基本手段，四是熟习对这门科学进行研究时的基本操作规程。① 就有着悠久历史的中国文学研究而言，基础知识主要是依靠长期学习积累而形成的；基本材料虽有新旧之分，例如新出土的文物、新发现的域外汉籍等材料是以往未曾得知的，但主要的材料仍然是已知的遗产；基本手段和基本操作程序也有新旧之分，但主要的方面仍然是得之于一代又一代人的经验和研究。所以，程千帆归纳的这四项基本功的主要方面都包含在学术传统之内。因此，学术基本功的训练没有什么捷径可走，只能是从继承以往的学术传统开始。如果轻视、舍弃以往的学术传统，从零开始或另起炉灶的方式只能意味着起点和效率的低下。当然，基本功本身也是不断变化的，新的基本功总会出现，基本功的结构也会作相应的调整，但新的基本功的产生往往不是毫无凭借，而是建立在对旧的基本功的革新、改造基础之上的。同时，新的基本功的出现，一般是局部的、个别的，虽然它可能取代某一陈旧的方面，甚至占据主要的地位，但也不可能完全取代旧的基本功的全体。此外，基本功的形成和成熟既需要某个特殊阶段的集中学习和训练，又需要长期的磨炼和不断的完善，不是短期突击就可以一次性完成的。因此，继承以往的学术传统也就是一个持续不断的过程。

　　基本功还有难易之分，高低之别，谁学习和继承了其中最高级和最尖端的方面，谁就会有一个良好的起点，在竞争和创新中占据有利的地位。就程千帆的学术历程而言，他在私塾阶段以及中学、大学阶段接受了众多名师的严格训练，他所继承的学术传统恰恰能够代表着中国学术的前沿水平。如果将程千帆青少年时期的学习内容和他以后所取得的各项成就作一比照的话，我们就会清晰地看到，程千帆在诗学、史学、校雠学以及诗文创作多方面的成果基本上是与其青少年所学一一对应的；他的成功之处和富有特色的地方，都与求学阶段的学习和训练有着密切的联系。同时，他不擅长于音韵学、训诂学，对佛教了解较少的情况也与其青少年时期的学习紧密相关。所以，我们不难推想，如果没有青少年时期奠定的良好基础，那么，程千帆即使在"反右"运动之后走到极"左"政治的对立面，破除了神学思维模式的束缚，在晚年又获得了特殊的机遇，也仍然难以达到博通而专精的学术境界。

　　① 《程千帆沈祖棻学记》，第62页。

二、 以温故而知新的方式弘扬传统

"温故而知新"(《论语·为政》),孔子的这句名言代表着儒学的一个著名传统,在文学史上也有着坚实的依据。根据莫砺锋的研究,宋诗的独创性正是建立在对杜甫诗歌艺术的新发现的基础之上的,因为对杜甫晚期今体诗开拓诗境,更新平仄、对仗手段,朴实无华、疏宕之中自饶浑厚之风格等方面的诗艺创新的新发现,为宋诗的主要代表苏轼、黄庭坚、陈师道等人矫正今体诗题材、格律和艺术手法等方面的流弊,以另辟蹊径再攀高峰提供了有益的启迪。① 上述认识是莫砺锋的独立发明,也是程千帆与弟子们教学相长的结果,可谓体现了程门师生的共识。因此,程千帆对温故而知新有着高度的认同。在他看来,"传统的魅力在于不断能从古老的东西中发现新的,与现代相合的东西。万古常新,既是万古,又是常新"。② 这句话高度肯定了传统的价值,而传统的价值是通过温故而知新的方式才得以呈现的。

千帆诗学的具体实践也体现了温故而知新的特点。例如民国时期程千帆积极运用考据与批评相结合的方法以克服当时文学研究或偏重考据陷于烦琐,或偏重批评流于空洞的弊端,沈祖棻已指出这一方法是对刘勰的文学史和文学理论研究方法的继承。对此可作补充的是,在千帆诗学中,考据与批评相结合的方法以及后来的文艺学与文献学相结合的方法,也是建立在对清儒文学研究成果的新发现之上的。众所周知,清代考据学兴盛发达,超迈前代,但程千帆却发现清儒的文学研究成果也有类似后代的理论性的学术论文,不仅仅是考据。例如他发现"乾隆时期,在翁覃溪的《复初斋文集》中就有《神韵论》这样的论文,上中下三篇。比翁更早一点的是康熙时期的叶星期,他的《原诗》也已经抽象历史事实,形成自己的观点,约略相当于我们现在的文学论文或文艺学论文"。③ 程千帆还发现,在文学以外,某些学者的论文也有类似情况。例如他指出:"我很注意俞正燮《癸巳类稿》和《癸巳存稿》里面的一些单篇论文,它们已是

---

① 参看《老去诗篇浑漫与——论杜甫晚期今体诗的特点及其对宋人的影响》,《唐宋诗歌论集》,凤凰出版社 2007 年版。

② 《程千帆全集》第 15 卷,河北教育出版社 2000 年版,第 136 页。

③ 程章灿整理《老学者的心声——程千帆先生访谈录》,《程千帆沈祖棻学记》,第 97 页。

根据大量材料抽象出来的，只是范围比较窄一些。"①显然，程千帆积极运用的考据与批评相结合的方法以及后来首倡的文艺学与文献学相结合的方法既是对刘勰文学研究方法的继承，也是对清儒研究方法的新发现。

三、 以模拟的方式向古人学习并与古人竞赛

模拟的本质原是向前人或他人学习，而学习是创新的基础，善于学习并不妨碍创新反而有助于创新。众所周知，汉代扬雄有众多著名的模拟之作，因而被后人称为模拟大师。根据新近的研究成果可知，扬雄模拟的赋作创新成分较诸前有所承者占的比例为高；②其模拟理论中的崇学问、重雕琢、反浅薄的倾向，也是力求推陈出新、出类拔萃的表现，与王充所强调的创新、难为并不矛盾。所以，通过模拟而创新也是以古为新的一种有效方式。

对于继承与创新或模仿与创造，中国古人已有辩证的认识。在文学理论上，具有代表性的是刘勰自述其方法时所提出的观点："及其品列成文，有同乎旧谈者，非雷同也，势自不可异也；有异乎前论者，非苟异也，理自不可同也。同之与异，不屑古今，擘肌分理，唯务折衷。"(《文心雕龙·序志》)这种"同之与异，不屑古今，擘肌分理，唯务折衷"的观点一直居于中国古代诗文评的主导地位，有着深远的影响。所以，在文学创作和文学研究上，重视继承、善于模拟是中国学术文化传统的一个显著特色。但近代以来，很多学者将模拟与创新截然对立起来，而其反对模拟，往往只是反对模拟古人而不反对模拟西人，实际上是破旧立新模式的表现。程千帆与此相反，他固然支持肯定创新的祈向，但也反对否定模拟的偏见。民国时期，程千帆即肯定了模拟的意义，他在《文论要诠》中专列《模拟》一章讨论文学作品的模拟与创造，在按语中从三个方面分析了模拟的必要性和必然性。第一，在学习的程度上，程千帆认为模拟是初学之始基，创造是成学之盛业；初学而不事模拟则不得其门而入。同时，何时尚是初学，何时已自名家，虽在作者亦难臆断，陆机、韩愈在成名以后也仍有拟古之作，应当深思。第二，在事

---

① 《程千帆沈祖棻学记》，第97页。

② 参看《扬雄赋析论拾余》，朱晓海著《汉赋史略新证》，陕西人民出版社 2004 年版，第 242—293 页。

理的异同上,程千帆继承了刘勰的观点,并引据黄侃"古人之文,有能变者,有不能变者;有须因袭者,有不可因袭者,在人斟酌用之"之说,认为古今事理相同者虽欲创造而不可;古今事理相异者虽欲模拟而无从,故不可执一而行。第三,在模拟与创造的界说上,程千帆认为在一般情况下,人们以近作与古作相较而第其心貌之离合,合多离少为模拟,合少离多为创造,所以,模拟与创造之分非绝对之论。同时,文化有持续,思想有连类,任何文学作品都不能不受前人之影响,自亦不免与后人以影响。被称作模拟者,是因为其承受之迹显而易见;被称作创造者,则是因为其因袭之况隐而难知而已。①在晚年,程千帆除指出拟古和模仿是必要的学习手段,任何有才能而不脱离生活的作家最终都会从模仿中走出来之外,还同意弟子蒋寅提出的拟古含有竞争心理的观点,指出拟古是出于崇敬古人,要与之竞赛的善良愿望,它正是文学发展的动力之一。②

在自己的诗文创作和学术研究上,程千帆也体现了通过模拟而创新的特点。例如《甲申九月,钞顺德、蕲春两黄先生咏怀诗注成,偶效其体》、《意有未尽,复拟曹尧宾小游仙体》、《破角诗一首,效梅宛陵体》等诗都明言是仿效之作,同时又自抒情志,非与前人雷同。在人才培养和学术研究上,前述程千帆借鉴曾国藩强调的"勤谦"二字和经世致用的礼学思想而提出"敬业、乐群,勤奋、谦虚"的学训,《古典诗歌描写与结构中的一与多》一文模仿曾国藩《送周荇农南归序》开篇思路而在诗学上独抒己见,以及模仿黄侃《文选平点》的形式撰《杜诗镜诠批抄》,模仿李冰若的词话著作《栩庄漫记》的形式撰《宋诗精选》(《读宋诗随笔》),同样也是脱胎换骨、其义自出,这些都是通过模拟而创新的显例,从中也可见其形式的灵活、多样。

四、 以恢复传统的方式匡正时弊

破旧立新模式认为只有以前没有的才是新的,以前有过的就是旧的,实属幼稚、狭隘之见。旧方法虽然早已有之,但并非一定意味着陈旧、落后。只要在实践上仍然可

---

① 参看《文论要诠》,开明书店1948年版,第115—128页。

② 参看《程千帆全集》第15卷,第115—116页。徐复观在1970年代撰写的《扬雄论究》一文中针对扬雄模拟之作已提出相近的观点:"这并不是他的才力不够,必须依傍模仿,而是要在各类著作之中,选定居于第一位的目标,与古人相角逐。这正是好奇、好博、好胜的综合表现。"(《两汉思想史》第2卷,华东师范大学出版社2001年版,第286页)可以参照。

行有效,也就会为今人继续运用,从而具有常用常新的意义。例如中国古代诗文评的许多富有特色的思想原则和研究方法,如知能并重、知人论世、以意逆志、追溯源流,等等,在今天仍然是卓有成效的方法,虽然它们有着不断完善的余地,但至今没有什么更先进的东西可以取而代之。所以,今天的学者仍然运用着它们,它们也就具有了常用常新的意义。

不同时代有不同的学术风气,即使是一种富有生气的创造性的学术风气发展到晚期,也会出现种种难以克服的流弊,无可奈何地衰落下去。而近代以来破旧立新的模式着力于破坏旧传统,不仅缺乏建树,而且稗贩西说、生搬硬套、穿凿附会等弊端层出不穷;而在极"左"思潮、极"左"政治泛滥之时,学术又沦为权力的附庸、统治思想的工具,导致假大空的恶劣学风而失去其本性。在上述情况之下,仅仅借助所知甚浅的西学不足以匡正时弊,而实现学术创新和发展的突破口恰恰在于拨乱反正,即继承和发扬优秀学术文化传统,从前人那里获取宝贵的精神资源,通过重新运用那些早已有之但仍然卓有成效的方法而消除学术弊端,纠正学术风气,从而获得新生。所以,以恢复传统的方式来匡正时弊也是以古为新的一种重要形式。

程千帆否定激进的反传统思潮的破旧立新的模式而坚持中国学术文化传统的以古为新的模式,这一选择本身就是通过恢复传统的方式来匡正时弊。同时,在其他方面也有诸多突出的表现。如前所述,在千帆诗学的两点论中,在哲学方法的层面上,程千帆针对侧重于是非类矛盾、夸大斗争作用的斗争哲学而持守着以中和为核心的中庸之道。在一般诗学方法的层面上,他针对中国文学理论批评史研究脱离文学创作实际的弊端,提出两条腿走路的方针,主张恢复古人直接从文学作品中提炼出理论来的方法;针对文学研究或忽视理论批评,或忽视文献工作的偏执一端,借鉴清儒义理、考据、辞章相统一的主张提出文艺学与文献学相结合的观点;针对现代很多文学研究者不愿创作、不会创作的情况,一再强调知能并重传统的重要性。这些方法都既是对学术传统的继承和发扬,又是针对时弊的拨乱反正,具有承前启后、继往开来的积极作用。

当然,任何文化传统都是既有精华也有糟粕,而程千帆高度重视用以判断和选择最好最合适事例和道理的判断力,把它与思维能力区分开来,作为创造力的因素,[①]所

---

① 程千帆、巩本栋《贵在创新——关于学术论文写作的问答》,《程千帆沈祖棻学记》,第126页。

以他既要求学习外来文化中真正有价值的东西,也对中国文化传统有着自觉的区分和严格的选择,在反对西方中心主义的同时,并没有偏执极端的民族主义或绝对的文化相对主义的立场。如前所述,程千帆接受了家学和师承的影响,尊崇孔子开创私学的传统,所以一直注重官学与私学之分,并坚持私学立场(详见第四章)。因此,程千帆以恢复传统的方式匡正时弊是追求学术民间化的复兴,而不是学术官方化的复辟。它真正体现了独立、自由的精神,符合科学发展的规律,自然具有旺盛的生命力,能够推动学术事业的健康发展。

五、 以西学中化的方式学习吸收西学新知

在西学东渐的时代背景之下,以古为新并非只是如何对待传统的问题,它还是如何处理中学西学关系的问题。其原因在于:第一,任何一种学术文化传统无论如何优秀,其内容与功能总是有限度的,它的发明创造不可能囊括人类文明的全部精华,总有某些事物是其从未发明创造出来的;同时,任何一种学术文化传统无论其历史如何悠久,遗产如何丰富,也总是不能完全满足解决现实问题的需要,传统总是须用可用但不够用。所以任何一种学术文化传统要不断发展壮大,保持活泼的生命力,就必须向其他文化开放、学习,并根据社会文化的演变而变革、创新。第二,如前所述,中国的阴阳合一的世界观及其崇尚中和的价值观恰恰要求高度的开放性、融合性(参看第五章),中国历史也让我们看到,源远流长的中国学术文化传统正是通过不断学习吸收异族文化、外来文化而得到丰富和发展的。所以,如果遵守以古为新的原则,就必然要以开放的态度积极学习吸收外来的文化。

程千帆在一生的学术历程之中首重中国传统,同时也一直积极地学习吸收西学新知。他在民国时期的中学和大学阶段已学习了物理、化学等自然科学和逻辑学、文学理论等人文社会科学的西学知识;共和国时期,他除了学习马克思主义理论之外,还学习了黑格尔的《美学》和莱辛的《拉奥孔》、《歌德谈话录》等西方美学和文学理论论著;即使在再次退休之后,仍然高度关注着包括西方汉学在内的各种西学新成果。这样的学习经历足以说明程千帆对于西学的开放态度。不仅如此,在积极学习吸收西学新知的过程中,程千帆还体现了鲜明的特色,简而言之,即西学中化。

程千帆处理中学与西学关系的基本原则和目标是:"我们既不能抛掉传统,又不能

排除新东西，都要有，然后形成既是中国的，又是现代的，更切合实际或更合理的一种方法。"①这也就是说，学习吸收西学新知不是要以之取代中国的学术文化传统，而是在学习吸收的过程中，将中西文化相结合，通过融入中国学术文化传统固有的因素对西学新知加以改造、创新而使之中国化，从而促进中国学术文化的更新发展（参看第六章）。所以，以西学中化的方式学习吸收西学新知也是以古为新的一种方式。

在千帆诗学的具体实践中，这种以西学中化的方式学习吸收新学新知的方式也有充分的体现。如前所述，程千帆在学习马克思主义哲学的过程中，把辩证唯物主义理解为中国哲学的实事求是和一分为二，在接受对立统一规律时又贯彻了儒家辩证法强调中和的原则而不是强调斗争的原则，这样就在诗学方法论上既破除了神学思维模式，又上升到哲学的层面，对创建一般诗学方法与哲学方法相结合的二重性的两点论起到了关键的作用。再如程千帆特别强调对于作品的具体分析，认为通过具体化的分析而理解作品的艺术本质、深入作者的内心世界是高水平的文学研究的主要标志。所以，他注重学习外国学者对于文学作品进行具体分析的方法，曾将《世界文学》（原名《译文》）杂志中的外国学者的作家作品论与相关的作品仔细对照阅读，通过这种方式认真学习外国学者对于文学作品的具体分析方法，并将它们运用到具体的诗学实践之中。而在运用这些具体分析方法的过程中，程千帆又融入了中国学术文化传统的因素而使之富有中国特色。例如他在《相同的题材与不相同的主题、形象、风格》一文中对陶渊明、王维、韩愈、王安石的四首桃源诗从多个方面做了比较分析，其中在形象的比较分析上，指出陶诗是写传说中被隔绝的人间景象，对人民生活的具体描写是最主要的部分；而王诗是写神仙世界，陶诗中的这一类描写全部消失，一方面有关世俗生活的描写有所删除，另一方面有关仙源景色的描写就有所增加，陶诗中所写桑竹菽稷等经济植物到王诗中也被花竹松等观赏植物代替了；韩诗也写仙境，同时暗示此境并不存在，对图画中的景象做了化实为虚的铺张；王诗则几乎全无景物铺陈但以议论见长，显示了诗人自己崇高的形象。在这些具体、详细的比较分析中，程千帆抓住种种矛盾深化认识，还表达了反对机械地将形象思维与抽象思维，描写与叙述、议论，含蓄与刻露的区分绝对化、割裂开来的观点。这样的分析研究，既体现了运用现代文学理论进行

① 《程千帆全集》第15卷，第141页。

具体分析的特点,也体现了中国辩证思维模式的鲜明特色。

在程千帆看来,章太炎、王国维、陈寅恪及其后一辈的朱光潜、王元化等人把传统的文学文化与外来的文学文化相渗透、相结合,在文献学、文学历史或文艺美学的研究方面与前人相比都有整体性的新突破,可谓是西学中化的代表。程千帆本人在中国诗学上同样取得了这种整体性的新突破,已跻身于这些具有代表性的学者行列之中。

第三节 程千帆人格上的和而不同

在近代以来社会规范残缺、含混、变化多端或激烈冲突的情境之下,我们不仅看到学术上的失范,而且看到道德上的失范,看到学术与人格的严重分裂,但同时也看到道德上的示范,看到学术与人格的高度统一。程千帆曾说钱穆的"学问就是他的为人,两者是统一的",①这句话其实也可视为程千帆的夫子自道。因为以古为新的模式既体现在程千帆的学术研究中,也体现在程千帆的人格完成上,其学问与为人也同样是统一的。

一、 在特别困难之处遵守和而不同的原则

如前所述,千帆诗学的两点论依据着以中和为核心的中庸之道,其文史并重、知能并重、形象思维与逻辑思维相结合、文艺学与文献学相结合等众多一般诗学方法都体现了多元并重、和谐统一的特色,并在与侧重于对抗性矛盾、夸大斗争作用的斗争哲学尖锐对立的同时,也吸收借鉴了马克思主义辩证法的有益因素,在学术上充分体现了和而不同的原则,可谓以古为新的模式在学术上的反映。不仅如此,程千帆在人格上也充分体现了和而不同的原则,可谓以古为新的模式在人格的反映。

———————————

① 引自张伯伟:《一件化俗为雅的小事》,《程千帆沈祖棻学记》,第 254 页。

众所周知，在儒家那里，以中和为核心的中庸之道以及它所尊崇的和而不同原则既是思维的方法，也是道德的规范。如孔子说："君子中庸，小人反中庸。"（《礼记·中庸》）"君子和而不同，小人同而不合。"（《论语·子路》）把中庸之道、和而不同当作了区分君子小人的标准。而且，由于在学术上遵守中庸之道、和而不同可以有益于获取富有价值的认识成果，而在人格上遵守中庸之道、和而不同却可能有损于权位名利乃至人身安全，所以遵守作为思维方法的中庸之道、和而不同固然不易，而遵守作为道德规范的中庸之道、和而不同更难。因此，孔子说："中庸之为德也，其至矣乎！民鲜久矣。"（《论语·雍也》）《礼记·中庸》也说："君子依乎中庸，遁世不见知而不悔，唯圣者能之。"都侧重于从道德的角度指出了遵守中庸之道的难度。

而在程千帆所处的现代化转型进程之中，由于一方面激进的反传统思潮长期占据了主导地位，传统道德被误解、否定、批判，另一方面又缺乏合理的制度、法律的外在制约，以至于形成普遍性的无道德氛围，道德成了不相干或无意义的东西。[①] 这种在道德上缺乏他律的状态就为在人格上遵守和而不同的原则增加了更大的困难。

不仅如此，在人格上遵守和而不同的原则还有特别困难之处。就和而言，其难处不在于与同于己者相和，而在于与不同于己者相和；就不同而言，其难处不在于与弱者、疏远者不同，而在于与强者、亲近者不同。所以要证明程千帆在人格上真正遵守了和而不同的原则，要从这些特别困难之处进行考察。

1. 和之难

很多人能够不迷信他人，不畏强御，决不屈己从人，但却迷信自己，好胜自用，对于异己缺乏宽容之心，乃至掌握权力之后便不遗余力地强人同己。换言之，也就是只许自己不同于人，而不许别人不同于己。这正是和的特别困难之处。所以，要真正遵守和而不同的原则，不仅要不畏强御、不屈己从人，还要宽容异己，不强人从己。

在言论上，我们可以看到程千帆提出了容纳他人批评的要求："做学问要心胸开阔，要有气象，要能规劝别人，也能容纳别人的批评。别人说你不对了，你就不高兴了，这不但只能说明你的骄傲，还说明你贫乏。你没什么东西，就那么一点，别人一说，你

没有了,所以就紧张了。"①程千帆还明确反对强人从己。例如致严中信指出:"文艺欣赏很难一致,只能各尊其闻(扬雄《法言》的话),也就是公说公有理,婆说婆有理,常谁也说不服谁。这种问题,往往是混战一场,鸣金收兵。所以,我是主张自己参详,自己体味,而无须发为文章强人从己的。我觉得'诗魂'好,但仍尊重先生主张'花魂'之说,学术讨论(或不讨论,只存异同),都需要互相尊重宽容。可以坚持自己的看法,而不可反对别人也同样做。"②

在行为上,如前所述,晚年程千帆既指出学术对手的缺点也肯定对方的诸多优点,对那些因受极"左"思潮的影响或因极"左"政治的压迫而犯有政治上、道德上的严重过失的人也给予了同情的理解。这些例证都体现了程千帆的宽容,可证程千帆的言行一致。以下再举数例略作补充,以说明无论是对人还是对己,无论是对门下弟子还是对其他学者,程千帆都做到了言行一致。

陶渊明《饮酒》二十首其五之"悠然见南山"句一作"望南山","此中有真意"句一作"此还",程千帆曾撰《陶诗〈结庐在人境〉篇异文释》,以先识义蕴以助校勘的方式进行判断、取舍。就"见"与"望"的异文,程千帆通过分析诗人心理演进的次序认为"见"字为是,支持了苏轼、沈括等人的观点,而不同意其师黄侃的观点;就"中"与"还"的异文,程千帆通过分析其内涵、修辞上的优劣认为"中"字为是,支持了何焯的观点,也不同意黄侃的观点。程千帆的友人徐震(字哲东)同意其关于"见"的观点,但不同意其关于"中"的观点,程千帆将其论证在文章专门做了介绍,供读者并览。后来,曹虹在读博士期间撰《读黄侃〈文选平点〉》一文也谈到陶诗的异文问题,她根据自己的体会对程说进行商榷而支持黄说。程千帆对这篇论文的写作给予很多指导,还将其中对黄说的评价——"言之成理"改为"颇具深意",更具肯定意味。③ 由此可见程千帆既坚持自己的学术观点,也尊重别人的不同学术观点的平等态度。

同时,程千帆也真诚地欢迎别人对于自己的批评指正。据张宏生的回忆,在程千

---

① 《程千帆全集》第 15 卷,第 151 页。

② 《闲堂书简》,上海古籍出版社 2004 年版,第 535 页。

③ 参看曹虹在"程千帆先生学术思想研讨会"上的发言,《程千帆先生纪念文集》,江苏古籍出版社 2001 年版,第 360—361 页。

帆、沈祖棻合撰的《古诗今选》出版后,程千帆向弟子表示任何人只要能够挑出书中的
一点错误,就赠送一套书作为奖励。张宏生同宿舍的丛文俊认真阅读了《古诗今选》,
在一则建安诗人的诗歌注释中发现一处年号有误,后来告知程千帆,程千帆表扬他读
书细心,并履行诺言,赠送了一套《古诗今选》。① 再如《从唐温如〈题龙阳县青草湖〉看
诗人的独创性》一文据《全唐诗》把唐温如当作唐代诗人,中山大学学者陈永正经考证
得出唐温如应为元末明初诗人的结论,指出了这一错误。在新版的《古诗考索》中,程
千帆在该文后增写了一篇附记,介绍了陈永正的考证成果,认为结论可信,并检讨了自
己的失误。此外,程千帆还以《闲堂诗存》赠予陈永正,以示谢意。② 上述两例一方面
体现了程千帆的谦虚,另一方面也体现了他对指出自己错误的人的肯定和友好的态
度。这些例证虽然细微,但从中正可见和而不同原则的一以贯之。

2. 不同之难

很多人面对强大的权威难以做到不迷信、不附和、不屈服,面对亲密的家人师友、
尊崇对象又难以做到不盲从、不偏袒、不避讳,这正是不同的特别困难处。所以,要确
认一个人是否真正遵守了和而不同的原则,必须从这两个方面进行考察。如前所述,
程千帆多年遭受不公正待遇,但一直顽强不屈,即使在被迫退休而妻子不幸遇车祸逝
世的困境之中,仍然能够"移山犹励愚公志,伏枥难忘烈士心"。他在劳动改造期间写
诗揭露现实的荒谬与严酷,"文化大革命"期间又写诗讽刺郭沫若粗暴批判杜甫,同时
尽一切可能坚持学术研究,"文化大革命"结束后又积极倡导破除神学思维模式,并直
率地批评毛泽东否定宋诗的意见,充分体现了不畏强御,决不屈己从人的精神。以下
再从程千帆对待关系密切,感情深厚的领导、师友,以及尊崇的诗人等方面考察其是否
也同样遵守了和而不同的原则。

第一,对于关系亲密的领导、师友。

1978 年南京大学校长匡亚明不畏政治风险、克服重重障碍将程千帆礼聘到南京
大学重新工作,并且一直给予特别的尊重和大力的支持,为程千帆晚年取得学术研究
和人才培养等方面的突出成就起到了关键的作用。程千帆非常感激匡亚明的知遇之

---

① 参看《永远的芬芳》,《程千帆先生纪念文集》,第 189 页。
② 赠诗一事据陈永正复信得知,陈信见《程千帆沈祖棻学记》,第 222 页。

恩,所以对他特别尊敬。据张宏生的回忆,程千帆曾对他说,在南京,有两个人来看我,我是一定要送下楼的。其中之一就是匡亚明。① 在匡亚明逝世的前两天,程千帆前去探望,他对匡亚明的夫人丁莹如说:"是匡老给了我20年的学术生命,我终生感激他老人家。"②匡亚明逝世后,程千帆也以《匡老! 是您,给了我二十年的学术生命》为题撰写了悼念文章,再次表达了对匡亚明知遇之恩的感激。程千帆对匡亚明的特别尊敬由此可见一斑。但在思想和学术上,程千帆对这位于己有特殊关照的学校领导保持着自觉的独立性。程千帆在口述回忆录中说:"我没有对他(匡亚明)特别地恭敬,从没有委屈自己去取得他的满意。意见相同我就支持他,不同我就提出来。"③曾担任南京大学思想家研究中心主任、协助匡亚明组织编撰《中国思想家评传》丛书的吴新雷为此提供了一个切实的证据。在2000年11月召开的"程千帆先生学术思想研讨会"上,吴新雷回忆说,匡老与程先生关系非常好,但在做学问上两个人都非常认真,毫不客气。匡老有一个习惯,自己写的稿子喜欢请别人看。有一次他将一篇稿子交给程先生帮助修订,程先生马上在走廊上又读又改,还加了几句批语,作了很严厉的批评,以至于匡老说,这个程先生,也太厉害了。④ 这一事例非常传神地表现出程千帆在关系亲密、感情深厚的领导面前的独立人格。

对于关系亲密、感情深厚的师友,程千帆在学术研究上也是坚持己见,不随意附和,如果认为对方有误,也直率指出,并不为贤者讳,同样体现了和而不同的人格。

刘永济是程千帆的世交前辈,他推荐程千帆到武汉大学任教,在事业上、生活上对程千帆夫妇多有提携、爱护。程千帆晚年在回忆文章、口述回忆录以及与弟子们的谈话中讲到他在刘永济先生那里获教益最深,并表达了深厚的感戴之情。但在学术问题上,程千帆坚持主见,可谓寸步不让。例如程千帆在《陶诗"少无适俗韵""韵"字说》中考证韵字为性情之义,刘永济向程千帆指出解作趣味之义更为圆融。但程千帆辨析了

---

① 《永远的芬芳》,《程千帆先生纪念文集》,第190页。
② 《匡老! 是您,给了我二十年的学术生命》,《匡亚明纪念文集》,南京大学出版社1997年版,第251页。
③ 《程千帆全集》第15卷,第39—40页。
④ 《程千帆先生纪念文集》,第337页。

性情与趣味的联系与区别，仍持已见，没有遵从其说。①

陈寅恪也是与程千帆有着世交之谊的前辈学者，程千帆钦佩陈寅恪的学问，高度重视并认真学习陈寅恪的研究成果和治学方法，1940年代听过其讲课，翻译过其发表在《哈佛亚细亚学报》上的论文《韩愈与唐代小说》。1980年代初期《陈寅恪文集》一出版，程千帆就指定为研究生的必读书目，后来与张宏生合撰的《七言律诗中的政治内涵——从杜甫到李商隐、韩偓》，也是为纪念陈寅恪而作。② 但另一方面，程千帆坚持独立思考，在文学研究中批评陈氏之说的地方不止一处。

例如，关于唐代进士以传奇小说行卷的问题，陈寅恪根据前人关于传奇小说"文备众体，可以见史才、诗笔、议论"的观点，解释了唐代传奇的某些著名作品的这一特点，如认为元稹的《莺莺传》中张生所发的"忍情"之说，是由于传奇小说"不得不具备"一些议论的缘故。程千帆则据其对大量传奇小说的考察，认为在唐代传奇小说的某些作品中，出现过一篇之中兼备叙事、抒情、说理之体的情况，这是进士们行卷时以便集中表现自己的多方面的文学才能的缘故。但传奇小说兼备叙事、抒情、说理并非固定公式。因此，他直率地指出："陈先生依据赵（赵彦卫）说，加以发挥，指出传奇小说某些结构和内容上的特点，对我们也还是有益的，但他却将这些本来并不具有绝对性和普遍性的情况绝对化和普遍化了，陷人以偏概全，因而就不得不得出与事实不完全符合的、同时也使人不能完全信服的结论来。"③

再如，白居易《长恨歌》诗有云："夕殿萤飞思悄然，孤灯挑尽未成眠。"陈寅恪《元白诗笺证稿》认为："至上皇夜起，独自挑灯，则玄宗虽幽禁极凄凉之景境，谅或不至于是。文人描写，每易过情，斯固无足怪也。"程千帆则运用关于形与神关系的文学理论来解说这一问题，指出这种不符合事实的描述并非可不可以原谅、宽容的问题，而是体现了遗貌取神的审美要求："即承认作家、艺术家，为了更本质地表现生活的真实，使其所塑造的形象更典型化，他们有夸张的权利，有改变日常生活中某些既成秩序的权利。"因此，程千帆肯定陈寅恪的见解超过前人认为白诗的描述不合乎历史而可笑的意见，但

① 《程千帆全集》第8卷，第439页。

② 参看程章灿在"程千帆先生学术思想研讨会"的发言，《程千帆先生纪念文集》，第359—360页。

③ 《唐代进士行卷与文学》，《程千帆全集》第8卷，第80页。

也指出其没有能提升到文学理论的高度来加以阐明的不足之处。①

第二,对于尊崇的诗人。

一个杰出的文学研究者,无论是文学史家,还是文学理论批评家,总要研究杰出的作家作品并深有心得;没有深入研究过杰出的作家作品而能够成为杰出的文学研究者,这是难以想象的事情。对于程千帆来说,中国历史上最伟大的诗人之一杜甫就是其诗学的主要研究对象。程千帆与莫砺锋合撰的《杜诗集大成说》一文是对杜甫的总论,此文认同前人赞誉杜甫为"集大成"、"诗圣"的评价,认为"杜甫在中国古典诗歌史上的地位就像孔子在中国思想史上的地位一样,是无与伦比的","正像孔子及其思想体系一样,杜甫和他的诗歌也是一个完美的整体。在一千四百首杜诗中,伟大的人格和崇高的风格、充实的思想内容和完美的艺术形式、卓越的天才和精深的学力,这一切都极其和谐地统一起来了"。② 也给予杜甫杜诗至高无上的评价。但同时,程千帆也没有讳言杜诗中的缺点。《杜诗镜铨批抄》的头两章即皆为杜诗指瑕,并在全部批抄中指出了杜诗中的三类不足之处。

第一类是思想内容上的不足。例如第一章指出《临邑舍弟书至……》"利涉想蟠桃"句意为"欲因川涨之便,采仙桃食之",进而评说:"然忧川涨而戏为大言以慰人,究非所宜。此公早岁之作之所以异于后来者也。关心民瘼不足,乃始有此大言。"再如对《敬赠郑谏议十韵》"毫发无遗憾,波澜独老成"句,指出"此仍美郑",纠正了杜甫自谓的旧见;同时又指出"然郑不足以当之",言下之意就是说杜甫有溢美之嫌。再如前人欣赏《牵牛织女》"蛛丝小人态"句的翻案价值。但程千帆认为"此案翻得无味,遂为后来道学诗人借口"。③

第二类是表现形式上的不足。此类数量最多,例如第二章指出《李监宅二首》其一"女婿近乘龙"句"微有语病";再如指出《敬简王明府》"骥病思偏秣,鹰愁怕苦笼"句的倒字是"弄巧成拙,遂成病句,不能为公讳";再如指出《江头五咏》五首"托意皆在末二句,章法未免雷同";再如指出《海棕行》"苍棱白皮十抱文"句"造句诘屈,如此押韵,不

---

① 《读诗举例》,《程千帆全集》第8卷,第147—148页。
② 《程千帆全集》第9卷,第17页。
③ 以上3例分别见《程千帆全集》第9卷,第195、198、243页。

可为法"；再如针对《又呈窦使君》"日兼春有暮，愁与醉无功"句，认为"杜有晦句、率句，学者所当引以为戒。阿其所好，非善学杜者也"。①

第三类是就内容形式综合而言的不足。例如认为《闻高常侍亡》诗"殊不及《自蒙蜀州人日作》一篇，乃知意兴不属，虽杜老不能为工"。再如认为《柏学士茅屋》"富贵必从勤苦出，男儿当读五车书"句"意俗，句亦俗"。②

对于上述的批评我们也许不会完全同意，但不能不承认程千帆在学术上的独立自由精神。

黄庭坚是程千帆特别推重的宋诗代表人物之一，但程千帆对他的缺点也做了直率的批评。周勋初指出，共和国成立以来一般的选本总的情形是重视唐诗而贬抑宋诗，"在宋诗中，人们更是习惯于推崇南宋的爱国诗歌而贬低江西诗派。《古诗今选》则异乎是。……宋诗部分，黄庭坚诗收 15 篇，陆游诗亦收 15 篇，二人并列为大家，这或许是与其他选本更为不同的部分。……千帆先生为了证明黄庭坚在诗歌创作上的成就，对入选诗歌的艺术技巧作了细致的分析。这些文字都很有启发性，具有很强的说服力。"③程千帆与缪琨合撰的《宋诗选》也表现出他对黄庭坚的特别重视。该书是一小型的选本，收宋诗 186 首，其中陆游诗最多，共有 17 首，从中可以看出时代的影响；但黄庭坚诗也有 9 首，名列第 4。这与同时期的《宋诗选注》收陆诗 32 首而只收黄诗 5 首的情况形成了较明显的对比。但同时，程千帆也没有讳言黄庭坚的不足之处。在晚年的《读宋诗随笔》中，程千帆指出黄庭坚在《答洪驹父》信中讲"自作语最难"，杜甫作诗，韩愈作文"无一字无来处"，赞叹古人"虽取古今陈言入于翰墨，如灵丹一粒，点铁成金"。这是将用典的情况绝对化了，是一种既不符事实也行不通的偏见。黄庭坚自己也并没有去实践"无一字无来处"的主张。④ 在品评陈师道《谢赵生惠芍药》诗时，引用了相关的清代潘德舆《养一斋诗话》对陈师道《小放歌行》诗两首的评论。黄庭坚对这两首诗也曾有评论，认为"无己平日诗极高古，此则顾影徘徊，炫耀太甚"。但潘德舆认

---

① 以上 5 例分别见《程千帆全集》第 9 卷，第 195、226、227、229 页。

② 以上 2 例分别见《程千帆全集》第 9 卷，第 240、259 页。

③ 《程千帆先生的诗学历程》，《周勋初文集》第 6 卷，江苏古籍出版社 2000 年版，第 137—138 页。

④ 《程千帆全集》第 11 卷，第 428—429 页。

为黄庭坚误解了陈师道的诗意,陈诗并非自炫,而是表达了愤世嫉俗的态度。程千帆分析陈师道这样服膺儒学的士人既有兼善天下之心,又有不贪富贵之意,他反对王安石的改革,绝意官场进取,但仍有仁民济世之心,所以被屏除在仕途名场之外的他对自己的牢落不遇不可能完全无动于衷,而这三首小诗正从不同的角度反映了陈师道的苦闷和矛盾。通过这样的辩证分析,程千帆认为潘德舆的理解大体上能得陈师道诗意,因而否定了黄庭坚的意见。①

根据上述多方面的事例可知,无论是顺境还是逆境,程千帆在和而不同的特别困难之处仍然能够忠实地遵守这一原则,可谓在人格上也已得中庸之道的精髓。由此也就可知程千帆的学术与人格不仅具有高度的统一性,而且这种统一性建立在中国学术文化传统的根本性的思想观念和价值系统之上。

二、 程千帆人格的文化属性及其意义

蒋寅在《我的老师程千帆先生》一文中说,程千帆是“一个品格正直的人,一个成就卓著的学者,一个杰出的教育家,一个成功的学术带头人,一个优秀的作家”,②这一评价既包含着程千帆的品德,又包含着程千帆的多方面的才能和业绩,可谓全面。不过,这一评价主要是从普遍性的道德品质和功能性的社会角色的角度来认识程千帆的,并侧重于其多方面的成就。如果我们从文化的角度来概括程千帆整体性的人格特征的话,那么就不能不再次提到程千帆 1997 年 4 月 20 日致周勃信的一段话:“我始终是个儒家,也信马克思主义,但儒家是本体。”③根据前述程千帆在学术与人格上统一于中国学术文化传统的根本性的思想观念和价值系统的特点,可知这段话是程千帆对自我人格的文化归属的符合实际的自认。因此,程千帆整体性的人格特征不仅源自普遍的人性,而且源自独特的中国学术文化传统。具体而言,程千帆是一位现代化的儒者,从思想学术的角度来看,他是一位与陋儒相对立的通儒;从人格特征的角度来看,他是一位与小人儒相对立的君子儒。

---

① 《程千帆全集》第 11 卷,第 437—438 页。
② 蒋寅著《学术的年轮》,中国文联出版社 2000 年版,第 195 页。
③ 《程千帆先生纪念文集》,第 78 页。此信收入《闲堂书简》。

孔子说："有德者必有言，有言者不必有德。"（《论语·宪问》）既指出了文学、学术（言）与人格（德）不一致的可能性，也肯定了高尚的人格对于文学、学术的重要意义。[①]程千帆认同这一观点，认为伟大的人格是造就伟大作家的必不可少的因素，同时，他自己也正是在道德上忠实地遵守了和而不同的君子儒之原则，才得以在面临内外多重危机之时仍然能够维护人格的独立和尊严，从而能够在学术上顽强地坚持自我并不断地超越自我。与程千帆同时代的学者由于长期受到精神上、肉体上的压迫和折磨，身心两个方面都遭受到严重的伤害，很多人的学术发展被严重地遏制了，甚至学术生涯被无情地阻断了；但程千帆却坚持了下来并抓住晚年的机遇，达到了一生事业的最高峰，其根本性的内在原因也就在此吧。

孔子又说："君子之德风，小人之德草，草上之风，必偃。"（《论语·颜渊》）这段话虽然是针对着当时社会的不同阶层而言的，强调了上层社会的道德责任，但也体现了高尚的人格不仅对自己有着积极的作用，而且还会对别人、对社会产生积极影响的普遍意义。程千帆同样认同这一观点，他认为："一位真正的学者，他的人格、品德也必定有为人敬仰和足以感召后人的力量。"[②]这种人格影响在程千帆那里也已得到验证。程千帆晚年向弟子提到现代学者余嘉锡撰《四库提要辨正》，纠正了《四库全书总目提要》中的许多错误，但余嘉锡说："易地以处，纪氏必优于作《辨正》，而余之不能为《提要》决也。"对此程千帆说："余先生那句话讲得真好，我总是记得，感到有一种道德的美。"[③]这是别人的人格对程千帆产生了深刻的影响。同时，程千帆的人格也深刻地影响了别人。这不仅体现在程门弟子那里，也体现在程千帆的学术同行那里。例如钟敬文在悼念程千帆的文章中说："当他的生命之船驶进险象丛生的海面时，他没有沉没，危险只是使他认识到生命的意义和珍重时间的进程。而在风平浪静的时候，他驾驶的小舟也

---

① 1935 年爱因斯坦在悼念玛丽·居里逝世时说："她的成就不仅要归功于她大胆的洞察能力，而且要归功于她那种在试验科学的历史中不常见的，在难以想象的极端困难的情况下热忱而顽强地工作的精神。"所以，"第一流人物的道德品质对于时代和历史进程的意义，也许要比纯智力成就的意义更为重大。而且，就是这些纯智力的成就也是在比通常所认识的更大得多的程度上决定于一个人的品格的高尚的。"（《爱因斯坦论著选编》，上海人民出版社 1973 年版，第 180 页。）此说可参。

② 《程千帆沈祖棻学记》，第 124 页。

③ 《程千帆全集》第 15 卷，第 131 页。

不因风雨人生的折磨和年岁的渐老而放慢驶向彼岸的速度,他把亲切的抚慰、指点和鼓励及时送与彷徨中的学生。千帆的本色使我感到一种心灵的真实和温暖,在互勉的人生旅途中,常常给我这个接近百岁的老人一种生活的力量,我至今还在分享这份生命的光芒。"①因此,我们可以预测,随着程千帆的学术与人格逐渐为越来越多的人所知,也将会有越来越多的后来者能够像钟敬文一样分享这份生命的光芒。所以,我们在高度评价千帆诗学的学术成就之时,决不可忽视、低估程千帆的高尚人格的宝贵价值。

20世纪的中国学术史上,产生程千帆这样一个达到通儒境界、具有君子儒人格的现代学者很不平常也很平常。说不平常,是因为程千帆晚年在学术研究、人才培养等方面的巅峰状态,不仅是在长期坚持不懈地学习和探索之后达到的,而且还是在长期经历了激进的反传统思潮的侵袭,并且遭受了沉重的生活磨难和巨大的政治压迫之后达到的。如果没有以天下为己任的强烈责任感,没有挽救时弊、传承中国学术文化传统的历史使命感,没有坚定的信念、深厚的感情、顽强的意志,也就难免在身处困厄之时消沉、绝望,甚至迷失、堕落,更遑论克服时弊、战胜危机,不断地超越自我了。说平常,是因为在漫长的中国历史中,兼具仁、智、勇等高尚人格的儒者层出不穷,各领风骚;在与程千帆同时代的前辈和同辈学者中,那些能够经受住各种严峻的考验,为中国学术的现代化转型作出重大的贡献,并达到学术与人格高度统一的著名人文学者,如章太炎、梁启超、王国维、柳诒徵、熊十力、吴梅、黄侃、陈寅恪、梁漱溟、钱穆,等等,也大多是自觉继承中国学术文化传统的现代儒者,而不是激进地反传统、主张全盘西化的新派人物。如果说一些新派人物也体现了高尚的人格的话,那么,这种高尚的人格无论自觉不自觉也主要是源自传统的旧道德而不是西学的新思想,尽管两者之间有着相同相通之处。所以,在众多先贤之后再出现一个程千帆不是一件很平常的事么?但这种不平常和平常都恰恰显示了中国学术文化传统的巨大生命力。

综上所述,在激进的反传统思潮长期占据主导地位之时,被边缘化甚至被视为反动、顽固分子的程千帆坚持中国文化的主体性地位,选择了以古为新的模式与破旧立

---

① 《追怀千帆》,《程千帆先生纪念文集》,第7—8页。

新的模式针锋相对。在学术研究上,他积极学习、借鉴西方学术的丰富成果,并充分发挥了中国学术文化传统的积极作用,建立起既具现代性质又有中国特色的一般诗学方法与哲学方法相结合的诗学范式,达到了兼通中外、艺进于道的通儒的境界;在人格完成上,程千帆无论顺境逆境都能够忠实地遵守和而不同的原则,不仅克服了学术上的危机,而且克服了人格上的危机,成就了君子儒的高尚人格,从而实现了学术与人格的互相促进、和谐统一。因此,程千帆既是中国学术文化传统的学习者和阐释者,也是中国学术文化传统的实践者和创新者;中国学术文化传统成就了程千帆的学术与人格,程千帆的学术与人格也弘扬了中国学术文化传统。千帆诗学的最为根本的文化意义也就在此吧。

在中国社会文化现代化转型的艰难曲折的进程之中,也许一时难以产生集大成的大师,但可以产生杰出、伟大的改革者和开拓者。他们有着开放的眼界,宽广的胸怀,又特立独行,不逐时尚。虽然在特定的时期他们或被边缘化而遭受忽视藐视甚至不为人知,或被妖魔化而遭受批判否定甚至失去生命,但他们走在时代的前沿,代表着时代精神的高度,指示着光明正大的前途,其业绩和人格都足以媲美古人,垂范来者。在本书看来,程千帆就是这样的人物中的一位。虽然世上并无完美无缺之人,即使杰出、伟大的人物也只可学习而不可复制也不必复制,但在面临着前所未有的发展机遇,同时也面临着多重的挑战乃至致命的危机的时刻,如果我们还没有失忆,还怀有创造的希望,不愿失去思想的自由和人格的尊严,那么,程千帆的人生与学术之路将给予我们深刻的启迪。

主要参考书目

一、 中国古代文献

B

《帛书老子校注》，高明撰，北京：中华书局 1996 年版

C

《春秋左传注》，杨伯峻编著，北京：中华书局 1990 年版

D

《大戴礼记解诂》，王聘珍撰，王文锦点校，北京：中华书局 1983 年版

《大智度论》，[印度]龙树撰，[印度]鸠摩罗什译，《中华大藏经(汉文部分)》第 25、26 册，《中华大藏经》编辑局编，北京：中华书局 1987 年版

《杜诗详注》，杜甫撰，仇兆鳌注，北京：中华书局 1979 年版

《杜臆》，王嗣奭撰，上海：上海古籍出版社 1983 年版

G

《公孙龙子校释》，吴毓江校释，吴兴宇标点，上海：上海古籍出版社 2001 年版

《古文辞类纂评注》，姚鼐编选，吴孟复、蒋立甫主编，合肥：安徽教育出版社 1995 年版

《管子通解》，赵守正撰，北京：北京经济学院出版社 1989 年版

《郭店楚墓竹简》，荆门市博物馆编，北京：文物出版社 1998 年版

《国语集解》(修订本)，徐元诰撰，王树民、沈长云点校，北京：中华书局 2006 年版

H

《韩昌黎诗系年集释》，韩愈撰，钱仲联集释，上海：上海古籍出版社 1984 年版

《韩非子校注》(修订本)，《韩非子》校注组编写，周勋初修订，南京：凤凰出版社 2009 年版

《汉书》，班固撰，北京：中华书局 1962 年版

《后山诗注》，陈师道撰，任渊注，《四部丛刊》本

《黄帝内经集注》，张志聪集注，方春阳、黄远媛、李官火、姚兰英点校，杭州：浙江古籍出版社 2002 年版

《黄庭坚诗集注》，黄庭坚撰，任渊等注，刘尚荣校点，北京：中华书局 2003 年版

J

《甲骨文合集释文》，胡厚宣主编，王宇信、杨升南总审校，北京：中国社会科学出版社 1999 年版

L

《老子道德经河上公章句》，王卡点校，北京：中华书局 1993 年版

《老子道德经注校释》，王弼注，楼宇烈校释，北京：中华书局 2008 年版

《历代诗话》，何文焕辑，北京：中华书局 1981 年版

《历代诗话续编》，丁福宝辑，北京：中华书局 1983 年版

《礼记集解》，孙希旦撰，沈啸寰、王星贤点校，北京：中华书局 1989 年

《李太白全集》，李白撰，王琦注，北京：中华书局 1977 年版

《列子集释》，杨伯峻撰，北京：中华书局 1979 年版

《吕氏春秋集释》，许维遹撰，梁运华整理，北京：中华书局 2009 年版

《论衡校释》(附刘盼遂集解)，黄晖撰，北京：中华书局 1990 年版

《论语正义》，刘宝楠撰，高流水点校，北京：中华书局 1990 年版

M

《马王堆汉墓帛书》(壹)，马王堆汉墓帛书整理小组编，北京：文物出版社 1980 年版

《孟子正义》，焦循撰，沈文倬点校，北京：中华书局 1987 年版

《墨子间诂》,孙诒让撰,孙启治点校,北京:中华书局1958年版

Q

《钦定四库全书总目》(整理本),四库全书研究所整理,北京:中华书局1997年版

《清诗话》,王夫之等撰,上海:上海古籍出版社1978年版

《清诗话续编》,郭绍虞编选,富寿荪校点,上海:上海古籍出版社1983年版

《屈原集校注》,金开诚、董洪利、高路明著,北京:中华书局1996年版

S

《上海博物馆藏战国楚竹书》(一),马承源主编,上海:上海古籍出版社2001年版

《上海博物馆藏战国楚竹书》(二),马承源主编,上海:上海古籍出版社2002年版

《尚书覈诂》,杨筠如著,黄怀信标校,西安:陕西人民出版社2005年版。

《尚书集释》,屈万里著,台北:联经出版事业公司1983年版

《史记》,司马迁撰,北京:中华书局1959年版

《诗集传》,朱熹集注,上海:上海古籍出版社1980年版

《十三经注疏》,阮元校刻,北京:中华书局1980年版

《十一家注孙子》(附郭化若今译),上海:上海古籍出版社1978年版

《四书章句集注》,朱熹撰,北京:中华书局1983年版

《苏轼诗集》,苏轼撰,王文诰辑注,孔凡礼点校,北京:中华书局1982年版

《苏轼文集》,苏轼撰,孔凡礼点校,北京:中华书局1986年版

《孙子校释》,吴九龙主编,北京:军事科学出版社1990年版

T

《陶渊明集》,陶潜撰,逯钦立校注,北京:中华书局1979年版

W

《王荆文公诗笺注》,王安石撰,李壁笺注,高克勤校点,上海:上海古籍出版社2010年版

《王右丞集笺注》,王维撰,赵殿成笺注,上海:上海古籍出版社1961年版

《文心雕龙注》,刘勰撰,范文澜注,北京:人民文学出版社1958年版

《文史通义新编新注》,章学诚撰,仓修良编注,杭州:浙江古籍出版社2005年版

《文史通义校注》,章学诚撰,叶瑛校注,北京:中华书局1985年版

《文子疏义》,王利器撰,北京:中华书局 2000 年版

X

《先秦儒家研究》,庞朴、马勇、刘贻群编,武汉:湖北教育出版社 2002 年版

《荀子集解》,王先谦撰,沈啸寰、王星贤点校,北京:中华书局 1988 年版

《荀子集释》,李涤生撰,台北:学生书局 1979 年版

Y

《晏子春秋集释》,吴则虞撰,北京:中华书局 1962 年版

《扬雄集校注》,扬雄撰,张震泽校注,上海:上海古籍出版社 1993 年版

《仪礼正义》,胡培翚撰,段熙仲点校,南京:江苏古籍出版社 1993 年版

《银雀山汉墓竹简》(壹),银雀山汉墓竹简整理小组编,北京:文物出版社 1985 年版

《银雀山汉简释文》,吴九龙著,北京:文物出版社 1985 年版

《殷周金文集成释文》,中国社会科学院考古研究所编,香港:香港中文大学中国文化研究所 2001 年版

Z

《战国策新校注》,缪文远著,成都:巴蜀书社 1987 年版

《中论》,[印度]龙树撰,[印度]梵志青目释,[印度]鸠摩罗什译,《中华大藏经(汉文部分)》第 28 册,《中华大藏经》编辑局编,北京:中华书局 1987 年版

《周礼正义》,孙诒让撰,王文锦、陈玉霞点校,北京:中华书局 1987 年版

《周易大传今注》,高亨著,济南:齐鲁书社 1979 年版

《周易古经今注》(重订本),高亨著,北京:中华书局 1984 年版

《庄子集释》,郭庆藩撰,王孝鱼点校,北京:中华书局 1961 年版

《庄子校诠》,王叔岷撰,台北:中央研究院历史语言研究所 1988 年版

二、 中国近现代文献

B

《八十忆双亲·师友杂忆》,钱穆著,长沙:岳麓书社 1986 年版

《半肖居笔记》,王水照著,上海:东方出版中心 1998 年版

《被开拓的诗世界》,程千帆、莫砺锋、张宏生著,上海:上海古籍出版社 1990 年版

C

《陈尚君自选集》,陈尚君著,桂林:广西师范大学出版社 2000 年出版

《沉思集》,庞朴著,上海:上海人民出版社 1982 年版

《陈寅恪集》,北京:三联书店 2001 年版

《程千帆全集》,程千帆著,莫砺锋编,石家庄:河北教育出版社 2000 年版

《程千帆沈祖棻学记》,巩本栋编,贵阳:贵州人民出版社 1997 年版

《程千帆诗论选集》,程千帆著,张伯伟编,太原:山西人民出版社 1990 年版

《程千帆推荐古代辞赋》,曹虹、程章灿注释,沈阳:辽宁少年儿童出版社 1992 年版

《程千帆推荐古代辞赋》,曹虹、程章灿注释,扬州:广陵书社 2004 年版

《程千帆先生纪念文集》,莫砺锋编,南京:江苏古籍出版社 2001 年版

《程千帆先生八十寿辰纪念文集》,《程千帆先生八十寿辰纪念文集》编委会编,南京:江苏古籍出版社 1992 年版

《程千帆选集》,程千帆著,莫砺锋编,沈阳:辽宁古籍出版社 1996 年版

《程氏汉语文学通史》,程千帆、程章灿著,沈阳:辽海出版社 1999 年版

《程颂万诗词集》,程颂万著,长沙:湖南人民出版社 2009 年版

《程颂万诗歌研究》,彭昇静著,湖南大学 2008 年硕士学位论文

《重读近代史》,朱维铮著,上海:中西书局 2010 年版

《重写学术史》,李学勤著,石家庄:河北教育出版社 2002 年版

D

《大家国学·程千帆卷》,程千帆著,张春晓编,天津:天津人民出版社 2008 年版

《大历诗风》,蒋寅著,上海:上海古籍出版社 1992 年版

《当代学术研究思辨》,周勋初著,南京:南京大学出版社 1993 年版

《东塾读书记》,陈澧著,钟旭元、魏达纯校点,上海:上海古籍出版社 2012 年版

《杜甫评传》,陈贻焮著,上海:上海古籍出版社 1982 年版

《杜甫评传》,莫砺锋著,南京:南京大学出版社 1993 年版

《杜甫诗歌讲演录》,莫砺锋著,桂林:广西师范大学出版社 2007 年版

《杜甫叙论》,朱东润著,北京:人民文学出版社 1981 年版

《杜甫研究》,萧涤非著,济南:齐鲁书社 1980 年版

《独秀文存》,陈独秀著,合肥:安徽人民出版社 1987 年版

E

《二十世纪中国古典文学研究史》,赵敏俐等著,西安:陕西人民教育出版社 1997
年版

F

《佛教大辞典》,吴汝钧编著,北京:商务印书馆 1992 年版

G

《告别中世纪——五四文献选粹与解读》,袁伟时编著,广州:广东人民出版社
2004 年版

《古代文学杂论》,余冠英著,北京:中华书局 1987 年版

《古典诗学的现代诠释》,蒋寅著,北京:中华书局 2003 年版

《古典诗学的文化观照》,莫砺锋著,北京:中华书局 2005 年版

《古典诗歌论丛》,程千帆、沈祖棻著,上海:上海文艺联合出版社 1954 年版

《古诗今选》,程千帆、沈祖棻选注,上海:上海古籍出版社 1984 年版

《古诗今选》,程千帆、沈祖棻注评,南京:凤凰出版社 2010 年版

《古诗考索》,程千帆著,上海:上海古籍出版社 1984 年版

《古文字诂林》,李圃主编,上海:上海教育出版社 1999 年版

《观堂集林》(外二种),王国维著,石家庄:河北教育出版社 2003 年版

《关于文艺批评的写作》,程千帆著,武汉:湖北人民出版社 1955 年版

《管锥编》,钱锺书著,北京:中华书局 1979 年版

《管锥编增订》,钱锺书著,北京:中华书局 1982 年版

《国学讲演录》,章太炎著、吴永坤讲评,南京:凤凰出版社 2008 年版

H

《汉赋史略新证》,朱晓海著,西安:陕西人民出版社 2004 年版

《汉魏六朝诗论丛》,余冠英著,上海:上海古典文学出版社 1956 年版

《汉魏六朝乐府文学史》,萧涤非著,北京:人民文学出版社 1984 年版

《湖南近代文学家族研究》,孙海洋著,长沙:湖南大学出版社 2011 年版

《胡乔木回忆毛泽东》(增订本),胡乔木著,北京:人民出版社 2003 年版

《胡乔木书信集》,胡乔木著,北京:人民出版社 2002 年版

《胡适文存》,胡适著,台北:远东图书公司 1953 年版

《湖湘学派源流》,朱汉民、陈谷嘉著,长沙:湖南教育出版社 1992 年版

《槐聚诗存》,钱锺书著,北京:三联书店 1995 年版

《回顾与反思:古代文论研究七十年》,张海明著,北京:北京师范大学出版社 1997 年版

《海余日录》,冯亦代著,李辉整理,郑州:河南人民出版社 2000 年版

J

《迦陵论诗丛稿》,叶嘉莹著,北京:中华书局 1984 年版

《简帛古书与学术源流》,李零著,北京:三联书店 2004 年版

《简帛佚籍与学术史》,李学勤著,南昌:江西教育出版社 2001 年版

《俭腹抄》,程千帆著,巩本栋编,上海:上海文艺出版社 1998 年版

《建国以来毛泽东文稿》,毛泽东著,中共中央文献研究室编,北京:中央文献出版社自 1987 年起陆续出版

《江湖诗派研究》,张宏生著,北京:中华书局 1995 年版

《江西诗派研究》,莫砺锋著,济南:齐鲁出版社 1986 年版

《校雠广义·版本编》,程千帆、徐有富著,济南:齐鲁书社 1998 年版

《校雠广义·典藏编》,程千帆、徐有富著,济南:齐鲁书社 1998 年版

《校雠广义·目录编》,程千帆、徐有富著,济南:齐鲁书社 1998 年版

《校雠广义·校勘编》,程千帆、徐有富著,济南:齐鲁书社 1998 年版

《近代经史小儒》,王尔敏著,桂林:广西师范大学出版社 2008 年版

《近代文学批评史》,黄霖著,上海:上海古籍出版社 1993 年版

《九歌新考》,周勋初著,上海:上海古籍出版社 1986 年版

《九十年代日记》,王元化著,杭州:浙江人民出版社 2001 年版

K

《孔门弟子研究》,李启谦著,济南:齐鲁书社 1988 年版

《孔子弟子资料汇编》,李启谦、王式伦编,济南:山东友谊书社 1991 年版

《孔子资料汇编》,李启谦、骆承烈、王式伦编,济南:山东友谊书社 1991 年版

L

《李白研究》,周勋初编,武汉:湖北教育出版社 2003 年版

《李白与杜甫》,郭沫若著,北京:人民文学出版社 1972 年版

《李兴锐日记》,李兴锐撰,寥一中、罗真容整理,北京:中华书局 1987 年版

《两汉思想史》,徐复观著,上海:华东师范大学出版社 2001 年版

《梁启超论清学史二种》,梁启超著,朱维铮校注,上海:复旦大学出版社 1985 年版

《量守庐学记——黄侃的生平和学术》,程千帆、唐文编,北京:三联书店 1985 年版

《量守庐学记续编——黄侃的生平和学术》,张晖编,北京:三联书店 2006 年版

《两宋文学史》,程千帆、吴新雷著,上海:上海古籍出版社 1991 年版

《鲁迅全集》,鲁迅著,北京:人民文学出版社 1982 年版

《吕叔湘全集》,吕叔湘著,沈阳:辽宁教育出版社 2002 年版

《论戴震与章学诚》,余英时著,北京:三联书店 2004 年版

《论孔丘》,冯友兰著,北京:人民出版社 1975 年出版

《论饶宗颐》,郑炜明编,香港:三联书店(香港)有限公司 1995 年版

M

《毛泽东的读书生活》,龚育之、逄先知、石仲泉等著,北京:三联书店 1986 年版

《毛泽东书信选集》,毛泽东著,中共中央文献研究室编,北京:人民出版社 1983 年版

《毛泽东文集》,毛泽东著,中共中央文献研究室编,北京:人民出版社自 1993 年起陆续出版

《毛泽东选集》第 1 卷,毛泽东著,毛泽东选集出版委员会编,北京:人民出版社 1951 年版

《毛泽东选集》第 2 卷,毛泽东著,毛泽东选集出版委员会编,北京:人民出版社 1952 年版

《毛泽东选集》第 3 卷,毛泽东著,毛泽东选集出版委员会编,北京:人民出版社 1953 年版

《毛泽东选集》第 4 卷,毛泽东著,毛泽东选集出版委员会编,北京:人民出版社

1960 年版

《毛泽东选集》第 1—4 卷,毛泽东著,中共中央文献编辑委员会编,北京:人民出版社 1991 年版

《毛泽东选集》第 5 卷,毛泽东著,中共中央毛泽东主席著作编辑出版委员会编,北京:人民出版社 1977 年版

《毛泽东早期文稿》,毛泽东著,中共中央文献研究室,中共湖南省委《毛泽东早期文稿》编辑组编,长沙:湖南出版社 1990 版

《毛泽东哲学批注集》,中共中央文献研究室编,北京:中央文献出版社 1988 年版

《毛泽东著作选读》(上下册),毛泽东著,中共中央文献编辑委员会编,北京:人民出版社 1986 年版

《明代诗文的演变》,陈书录著,南京:江苏教育出版社 1996 年版

N

《宁钝斋杂著》,莫砺锋著,南京:凤凰出版社 2012 年版

P

《浦江清文录》,浦江清著,北京:人民文学出版社 1989 年版

Q

《千帆诗学》,程千帆著,巩本栋编,南京:江苏文艺出版社 2010 年版

《钱穆与中国文化》,余英时著,上海:上海远东出版社 1994 年版

《钱锺书集》,钱锺书著,北京:三联书店 2002 年版

《清园近思录》,王元化著,上海:文汇出版社 2004 年版

《求索真文明——晚清学术史论》,朱维铮著,上海:上海古籍出版社 1996 年版

《全唐诗人名汇考》,陶敏著,沈阳:辽海出版社 2006 年版

R

《饶宗颐二十世纪学术文集》,饶宗颐著,北京:中国人民大学 2009 年版

《人类学历史本体论》,李泽厚著,天津:天津社会科学院出版社 2008 年版

《人物小记》,王元化著,上海:东方出版中心 2008 版

《日本汉诗选评》,程千帆、孙望选评,吴锦、严迪昌、屈兴国、顾复生注释,南京:江苏古籍出版社 1988 年版

《儒家辩证法研究》,庞朴著,北京:中华书局 1984 年版

《儒学地域化的近代形态:三大知识群体互动的比较研究》,杨念群著,北京:三联书店 1997 年版

S

《三松堂全集》,冯友兰著,郑州:河南人民出版社 2001 年版

《桑榆忆往》,程千帆著,张伯伟编,上海:上海古籍出版社 2000 年版

《涉江词》,沈祖棻著,程千帆编,长沙:湖南人民出版社 1982 年版

《涉江诗》,沈祖棻著,程千帆编,长沙:湖南人民出版社 1985 年版

《沈祖棻程千帆新诗集》,沈祖棻、程千帆著,陆耀东编,武汉:武汉大学出版社 1992 年版

《沈祖棻创作选集》,沈祖棻著,程千帆编,北京:人民文学出版社 1985 年版

《沈祖棻诗词集》,沈祖棻著,程千帆笺,南京:江苏古籍出版社 1994 年版

《沈祖棻文集》,沈祖棻著,张春晓编,石家庄:河北教育出版社 2000 年版

《诗词散论》,缪钺著,上海:上海古籍出版社 1982 年版

《石巢诗集》,程颂万撰,《续修四库全书》第 1577 册,上海:上海古籍出版社 2002 年版

《世纪老人的话·钟敬文卷》,钟敬文著,林祥主编,沈阳:辽宁教育出版社 1999 年版

《师门问学录》,周勋初、余历雄著,南京:凤凰出版社 2004 年版

《师门五年记·胡适琐记》,罗尔纲著,北京:三联书店 1995 年版

《诗人屈原及其作品研究》,林庚著,北京:中华书局 1962 年版

《史通笺记》,程千帆著,北京:中华书局 1980 年版

《实用理性与乐感文化》,李泽厚著,北京:三联书店 2005 年版

《士与中国文化》,余英时著,上海:上海人民出版社 2003 年版

《世载堂杂忆》,刘成禺著,沈阳:辽宁教育出版社 1997 年版

《思辨录》,王元化著,上海:上海古籍出版社 2004 年版

《思想史研究课堂讲录续编》,葛兆光著,北京:三联书店 2012 年版

《宋词赏析》,沈祖棻著,程千帆编,上海:上海古籍出版社 1980 年版

《宋诗的融通与开拓》，张宏生著，上海：上海古籍出版社 2001 年版

《宋诗精选》（《读宋诗随笔》），程千帆编选，南京：江苏古籍出版社 1992 年版

《宋诗选》，程千帆、缪琨选注，上海：古典文学出版社 1957 年版

《宋诗选注》，钱锺书选注，北京：人民文学出版社 1958 年版

《宋诗选注》，钱锺书选注，北京：人民文学出版社 1979 年版

《宋诗选注》，钱锺书选注，香港：天地图书公司 1988 年版

《宋诗精华录》，陈衍评点，曹中孚校注，成都：巴蜀书社 1992 年版

《舒芜集》，舒芜著，石家庄：河北人民出版社 2001 年版

《隋唐文学思想史》，罗宗强著，上海：上海古籍出版社 1986 年版

T

《谈艺录》，钱锺书著，北京：中华书局 1984 年版

《唐代进士行卷与文学》，程千帆著，上海：上海古籍出版社 1980 年版

《唐代科举与文学》，傅璇琮著，西安：陕西人民出版社 1986 年版

《唐代文学与文献论集》，陶敏著，北京：中华书局 2010 年版

《唐人七绝诗浅释》，沈祖棻著，程千帆编，上海：上海古籍出版社 1981 年版

《唐诗小史》，罗宗强著，天津：百花文艺出版社 2008 年版

《唐诗杂论　诗与批评》，闻一多著，北京：三联书店 1999 年版

《唐诗综论》，林庚著，北京：人民文学出版社 1987 年版

《唐宋诗歌论集》，莫砺锋著，南京：凤凰出版社 2007 年版

《唐宋诗论稿》，莫砺锋著，沈阳：辽海出版社 2001 年版

《唐宋诗之争概述》，齐治平著，长沙：岳麓书社 1983 年版

W

《晚学盲言》，钱穆著，台北：东大图书股份有限公司 1987 年版

《晚照楼论文集》，马茂元著，上海：上海古籍出版社 1981 年版

《王国维遗书》，王国维著，上海：上海书店出版社 2011 年版

《汪辟疆文集》，汪辟疆著，程千帆编，上海：上海古籍出版社 1988 年版

《王元化集》，王元化著，武汉：湖北教育出版社 2007 年版

《魏晋南北朝赋史》，程章灿著，南京：江苏古籍出版社 1992 年版

《文化昆仑——钱锺书其人其文》,李明生、王培元编,北京:人民文学出版社 1999 年版

《文化与人生》,贺麟著,北京:商务印书馆 1988 年版

《文论十笺》,程千帆编著,哈尔滨:黑龙江人民出版社 1983 年版

《文论要诠》,程会昌编,上海:开明书店 1948 年版

《文史传统与文化重建》,余英时著,北京:三联书店 2004 年版

《文心雕龙札记》,黄侃著,周勋初导读,上海:上海古籍出版社 2000 年版

《文学批评的任务》,程千帆著,武汉:中南人民文学艺术出版社 1953 年版

《文学研究方法讲义》,赵敏俐编著,北京:学苑出版社 2005 年版

《文艺学》,程千帆编,武汉:武汉大学 1952 年油印本

《文艺学方法通论》,赵宪章著,杭州:浙江大学出版社 2006 年版

X

《现代儒学的回顾与展望》,余英时著,北京:三联书店 2004 年版

《现代危机与思想人物》,余英时著,北京:三联书店 2004 年版

《先秦诸子系年》,钱穆著,北京:中华书局 1985 年版

《闲堂诗文合抄》,程千帆著,陶芸手抄,南京:1996 年自印本

《闲堂诗学》,程千帆著,沈阳:辽海出版社 2002 年版

《闲堂文薮》,程千帆著,济南:齐鲁书社 1984 年版

《闲堂书简》,程千帆著,陶芸编,上海:上海古籍出版社 2004 年版

《学术的年轮》,蒋寅著,北京:中国文联出版社 2000 年版

《学龠》,钱穆著,北京:九州出版社 2010 年版

Y

《阳湖文派研究》,曹虹著,北京:中华书局 1996 年版

《杨树达文集》,杨树达著,《杨树达文集》编委会编,上海:上海古籍出版社 2006 年版

《一寸千思——忆钱锺书先生》,何晖、方天星编,沈阳:辽海出版社 1999 年版

《一分为三》,庞朴著,上海:上海古籍出版社 2003 年版

《一阳来复》,杜维明著,陈引驰编,上海:上海文艺出版社 1997 年版

《音调未定的传统》(增订本),朱维铮著,杭州:浙江大学出版社 2011 年版

《俞平伯全集》,俞平伯著,孙玉蓉主编,石家庄:花山文艺出版社 1997 年版

Z

《张岱年自选集》,张岱年著,重庆:重庆出版社 1999 年版

《章士钊全集》,章士钊著,上海:文汇出版社 2000 年版

《章太炎的白话文》,章太炎著,吴齐仁编,上海:上海泰东书局 1921 年版

《哲学的力量——社会转型时期的中国哲学》,赵剑英等著,北京:中国社会科学出版社 1997 年版

《治学小言》,程千帆著,陶芸编,济南:齐鲁书社 1986 年版

《中古文学史论集》,王瑶著,上海:上海古籍出版社 1981 年版

《中古文学系年》,陆侃如著,北京:人民文学出版社 1985 年版

《中国辩证法史》,田文君、吴根友著,郑州:河南人民出版社 2005 年版

《中国大百科全书·哲学》,中国大百科全书总编辑委员会《哲学》编辑委员会编,北京:中国大百科全书出版社 1987 年版

《中国当代社会科学家》,《文献》编辑部、《吉林省图书馆学会会刊》编辑部编,北京:书目文献出版社自 1983 年起陆续出版

《中国古代文学创作论》,张少康著,北京:北京大学出版社 1983 年版

《中国古代文学批评方法论》,张伯伟著,北京:中华书局 2002 年版

《中国古典文学学术史研究》,董乃斌等著,乌鲁木齐:新疆人民出版社 1997 年版

《中国近代启蒙思想史》,侯外庐著,北京:人民出版社 1993 年版

《中国近代思想史上的胡适》,余英时著,台北:联经出版公司 1984 年版

《中国近代文学史教程》,程千帆编,武汉:武汉大学 1956 年铅印本

《中国近三百年学术史》,钱穆著,北京:商务印书馆 1997 年版

《中国历史转型时期的知识分子》,余英时等著,台北:联经出版公司 1994 年版

《中国诗学》,叶维廉著,北京:三联书店 1992 年版

《中国诗学研究》,张伯伟著,沈阳:辽海出版社 2000 年版

《中国思想传统的现代诠释》,余英时著,南京:江苏人民出版社 1989 年版

《中国文化史》,柳诒徵编著,上海:东方出版中心 1996 年版

《中国文化史导论》(修订本),钱穆著,北京:商务印书馆1994年版

《中国文学简史》,林庚著,北京:北京大学出版社1995年版

《中国文学论丛》,钱穆著,北京:三联书店2002年版

《中国文学批评史》,郭绍虞著,北京:商务印书馆1934年版

《中国文学批评史》,罗根泽著,上海:上海古籍出版社1984年版

《中国文学批评史大纲》,朱东润撰,章培恒导读,上海:上海古籍出版社2001年版

《中国文学欣赏举隅》,傅庚生著,北京:北京出版社2003年版

《中国文学研究现代化进程》,王瑶主编,北京:北京大学出版社1996年版

《中国文学研究现代化进程二编》,陈平原主编,北京:北京大学出版社2002年版

《中国现代社会科学家传略》,《晋阳学刊》编辑部编,太原:山西人民出版社自1982年起陆续出版

《中国现代学术之建立——以章太炎、胡适之为中心》,陈平原著,北京:北京大学出版社1998年版

《中国现代思想史论》,李泽厚著,上海:东方出版社1987年版

《中国现代学术演进——从章太炎到程千帆》,巩本栋编著,北京:北京大学出版社2009年版

《中国现代哲学史》,冯友兰著,广州:广东人民出版社1999年版

《中国哲学史》,冯友兰著,北京:商务印书馆1934年版

《钟敬文诗学与文艺论》,钟敬文著,合肥:安徽教育出版社2010年版

《钟嵘诗品研究》,张伯伟著,南京:南京大学出版社1993年版

《曾国藩往来家书全编》,钟叔河汇编校点,海口:海南出版社1997年版

《曾国藩全集》,曾国藩著,长沙:岳麓书社自1985年起陆续出版

《走出中世纪》(增订本),朱维铮著,上海:复旦大学出版社2007年版

《走出中世纪二集》,朱维铮著,上海:复旦大学出版社2008年版

《周勋初文集》,周勋初著,南京:江苏古籍出版社2000年版

《〈周易〉的哲学精神——吕绍纲易学文选》,吕绍纲著,上海:上海古籍出版社2005年版

《朱光潜全集》,朱光潜著,《朱光潜全集》编辑委员会编,合肥:安徽教育出版社

1987 年版

《朱自清全集》，朱自清著，朱乔森编，南京：江苏教育出版社自 1988 年起陆续出版

《作为方法的汉文化圈》，张伯伟著，北京：中华书局 2011 年版

三、外国文献

C

Confucian China and Its Modern Fate，Joseph Levenson，Berkeley：University of California Press，1965

《初期佛教の思想》，[日本]三枝充悳著，东京：东洋哲学研究所 1978 年出版

D

Disputers of the Tao：Philosophical Argument in Ancient China，Angus C. Graham，La Salle，IL：Open Court，1989

《第三波：20 世纪后期民主化浪潮》，[美国] 亨廷顿著，刘军宁译，上海：上海三联书店 1998 年版

F

《佛教的涅槃概念》，[俄国]舍尔巴茨基著，立人译，北京：中国社会科学出版社 1994 年版

G

《古代中国的思想世界》，[美国]本杰明·史华兹著，程钢译，南京：江苏人民出版社 2004 年版

H

《汉哲学思维的文化探源》，[美国]郝大维、安乐哲著，施忠连译，南京：江苏人民出版社 1999 年版

K

《科学革命的结构》，[美国]孔恩著，程树德、傅大为、王道远、钱永祥译，台北：远流出版社 1994 年版

L

《拉奥孔》，[德国]莱辛著，朱光潜译，北京：人民文学出版社 1979 年版

《列宁全集》,[俄国]列宁著,中共中央编译局编译,北京:人民出版社自 1955 年起陆续出版

《列宁选集》,[俄国]列宁著,中共中央编译局编译,北京:人民出版社 1960 版

《六大观念》,[美国]艾德勒著,郗庆华译,北京:三联书店 1998 年版

《论道者——中国古代哲学论辩》,[英国]葛瑞汉著,张海晏译,南京:江苏人民出版社 2003 年版

《罗丹艺术论》(修订插图本),[法国]罗丹述,葛赛尔著,傅雷译,傅敏编,北京:中国社会科学出版社 2001 年版

M

《马克思恩格斯全集》,[德国]马克思、[英国]恩格斯著,中共中央编译局编译,北京:人民出版社自 1956 年起陆续出版

《马克思恩格斯选集》,[德国]马克思、[英国]恩格斯著,中共中央编译局编译,北京:人民出版社 1972 年版

《毛泽东的思想》,[美国]施拉姆著,田松年、杨德等译,北京:中国人民大学 2005 年版

N

《牛津简明英国文学史》,[英国]安德鲁·桑德斯著,谷启楠等译,北京:人民文学出版社 2000 年版

P

《浦安迪自选集》,[美国]浦安迪著,刘倩等译,北京:三联书店 2011 年版

R

《日本学者中国诗学论集》,蒋寅编译,南京:凤凰出版社 2008 年版

《儒学与近代中国》,[英国]庄士敦著,潘崇、崔萌译,天津:天津人民出版社 2010 年版

S

Special People,Julie Nixon Aisenhower,New York:Simon and Schuster,1977

《上海——现代中国的钥匙》,[美国]罗兹·墨菲著,上海社会科学院历史研究所编译,上海:上海人民出版社 1986 年版

T

The Structure of Scientific Revolution，Thomas S. Kuhn，Chicago and London：The University of Chicago Press，1996

The Third Wave，*Democratization in the Late Twentieth Century*，Samuel P. Huntington，Norman and London：University Oklahoma Press，1991

The World of Thought in Ancient China，Benjamin I. Schwartz，Cambridge，MA：Harvard University Press，1985

Thinking from the Han：*Self*，*Truth*，*and Transcendence in Chinese and Western Culture*，David L. Hall and Roger T. Ames，Albany：State University of New York Press，1988

X

《西方哲学英汉对照辞典》，[英国]尼古拉斯·布宁、余纪元编著，北京：人民出版社 2001 年版

Y

《亚里士多德全集》，[希腊]亚里士多德著，苗力田主编，北京：中国人民大学出版社 1994 年版

《印度佛教史》，[英国]渥德尔著，王世安译，北京：商务印书馆 1987 年版

《印度和锡兰佛教哲学》，[英国]亚瑟·伯立戴尔·凯思著，宋立道、舒晓炜译，上海：上海古籍出版社 2004 年版

《与中国跨文化对话》，[德国]卜松山著，刘慧儒、张国刚等译，北京：中华书局 2003 年版

《原始佛教の思想》，[日本]中村元著，东京：春秋社 1971 年出版

Z

《在传统与现代性之间——王韬与晚清改革》，[美国]柯文著，雷颐、罗检秋译，南京：江苏人民出版社 2003 年版

《章学诚的生平与思想》，[美国]倪德卫著，杨立华译，南京：江苏人民出版社 2007 年版

《中国：传统与变革》，[美国]费正清、肖赖尔著，陈仲丹、潘兴朋、庞朝阳译，南京：

江苏人民出版社 1992 年版

《中国诗史》,[日本]吉川幸次郎著,章培恒等译,上海:复旦大学出版社 2001 年版

《自西徂东》,[德国]花之安著,上海:上海书店出版社 2002 年版

人名索引

后　记

在拙稿《千帆诗学与中国哲学》完成之际，不免回想起开始于新世纪的研究过程。其触发之机或许是在 1996 年 10 月听取了程千帆先生关于两点论的学术讲座。程先生在这次讲座中从辩证法的高度来谈文学研究的两点论，把文艺学与文献学相结合、形象思维与逻辑思维相结合、既可以坚持自己独特的审美趣味又要能够宽容欣赏异量之美等方法都包含在两点论之内，这让笔者强化了千帆诗学既有一般诗学方法的层面还有哲学方法的层面的印象，并进而产生了从诗学与哲学相结合的维度来认识千帆诗学的动机。

在研究中增加了哲学的维度之后，笔者在程先生和同时代的其他学者那里不仅领略到一个广博的知识世界，而且感受到一个深远的心灵世界。在中国社会文化发生历史性巨变的背景之下，学术争鸣的背后往往有着哲学的对峙，哲学对峙的背后还有着人性、人格的搏击；而当不同的人性、人格发生激烈冲突的时候，一个人的心理素质和道德品质都必然受到严格的检验，一个人是诚还是伪，是智还是愚，是勇还是怯，是君子儒还是小人儒都会暴露无遗。就程先生而言，其学术与人格深深地植根于优秀学术文化传统之中，无论是顺境还是逆境都能够依据着这一传统的根本思想观念和价值系统的强大支撑而达到互相统一，互相促进，从而不断超越现实的困境并不断超越自我，让笔者也像钟敬文先生那样感受到一份生命的光芒。但也有不少著名的学者在长期的动乱之中消沉绝望，随波逐流，甚至投机取巧，曲学阿世，在扭曲了人格，迷失了自我的同时，也难免玷污了学术。这种鲜明的对照令人真切地感受到高尚人格的宝贵价值和追求言行一致、知能合一的优秀学术文化传统的重要意义。既然学术、思想并非纯粹的知识与技术的问题，而是诚如爱因斯坦所言，纯智力的成就也是在比通常所认识的更大得多的程度上决定于一个人的品格的高尚的。因此，拙搞也就未避离题之嫌，在以学术工作为基础的前提之下，按照知人论世的方法，既关注程先生的立说，也关注其立人，在几个章节中涉及了与其诗学密切相关的个性心理特征和道德品质。

做文学与哲学的跨学科研究在客观上固然不易，在主观上更有巨大的困难，幸赖先前的丰富成果奠定了坚实的基础，更有众多的良师益友不断地惠予指导、帮助，这项研究才得以完成。此时此刻，那些让笔者倍感亲切温暖的一幕幕情景又清晰地呈现在眼前。

在本科和研究生阶段周勋初先生都为我们授过课，指导过笔者的学年论文，还是笔者硕士学位论文的推荐老师，他与程先生在人才培养、学术研究和学科建设等方面长期合作，相知甚深，笔者除了拜读周先生的大作之外，还曾数次登门拜访，承蒙诸多教诲。

笔者的硕士生导师包忠文先生虽已退休多年，但一直关心弟子们的学习、工作情况，每次见面总是和蔼可亲，赐教良多，让笔者深感师恩之无尽。

笔者先后向校内校外的程门弟子徐有富、莫砺锋、张三夕、张宏生、张伯伟、严杰、张辉、景凯旋、程章灿、巩本栋、陈书录诸先生请教，他们或电话，或面谈，或复信，或借书、赠书，总是坦诚相待，不厌其烦，既解答了疑难的问题，又提出了独到的见解，对拙稿的修订、改进起到了不可或缺的重要作用。还有一些程门弟子未能一一请教，但笔者获益于他们的相关著述，从字里行间也同样感受到"敬业、乐群，勤奋、谦虚"的程门之风。

程先生的女儿程丽则女士与笔者长期一道工作，也总是热情相助，并惠示了她多年收藏整理的大量照片，促进了笔者对程先生的生活和学术经历的深入了解。

笔者与本院系的武秀成、潘志强、管嗣昆、徐雁平、孙立尧、金程宇、刘重喜、卞东波、童岭以及校外的王振华、王晓葵、张晖、顾迁诸友也有相关交流，他们或提供信息资料，或帮助查询文献，或提出建议和质疑，让笔者切实受益。其中徐雁平先生还精选了程千帆书信的手迹复印件用作书影，为拙稿增添了光彩。特别应该指出的是，一些师友对程先生的优点缺点坦率直言，不为贤者讳，推动了研究思路的扩展，促进了认识的全面性。

复旦大学周兴陆先生惠示了重要的文献信息,北京大学钟厚涛博士、复旦大学刘娇博士以及我的研究生钱超同学分别在北京、上海和台北等地烦为查询、复印(拍照)、寄送了有关资料。他们的热情相助为拙稿的写作带来了特别的便利。

笔者的博士生导师赵宪章先生和南京图书馆的徐小跃先生,本校社科处的王月清先生、周爱群女士,文学院的禹玲女士对于笔者以该项研究申请有关科研项目给予了积极的推荐和宝贵的指导。

承蒙张伯伟先生、张宏生先生的分别推荐,在华东师范大学胡晓明先生,南京大学朱剑先生、张亚权先生的支持下,拙稿的部分内容已先后在《古代文学理论研究》、《南京大学学报》上发表。现在又承蒙莫砺锋先生、徐兴无先生和吴俊先生的关心和支持,拙稿获得了文学院的慷慨资助,经过南京大学出版社金鑫荣、马蓝婕、李廷斌、赵庆等有关同志的辛勤工作,终于有了出版的机会。

众多师友的指导帮助历历在目,深厚情谊难以忘怀,以上所言不足以表达其万一。还有很多学者虽从未谋面,但其著述也让笔者获益匪浅,并从中感受到学术乃天下公器的意义,在此一并致以诚挚的谢意。

周欣展

2013 年 1 月于南京大学文学院